चर्चित एवं लोकप्रिय कहानियाँ

– जयशंकर प्रसाद

चर्चित एवं लोकप्रिय कहानियाँ

- जयशंकर प्रसाद

जयशंकर प्रसाद

प्रशांत बुक डिस्ट्रीब्यूटर्स
नई दिल्ली-110002

आईएसबीएन : 978-93--83963-32-4

प्रकाशक : **प्रशांत बुक डिस्ट्रीब्यूटर्स**
मकान नं. 213, 7/28, महावीर गली,
अंसारी रोड, दरियागंज, दिल्ली–110002
ई–मेल : prashant_pbd@yahoo.co.in
दूरभाष : 011–43586184, 9811734184

संस्करण : प्रथम संस्करण, 2026

आवरण : अमित

मुद्रक : इंप्रेशन्स प्रिंटिंग एंड पैकेजिंग लिमिटेड, नोएडा, (उ.

Charchit Evam Lokpriya Kahaniyaan

By: Jaishankar Prasad

अनुक्रम

1

ममता

रोहतास-दुर्ग के प्रकोष्ठ में बैठी हुई युवती ममता, शोण के तीक्ष्ण गम्भीर प्रवाह को देख रही है। ममता विधवा थी। उसका यौवन शोण के समान ही उमड़ रहा था। मन में वेदना, मस्तक में आँधी, आँखों में पानी की बरसात लिये, वह सुख के कण्टक-शयन में विकल थी। वह रोहतास-दुर्गपति के मंत्री चूड़ामणि की अकेली दुहिता थी, फिर उसके लिए कुछ अभाव होना असम्भव था, परन्तु वह विधवा थी-हिन्दू-विधवा संसार में सबसे तुच्छ निराश्रय प्राणी है-तब उसकी विडम्बना का कहाँ अन्त था?

चूड़ामणि ने चुपचाप उसके प्रकोष्ठ में प्रवेश किया। शोण के प्रवाह में, उसके कल-नाद में अपना जीवन मिलाने में वह बेसुध थी। पिता का आना न जान सकी। चूड़ामणि व्यथित हो उठे। स्नेह-पालिता पुत्री के लिए क्या करें, यह स्थिर न कर सकते थे। लौटकर बाहर चले गये। ऐसा प्रायः होता, पर आज मंत्री के मन में बड़ी दुश्चिन्ता थी। पैर सीधे न पड़ते थे।

एक पहर बीत जाने पर वे फिर ममता के पास आये। उस समय उनके पीछे दस सेवक चाँदी के बड़े थालों में कुछ लिये हुए खड़े थे। कितने ही मनुष्यों के पद-शब्द सुन ममता ने घूम कर देखा। मंत्री ने सब थालों को रखने का संकेत किया। अनुचर थाल रखकर चले गये।

ममता ने पूछा-"यह क्या है, पिताजी?"

"तेरे लिये बेटी! उपहार है।"-कहकर चूड़ामणि ने उसका आवरण उलट दिया। स्वर्ण का पीलापन उस सुनहली संध्या में विकीर्ण होने लगा। ममता चौंक उठी-

"इतना स्वर्ण! यहा कहाँ से आया?"

"चुप रहो ममता, यह तुम्हारे लिये है!"

"तो क्या आपने म्लेच्छ का उत्कोच स्वीकार कर लिया? पिताजी यह अनर्थ है, अर्थ नहीं। लौटा दीजिये। पिताजी! हम लोग ब्राह्मण हैं, इतना सोना लेकर क्या करेंगे?"

"इस पतनोन्मुख प्राचीन सामन्त-वंश का अन्त समीप है, बेटी! किसी भी दिन शेरशाह रोहिताश्व पर अधिकार कर सकता है। उस दिन मन्त्रित्व न रहेगा, तब के लिए बेटी!"

"हे भगवान! तब के लिए! विपद के लिए! इतना आयोजन! परम पिता की इच्छा के विरुद्ध इतना साहस! पिताजी, क्या भीख न मिलेगी? क्या कोई हिन्दू भू-पृष्ठ पर न बचा रह जायेगा, जो ब्राह्मण को दो मुठ्ठी अन्न दे सके? यह असम्भव है। फेर दीजिए पिताजी, मैं काँप रही हूँ-इसकी चमक आँखों को अन्धा बना रही है।"

"मूर्ख है"-कहकर चूड़ामणि चले गये।

दूसरे दिन जब डोलियों का ताँता भीतर आ रहा था, ब्राह्मण-मंत्री चूड़ामणि का हृदय धक-धक करने लगा। वह अपने को रोक न सका। उसने जाकर रोहिताश्व दुर्ग के तोरण पर डोलियों का आवरण खुलवाना चाहा। पठानों ने कहा- "यह महिलाओं का अपमान करना है।"

बात बढ़ गई। तलवारें खिंचीं, ब्राह्मण वहीं मारा गया और राजा-रानी और कोष सब छली शेरशाह के हाथ पड़े। निकल गई ममता। डोली में भरे हुए पठान-सैनिक दुर्ग भर में फैल गये, पर ममता न मिली।

काशी के उत्तर धर्मचक्र विहार, मौर्य और गुप्त सम्राटों की कीर्ति का खंडहर था। भग्न चूड़ा, तृण-गुल्मों से ढके हुए प्राचीर, ईंटों की ढेर में बिखरी हुई भारतीय शिल्प की विभूति, ग्रीष्म की चन्द्रिका में अपने को शीतल कर रही थी।

जहाँ पंचवगीय भिक्षु गौतम का उपदेश ग्रहण करने के लिए पहले मिले थे, उसी स्तूप के भग्नावशेष की मलिन छाया में एक झोपड़ी के दीपालोक में एक स्त्री पाठ कर रही थी-

"अनन्याश्चिन्तयन्तो मां ये जनारू पर्युपासते ....."

पाठ रुक गया। एक भीषण और हताश आति दीप के मन्द प्रकाश में सामने खड़ी थी। स्त्री उठी, उसने कपाट बन्द करना चाहा। परन्तु उस व्यक्ति ने कहा-"माता! मुझे आश्रय चाहिये।"

"तुम कौन हो?"-स्त्री ने पूछा।

"मैं मुगल हूँ। चौसा-युद्ध में शेरशाह से विपन्न होकर रक्षा चाहता हूँ। इस रात अब आगे चलने में असमर्थ हूँ।"

"क्या शेरशाह से?"-स्त्री ने अपने ओंठ काट लिये।

"हाँ, माता!"

"परन्तु तुम भी वैसे ही क्रूर हो, वही भीषण रक्त की प्यास, वही निष्ठुर प्रतिबिम्ब, तुम्हारे मुख पर भी है! सैनिक! मेरी कुटी में स्थान नहीं। जाओ, कहीं दूसरा आश्रय खोज लो।"

"गला सूख रहा है, साथी छूट गये हैं, अश्व गिर पड़ा है-इतना थका हुआ हूँ-इतना!"-कहते-कहते वह व्यक्ति धम-से बैठ गया और उसके सामने ब्रह्माण्ड घूमने लगा। स्त्री ने सोचा, यह विपत्ति कहाँ से आई! उसने जल दिया, मुगल के प्राणों की रक्षा हुई। वह सोचने लगी-"ये सब विधर्मी दया के पात्र नहीं-मेरे पिता का वध करने वाले आततायी!" घृणा से उसका मन विरक्त हो गया।

स्वस्थ होकर मुगल ने कहा-"माता! तो फिर मैं चला जाऊँ?"

स्त्री विचार कर रही थी-मैं ब्राह्मणी हूँ, मुझे तो अपने धर्म-अतिथिदेव की उपासना-का पालन करना चाहिए। परन्तु यहाँ...नहीं-नहीं ये सब विधर्मी दया के पात्र नहीं। परन्तु यह दया तो नहीं .... कर्तव्य करना है। तब?"

मुगल अपनी तलवार टेककर खड़ा हुआ। ममता ने कहा-"क्या आश्चर्य है कि तुम भी छल करो, ठहरो।"

"छल! नहीं, तब नहीं-स्त्री! जाता हूँ, तैमूर का वंशधर स्त्री से छल करेगा? जाता हूँ। भाग्य का खेल है।"

ममता ने मन में कहा-"यहाँ कौन दुर्ग है! यही झोपड़ी नय जो चाहे ले-ले, मुझे तो अपना कर्तव्य करना पड़ेगा।" वह बाहर चली आई और मुगल से बोली-"जाओ भीतर, थके हुए भयभीत पथिक! तुम चाहे कोई हो, मैं तुम्हें आश्रय देती हूँ। मैं ब्राह्मण-कुमारी हूँ सब अपना धर्म छोड़ दें,तो मैं भी क्यों छोड़ दूँ?" मुगल ने चन्द्रमा के मन्द प्रकाश में वह महिमामय मुखमण्डल देखा, उसने मन-ही-मन नमस्कार किया। ममता पास की टूटी हुई दीवारों में चली गई। भीतर, थके पथिक ने झोंपड़ी में विश्राम किया।

प्रभात में खंडहर की सन्धि से ममता ने देखा, सैकड़ों अश्वारोही उस प्रान्त में घूम रहे हैं। वह अपनी मूर्खता पर अपने को कोसने लगी।

अब उस झोंपड़ी से निकलकर उस पथिक ने कहा-"मिरजा! मैं यहाँ हूँ।"

शब्द सुनते ही प्रसन्नता की चीत्कार-ध्वनि से वह प्रान्त गूँज उठा। ममता अधिक भयभीत हुई। पथिक ने कहा-"वह स्त्री कहाँ है? उसे खोज निकालो।" ममता छिपने के लिए अधिक सचेष्ट हुई। वह मृग-दाव में चली गई। दिन-भर उसमें से न निकली। संध्या में जब उन लोगों के जाने का उपक्रम हुआ, तो ममता ने सुना, पथिक घोड़े पर सवार होते हुए कह रहा है-"मिरजा! उस स्त्री को मैं कुछ दे न सका। उसका घर बनवा देना, क्योंकि मैंने विपत्ति में यहाँ विश्राम पाया था। यह स्थान भूलना मत।"-इसके बाद वे चले गये।

चौसा के मुगल-पठान-युद्ध को बहुत दिन बीत गये। ममता अब सत्तर वर्ष की वृद्धा है। वह अपनी झोंपड़ी में एक दिन पड़ी थी। शीतकाल का प्रभात था। उसका जीर्ण-कंकाल खाँसी से गूँज रहा था। ममता की सेवा के लिये गाँव की दो-तीन स्त्रियाँ उसे घेर कर बैठी थीं, क्योंकि वह आजीवन सबके सुख-दुःख की समभागिनी रही।

ममता ने जल पीना चाहा, एक स्त्री ने सीपी से जल पिलाया। सहसा एक अश्वारोही उसी झोपड़ी के द्वार पर दिखाई पड़ा। वह अपनी धुन में कहने लगा-"मिरजा ने जो चित्र बनाकर दिया है, वह तो इसी जगह का होना चाहिये। वह बुढ़िया मर गई होगी, अब किससे पूछूँ कि एक दिन शहंशाह हुमायूँ किस छप्पर के नीचे बैठे थे? यह घटना भी तो सैंतालीस वर्ष से ऊपर की हुई!"

ममता ने अपने विकल कानों से सुना। उसने पास की स्त्री से कहा-"उसे बुलाओ।"

अश्वारोही पास आया। ममता ने रुक-रुककर कहा-"मैं नहीं जानती कि वह शहंशाह था, या साधारण मुगल पर एक दिन इसी झोंपड़ी के नीचे वह रहा। मैंने सुना था कि वह मेरा घर बनवाने की आज्ञा दे चुका था! भगवान् ने सुन लिया, मैं आज इसे छोड़े जाती हूँ। अब तुम इसका मकान बनाओ या महल, मैं अपने चिर-विश्राम-गृह में जाती हूँ!"

वह अश्वारोही अवाक खड़ा था। बुढ़िया के प्राण-पक्षी अनन्त में उड़ गये।

वहाँ एक अष्टकोण मन्दिर बनाय और उस पर शिलालेख लगाया गया- "सातों देश के नरेश हुमायूँ ने एक दिन यहाँ विश्राम किया था। उनके पुत्र अकबर ने उनकी स्मृति में यह गगनचुम्बी मन्दिर बनाया।"

2

कलावती की शिक्षा

श्यामसुन्दर ने विरक्त होकर कहा-"कला! यह मुझे नहीं अच्छा लगता।" कलावती ने लैम्प की बत्ती कम करते हुए सिर झुकाकर तिरछी चितवन से देखते हुए कहा-"फिर मुझे भी सोने के समय यह रोशनी अच्छी नहीं लगती।"

श्यामसुन्दर ने कहा-"तुम्हारा पलँग तो इस रोशनी से बचा है? तुम जाकर सो जाओ नही तो तुम रात भर यों ही जागते रहोगे।" अब की धीरे से कलावती ने हाथ से पुस्तक भी खींच ली। श्यामसुन्दर को इस स्नेह में भी क्रोध आ गया। तिनक गये-तुम पढने का सुख नहीं जानती, इसलिए तुमको समझाना ही मूर्खता है।" कलावती ने प्रगल्भ होकर कहा-"मूर्ख बनकर थोड़ा समझा दो।"

श्यामसुन्दर भड़क उठे, उनकी शिक्षिता उपन्यास की नायिका उसी अध्याय में अपने प्रणयी के सामने आयी थी- वह आगे बातचीत करतीय उसी समय ऐसा व्याघात। 'त्रीणामाद्य प्रणय-वचनं' कालिदास ने भी इसे नहीं छोड़ा था। कैसा अमूल्य पदार्थ! अशिक्षिता कलावती ने वहीं रस भंग किया। बिगड़कर बोले-"वह तुम इस जन्म में नहीं समझोगी।"

कलावती ने और भी हँसकर कहा-"देखो, उस जन्म में भी ऐसा बहाना न करना।"

पुष्पाधार में धरे हुए नरगिस के गुच्छे ने अपनी एकटक देखती हुई आँखों से चुपचाप यह दृश्य देखा और वह कालिदास के तात्पर्य को बिगाड़ते हुए श्यामसुन्दर की धृष्टता न सहन कर सका, और शेष 'विभ्रमोहि प्रियेषु' का पाठ हिलकर करने लगा।

श्यामसुन्दर ने लैम्प की बत्ती चढ़ायी, फिर अध्ययन आरम्भ हुआ। कलावती अब की अपने पलँग पर जा बैठी। डब्बा खोलकर पान लगाया, दो खीली लेकर फिर श्यामसुन्दर के पास आयी। श्याम ने कहा-"रख दो।" खीलीवाला हाथ मुँह की ओर बढ़ा, कुछ मुख भी बढ़ा, पान उसमें चला गया। कलावती फिर लौटी ओर एक चीनी की पुतली लेकर उसे पढ़ाने बैठी-"देखो, मैं तुम्हें दो-चार बातें सिखाती हूँ, उन्हें अच्छी तरह रट लेना। लज्जा कभी न करना, यह पुरुषों की चालाकी है, जो उन्होंने इसे स्त्रियों के हिस्से कर दिया है। यह दूसरे शब्दों में एक प्रकार का भ्रम है, इसलिए तुम भी ऐसा रूप धारण करना कि पुरुष, जो बाहर से अनुकम्पा करते हुए तुमसे भीतर-भीतर घृणा करते हैं, वह भी तुमसे भयभीत रहें, तुम्हारे पास आने का साहस न करें। और कृतज्ञ होना दासत्व है। चतुरों ने अपना कार्य-साधन करने का अस्त्र इसे बनाया है। इसीलिए इसकी ऐसी प्रशंसा की है कि लोग इसकी ओर आकर्षित हो जाते हैं। किन्तु है यह दासत्व। यह शरीर का नहीं, किन्तु अन्तरात्मा का दासत्व है। इस कारण कभी-कभी लोग बुरी बातों का भी समर्थन करते हैं। प्रगल्भता, जो आजकल बड़ी बाढ़ पर है, बड़ी अच्छी वस्तु है। उसके बल से मूर्ख भी पण्डित समझे जाते हैं। उसका अच्छा अभ्यास करना, जिसमें तुमको कोई मूर्ख न कह सके, कहने का साहस ही न हो। पुतली! तुमने रूप का परिवर्तन भी छोड़ दिया है, यह और भी बुरा है। सोने के कोर की साड़ी तुम्हारे मस्तक को अभी भी ढँके हैं, तनिक इसे खिसका दो। बालों को लहरा दो। लोग लगें पैर चूमने, प्यारी पुतली! समझी न?"

श्यामसुन्दर के उपन्यास की नायिका भी अपने नायक के गले लग गयी थी, प्रसन्नता से उसका मुख-मण्डल चमकने लगा। वह अपना आनन्द छिपा नहीं सकता था। पुतली की शिक्षा उसने सुनी कि नहीं, हम नहीं कह सकते, किन्तु वह हँसने लगा। कलावती को क्या सूझा, लो वह तो सचमुच उसके गले लगी हुई थी। अध्याय समाप्त हुआ। पुतली को अपना पाठ याद रहा कि नहीं, लैम्प के धीमे प्रकाश में कुछ समझ न पड़ा।

3

दासी

यह खेल किसको दिखा रहे हो बलराज?-कहते हुए फिरोजा ने युवक की कलाई पकड़ ली। युवक की मुठ्ठी में एक भयानक छुरा चमक रहा था। उसने झुंझला कर फिरोजा की तरफ देखा। वह खिलखिलाकर हँस पड़ी। फिरोजा युवती से अधिक बालिका थी। अल्हड़पन, चंचलता और हँसी से बनी हुई वह तुर्क बाला सब हृदयों के स्नेह के समीप थी। नीली नसों से जकड़ी हुई बलराज की पुष्ट कलाई उन कोमल उँगलियों के बीच में शिथिल हो गई। उसने कहा-फिरोजा, तुम मेरे सुख में बाधा दे रही हो!

सुख जीने में है बलराज! ऐसी हरी-भरी दुनिया, फूल-बेलों से सजे हुए नदियों के सुन्दर किनारे, सुनहला सवेरा, चाँदी की रातें इन सबों से मुँह मोड़कर आँखे बन्द कर लेना! कभी नहीं! सबसे बढ़कर तो इसमें हम लोगों की उछल-कूद का तमाशा है। मैं तुम्हें मरने न दूँगी।

क्यों?

यों ही बेकार मर जाना! वाह, ऐसा कभी नहीं हो सकता। जिहून के किनारे तुर्कों से लड़ते हुए मर जाना दूसरी बात थी। तब मैं तुम्हारी कब्र बनवाती, उस पर फूल चढ़ातीय पर इस गजनी नदी के किनारे अपना छुरा अपने कलेजे में भोंक कर मर जाना बचपना भी तो नहीं है।

बलराज ने देखा, सुल्तान मसऊद के शिल्पकला-प्रेम की गम्भीर प्रतिमा, गजनी नदी पर एक कमानी वाला पुल अपनी उदास छाया जलधारा पर डाल रहा है।

उसने कहा-वही तो, न जाने क्यों मैं उसी दिन नहीं मरा, जिस दिन मेरे इतने वीर साथी कटार से लिपट कर इसी गजनी की गोद में सोने चले गये। फिरोजा! उन वीर आत्माओं का वह सोचनीय अन्त! तुम उस अपमान को नहीं समझ सकती हो।

सुल्तान ने सिल्जूको से हारे हुए तुर्क और हिन्दू दोनों को ही नौकरी से अलग कर दिया। पर तुर्कों ने तो मरने की बात नहीं सोची?

कुछ भी हो, तुर्क सुल्तान के अपने लोगों में हैं और हिन्दू बेगाने ही हैं। फिरोजा! यह अपमान मरने से बढ़ कर है।

और आज किसलिये मरने जा रहे थे?

वह सुनकर क्या करोगी?-कहकर बलराज छुरा फेंककर एक लम्बी साँस लेकर चुप हो रहा। फिरोजा ने उसका कन्धा पकड़कर हिलाते हुए कहा

सुनूँगी क्यों नहीं। अपनी.... हाँ, उसी के लिए! कौन है वह! कैसी है? बलराज! गोरी सी है, मेरी तरह वह भी पतली-दुबली है न? कानों में कुछ पहनती है? और गले में?

कुछ नहीं फिरोजा, मेरी ही तरह वह भी कंगाल है। मैंने उससे कहा था कि लड़ाई पर जाऊँगा और सुल्तान की लूट में मुझे भी चाँदी-सोने की ढेरी मिलेगी, जब अमीर हो जाऊँगा, तब आकर तुमसे ब्याह करूँगा।

तब भी मरने जा रहे थे! खाली ही लौट कर भेंट करने की, उसे एक बार देख लेने की, तुम्हारी इच्छा न हुई! तुम बड़े पाजी हो। जाओ, मरो या जियो, मैं तुमसे न बोलूँगी।

सचमुच फिरोजा ने मुँह फेर लिया। वह जैसे रूठ गई थी। बलराज को उसके इस भोलेपन पर हँसी न आ सकी। वह सोचने लगा, फिरोजा के हृदय में कितना स्नेह है! कितना उल्लास है? उसने पूछा-फिरोजा, तुम भी तो लड़ाई में पकड़ी गई गुलामी भुगत रही हो। क्या तुमने कभी अपने जीवन पर विचार किया है? किस बात का उल्लास है तुम्हें?

मैं अब गुलामी में नहीं रह सकूँगी। अहमद जब हिन्दुस्तान जाने लगा था, तभी उसने राजा साहब से कहा था कि मैं एक हजार सोने के सिक्के भेजूँगा। भाई तिलक! तुम उसे लेकर फिरोजा को छोड़ देना और वह हिन्दुस्तान आना चाहे तो उसे भेज देना। अब वह थैली आती ही होगी। मैं छुटकारा पा जाऊँगी और गुलाम ही रहने पर रोने की कौन-सी बात है? मर जाने की इतनी जल्दी क्यों? तुम देख नहीं रहे हो कि तुर्कों में एक नयी लहर आई है। दुनिया ने उसके लिए जैसे छाती खोल दी है। जो आज गुलाम है। वही कल सुल्तान हो सकता है। फिर

रोना किस बात का, जितनी देर हँस सकती हूँ, उस समय को रोने में क्यों बिताऊँ?

तुम्हारा सुखमय जीवन और भी लम्बा हो, फिरोजाय किन्तु आज तुमने जो मुझे मरने से रोक दिया, यह अच्छा नहीं किया।

कहती तो हूँ, बेकार न मरो। क्या तुम्हारे मरने के लिए कोई....?

कुछ भी नहीं, फिरोजा! हमारी धार्मिक भावनाएँ बटी हुई हैं, सामाजिक जीवन दम्भ से और राजनीतिक क्षेत्र कलह और स्वार्थ से जकड़ा हुआ है। शक्तियाँ हैं, पर उनका कोई केन्द्र नहीं। किस पर अभिमान हो, किसके लिए प्राण दूँ?

दुत्त, चले जाओ हिन्दुस्तान में मरने के लिए कुछ खोजो। मिल ही जायगा, जाओ न....कहीं वह तुम्हारी....मिल जाय तो किसी झोपड़ी ही में काट लेना। न सही अमीरी, किसी तरह तो कटेगी। जितने दिन जीने के हों, उन पर भरोसा रखना।

बलराज! न जाने क्यों मैं तुम्हें मरने देना नहीं चाहती। वह तुम्हारी राह देखती हुई कहीं जी रही हो, तब! आह! कभी उसे देख पाती तो उसका मुँह चूम लेती। कितना प्यार होगा उसके छोटे से हृदय में? लो, ये पाँच दिरम, मुझे कल राजा साहब ने इनाम के दिये हैं। इन्हे लेते जाओ! देखो, उससे जाकर भेंट करना।

फिरोजा की आँखों में आँसू भरे थे, तब भी वह जैसे हँस रही थी। सहसा वह पाँच धातु के टुकड़ों को बलराज के हाथ पर रखकर झाड़ियों में घुस गई। बलराज चुपचाप अपने हाथ पर के उन चमकीले टुकड़ों को देख रहा था। हाथ कुछ झुक रहा था। धीरे-धीरे टुकड़े उसके हाथ से खिसक पड़े। वह बैठ गया-सामने एक पुरुष खड़ा हुआ मुस्करा रहा था।

बलराज!

राजा साहब! -जैसे आँख खोलते हुए बलराज ने कहा, और उठकर खड़ा हो गया।

मैं सब सुन रहा था। तुम हिन्दुस्तान चले जाओ। मैं भी तुमको यही सलाह दूँगा। किन्तु, एक बात है।

वह क्या राजा साहब?

मैं तुम्हारे दुःख का अनुभव कर रहा हूँ। जो बातें तुमने अभी फिरोजा से कहीं हैं, उन्हें सुनकर मेरा हृदय विचलित हो उठा है। किन्तु क्या करूँ? मैंने आकांक्षा का नशा पी लिया है। वही मुझे बेबस किये है। जिस दुःख से मुनष्य छाती फाड़कर चिल्लाने लगता हो, सिर पीटने लगता हो, वैसी प्रतिकूल परिस्थितियों में भी मैं केवल सिर-नीचा कर चुप रहना अच्छा समझता हूँ। क्या ही अच्छा होता कि जिस सुख

में आनन्दातिरेक से मनुष्य उन्मत्त हो जाता है, उसे भी मुस्करा कर टाल दिया करूँ। सो नहीं होता। एक साधारण स्थिति से मैं सुल्तान के सलाहकारों के पद तक तो पहुँच गया हूँ। मैं भी हिन्दुस्तान का ही एक कंगाल था। प्रतिदिन की मर्यादा-वृद्धि, राजकीय विश्वास और उसमें सुख की अनुभूति ने मेरे जीवन को पहेली बनाकर३ जाने दो। मैंने सुल्तान के दरबार से जितना सीखा है, वही मेरे लिए बहुत है। एक बनावटी गम्भीरता! छल-पूर्ण विनय! ओह, कितना भीषण है, यह विचार! मैं धीरे-धीरे इतना बन गया हूँ कि मेरी सहृदयता घूँघट उलटने नहीं पाती। लोगों को मेरी छाती में हृदय होने का सन्देह हो चला है। फिर मैं तुमसे अपनी सहृदयता क्यों प्रकट करूँ? तब भी आज तुमने मेरे स्वभाव की धारा का बाँध तोड़ दिया है। आज मैं....

बस राजा साहब, और कुछ न कहिए। मैं जाता हूँ। मैं समझ गया कि३३

ठहरो, मुझे अधिक अवकाश नहीं है। कल यहाँ से कुछ विद्रोही गुलाम, अहमद नियाल्तगीन के पास लाहौर जानेवाले हैं, उन्हीं के साथ तुम चले जाओ। यह लो-कहते हुए सुल्तान के विश्वासी राजा तिलक ने बलराज के हाथों में थैली रख दी। बलराज वहाँ से चुपचाप चल पड़ा।

तिलक सुल्तान महमूद का अत्यन्त विश्वासपात्र हिन्दू कर्मचारी था। अपने बुद्धि-बल से कट्टर यवनों के बीच में अपनी प्रतिष्ठा दृढ़ रखने के कारण सुल्तान मसऊद के शासन-काल में भी वह उपेक्षा का पात्र नहीं था। फिर भी वह अपने को हिन्दू ही समझता था, चाहे अन्य लोग उसे कुछ समझते रहे हों। बलराज की बातें वह सुन चुका था। आज उसकी मनोवृत्तियों में भयानक हलचल थी। सहसा उसने पुकारा-फिरोजा!

झाड़ियों से निकलकर फिरोजा ने उसके सामने सिर झुका दिया। तिलक ने उसके सिर पर हाथ रखते हुए कोमल स्वर में पूछा-फिरोजा, तुम अहमद के पास हिन्दुस्तान जाना चाहती हो?

फिरोजा के हृदय में कम्पन होने लगा। वह कुछ न बोली। तिलक ने कहा-डरो मत, साफ-साफ कहो।

क्या अहमद ने आपके पास दीनारें भेज दीं-कहकर फिरोजा ने अपनी उत्कण्ठा-भरी आँखे उठाईं। तिलक ने हँसकर कहा-सो तो उसने नहीं भेजीं, तब भी तुम जाना चाहती हो, तो मुझसे कहो।

मैं क्या कह सकती हूँ? जैसी मेरी३।-कहते-कहते उसकी आँखों में आँसू छलछला उठे। तिलक ने कहा-फिरोजा, तुम जा सकती हो। कुछ सोने के टुकड़ों के लिए मैं तुम्हारा हृदय नहीं कुचलना चाहता।

सच! -आश्चर्य-भरी कृतज्ञता उसकी वाणी में थी।

सच फिरोजा! अहमद मेरा मित्र है, और भी एक काम के लिए तुमको भेज रहा हूँ। उसे जाकर समझाओ कि वह अपनी सेना लेकर पंजाब के बाहर इधर-उधर हिन्दुस्तान में लूट-पाट न किया करे। मैं कुछ दिनों में सुल्तान से कहकर खजाने और मालगुजारी का अधिकार भी उसी को दिला दूँगा। थोड़ा समझकर धीरे-धीरे काम करने से सब हो जायगा। समझी न, दरबार में इस पर गर्मागर्मी है कि अहमद की नियत खराब है। कहीं ऐसा न हो कि मुझी को सुल्तान इस काम के लिए भेजें।

फिरोजा, मैं हिन्दुस्तान नहीं जाना चाहता। मेरी एक छोटी बहन थी, वह वहाँ है? क्या दुःख उसने पाया? मरी या जीती है, इन कई बरसों से मैंने इसे जानने की चेष्टा भी नहीं की। और भी.... मैं हिन्दू हूँ, फिरोजा! आज तक अपनी आकांक्षा में भूला हुआ, अपने आराम में मस्त, अपनी उन्नति में विस्मृत, गजनी में बैठा हिन्दुस्तान को, अपनी जन्मभूमि को और उसके दुःख-दर्द को भूल गया हूँ। सुल्तान महमूद के लूटों की गिनती करना, उस रक्त-रंजित धन की तालिका बनाना, हिन्दुस्तान के ही शोषण के लिए सुल्तान को नयी-नयी तरकीबें बताना, यही तो मेरा काम था, जिससे आज मेरी इतनी प्रतिष्ठा है। दूर रह कर मैं सब कुछ कर सकता था, पर हिन्दुस्तान कहीं मुझे जाना पड़ा-उसकी गोद में फिर रहना पड़ा-तो मैं क्या करूँगा! फिरोजा, मैं वहाँ जाकर पागल हो जाऊँगा। मैं चिर-निर्वासित, विस्मृत अपराधी! इरावती मेरी बहन! आह, मैं उसे क्या मुँह दिखलाऊँगा। वह कितने कष्टों में जीती होगी! और मर गई हो तो३ फिरोजा! अहमद से कहना, मेरी मित्रता के नाते मुझे इस दुःख से बचा ले।

मैं जाऊँगी और इरावती को खोज निकालूँगी-राजा साहब! आपके हृदय में इतनी टीस है, आज तक मैं न जानती थी। मुझे यही मालूम था कि अनेक अन्य तुर्क सरदारों के समान आप भी रंग-रलियों में समय बिता रहे हैं, किन्तु बरफ से ढकी हुई चोटियों के नीचे भी ज्वालामुखी होता है।

तो जाओ फिरोजा! मुझे बचाने के लिए, उस भयानक आग से, जिससे मेरा हृदय जल उठता है, मेरी रक्षा करो!-कहते हुए राजा तिलक उसी जगह बैठ गये। फिरोजा खड़ी थी। धीरे-धीरे राजा के मुख पर एक स्निग्धता आ चली। अब अन्धकार हो चला। गजनी के लहरों पर से शीतल पवन उन झाड़ियों में भरने लगा था। सामने ही राजा साहब का महल था। उसका शुभ्र गुम्बद उस अन्धकार में अभी अपनी उज्जवलता से सिर ऊँचा किये था। तिलक ने कहा-फिरोजा, जाने के पहले अपना वह गाना सुनाती जाओ।

फिरोजा गाने लगी। उसके गीत की ध्वनि थी-मैं जलती हुई दीपशिखा हूँ और तुम हृदय-रंजन प्रभात हो! जब तक देखती नहीं, जला करती हूँ और जब तुम्हे देख लेती हूँ, तभी मेरे अस्तित्व का अन्त हो जाता है-मेरे प्रियतम! संध्या की अँधेरी झाड़ियों में गीत की गुंजार घूमने लगी।

यदि एक बार उसे फिर देख पाता, पर यह होने का नहीं। निष्ठुर नियति! उसकी पवित्रता पंकिल हो गई होगी। उसकी उज्जवलता पर संसार के काले हाथों ने अपनी छाप लगा दी होगी। तब उससे भेंट करके क्या करूँगा? क्या करूँगा? अपने कल्पना के स्वर्ण-मन्दिर का खण्डहर देख कर! -कहते-कहते बलराज ने अपने बलिष्ठ पंजों को पत्थरों से जकड़े हुए मन्दिर के प्राचीर पर दे मारा। वह शब्द एक क्षण में विलीन हो गया। युवक ने आरक्त आँखों से उस विशाल मन्दिर को देखा और वह पागल-सा उठ खड़ा हुआ। परिक्रमा के ऊँचे-ऊँचे खम्भों से धक्के खाता हुआ घूमने लगा।

गर्भ-गृह के द्वारपालों पर उसकी दृष्टि पड़ी। वे तेल से चुपड़े हुए काले-काले दूत अपने भीषण त्रिशूल से जैसे युवक की ओर संकेत कर रहे थे। वह ठिठक गया। सामने देवगृह के समीप घृत का अखण्ड-दीप जल रहा था। केशर, कस्तूरी और अगरु से मिश्रित फूलों की दिव्य सुगन्ध की झकोर रह-रहकर भीतर से आ रही थी। विद्रोही हृदय प्रणत होना नहीं चाहता था, परन्तु सिर सम्मान से झुक ही गया।

देव! मैंने अपने जीवन में जान-बूझ कर कोई पाप नहीं किया है। मैं किसके लिए क्षमा माँगूं? गजनी के सुल्तान की नौकरी, वह मेरे वश की नहीं, किन्तु मैं माँगता हूँ.....एक बार उस, अपनी प्रेम-प्रतिमा का दर्शन! कृपा करो। मुझे बचा लो।

प्रार्थना करके युवक ने सिर उठाया ही था कि उसे किसी को अपने पास से खिसकने का सन्देह हुआ। वह घूम कर देखने लगा। एक स्त्री कौशेय वसन पहने हाथ में फूलों से सजी डाली लिए चली जा रही थी। युवक पीछे-पीछे चला। परिक्रमा में एक स्थान पर पहुँच कर उसने सन्दिग्ध स्वर से पुकारा-इरावती! वह स्त्री घूम कर खड़ी हो गई। बलराज अपने दोनों हाथ पसारकर उसे आलिङ्गन करने के लिए दौड़ा। इरावती ने कहा-ठहरो। बलराज ठिठक कर उसकी गम्भीर मुखाकृति को देखने लगा। उसने पूछा-क्यों इरा! क्या तुम मेरी वाग्दत्ता पत्नी नहीं हो? क्या हम लोगों का वह्निवेदी के सामने परिणय नहीं होने होने वाला था? क्या३?

हाँ, होने वाला था किन्तु हुआ नहीं, और बलराज! तुम मेरी रक्षा नहीं कर सके। मैं आततायी के हाथ से कलंकित की गयी। फिर तुम मुझे पत्नी-रूप में कैसे ग्रहण करोगे? तुम वीर हो! पुरुष हो! तुम्हारे पुरुषार्थ के लिए बहुत-सी महत्वाकांक्षाएँ हैं।

उन्हें खोज लो, मुझे भगवान् की शरण में छोड़ दो। मेरा जीवन, अनुताप की ज्वाला से झुलसा हुआ मेरा मन, अब स्नेह के योग्य नहीं।

प्रेम की, पवित्रता की, परिभाषा अलग है इरा! मैं तुमको प्यार करता हूँ। तुम्हारी पवित्रता से मेरे मन का अधिक सम्बन्ध नहीं भी हो सकता है। चलो, हम. ... और कुछ भी हो, मेरे प्रेम की वह्नि तुम्हारी पवित्रता को अधिक उज्ज्वल कर देगी।

भाग चलूँ, क्यों? सो नहीं हो सकता। मैं क्रीत दासी हूँ। म्लेच्छों ने मुझे मुलतान की लूट में पकड़ लिया। मैं उनकी कठोरता में जीवित रहकर बराबर उनका विरोध ही करती रही। नित्य कोड़े लगते। बाँध कर मैं लटकाई जाती। फिर भी मैं अपने हठ से न डिगी। एक दिन कन्नौज के चतुष्पथ पर घोड़ों के साथ ही बेचने के लिए उन आततायियों ने मुझे भी खड़ा किया। मैं बिकी पाँच सौ दिरम पर, काशी के ही एक महाजन ने मुझे दासी बना लिया। बलराज! तुमने न सुना होगा, कि मैं किन नियमों के साथ बिकी हूँ। मैंने लिखकर स्वीकार किया है, इस घर कुत्सित से भी कुत्सित कर्म करूँगी और कभी विद्रोह न करूँगी,-न कभी भागने की चेष्टा करूँगीय न किसी के कहने से अपने स्वामी का अहित सोचूँगी। यदि मैं आत्महत्या भी कर डालूँ, तो मेरे स्वामी या उनके कुटुम्ब पर कोई दोष न लगा सकेगा! वे गंगा-स्नान किये-से पवित्र हैं। मेरे सम्बन्ध में वे सदा ही शुद्ध और निष्पाप हैं। मेरे शरीर पर उनका आजीवन अधिकार रहेगा। वे मेरे नियम-विरुद्ध आचरण पर जब चाहें राजपथ पर मेरे बालों को पकड़ कर मुझे घसीट सकते हैं। मुझे दण्ड दे सकते हैं। मैं तो मर चुकी हूँ। मेरा शरीर पाँच सौ दिरम पर जी कर जब तक सहेगा, खटेगा। वे चाहें तो मुझे कौड़ी के मोल भी किसी दूसरे के हाथ बेच सकते हैं। समझे! सिर पर तृण रखकर मैंने स्वयं अपने को बेचने में स्वीकृति दी है। उस सत्य को कैसे तोड़ दूँ?

बलराज ने लाल होकर कहा-इरावती, यह असत्य है, सत्य नहीं। पशुओं के समान मनुष्य भी बिक सकते हैं? मैं यह सोच भी नहीं सकता। यह पाखण्ड तुर्की घोड़ों के व्यापारियों ने फैलाया है। तुमने अनजान में जो प्रतिज्ञा कर ली है, वह ऐसा सत्य नहीं कि पालन किया जाये। तुम नहीं जानती हो कि तुमको खोजने के लिए ही मैंने यवनों की सेवा की।

क्षमा करो बलराज, मैं तुम्हारा तर्क नहीं समझ सकी। मेरी स्वामिनी का रथ दूर चला गया होगा, तो मुझे बातें सुननी पड़ेंगीं क्योंकि आज-कल मेरे स्वामी नगर से दूर स्वास्थ्य के लिए उपवन में रहते हैं। स्वामिनी देव-दर्शन के लिए आई थीं।

तब मेरा इतना परिश्रम व्यर्थ हुआ! फिरोजा ने व्यर्थ ही आशा दी थी। मैं इतने दिनों भटकता फिरा। इरावती! मुझ पर दया करो।

फिरोजा कौन?-फिर सहसा रुककर इरावती ने कहा-क्या करूँ! यदि मैं वैसा करती, तो मुझे इस जीवन की सबसे बड़ी प्रसन्नता मिलतीय किन्तु वह मेरे भाग्य में है कि नहीं, इसे भगवान् ही जानते होंगे? मुझे अब जाने दो।-बलराज इस उत्तर से खिन्न और चकराया हुआ काठ के किवाड़ की तरह इरावती के सामने से अलग होकर मन्दिर के प्राचीर से लग गया। इरावती चली गई। बलराज कुछ समय तक स्तब्ध और शून्य-सा वहीं खड़ा रहा। फिर सहसा जिस ओर इरावती गई थी, उसी ओर चल पड़ा।

युवक बलराज कई दिन तक पागलों-सा धनदत्त के उपवन से नगर तक चक्कर लगाता रहा। भूख-प्यास भूलकर वह इरावती को एक बार फिर देखने के लिए विकल था, किन्तु वह सफल न हो सका। आज उसने निश्चय किया था कि वह काशी छोड़कर चला जायगा। वह जीवन से हताश होकर काशी से प्रतिष्ठान जानेवाले पथ पर चलने लगा। उसकी पहाड़ के ढोके-सी काया, जिसमें असुर-सा बल होने का लोग अनुमान करते, निर्जीव-सी हो रही थी। अनाहार से उसका मुख विवर्ण था। यह सोच रहा था-उस दिन, विश्वनाथ के मन्दिर में न जाकर मैंने आत्महत्या क्यों न कर ली! वह अपनी उधेड़-बुन में चल रहा था। न जाने कब तक चलता रहा। वह चौंक उठा-जब किसी के डाँटने का शब्द सुनाई पड़ा-देख कर नहीं चलता! बलराज ने चौंककर देखा, अश्वारोहियों की लम्बी पंक्ति, जिसमें अधिकतर अपने घोड़ों को पकड़े हुए पैदल ही चल रहे थे। वे सब तुर्क थे। घोड़ों के व्यापारी-से जान पड़ते थे। गजनी के प्रसिद्ध महमूद के आक्रमणों का अन्त हो चुका था। मसऊद सिंहासन पर था। पंजाब तो गजनी के सेनापति नियाल्तगीन के शासन में था। मध्य-प्रदेश में भी तुर्क व्यापारी अधिकतर व्यापारिक प्रभुत्व स्थापित करने के लिए प्रयत्न कर रहे थे। वह राह छोड़ कर हट गया। अश्वारोही ने पूछा-बनारस कितनी दूर होगा? बलराज ने कहा-मुझे नहीं मालूम।

तुम अभी उधर से चले आ रहे हो और कहते हो, नहीं मालूम! ठीक-ठीक बताओ, नहीं तो ....।

नहीं तो क्या? मैं तुम्हारा नौकर हूँ।-कहकर वह आगे बढने लगा। अकस्मात् पहले अश्वारोही ने कहा-पकड़ लो इसको!

कौन! नियाल्तगीन! -सहसा बलराज चिल्ला उठा।

अच्छा, यह तुम्हीं हो बलराज! यह तुम्हारा क्या हाल है, क्या सुल्तान की सरकार में अब तुम काम नहीं करते हो?

नहीं, सुल्तान मसऊद का मुझ पर विश्वास नहीं है। मैं ऐसा काम नहीं करता, जिसमें सन्देह मेरी परीक्षा लेता रहेय किन्तु इधर तुम लोग क्यों?

सुना है, बनारस एक सुन्दर और धनी नगर है। और....।

और क्या?

कुछ नहीं, देखने चला आया हूँ। काजी नहीं चाहता कि कन्नौज के पूरब भी कुछ हाथ-पाँव बढ़ाया जाय। तुम चलो न मेरे साथ। मैं तुम्हारी तलवार की कीमत जानता हूँ। बहादुर लोग इस तरह नहीं रह सकते। तुम अभी तक हिन्दू बने हो। पुरानी लकीर पीटने वाले, जगह-जगह झुकने वाले, सबसे दबते हुए, बनते हुए, कतराकर चलने वाले हिन्दू! क्यों? तुम्हारे पास बहुत-सा कूड़ा-कचड़ा इकट्ठा हो गया है, उनका पुरानेपन का लोभ तुमको फेंकने नहीं देता? मन में नयापन तथा दुनिया का उल्लास नहीं आने पाता! इतने दिन हम लोंगो के साथ रहे, फिर भी....।

बलराज सोच रहा था, इरावती का वह सूखा व्यवहार। सीधा-सीधा उत्तर! क्रोध से वह अपना ओठ चबाने लगा। नियाल्तगीन बलराज को परख रहा था! उसने कहा-तुम कहाँ हो? बात क्या है? ऐसा बुझा हुआ मन क्यों?

बलराज ने प्रतिस्थ होकर कहा-कहीं तो नहीं। अब मुझे छुट्टी दो, मैं जाऊँ। तुम्हारा बनारस देखने का मन है-इस पर तो मुझे विश्वास नहीं होता, तो भी मुझे इससे क्या? जो चाहो करो। संसार भर में किसी पर दया करने की आवश्यकता नहीं-लूटो, काटो, मारो। जाओ, नियाल्तगीन।

नियाल्तगीन ने हँसकर कर कहा-पागल तो नहीं हो। इन थोड़े-से आदमियों से भला क्या हो सकता है। मैं तो एक बहाने से इधर आया हूँ। फिरोजा का बनारसी जरी के कपड़ों का....

क्या फिरोजा भी तुम्हारे साथ है?

चलो, पड़ाव पर सब आप ही मालूम हो जायगा!-कहकर नियाल्तगीन ने संकेत किया। बलराज के मन में न-जाने कैसी प्रसन्नता उमड़ी। वह एक तुर्की घोड़े पर सवार हो गया।

दोनों ओर जवाहारात, जरी कपड़ों, बर्तन तथा सुगन्धित द्रव्यों की सजी हुई दूकानों सेय देश-विदेश के व्यापारियों की भीड़ और बीच-बीच में घोड़े के रथों से, बनारस की पत्थर से बनी हुई चौड़ी गलियाँ अपने ढंग की निराली दिखती थीं। प्राचीरों से घिरा हुआ नगर का प्रधान भाग त्रिलोचन से लेकर राजघाट तक विस्तृत

था। तोरणों पर गांगेय देव के सैनिकों का जमाव था। कन्नौज के प्रतिहार सम्राट् से काशी छीन ली गई थी। त्रिपुरी उस पर शासन करती थी। ध्यान से देखने पर यह तो प्रकट हो जाता था कि नागरिकों में अव्यवस्था थी। फिर भी ऊपरी काम-काज, क्रय-विक्रय, यात्रियों का आवागमन चल रहा था।

फिरोजा कमख्वाब देख रही थी और नियाल्तगीन मणि-मुक्ताओं की ढेरी से अपने लिए अच्छे-अच्छे नग चुन रहा था। पास ही दोनों दूकानें थीं! बलराज बीच में खड़ा था। अन्यमनस्क फिरोजा ने कई थान छाँट लिये थे। उसने कहा-बलराज! देखो तो, इन्हें तुम कैसा समझते हो, हैं न अच्छे? उधर से नियाल्तगीन ने पूछा-कपड़े देख चुकी हो, तो इधर आओ। इन्हे भी देख न लो! फिरोजा उधर जाने लगी थी कि दुकानदार ने कहा-लेना न देना, झूठ-मूठ तंग करना। कभी देखा तो नहीं। कंगालों की तरह जैसे आँखों से देख कर ही खा जायगी। फिरोजा घूम कर खड़ी हो गई। उसने पूछा-क्या बकते हो?-जा-जा तुर्किस्तान के जंगलों में भेड़ चरा। इन कपड़ों का लेना तेरा काम नहीं-सटी हुई दूकानों से जौहरी अभी कुछ बोलना ही चाहता था कि बलराज ने कहा-

चुप रह, नहीं तो जीभ खींच लूँगा।

ओहो! तुर्की गुलाम का दास, तू भी ....। अभी इतना ही कपड़े वाले के मुँह से निकला था कि नियाल्तगीन की तलवार उसके गले तक पहुँच गई। बाजार में हलचल मची। नियाल्तगीन के साथी इधर-उधर बिखरे ही थे। कुछ तो वहीं आ गये। औरों को समाचार मिल गया। झगड़ा बढने लगा, नियाल्तगीन को कुछ लोगों ने घेर लिया था, किन्तु तुर्कों ने उसे छीन लेना चाहा। राजकीय सैनिक पहुँच गये। नियाल्तगीन को यह मालूम हो गया कि पड़ाव पर समाचार पहुँच गया है। उसने निर्भीकता से अपनी तलवार घुमाते हुए कहा-अच्छा होता कि झगड़ा यहीं तक रहता, नहीं तो हम लोग तुर्क हैं।

तुर्कों का आतंक उत्तरी भारत में फैल चुका था। क्षण भर के लिए सन्नाटा तो हुआ, परन्तु वणिक के प्रतिरोध के लिए नागरिकों का रोष उबल रहा था। राजकीय सैनिकों का सहयोग मिलते ही युद्ध आरम्भ हो गया, अब और भी तुर्क आ पहुँचे थे। नियाल्तगीन हँसने लगा। उसने तुर्की में संकेत किया। बनारस का राजपथ तुर्कों की तलवार से पहली बार आलोकित हो उठा।

नियाल्तगीन के साथी संघटित हो गये थे। वे केवल युद्ध और आत्मरक्षा ही नहीं कर रहे थे, बहुमूल्य पदार्थों की लूट भी करने लगे। बलराज स्तब्ध था। वह जैसे एक स्वप्न देख रहा था। अकस्मात् उसके कानों में एक परिचित स्वर सुनाई पड़ा।

उसने घूम कर देखा-जौहरी के गले पर तलवार पड़ा ही चाहती है और इरावती ‘इन्हें छोड़ दो, न मारो’ कहती हुई तलवार के सामने आ गई थी। बलराज ने कहा-ठहरो, नियाल्तगीन। दूसरे ही क्षण नियाल्तगीन की कलाई बलराज की मुट्ठी में थी। नियाल्तगीन ने कहा-धोखबाज काफिर, यह क्या?-कई तुर्क पास आ गये थे! फिरोजा का भी मुख तमतमा गया था। बलराज ने सबल होने पर भी बड़ी दीनता से कहा-फिरोजा, यही इरावती है। फिरोजा हँसने लगी। इरावती को पकड़ कर उसने कहा-नियाल्तगीन! बलराज को इसके साथ लेकर मैं चलती हूँ, तुम आना। और इस जौहरी से तुम्हारा नुकसान न हो, तो न मारो! देखो, बहुत से घुड़सवार आ रहे हैं। हम सबों का चलना ही अच्छा है।

नियाल्तगीन ने परिस्थिति एक क्षण में ही समझ ली। उसने जौहरी से पूछा-तुम्हारे घर में दूसरी ओर से बाहर जाया जा सकता है?

हाँ!-कँपे कण्ठ से उत्तर मिला।

अच्छा चलो, तुम्हारी जान बच रही है। मैं इरावती को ले जाता हूँ।-

कह कर नियाल्तगीन ने एक तुर्क के कान में कुछ कहा! और बलराज को आगे चलने का संकेत करके इरावती और फिरोजा के पीछे धनदत्त के घर में घुसा। इधर तुर्क एकत्र होकर प्रत्यावर्तन कर रहे थे। नगर की राजकीय सेना पास आ रही थी।

चन्द्रभागा के तट पर शिविरों की एक श्रेणी थी। उसके समीप ही घने वृक्षों के झुरमुट में इरावती और फिरोजा बैठी हुई सायंकालीन गम्भीरता की छाया में एक-दूसरे का मुँह देख रही हैं। फिरोजा ने कहा-

बलराज को तुम प्यार करती हो?

मैं नहीं जानती। -एक आकस्मिक उत्तर मिला!

और वह तो तुम्हारे लिए गजनी से हिन्दुस्तान चला आया।

तो क्यों आने दिया, वहीं रोक रखती।

तुमको क्या हो गया है?

मैं-मैं नहीं रही, मैं हूँ दासी, कुछ धातु के टुकड़ों पर बिकी हुई हाड़-मांस का समूह, जिसके भीतर एक सूखा हृदय-पिण्ड है।

इरा! वह मर जायगा-पागल हो जायगा।

और मैं क्या हो जाऊँ, फिरोजा?

अच्छा होता, तुम भी मर जाती! -तीखेपन से फिरोजा ने कहा।

इरावती चौंक उठी। उसने कहा-बलराज ने वह भी न होने दिया। उस दिन नियाल्तगीन की तलवार ने यही कर दिया होताय किन्तु मनुष्य बड़ा स्वार्थी है। अपने

सुख की आशा में वह कितनों को दुखी बनाया करता है। अपनी साध पूरी करने में दूसरों की आवश्यकता ठुकरा दी जाती है। तुम ठीक कह रही हो फिरोजा, मुझे३

ठहरो, इरा! तुमने मन को कड़वा बनाकर मेरी बात सुनी है। उतनी ही तेजी से उसे बाहर कर देना चाहती हो।

मेरे दुखी होने पर जो मेरे साथ रोने आता है, उसे मैं अपना मित्र नहीं जान सकती, फिरोजा। मैं तो देखूँगी कि वह मेरे दुःख को कितना कम कर सका है। मुझे दुःख सहने के लिए जो छोड़ जाता है, केवल अपने अभिमान और आकांक्षा की तुष्टि के लिए। मेरे दुःख में हाथ बटाने का जिसका साहस नहीं, जो मेरी परिस्थिति में साथी नहीं बन सकता, जो पहले अमीर बनना चाहता है, फिर अपने प्रेम का दान करना चाहता है, वह मुझसे हृदय माँगे, इससे बढ़ कर धृष्टता और क्या होगी?

मैं तुम्हारी बहुत-सी बातें समझ नहीं सकी, लेकिन मैं इतना तो कहूँगी कि दुःखों ने तुम्हारे जीवन की कोमलता छीन ली है।

फिरोजा....मैं तुमसे बहस नहीं करना चाहती। तुमने मेरा प्राण बचाया है सही, किन्तु हृदय नहीं बचा सकती। उसे अपनी खोज-खबर आप ही लेनी पड़ेगी। तुम चाहे जो मुझे कह लो। मैं तो समझती हूँ कि मनुष्य दूसरों की दृष्टि में कभी पूर्ण नहीं हो सकता! पर उसे अपनी आँखों से तो नहीं ही गिरना चाहिए।

फिरोजा ने सन्देह से पीछे की ओर देखा। बलराज वृक्ष की आड़ से निकल आया। उसने कहा-फिरोजा, मै जब गजनी के किनारे मरना चाहता था, तो क्या भूल कर रहा था? अच्छा, जाता हूँ।

इरावती सोच रही थी, अब भी कुछ बोलूँ-

फिरोजा सोच रही थी, दोनों को मरने से बचा कर क्या सचमुच मैंने कोई बुरा काम किया?

बलराज की ओर किसी ने न देखा। वह चला गया।

रावी के किनारे एक सुन्दर महल में अहमद नियाल्तगीन पंजाब के सेनानी का आवास है। उस महल के चारों ओर वृक्षों की दूर तक फैली हुई हरियाली है, जिसमें शिविरों की श्रेणी में तुर्क सैनिकों का निवास है।

वसन्त की चाँदनी रात अपनी मतवाली उज्ज्वलता में महल के मीनारों और गुम्बदों तथा वृक्षों की छाया में लडखड़ा रही है, अब जैसे सोना चाहती हो। चन्द्रमा पश्चिम में धीरे-धीरे झुक रहा था। रावी की ओर एक संगमरमर की दालान में खाली सेज बिछी थी। जरी के परदे ऊपर की ओर बँधे थे। दालान की सीढ़ी पर बैठी हुई

इरावती रावी का प्रवाह देखते-देखते सोने लगी थी-उस महल की जैसे सजावट गुलाबी पत्थर की अचल प्रतिमा हो।

शयन-कक्ष की सेवा का भार आज उसी पर था। वह अहमद के आगमन की प्रतीक्षा करते-करते सो गई थी। अहमद इन दिनों गजनी से मिले हुए समाचार के कारण अधिक व्यस्त था। सुल्तान के रोष का समाचार उसे मिल चुका था। वह फिरोजा से छिपाकर, अपने अन्तरंग साथियों से, जिन पर उसे विश्वास था, निस्तब्ध रात्रि में मन्त्रणा किया करता। पंजाब का स्वतन्त्र शासक बनने की अभिलाषा उसके मन में जग गई थी, फिरोजा ने उसे मना किया था, किन्तु एक साधारण तुर्क दासी के विचार राजकीय कामों में कितने मूल्य के हैं, इसे वह अपनी महत्वाकांक्षा की दृष्टि से परखता था। फिरोजा कुछ तो रूठी थी और कुछ उसकी तबियत भी अच्छी न थी। वह बन्द कमरे में जाकर सो रही। अनेक दासियों के रहते भी आज इरावती को ही वहाँ ठहरने के लिए उसने कह दिया था। अहमद सीढियों से चढ़कर दालान के पास आया। उसने देखा एक वेदना-विमण्डित सुप्त सौन्दर्य! वह और भी समीप आया। गुम्बद के बगल चन्द्रमा की किरणें ठीक इरावती के मुख पर पड़ रही थीं। अहमद ने वारुणीविलसित नेत्रों से देखा, उस रूपमाधुरी को, जिसमें स्वाभाविकता थी, बनावट नहीं। तरावट थी, प्रमाद की गर्मी नहीं। एक बार सशंक दृष्टि से उसने चारों ओर देखा, फिर इरावती का हाथ पकड़कर हिलाया। वह चौंक उठी। उसने देखा-सामने अहमद! इरावती खड़ी होकर अपने वस्त्र सँभालने लगी। अहमद ने संकोच भरी ढिठाई से कहा-

तुम यहाँ क्यों सो रही हो, इरा?

थक गयी थी। कहिए, क्या लाऊँ?

थोड़ी शीराजी-कहते हुए वह पलँग पर जाकर बैठ गया और इरावती का स्फटिक-पात्र में शीराजी उँड़ेलना देखने लगा। इरा ने जब पात्र भरकर अहमद को दिया, तो अहमद ने सतृष्ण नेत्रों से उसकी ओर देख कर पूछा-फिरोजा कहाँ है?

सिर में दर्द है, भीतर सो रही है।

अहमद की आँखों में पशुता नाच उठी। शरीर में एक सनसनी का अनुभव करते हुए उसने इरावती का हाथ पकड़ कहा- बैठो न, इरा! तुम थक गई हो।

आप शर्बत लीजिये। मैं जाकर फिरोजा को जगा दूँ।

फिरोजा! फिरोजा के हाथ मैं बिक गया हूँ क्या, इरावती! तुम-आह!

इरावती हाथ छुड़ाकर हटनेवाली ही थी कि सामने फिरोजा खड़ी थी! उसकी आँखों में तीव्र ज्वाला थी। उसने कहा-मैं बिकी हूँ, अहमद! तुम भला मेरे हाथ क्यों

बिकने लगे? लेकिन तुमको मालूम है कि तुमने अभी राजतिलक को मेरा दाम नहीं चुकाया, इसलिए मैं जाती हूँ।

अहमद हत-बुद्धि! निष्प्रभ! और फिरोजा चली। इरावती ने गिड़गिड़ा कर कहा-बहन, मुझे भी न लेती चलोगी....?

फिरोजा ने घूमकर एक बार स्थिर दृष्टि से इरावती की ओर देखा और कहा-तो फिर चलो।

दोनों हाथ पकड़े सीढ़ी से उतर गईं।

बहुत दिनों तक विदेश में इधर-उधर भटकने पर बलराज जब से लौट आया है, तब से चन्द्रभागा-तट के जाटों में एक नयी लहर आ गई है। बलराज ने अपने सजातीय लोगों को पराधीनता से मुक्त होने का सन्देश सुनाकर उन्हें सुल्तान-सरकार का अबाध्य बना दिया है। उद्दंड जाटों को अपने वश में रखना, उन पर सदा फौजी शासन करना, सुल्तान के कर्मचारियों के लिए भी बड़ा कठिन हो रहा था।

इधर फिरोजा के जाते ही अहमद अपनी कोमल वृत्तियों को भी खो बैठा। एक ओर उसके पास मसऊद के रोष के समाचार आते थे, दूसरी ओर वह जाटों की हलचल से खजाना भी नहीं भेज सकता था। वह झुँझला गया। दिखावे में तो अहमद ने जाटों को एक बार ही नष्ट करने का निश्चय कर लिया, और अपनी दृढ़ सेना के साथ वह जाटों को घेरे में डालते हुए बढ़ने लगाय किन्तु उसके हृदय में एक दूसरी ही बात थी। उसे मालूम हो गया था कि गजनी की सेना तिलक के साथ आ रही है। उसकी कल्पना का साम्राज्य छिन्न-भिन्न कर देने के लिए! उसने अन्तिम प्रयत्न करने का निश्चय किया। अन्तरंग साथियों की सम्मति हुई कि यदि विद्रोही जाटों को इस समय मिला लिया जाय, तो गजनी से पंजाब आज ही अलग हो सकता है। इस चढ़ाई में दोनों मतलब थे।

घने जंगल का आरम्भ था। वृक्षों के हरे अर्त्चल की छाया में थकी हुई दो युवतियाँ उनकी जड़ों पर सिर धरे हुए लेटी थीं। पथरीले टीलों पर पड़ती हुई घोड़ों की टापों के शब्द ने उन्हें चौंका दिया। वे अभी उठकर बैठ भी नहीं पाई थीं कि उनके सामने अश्वारोहियों का एक झुण्ड आ गया। भयानक भालों की नोक सीधे किये हुए स्वास्थ्य के तरुण तेज से उद्दीप्त जाट-युवकों का वह वीर दल था। स्त्रियों को देखते ही उनके सरदार ने कहा-माँ, तुम लोग कहाँ जाओगी?

अब फिरोजा और इरावती सामने खड़ी हो गयीं। सरदार ने घोड़े पर से उतरते हुए पूछा-फिरोजा, यह तुम हो बहन!

हाँ भाई, बलराज! मैं हूँ -और यह है इरावती! पूरी बात जैसे न सुनते हुए बलराज ने कहा-फिरोजा, अहमद से युद्ध होगा। इस जंगल को पार कर लेने पर तुर्क

सेना जाटों का नाश कर देगी, इसलिए यहीं उन्हें रोकना होगा। तुम लोग इस समय कहाँ जाओगी?

जहाँ कहो, बलराज। अहमद की छाया से तो मुझे भी बचना है। फिरोजा ने अधीर होकर कहा।

डरो मत फिरोजा, यह हिन्दुस्तान है, और यह हम हिन्दुओं का धर्म-युद्ध है। गुलाम बनने का भय नहीं।-बलराज अभी यह कह ही रहा था कि वह चौंककर पीछे देखता हुआ बोल उठा-अच्छा, वे लोग आ ही गये। समय नहीं है। बलराज दूसरे ही क्षण में अपने घोड़े की पीठ पर था। अहमद की सेना सामने आ गई। बलराज को देखते ही उसने चिल्लाकर कहा-बलराज! यह तुम्हीं हो।

हाँ, अहमद।

तो हमलोग दोस्त भी बन सकते हैं। अभी समय है-कहते-कहते सहसा उसकी दृष्टि फिरोजा और इरावती पर पड़ी। उसने समस्त व्यवस्था भूलकर, तुरन्त ललकारा-पकड़ लो इन औरतों को?-उसी समय बलराज का भाला हिल उठा। युद्ध आरम्भ था।

जाटों की विजय के साथ युद्ध का अन्त होने ही वाला था कि एक नया परिवर्तन हुआ। दूसरी ओर से तुर्क-सेना जाटों की पीठ पर थी। घायल बलराज का भीषण भाला अहमद की छाती में पार हो रहा था। निराश जाटों की रण-प्रतिज्ञा अपनी पूर्ति करा रही थी। मरते हुए अहमद ने देखा कि गजनी की सेना के साथ तिलक सामने खड़े थे। सबके अस्त्र तो रुक गये, परन्तु अहमद के प्राण न रुके। फिरोजा उसके शव पर झुकी हुई रो रही थी। और इरावती मूर्छित हो रहे बलराज का सिर अपनी गोद में लिये थी। तिलक ने विस्मित होकर यह दृश्य देखा।

बलराज ने जल का संकेत किया। इरावती के हाथों में तिलक ने जल का पात्र दिया। जल पीते ही बलराज ने आँखे खोलकर कहा-इरावती, अब मैं न मरूँगा?

तिलक ने आश्चर्य से पूछा-इरावती?

फिरोजा ने रोते हुए कहा-हाँ राजा साहब, इरावती।

मेरी दुखिया इरावती? मुझे क्षमा कर, मैं तुझे भूल गया था। तिलक ने विनीत शब्दों में कहा।

भाई! -इरावती आगे कुछ न कह सकी, उसका गला भर आया था। उसने तिलक के पैर पकड़ लिये।

बलराज जाटों का सरदार है, इरावती रानी। चनाब का वह प्रान्त इरावती की करुणा से हरा-भरा हो रहा है। किन्तु फिरोजा की प्रसन्नता की वहीं समाधि बन गई-और वहीं वह झाड़ू देती, फूल चढ़ाती और दीप जलाती रही। उस समाधि की वह आजीवन दासी बनी रही।

4

छोटा जादूगर

कार्निवल के मैदान में बिजली जगमगा रही थी। हँसी और विनोद का कलनाद गूँज रहा था। मैं खड़ा था। उस छोटे फुहारे के पास, जहाँ एक लड़का चुपचाप शराब पीने वालों को देख रहा था। उसके गले में फटे कुरते के ऊपर से एक मोटी-सी सूत की रस्सी पड़ी थी और जेब में कुछ ताश के पत्ते थे। उसके मुँह पर गम्भीर विषाद के साथ धैर्य की रेखा थी। मैं उसकी ओर न जाने क्यों आकर्षित हुआ। उसके अभाव में भी सम्पूर्णता थी। मैंने पूछा-"क्यों जी, तुमने इसमें क्या देखा?"

"मैंने सब देखा है। यहाँ चूड़ी फेंकते हैं। खिलौनों पर निशाना लगाते हैं। तीर से नम्बर छेदते हैं। मुझे तो खिलौनों पर निशाना लगाना अच्छा मालूम हुआ। जादूगर तो बिलकुल निकम्मा है। उससे अच्छा तो ताश का खेल मैं ही दिखा सकता हूँ।"-उसने बड़ी प्रगल्भता से कहा। उसकी वाणी में कहीं रुकावट न थी।

मैंने पूछा-"और उस परदे में क्या है? वहाँ तुम गये थे।"

"नहीं, वहाँ मैं नहीं जा सका। टिकट लगता है।"

मैंने कहा-"तो चल, मैं वहाँ पर तुमको लिवा चलूँ।" मैंने मन-ही-मन कहा-"भाई! आज के तुम्हीं मित्र रहे।"

उसने कहा-"वहाँ जाकर क्या कीजिएगा? चलिए, निशाना लगाया जाय।"

मैंने सहमत होकर कहा-"तो फिर चलो, पहिले शरबत पी लिया जाय।" उसने स्वीकार-सूचक सिर हिला दिया।

मनुष्यों की भीड़ से जाड़े की संध्या भी वहाँ गर्म हो रही थी। हम दोनों शरबत पीकर निशाना लगाने चले। राह में ही उससे पूछा-"तुम्हारे और कौन हैं?"

"माँ और बाबूजी।"

"उन्होंने तुमको यहाँ आने के लिए मना नहीं किया?"

"बाबूजी जेल में है।"

"क्यों?"

"देश के लिए।"-वह गर्व से बोला।

"और तुम्हारी माँ?"

"वह बीमार है।"

"और तुम तमाशा देख रहे हो?"

उसके मुँह पर तिरस्कार की हँसी फूट पड़ी। उसने कहा-"तमाशा देखने नहीं, दिखाने निकला हूँ। कुछ पैसे ले जाऊँगा, तो माँ को पथ्य दूँगा। मुझे शरबत न पिलाकर आपने मेरा खेल देखकर मुझे कुछ दे दिया होता, तो मुझे अधिक प्रसन्नता होती।"

मैं आश्चर्य से उस तेरह-चौदह वर्ष के लड़के को देखने लगा।

"हाँ, मैं सच कहता हूँ बाबूजी! माँ जी बीमार है। इसलिए मैं नहीं गया।"

"कहाँ?"

"जेल में! जब कुछ लोग खेल-तमाशा देखते ही हैं, तो मैं क्यों न दिखाकर माँ की दवा करूँ और अपना पेट भरूँ।"

मैंने दीर्घ निश्वास लिया। चारों ओर बिजली के लट्टू नाच रहे थे। मन व्यग्र हो उठा। मैंने उससे कहा-"अच्छा चलो, निशाना लगाया जाय।"

हम दोनों उस जगह पर पहुँचे, जहाँ खिलौने को गेंद से गिराया जाता था। मैंने बारह टिकट खरीदकर उस लड़के को दिये।

वह निकला पक्का निशानेबाज। उसका कोई गेंद खाली नहीं गया। देखनेवाले दंग रह गये। उसने बारह खिलौनों को बटोर लियाय लेकिन उठाता कैसे? कुछ मेरी रुमाल में बँधे, कुछ जेब में रख लिए गये।

लड़के ने कहा-"बाबूजी, आपको तमाशा दिखाऊँगा। बाहर आइए, मैं चलता हूँ।" वह नौ-दो ग्यारह हो गया। मैंने मन-ही-मन कहा-"इतनी जल्दी आँख बदल गयी।"

मैं घूमकर पान की दूकान पर आ गया। पान खाकर बड़ी देर तक इधर-उधर टहलता देखता रहा। झूले के पास लोगों का ऊपर-नीचे आना देखने लगा। अकस्मात् किसी ने ऊपर के हिंडोले से पुकारा-"बाबूजी!"

मैंने पूछा-"कौन?"

"मैं हूँ छोटा जादूगर।"

-- --

कलकत्ते के सुरम्य बोटानिकल-उद्यान में लाल कमलिनी से भरी हुई एक छोटी-सी-झील के किनारे घने वृक्षों की छाया में अपनी मण्डली के साथ बैठा हुआ मैं जलपान कर रहा था। बातें हो रही थीं। इतने में वही छोटा जादूगर दिखाई पड़ा। हाथ में चारखाने की खादी का झोला। साफ जाँघिया और आधी बाँहों का कुरता। सिर पर मेरी रुमाल सूत की रस्सी से बँधी हुई थी। मस्तानी चाल से झूमता हुआ आकर कहने लगा-

"बाबूजी, नमस्ते! आज कहिए, तो खेल दिखाऊँ।"

"नहीं जी, अभी हम लोग जलपान कर रहे हैं।"

"फिर इसके बाद क्या गाना-बजाना होगा, बाबूजी?"

"नहीं जी-तुमको....", क्रोध से मैं कुछ और कहने जा रहा था। श्रीमती ने कहा-"दिखलाओ जी, तुम तो अच्छे आये। भला, कुछ मन तो बहले।" मैं चुप हो गयाय क्योंकि श्रीमती की वाणी में वह माँ की-सी मिठास थी, जिसके सामने किसी भी लड़के को रोका जा नहीं सकता। उसने खेल आरम्भ किया।

उस दिन कार्निवल के सब खिलौने उसके खेल में अपना अभिनय करने लगे। भालू मनाने लगा। बिल्ली रूठने लगी। बन्दर घुड़कने लगा।

गुडिया का ब्याह हुआ। गुड्डा वर काना निकला। लड़के की वाचालता से ही अभिनय हो रहा था। सब हँसते-हँसते लोट-पोट हो गये।

मैं सोच रहा था। बालक को आवश्यकता ने कितना शीघ्र चतुर बना दिया। यही तो संसार है।

ताश के सब पत्ते लाल हो गये। फिर सब काले हो गये। गले की सूत की डोरी टुकड़े-टुकड़े होकर जुट गयी। लट्टू अपने से नाच रहे थे। मैंने कहा-"अब हो चुका। अपना खेल बटोर लो, हम लोग भी अब जायँगे।"

श्रीमती जी ने धीरे से उसे एक रुपया दे दिया। वह उछल उठा।

मैंने कहा-"लड़के!"

"छोटा जादूगर कहिए। यही मेरा नाम है। इसी से मेरी जीविका है।"

मैं कुछ बोलना ही चाहता था कि श्रीमती ने कहा-"अच्छा, तुम इस रुपये से क्या करोगे?"

"पहले भर पेट पकौड़ी खाऊँगा। फिर एक सूती कम्बल लूँगा।"

मेरा क्रोध अब लौट आया। मैं अपने पर बहुत क्रुद्ध होकर सोचने लगा-श्ओह! कितना स्वार्थी हूँ मैं। उसके एक रुपये पाने पर मैं ईर्ष्या करने लगा था न!"

वह नमस्कार करके चला गया। हम लोग लता-कुंज देखने के लिए चले।

उस छोटे-से बनावटी जंगल में संध्या साँय-साँय करने लगी थी। अस्ताचलगामी सूर्य की अन्तिम किरण वृक्षों की पत्तियों से विदाई ले रही थी। एक शान्त वातावरण था। हम लोग धीरे-धीरे मोटर से हावड़ा की ओर आ रहे थे।

रह-रहकर छोटा जादूगर स्मरण होता था। सचमुच वह एक झोपड़ी के पास कम्बल कन्धे पर डाले खड़ा था। मैंने मोटर रोककर उससे पूछा-"तुम यहाँ कहाँ?"

"मेरी माँ यहीं है न। अब उसे अस्पताल वालों ने निकाल दिया है।" मैं उतर गया। उस झोपड़ी में देखा, तो एक स्त्री चिथड़ों से लदी हुई काँप रही थी।

छोटे जादूगर ने कम्बल ऊपर से डालकर उसके शरीर से चिमटते हुए कहा-"माँ।"

मेरी आँखों से आँसू निकल पड़े।

-- --

बड़े दिन की छुट्टी बीत चली थी। मुझे अपने आफिस में समय से पहुँचना था। कलकत्ते से मन ऊब गया था। फिर भी चलते-चलते एक बार उस उद्यान को देखने की इच्छा हुई। साथ-ही-साथ जादूगर भी दिखाई पड़ जाता, तो और भी..... मैं उस दिन अकेले ही चल पड़ा। जल्द लौट आना था।

दस बज चुका था। मैंने देखा कि उस निर्मल धूप में सड़क के किनारे एक कपड़े पर छोटे जादूगर का रंगमंच सजा था। मोटर रोककर उतर पड़ा। वहाँ बिल्ली रूठ रही थी। भालू मनाने चला था। ब्याह की तैयारी थी, यह सब होते हुए भी जादूगर की वाणी में वह प्रसन्नता की तरी नहीं थी। जब वह औरों को हँसाने की चेष्टा कर रहा था, तब जैसे स्वयं कँप जाता था। मानो उसके रोएँ रो रहे थे। मैं आश्चर्य से देख रहा था। खेल हो जाने पर पैसा बटोरकर उसने भीड़ में मुझे देखा। वह जैसे क्षण-भर के लिए स्फूर्तिमान हो गया। मैंने उसकी पीठ थपथपाते हुए पूछा-"आज तुम्हारा खेल जमा क्यों नहीं?"

"माँ ने कहा है कि आज तुरन्त चले आना। मेरी घड़ी समीप है।"-अविचल भाव से उसने कहा।

"तब भी तुम खेल दिखलाने चले आये!" मैंने कुछ क्रोध से कहा। मनुष्य के सुख-दुःख का माप अपना ही साधन तो है। उसी के अनुपात से वह तुलना करता है।

उसके मुँह पर वही परिचित तिरस्कार की रेखा फूट पड़ी।

उसने कहा-"न क्यों आता!"

और कुछ अधिक कहने में जैसे वह अपमान का अनुभव कर रहा था।

क्षण-भर में मुझे अपनी भूल मालूम हो गयी। उसके झोले को गाड़ी में फेंककर उसे भी बैठाते हुए मैंने कहा-"जल्दी चलो।" मोटरवाला मेरे बताये हुए पथ पर चल पड़ा।

कुछ ही मिनटों में मैं झोपड़े के पास पहुँचा। जादूगर दौड़कर झोपड़े में माँ-माँ पुकारते हुए घुसा। मैं भी पीछे था, किन्तु स्त्री के मुँह से, 'बे...' निकलकर रह गया। उसके दुर्बल हाथ उठकर गिर गये। जादूगर उससे लिपटा रो रहा था, मैं स्तब्ध था। उस उज्ज्वल धूप में समग्र संसार जैसे जादू-सा मेरे चारों ओर नृत्य करने लगा।

5

करुणा की विजय

सामने संध्या-धूसरति जल की एक चादर बिछी है। उसके बाद बालू की बेला है, उसमें अठखेलियाँ करके लहरों ने सीढ़ी बना दी है। कौतुक यह है कि उस पर भी हरी-हरी दूब जम गयी है। उस बालू की सीढ़ी की ऊपरी तह पर जाने कब से एक शिला पड़ी है। कई वर्षाओं ने उसे अपने पेट में पचाना चाहा, पर वह कठोर शिला गल न सकी, फिर भी निकल ही आती थी। नन्दलाल उसे अपने शैशव से ही देखता था। छोटी-सी नदी, जो उसके गाँव से सटकर बहती थी, उसी के किनारे वह अपनी सितारी लेकर पश्चिम की धूसर आभा में नित्य जाकर बैठ जाता। जिस रात को चाँदनी निकल आती, उसमें देर तक और अँधेरी रात के प्रदोष में जब तक अन्धकार नहीं हो जाता था, बैठकर सितारी बजाता अपनी टपरियों में चला जाता था।

नन्दलाल अँधेरे में डरता न था। किन्तु चन्द्रिका में देर तक किसी अस्पष्ट छाया को देख सकता था। इसलिए, आज भी उसी शिला पर वह मूर्ति बैठी है। गैरिक वसन की आभा सान्ध्य-सूर्य से रंजित नभ से होड़ कर रही है। दो-चार लटें इधर-उधर मांसल अंश पर वन के साथ खेल रही हैं। नदी के किनारे प्रायः पवन का बसेरा रहता है, इसी से यह सुविधा है। जब से शैशव-सहचरी नलिनी से नन्दलाल का वियोग हुआ है, वह अपनी सितारी से ही मन बहलाता है, सो भी एकान्त मेंय क्योंकि नलिनी से भी वह किसी के सामने मिलने पर सुख नहीं पाता था। किन्तु हाय रे सुख! उत्तेजनामय आनन्द को अनुभव करने के लिए एक साक्षी भी चाहिए। बिना किसी दूसरे को अपना सुख दिखाए हदय भली-भाँति से गर्व का अनुभव नहीं कर पाता।

चन्द्र-किरण, नदी-तरंग, मलय-हिल्लोल, कुसुम-सुरभि और रसाल-वृक्ष के साथ ही नन्दलाल को यह भी विश्वास था। कि उस पार का योगी भी कभी-कभी उस सितारी की मीड़ से मरोड़ खाता है। लटें उसके कपोल पर ताल देने लगती हैं।

चाँदनी निखरी थी। आज अपनी सितारी के साथ नन्दलाल भी गाने लगा था। वह प्रणय-संगीत था-भावुकता और काल्पनिक प्रेम का सम्भार बड़े वेग से उच्छ्वसित हुआ। अन्तरूकरण से दबी हुई तरलवृत्ति, जो विस्मृत स्वप्न के समान हलका प्रकाश देती थी, आज न जाने क्यों गैरिक निर्झर की तरह उबल पड़ी। जो वस्तु आज तक मैत्री का सुख-चिह्न थी-जो सरल हृदय का उपहार थी-जो उदारता की कृतज्ञता थी-उसने ज्वाला, लालसापूर्ण प्रेम का रूप धारण किया। संगीत चलने लगा।

"अरे कौन है.....मुझे बचाओ.....आह.....", पवन ने उपयुक्त दूत की तरह यह सन्देश नन्दलाल के कानों तक पहुँचाया। वह व्याकुल होकर सितारी छोड़ कर दौड़ा। नदी में फाँद पड़ा। उसके कानों में नलिनी का सा स्वर सुनाई पड़ा। नदी छोटी थी-खरस्रोता थी। नन्दलाल हाथ मारता हुआ लहरों को चीर रहा था। उसके बाहु-पाश में एक सुकुमार शरीर आ गया।

चन्द्रकिरणों और लहरियों को बातचीत करने का एक आधार मिला। लहरी कहने लगी-"अभागे! तू इस दुखिया नलिनी को बचाने क्यों आया, इसने तो आज अपने समस्त दुःखों का अन्त कर दिया था।"

किरण-"क्यों जी, तुम लोगों ने नन्दलाल को बहुत दिन तक बीच में बहा कर हल्ला-गुल्ला मचाकर, बचाया था।"

लहरी-"और तुम्हीं तो प्रकाश डालकर उसे सचेत कराती रही हो।"

किरण-"आज तक उस बेचारे को अँधेरे में रक्खा था। केवल आलोक की कल्पना करके वह अपने आलेख्य पट को उद्‌भासित कर लेता था। उस पार का योगी सुदूरवर्ती परदेशी की रम्य स्मृति को शान्त तपोवन का दृश्य था।"

लहरी-"पगली! सुख-स्वप्न के सदृश और आशा में आनन्द के समान मैं बीच में पड़ी-पड़ी उसके सरल नेह का बहुत दिनों तक संयम करती रही-आन्तरिक आकर्षणपूर्ण सम्मिलन होने पर भी, वासना-रहित निष्काम सौन्दर्यमय व्यवधान बन कर मैं दोनों के बीच में बहती थी, किन्तु नन्दलाल इतने में सन्तुष्ट न हो सका। उछल-कूद कर हाथ चलाकर मुझे भी गँदला कर दिया। उसे बहने, डूबने और उतराने का आवेश बढ़ गया था।"

किरण-"हूँ, तब डूबें बहें।"

पवन चुपचाप इन बातों को सुन कर नदी के बहाव की ओर सर्राटा मार कर सन्देशा कहने को भगा। किन्तु वे दूर निकल गये थे। सितारी मूर्च्छना में पड़ी रही।

6

अघोरी का मोह

"आज तो भैया, मूँग की बरफी खाने को जी नहीं चाहता, यह साग तो बड़ा ही चटकीला है। मैं तो...." "नहीं-नहीं जगन्नाथ, उसे दो बरफी तो जरूर ही दे दो।" "न-न-न। क्या करते हो, मैं गंगा जी में फेंक दूँगा।" "लो, तब मैं तुम्ही को उलटे देता हूँ।" ललित ने कह कर किशोर की गर्दन पकड़ ली। दीनता से भोली और प्रेम-भरी आँखों से चन्द्रमा की ज्योति में किशोर ने ललित की ओर देखा। ललित ने दो बरफी उसके खुले मुख में डाल दी। उसने भरे हुए मुख से कहा,-भैया, अगर ज्यादा खाकर मैं बीमार हो गया।" ललित ने उसके बर्फ के समान गालों पर चपत लगाकर कहा-"तो मैं सुधाविन्दु का नाम गरलधारा रख दूँगा। उसके एक बूँद में सत्रह बरफी पचाने की ताकत है। निर्भय होकर भोजन और भजन करना चाहिए।" शरद की नदी अपने करारों में दबकर चली जा रही है। छोटा-सा बजरा भी उसी में अपनी इच्छा से बहता हुआ जा रहा है, कोई रोक-टोक नहीं है। चाँदनी निखर रही थी, नाव की सैर करने के लिए ललित अपने अतिथि किशोर के साथ चला आया है। दोनों में पवित्र सौहार्द्र है। जाह्नवी की धवलता आ दोनों की स्वच्छ हँसी में चन्द्रिका के साथ मिलकर एक कुतूहलपूर्ण जगत् को देखने के लिए आवाहन कर रही है। धनी सन्तान ललित अपने वैभव में भी किशोर के साथ दीनता का अनुभव करने में बड़ा उत्सुक है। वह सानन्द अपनी दुर्बलताओं को, अपने अभाव को, अपनी करुणा को, उस किशोर बालक से व्यक्त कर रहा है। इसमें उसे सुख भी है, क्योंकि वह एक न समझने वाले हिरन के समान बड़ी-बड़ी भोली आँखों से देखते हुए केवल सुन लेने

वाले व्यक्ति से अपनी समस्त कथा कहकर अपना बोझ हलका कर लेता है। और उसका दुःख कोई समझने वाला व्यक्ति न सुन सका, जिससे उसे लज्जित होना पड़ता, यह उसे बड़ा सुयोग मिला है। ललित को कौन दुःख है? उसकी आत्मा क्यों इतनी गम्भीर है? यह कोई नहीं जानता। क्योंकि उसे सब वस्तु की पूर्णता है, जितनी संसार में साधारणतरू चाहिएय फिर भी उसकी नील नीरद-माला-सी गम्भीर मुखाकृति में कभी-कभी उदासीनता बिजली की तरह चमक जाती है। ललित और किशोर बात करते-करते हँसते-हँसते अब थक गये हैं।

विनोद के बाद अवसाद का आगमन हुआ। पान चबाते-चबाते ललित ने कहा-"चलो जी, अब घर की ओर।" माँझियों ने डाँड़ लगाना आरम्भ किया। किशोर ने कहा-"भैया, कल दिन में इधर देखने की बड़ी इच्छा है। बोलो, कल आओगे?" ललित चुप था। किशोर ने कान में चिल्ला कर कहा-"भैया! कल आओगे न?" ललित ने चुप्पी साध ली। किशोर ने फिर कहा-"बोलो भैया, नहीं तो मैं तुम्हारा पैर दबाने लगूँगा।" ललित पैर छूने से घबरा कर बोला-"अच्छा, तुम कहो कि हमको किसी दिन अपनी सूखी रोटी खिलाओगे?..." किशोर ने कहा-"मैं तुमको खीरमोहन, दिलखुश.." ललित ने कहा-"न-न-न.. मैं तुम्हारे हाथ से सूखी रोटी खाऊँगा-बोलो, स्वीकार है? नहीं तो मैं कल नहीं आऊँगा।" किशोर ने धीरे से स्वीकार कर लिया। ललित ने चन्द्रमा की ओर देखकर आँख बंद कर लिया। बरौनियों की जाली से इन्दु की किरणें घुसकर फिर कोर में से मोती बन-बन कर निकल भागने लगीं। यह कैसी लीला थी! 20-25 वर्ष के बाद कोई उसे अघोरी कहते हैं, कोई योगी। मुर्दा खाते हुए किसी ने नहीं देखा है, किन्तु खोपड़ियों से खेलते हुए, उसके जोड़ की लिपियों को पढ़ते हुए, फिर हँसते हुए, कई व्यक्तियों ने देखा है।

गाँव की स्त्रियाँ जब नहाने आती हैं, तब कुछ रोटी, दूध, बचा हुआ चावल लेती आती हैं। पंचवटी के बीच में झोंपड़ी में रख जाती हैं। कोई उससे यह भी नहीं पूछता कि वह खाता है या नहीं। किसी स्त्री के पूछने पर-"बाबा, आज कुछ खाओगे-, अघोरी बालकों की-सी सफेद आँखों से देख कर बोल उठता-"माँ।" युवतियाँ लजा जातीं। वृद्धाएँ करुणा से गद्-गद हो जातीं और बालिकाएँ खिलखिला कर हँस पड़तीं तब अघोरी गंगा के किनारे उतर कर चला जाता और तीर पर से गंगा के साथ दौड़ लगाते हुए कोसों चला जाता, तब लोग उसे पागल कहते थे। किन्तु कभी-कभी संध्या को सन्तरे के रंग से जब जाह्नवी का जल रँग जाता है और पूरे नगर की अट्टालिकाओं का प्रतिबिम्ब छाया-चित्र का दृश्य बनाने लगता, तब भाव-विभोर होकर कल्पनाशील भावुक की तरह वही पागल निर्निमेष दृष्टि से प्रति के अदृश्य

हाथों से बनाये हुए कोमल कारीगरी के कमनीय कुसुम को-नन्हें-से फूल को-बिना तोड़े हुए उन्हीं घासों में हिलाकर छोड़ देता और स्नेह से उसी ओर देखने लगता, जैसे वह उस फूल से कोई सन्देश सुन रहा हो। -- -- शीत-काल है। मध्याह्न है। सवेरे से अच्छा कुहरा पड़ चुका है।

नौ बजने के बाद सूर्य का उदय हुआ है। छोटा-सा बजरा अपनी मस्तानी चाल से जाह्नवी के शीतल जल में सन्तरण कर रहा है। बजरे की छत पर तकिये के सहारे कई बच्चे और स्त्री-पुरुष बैठे हुए जल-विहार कर रहे हैं। कमला ने कहा-"भोजन कर लीजिए, समय हो गया है।" किशोर ने कहा-"बच्चों को खिला दो, अभी और दूर चलने पर हम खाएँगे।" बजरा जल से कल्लोल करता हुआ चला जा रहा है। किशोर शीतकाल के सूर्य की किरणों से चमकती हुई जल-लहरियों को उदासीन अथवा स्थिर दृष्टि से देखता हुआ न जाने कब की और कहाँ की बातें सोच रहा है। लहरें क्यों उठती हैं और विलीन होती हैं, बुदबुद और जल-राशि का क्या सम्बन्ध है? मानव-जीवन बुदबुद है कि तरंग? बुदबुद है, तो विलीन होकर फिर क्यों प्रकट होता है? मलिन अंश फेन कुछ जलबिन्दु से मिलकर बुदबुद का अस्तित्व क्यों बना देता है? क्या वासना और शरीर का भी यही सम्बन्ध है? वासना की शक्ति? कहाँ-कहाँ किस रूप में अपनी इच्छा चरितार्थ करती हुई जीवन को अमृत-गरल का संगम बनाती हुई अनन्त काल तक दौड़ लगायेगी? कभी अवसान होगा, कभी अनन्त जल-राशि में विलीन होकर वह अपनी अखण्ड समाधि लेगी? ..... हैं, क्या सोचने लगा? व्यर्थ की चिन्ता। उहँ।" नवल ने कहा-"बाबा, ऊपर देखो। उस वृक्ष की जड़ें कैसी अद्भुत फैली हुई हैं।" किशोर ने चौंक कर देखा। वह जीर्ण वृक्ष, कुछ अनोखा था। और भी कई वृक्ष ऊपर के करारे को उसी तरह घेरे हुए हैं, यहाँ अघोरी की पंचवटी है। किशोर ने कहा-"नाव रोक दे। हम यहीं ऊपर चलकर ठहरेंगे। वहीं जलपान करेंगे।" थोड़ी देर में बच्चों के साथ किशोर और कमला उतरकर पंचवटी के करारे पर चढने लगे। -- -- सब लोग खा-पी चुके। अब विश्राम करके नाव की ओर पलटने की तैयारी है। मलिन अंग, किन्तु पवित्रता की चमक, मुख पर रुक्षकेश, कौपीनधारी एक व्यक्ति आकर उन लोगों के सामने खड़ा हो गया। "मुझे कुछ खाने को दो।" दूर खड़ा हुआ गाँव का एक बालक उसे माँगते देखकर चकित हो गया। वह बोला, "बाबू जी, यह पंचवटी के अघोरी हैं।" किशोर ने एक बार उसकी ओर देखा, फिर कमला से कहा-"कुछ बचा हो, तो इसे दे दो।" कमला ने देखा, तो कुछ पराठे बचे थे। उसने निकालकर दे दिया। किशोर ने पूछा-"और कुछ नहीं है?" उसने कहा-"नहीं।" अघोरी उस सूखे परावठे को लेकर हँसने लगा। बोला-"हमको और कुछ

न चाहिए।" फिर एक खेलते हुए बच्चे को गोद में उठा कर चूमने लगा। किशोर को बुरा लगा। उसने कहा-"उसे छोड़ दो, तुम चले जाओ।" अघोरी ने हताश दृष्टि से एक बार किशोर की ओर देखा और बच्चे को रख दिया। उसकी आँखें भरी थीं, किशोर को कुतूहल हुआ। उसने कुछ पूछना चाहा, किन्तु वह अघोरी धीरे-धीरे चला गया। किशोर कुछ अव्यवस्थित हो गये। वह शीघ्र नाव पर सब को लेकर चले आये। नाव नगर की ओर चली। किन्तु किशोर का हृदय भारी हो गया था। वह बहुत विचारते थे, कोई बात स्मरण करना चाहते थे, किन्तु वह ध्यान में नहीं आती थी-उनके हृदय में कोई भूली हुई बात चिकोटी काटती थी, किन्तु वह विवश थे। उन्हें स्मरण नहीं होता था। मातृ-स्नेह से भरी हुई कमला ने सोचा कि हमारे बच्चों को देखकर अघोरी को मोह हो गया।

7

गुलाम

फूल नहीं खिलते हैं, बेले की कलियाँ मुरझाई जा रही हैं। समय में नीरद ने सींचा नहीं, किसी माली की भी दृष्टि उस ओर नहीं घूमीय अकाल में बिना खिले कुसुम-कोरक म्लान होना ही चाहता है। अकस्मात् डूबते सूर्य की पीली किरणों की आभा से चमकता हुआ एक बादल का टुकड़ा स्वर्ण-वर्षा कर गया। परोपकारी पवन उन छींटों को ढकेलकर उन्हें एक कोरक पर लाद गया। भला इतना भार वह कैसे सह सकता है! सब ढुलककर धरणी पर गिर पड़े। कोरक भी कुछ हरा हो गया।

यमुना के बीच धारा में एक छोटी, पर बहुत ही सुन्दर तरणी, मन्द पवन के सहारे धीरे-धीरे बह रही है। सामने के महल से अनेक चन्दुमुख निकलकर उसे देख रहे हैं। चार कोमल सुन्दरियाँ डाँड़ें चला रही हैं, और एक बैठी हुई सितारी बजा रही है। सामने, एक भव्य पुरुष बैठा हुआ उसकी ओर निर्निमेष दृष्टि से देख रहा है।

पाठक! यह प्रसिद्ध शाहआलम दिल्ली के बादशाह हैं। जलक्रीड़ा हो रही है।

सान्ध्य-सूर्य की लालिमा जीनत-महल के अरुण मुख-मण्डल की शोभा और भी बढ़ा रही है। प्रणयी बादशाह उस आतप-मण्डित मुखारविन्द की ओर सतृष्ण नयन से देख रहे हैं, जिस पर बार-बार गर्व और लज्जा का दुबारा रंग चढ़ता-उतरता है, और इसी कारण सितार का स्वर भी बहुत शीघ्र चढ़ता-उतरता है। संगीत, तार पर चढकर दौड़ता हुआ, व्याकुल होकर घूम रहा है। क्षण-भर भी विश्राम नहीं।

जीनत के मुखमण्डल पर स्वेद-बिन्दु झलकने लगे। बादशाह ने व्याकुल होकर कहा-बस करो, प्यारी जीनत! बस करो! बहुत अच्छा बजाया, वाह, क्या बात है! साकी, एक प्याला शीराजी शर्बत!

श्हुजूर आयाश्-कहता हुआ एक सुकुमार बालक सामने आया, हाथ में पान-पात्र था। उस बालक की मुख-कान्ति दर्शनीय थी। भरा प्याला छलकना चाहता था, इधर घुँघराली अलकें उसकी आँखों पर बरजोरी एक पर्दा डालना चाहती थीं। बालक प्याले को एक हाथ में लेकर जब केश-गुच्छ को हटाने लगा, तब जीनत और शाहआलम दोनों चकित होकर देखने लगे। अलकें अलग हुईं। बेगम ने एक ठण्डी साँस ली। शाहआलम के मुख से भी एक आह निकलना ही चाहती थी, पर उसे रोककर निकल पड़ा-श्बेगम को दो।"

बालक ने दोनों हाथों से पान-पात्र जीनत की ओर बढ़ाया। बेगम ने उसे लेकर पान कर लिया।

नहीं कह सकते कि उस शर्बत ने बेगम को कुछ तरी पहुँचाई या गर्मीय किन्तु हृदय-स्पन्दन अवश्य कुछ बढ़ गया। शाहआलम ने झुककर कहा-एक और!

बालक विचित्र गति से पीछे हटा और थोड़ी देर में दूसरा प्याला लेकर उपस्थित हुआ। पान-पात्र नि"ोष कर शाहआलम ने हाथ कुछ और फैला दिया, और बालक की ओर इंगित करके बोले-कादिर, जरा उँगलियाँ तो बुला दे।

बालक अदब से सामने बैठ गया और उनकी उँगलियों को हाथ में लेकर बुलाने लगा।

मालूम होता है कि जीनत को शर्बत ने कुछ ज्यादा गर्मी पहुँचाई। वह छोटे बजरे के मेहराब में से झुककर यमुना-जल छूने लगी। कलेजे के नीचे एक मखमली तकिया मसली जाने लगी, या न मालूम वही कामिनी के वक्षस्थल को पीडन करने लगी।

शाहआलम की उँगलियाँ, उस कोमल बाल-रवि-कर-समान स्पर्श से, कलियों की तरह चटकने लगीं। बालक की निर्निमेष दृष्टि आकाश की ओर थी। अकस्मात् बादशाह ने कहा-मीना! ख्वाजा-सरा से कह देना कि इस कादिर को अपनी खास तालीम में रखें, और उसके सुपुर्द कर देना।

एक डाँड़े चलाने वाली ने झुककर कहा-बहुत अच्छा हुजूर!

बेगम ने अपने सीने से तकिये को और दबा दियाय किन्तु वह कुछ न बोल सकी, दबकर रह गयी।

उपर्युक्त घटना को बहुत दिन बीत गये। गुलाम कादिर अब अच्छा युवक मालूम होने लगा। उसका उन्नत स्कन्ध, भरी-भरी बाँहें और विशाल वक्षस्थल बड़े सुहावने हो गये। किन्तु कौन कह सकता है कि वह युवक है। ईश्वरीय नियम के विरुद्ध उसका पुंसत्व छीन लिया गया है।

कादिर, शाहआलम का प्यारा गुलाम है। उसकी तूती बोल रही है, सो भी कहाँ? शाही नौबतखाने के भीतर।

दीवाने-आम में अच्छी सज-धज है। आज कोई बड़ा दरबार होने वाला है। सब पदाधिकारी अपने योग्यतानुसार वस्त्राभूषण से सजकर अपने-अपने स्थान को सुशोभित करने लगे। शाहआलम भी तख्त पर बैठ गये। तुला-दान होने के बाद बादशाह ने कुछ लोगों का मनसब बढ़ाया और कुछ को इनाम दिया। किसी को हर्बे दिये गये, किसी की पदवी बढ़ायी गयी, किसी की तनख्वाह बढ़ी।

किन्तु बादशाह यह सब करके भी तृप्त नहीं दिखाई पड़ते। उनकी निगाहें किसी को खोज रही हैं। वे इशारा कर रही हैं कि उन्हीं से काम निकल जाय, रसना को बोलना न पड़े। किन्तु करें क्या? वह हो नहीं सकता था। बादशाह ने एक तरफ देखकर कहा-गुलाम कादिर!

कादिर अपने कमरे में कपड़े पहनकर तैयार है, केवल कमरबंद में एक जड़ाऊ दस्ते की कटार लगाना बाकी है, जिसे बादशाह ने उसे प्रसन्न होकर दिया है। कटार लगाकर एक बड़े दर्पण में मुँह देखने की लालसा से वह उस ओर बढ़ा। दर्पण के सामने खड़े होकर उसने देखा, अपरूप सौन्दर्य! किसका? अपना ही। सचमुच कादिर की दृष्टि अपनी आँखों पर से नहीं हटती। मुग्ध होकर वह अपना रूप देख रहा है।

उसका पुरुषोचित सुन्दर मुख-मण्डल तारुण्य-सूर्य के आतप से आलोकित हो रहा है। दोनों भरे हुए कपोल प्रसन्नता से बार-बार लाल हो आते हैं, आँखें हँस रही हैं। सृष्टि सुन्दरतम होकर उसके सामने विकसित हो रही है।

प्रहरी ने आकर कहा-जहाँपनाह ने दरबार में याद किया है।

कादिर चौंक उठा और उसका रंग उतर गया। वह सोचने लगा कि उसका रूप और तारुण्य कुछ नहीं है, किसी काम का नहीं। मनुष्य की सारी सम्पत्ति उससे जबर्दस्ती छीन ली गयी है।

कादिर का जीवन भार हो उठा। निरभ्र, गगन में पावसघन घिर उठे। उसका प्राण तलमला उठा, और वह व्याकुल होकर चाहता था कि दर्पण फोड़ दे।

क्षण-भर में सारी प्रसन्नता मिट्टी में मिल गयी। जीवन दुःसह हो उठा। दाँत आपस में घिस उठे और कटार भी कमर से बाहर निकलने लगी।

कादिर कुछ शान्त हुआ। कुछ सोचकर धीरे-धीरे दरबार की ओर चला। बादशाह के सामने पहुँचकर यथोचित अभिवादन किया

शाहआलम-कादिर! इतनी देर तक कहाँ रहा?

कादिर-जहाँपनाह! गुलाम की खता माफ हो।

शाहआलम-(हँसते हुए) खता कैसी, कादिर?

कादिर-(जलकर) हुजूर, देर हुई।

शाहआलम-अच्छा, उसकी सजा दी जायगी।

कादिर-(अदब से) लेकिन हुजूर, मेरी भी कुछ अर्ज है।

बादशाह ने पूछा-क्या?

कादिर ने कहा-मुझे यही सजा मिले कि मैं कुछ दिनों के लिये देहली से निकाल दिया जाऊँ।

शाहआलम ने कहा-सो तो बहुत बड़ी सजा है कादिर, ऐसा नहीं हो सकता। मैं तुम्हें कुछ इनाम देना चाहता हूँ, ताकि वह यादगार रहे, और तुम फिर ऐसा कुसूर न करो।

कादिर ने हाथ बाँधकर कहा-हुजूर! इनाम में मुझे छुट्टी ही मिल जाय, ताकि कुछ दिनों तक मैं अपने बूढ़े बाप की खिदमत कर सकूँ।

शाहआलम-(चौंककर) उसकी खिदमत के लिये मेरी दी हुई जागीर काफी है। सहारनपुर में उसकी आराम से गुजरती है।

कादिर ने गिड़गिड़ाकर कहा-लेकिन जहाँपनाह, होकर मेरा भी कोई फर्ज है।

शाहआलम ने कुछ सोचकर कहा-अच्छा, तुम्हें रुख्सत मिली और यादगार की तरह तुम्हें एक-हजारी मनसब अता किया जाता है, ताकि तुम वहाँ से लौट आने में फिर देर न करो।

उपस्थित लोग 'करामात', हुजूर का एकबाल और बुलन्द हो' की धुन मचाने लगे। गुलाम कादिर अनिच्छा रहते उन लोगों का साथ देता था, और अपनी हार्दिक प्रसन्नता प्रकट करने की कोशिश करता था।

भारत के सपूत, हिन्दुओं के उज्जवल रत्न छत्रपति महाराज शिवाजी ने जो अध्यवसाय और परिश्रम किया, उसका परिणाम मराठों को अच्छा मिला, और उन्होंने भी जब तक उस पूर्व-नीति को अच्छी तरह से माना, लाभ उठाया। शाहआलम के दरबार में क्या-भारत में-आज मराठा-वीर सिन्धिया ही नायक समझा जाता है। सिन्धिया की विपुल वाहिनी के बल से शाहआलम नाममात्र को दिल्ली के सिंहासन पर बैठे हैं। बिना सिन्धिया के मंजूर किये बादशाह-सलामत रत्ती-भर हिल नहीं

सकते। सिन्धिया दिल्ली और उसके बादशाह के प्रधान रक्षक हैं। शाहआलम का मुगल रक्त सर्द हो चुका है।

सिन्धिया आपस के झगड़े तय करने के लिये दक्खिन चला गया है। 'मंसूर' नामक कर्मचारी ही इस समय बादशाह का प्रधान सहायक है। शाहआलम का पूरा शुभचिन्तक होने पर भी वह हिन्दू सिन्धिया की प्रधानता से भीतर-भीतर जला करता था।

जला हुआ, विद्रोह का झंडा उठाये, इसी समय, गुलाम कादिर रुहेलों के साथ सहारनपुर से आकर दिल्ली के उस पार डेरा डाले पड़ा है। मंसूर उसके लिये हर तरह से तैयार है। एक बार वह भुलावे में आकर चला गया है। अबकी बार उसकी इच्छा है कि वजारत वही करे।

बूढ़े बादशाह संगमरमर के मीनाकारी किये हुए बुर्ज में गावतकिये के सहारे लेटे हुए हैं। मंसूर सामने हाथ बाँधे खड़ा है। शाहआलम ने भरी हुई आवाज में पूछा-क्यों मंसूर! क्या गुलाम कादिर सचमुच दिल्ली पर हमला करके तख्त छीनना चाहता है? क्या उसको इसीलिए हमने इस मरतबे पर पहुँचाया? क्या सबका आखिरी नतीजा यही है? बोलो, साफ कहो। रुको मत, जिसमें कि तुम बात बना सको।

मंसूर-जहाँपनाह! वह तो गुलाम है। फकत हुजूर की कदमबोसी हासिल करने के लिये आया है। और, उसकी तो यही अर्जी है कि हमारे आका शाहंशाहआलम-हिंद एक काफिर के हाथ की पुतली न बने रहें। अगर हुक्म दें, तो क्या यह गुलाम वह काम नहीं कर सकता?

शाहआलम-मंसूर! इसके माने?

मंसूर-बंदरूपरवर! वह दिल्ली की वजारत के लिये अर्ज करता है और गुलामी में हाजिर होना चाहता है। उसे तो सिन्धिया से रंज है, हुजूर तो उसके मेहरबान आका हैं।

शाहआलम-(जरा तनकर) हाँ मंसूर, उसे हमने बचपन से पाला है, और इस लायक बनाया।

मंसूर-(मन में) और उसे आपने ही, खुद-गरजी से-जो काबिले-नफरत थी-दुनिया के किसी काम का न रक्खा, जिसके लिये वह जी से जला हुआ है।

शाहआलम-बोलो मंसूर! चुप क्यों हो? क्या वह एहसान-फरामोश है?

मंसूर-हुजूर! फिर, गुलाम खिदमत में बुलाया जावे?

शाहआलम-वजारत देने में मुझे कोई उज्र नहीं है। वह सँभाल सकेगा?

मंसूर-हुजूर, अगर वह न सँभाल सकेगा, तो उसको वही झेलेगा। सिन्धिया खुद उससे समझ लेगा।

शाहआलम-हाँ जी, सिन्धिया से कह दिया जायगा कि लाचारी से उसको वजारत दी गयी। तुम थे नहीं, उसने जबर्दस्ती वह काम अपने हाथ में लिया।

मंसूर-और इससे मुसलमान रियाया भी हुजूर से खुश हो जायगी। तो, उसे हुक्म आने का भेज दिया जाय

दिल्ली के दुर्ग पर गुलाम कादिर का पूर्ण अधिकार हो गया है। बादशाह के कर्मचारियों से सब काम छीन लिया गया है। रुहेलों का किले पर पहरा है। अत्याचारी गुलाम महलों की सब चीजों को लूट रहा है। बेचारी बेगमें अपमान के डर से पिशाच रुहेलों के हाथ, अपने हाथ से अपने आभूषण उतारकर दे रही हैं। पाशविक अत्याचार की मात्रा अब भी पूर्ण नहीं हुई। दीवाने-खास में सिंहासन पर बादशाह बैठे हैं। रुहेलों के साथ गुलाम कादिर उसे घेरकर खड़ा है।

शाहआलम-गुलाम कादिर, अब बस कर! मेरे हाल पर रहम कर, सब कुछ तूने कर लिया। अब मुझे क्यों नाहक परेशान करता है?

गुलाम-अच्छा इसी में है कि अपना छिपा खजाना बता दो।

एक रुहेला-हाँ,हाँ, हम लोगों के लिये भी तो कुछ चाहिये।

शाहआलम-कादिर! मेरे पास कुछ नहीं है। क्यों मुझे तकलीफ देता है?

कादिर-मालूम होता है, सीधी उँगली से घी नहीं निकलेगा।

शाहआलम-मैंने तुझे इस लायक इसलिये बनाया कि तू मेरी इस तरह बेइज्जती करे?

कादिर-तुम्हारे-ऐसों के लिये इतनी ही सजा काफी नहीं है। नहीं देखते हो कि मेरे दिल में बदले की आग जल रही है, मुझे तुमने किस काम का रक्खा? हाय!

मेरी सारी कार्रवाई फजूल है, मेरा सब तुमने लूट लिया है। बदला कहती है कि तुम्हारा गोश्त मैं अपने दाँतों से नोच डालूँ।

शाहआलम-बस कादिर! मैं अपनी खता कुबूल करता हूँ। उसे माफ कर! या तो अपने हाथों से मुझे कत्ल कर डाल! मगर इतनी बेइज्जती न कर!

गुलाम-अच्छा, वह तो किया ही जायेगा! मगर खजाना कहाँ है?

शाहआलम-कादिर! मेरे पास कुछ नहीं है!

गुलाम-अच्छा, तो उतर आएँ तख्त से, देर न करें!

शाहआलम-कादिर! मैं इसी पर बैठा हूँ, जिस पर बैठकर तुझे हुक्म दिया करता था। आ, इसी जगह खंजर से मेरा काम तमाम कर दे।

'वही होगा' कहता हुआ नर-पिशाच कादिर तख्त की ओर बढ़ा। बूढ़े बादशाह को तख्त से घसीटकर नीचे ले आया और उन्हें पटककर छाती पर चढ़ बैठा। खंजर

की नोक कलेजे पर रखकर कहने लगा, अब भी अपना खजाना बताओ, तो जान सलामत बच जायगी।

शाहआलम गिड़गिड़ाकर कहने लगे कि ऐसी जिन्दगी की जरूरत नहीं है। अब तू अपना खंजर कलेजे के पार कर!

कादिर-लेकिन इससे क्या होगा! अगर तुम मर जाओगे, तो मेरे कलेजे की आग किसे झुलसायेगी। इससे बेहतर है कि मुझसे जैसी चीज छीन ली गयी है, उसी तरह की कोई चीज तुम्हारी भी ली जाय। हाँ, इन्हीं आँखों से मेरी खूबसूरती देखकर तुमने मुझे दुनिया के किसी काम का न रक्खा। लो, मैं तुम्हारी आँखें निकालता हूँ, जिससे मेरा कलेजा कुछ ठण्डा होगा।

इतना कह कादिर ने कटार से शाहआलम की दोनों आँखें निकाल लीं। रोशनी की जगह उन गड्ढों से रक्त के फुहारे निकलने लगे। निकली हुई आँखों को कादिर की आँखें प्रसन्नता से देखने लगीं।

8

अपराधी

रंगीन संसार में अरुण किरणों ने इठलाते हुए पदार्पण किया और वे चमक उठीं, देखा तो कोमल किसलय और कुसुमों की पंखुरियाँ, बसन्त-पवन के पैरों के समान हिल रही थीं। पीले पराग का अंगराग लगने से किरणें पीली पड़ गई। बसन्त का प्रभात था।

युवती कामिनी मालिन का काम करती थी। उसे और कोई न था। वह इस कुसुम-कानन से फूल चुन ले जाती और माला बनाकर बेचती। कभी-कभी उसे उपवास भी करना पड़ता। पर, वह यह काम न छोड़ती। आज भी वह फूले हुए कचनार के नीचे बैठी हुई, अर्द्ध-विकसित कामिनी-कुसुमों को बिना बेधे हुए, फन्दे देकर माला बना रही थी। भँवर आये, गुनगुनाकर चले गये। बसन्त के दूतों का सन्देश उसने न सुना। मलय-पवन अंचल उड़ाकर, रूखी लटों को बिखराकर, हट गया। मालिन बेसुध थी, वह फन्दा बनाती जाती थी और फूलों को फँसाती जाती थी।

द्रुत-गति से दौड़ते हुए अश्व के पद-शब्द ने उसे त्रस्त कर दिया। वह अपनी फूलों की टोकरी उठाकर भयभीत होकर सिर झुकाये खड़ी हो गई। राजकुमार आज अचानक उधर वायु-सेवन के लिये आ गये थे। उन्होंने दूर ही से देखा, समझ गये कि वह युवती त्रस्त है। बलवान अश्व वहीं रुक गया। राजकुमार ने पूछा-"तुम कौन हो?"

कुरंगी कुमारी के समान बड़ी-बड़ी आँखे उठाकर उसने कहा-"मालिन!"

"क्या तुम माला बनाकर बेचती हो?"

"हाँ।"

"यहाँ का रक्षक तुम्हें रोकता नहीं?"

"नहीं, यहाँ कोई रक्षक नहीं है।"

"आज तुमने कौन-सी माला बनाई है?"

"यही कामिनी की माला बना रही थी।"

"तुम्हारा नाम क्या है?"

"कामिनी।"

"वाह! अच्छा, तुम इस माला को पूरी करो, मैं लौटकर-उसे लूँगा।" डरने पर भी मालिन ढीठ थी। उसने कहा-"धूप निकल आने पर कामिनी का सौरभ कम हो जायगा।"

"मैं शीघ्र आऊँगा"-कहकर राजकुमार चले गये।

मालिन ने माला बना डाली। किरणें प्रतीक्षा में लाल-पीली होकर धवल हो चलीं। राजकुमार लौटकर नहीं आये। तब उसी ओर चली-जिधर राजकुमार गये थे।

युवती बहुत दूर न गई होगी कि राजकुमार लौटकर दूसरे मार्ग से उसी स्थान पर आये। मालिन को न देखकर पुकारने लगे-"मालिन! ओ मालिन!"

दूरागत कोकिल की पुकार-सा वह स्वर उसके कान में पड़ा था। वह लौट आई। हाथों में कामिनी की माला लिये वह वन-लक्ष्मी के समान लौटी। राजकुमार उसी दिन-सौन्दर्य को सकुतूहल देख रहे थे। कामिनी ने माला गले में पहना दी। राजकुमार ने अपना कौशेय उष्णीश खोलकर मालिन के ऊपर फेंक दिया। कहा-"जाओ, इसे पहनकर आओ।" आश्चर्य और भय से लताओं की झुरमुट में जाकर उसने आज्ञानुसार कौशेय वसन पहना।

बाहर आई, तो उज्ज्वल किरणें उसके अंग-अंग पर हँसते-हँसते लोट-पोट हो रही थीं। राजकुमार मुस्कराये और कहा-"आज से तुम इस कुसुम-कानन की वन-पालिका हुई हो। स्मरण रखना।"

राजकुमार चले गये। मालिन किंकर्तव्यविमूढ़ होकर मधूक-वृक्ष के नीचे बैठ गई।

बसन्त बीत गया। गर्मी जलाकर चली गई। कानन में हरियाली फैल रही थी। श्यामल घटायें आकाश में और शस्य-शोभा धरणी पर एक सघन-सौन्दर्य का सृजन कर रही थी। वन-पालिका के चारों ओर मयूर घेरकर नाचते थे। संध्या में एक सुन्दर उत्सव हो रहा था। रजनी आई। वन-पालिका के कुटीर को तम ने घेर लिया। मूसलाधार वृष्टि होने लगी। युवती प्रति का मद-विह्वल लास्य था। वन-पालिका

पर्ण-कुटीर के वातायन से चकित होकर देख रही थी। सहसा बाहर कम्पित कण्ठ से शब्द हुआ-"आश्रय चाहिए!" वन-पालिका ने कहा-"तुम कौन हो?"

"एक अपराधी।"

"तब यहाँ स्थान नहीं है।"

"विचार कर उत्तर दो, कहीं आश्रय न देकर तुम अपराध न कर बैठो।" वन-पालिका विचारने लगी। बाहर से फिर सुनाई पड़ा-"विलम्ब होने से प्राणों की आशंका है।"

वन-पालिका निस्संकोच उठी और उसने द्वार खोल दिया। आगन्तुक ने भीतर प्रवेश किया। वह एक बलिष्ठ युवक था, साहस उसकी मुखाकृति थी। वन-पालिका ने पूछा-"तुमने कौन-सा अपराध किया है?"

"बड़ा भारी अपराध है, प्रभात होने पर सुनाऊँगा। इस रात्रि में केवल आश्रय दो।"-कहकर आगन्तुक अपना आद्र वस्त्र निचोड़ने लगा। उसका स्वर विकृत और वदन नीरस था। अन्धकार ने उसे और भी अस्पष्ट बना दिया था।

युवती वन-पालिका व्याकुल होकर प्रभात की प्रतीक्षा करने लगी। सहसा युवक ने उसका हाथ पकड़ लिया। वह त्रस्त हो गई, बोली-"अपराधी, यह क्या?"

"अपराधी हूँ सुन्दरी!"-अबकी बार उसका स्वर परिवर्तित था। पागल प्रति पर्णकुटी को घेरकर अपनी हँसी में फूटी पड़ती थी। वह करस्पर्श उन्मादकारी था। कामिनी की धमनियों में बाहर के बरसाती नालों के समान रक्त दौड़ रहा था। युवक के स्वर में परिचय था, परन्तु युवती की वासना के कुतूहल ने भय का बहाना खोज लिया! बाहर करकापात के साथ ही बिजली कडकी। वन-पालिका ने दूसरा हाथ युवक के कण्ठ में डाल दिया।

अन्धकार हँसने लगा।

बहुत दिन बीत गये। कितने ही बरस आये और चले गये। वह कुसुम-कानन-जिसमें मोर, शुक और पिक, फूलों से लदी झाड़ियों में विहार करते थे, अब एक जंगल हो गया। अब राजकुमार वहाँ नहीं आते थे। अब वे स्वयं राजा हैं। सुकुमार पौदे सूख गये। विशालकाय वृक्षों ने अपनी शाखाओं से जकड़ लिया। उस गहन वन में एक कोने में पर्णकुटी थी, उसमें एक स्त्री और उसका पुत्र, दोनो रहते थे।

दोनों बहेलियों का व्यवसाय करतेय उसी से उनका जीवन-निर्वाह होता। पक्षियों को फँसाकर नागरिकों के हाथ वह बालक बेचा करता, कभी-कभी मृग-शावक भी पकड़ ले आता।

एक दिन वन-पालिका का पुत्र एक सुन्दर कुरंग पकड़कर नगर की ओर बेचने के लिए ले गया। उसकी पीठ पर बड़ी अच्छी बूटियाँ थीं। वह दर्शनीय था। राजा का पुत्र अपने टट्टू पर चढकघर घूमने निकला था, उसके रक्षक साथ थे। राजपुत्र मचल गया। किशोर मूल्य माँगने लगा। रक्षकों ने कुछ देकर उसे छीन लेना चाहा। किशोर ने कुरंग का फन्दा ढीला कर दिया। वह छलाँग भरता हुआ निकल गया। राजपुत्र अत्यन्त हठी था, वह रोने लगा। रक्षकों ने किशोर को पकड़ लिया। वे उसे राजमन्दिर की ओर ले चले।

वातायन से रानी ने देखा, उसका लाल रोता हुआ लौट रहा है। एक आँधी-सी आ गई। रानी ने समाचार सुनकर उस बहेलिये के लड़के को बेंतों से पीटे जाने की आज्ञा दी।

किशोर ने बिना रोये-चिल्लाये और आँसू बहाये बेंतों की चोट सहन की। उसका सारा अंग क्षत-विक्षत था, पीड़ा से चल नहीं सकता था। मृगया से लौटते हुए राजा ने देखा। एक बार दया तो आई, परन्तु उसका कोई उपयोग न हुआ। रानी की आज्ञा थी। वन-पालिका ने राजा के निकल जाने पर किशोर को गोद में उठा लिया। अपने आँसुओं से घाव धोती हुई, उसने कहा-"आह! वे कितने निर्दयी हैं!"

फिर कई वर्ष बीत गये। नवीन राजपुत्र को मृगया की शिक्षा के लिए, लक्ष्य साधने के लिए, वही नगरोपकण्ठ का वन स्थिर हुआ। वहाँ राजपुत्र हिरणों पर, पक्षियों पर तीर चलाता। वन-पालिका को अब फिर कुछ लाभ होने लगा। हिरणों को हाँकने से पक्षियों का पता बताने से, कुछ मिल जाता है। परन्तु उसका पुत्र किशोर राजकुमार की मृगया में भाग न लेता।

एक दिन बसन्त की उजली धूप में राजा अपने राजपुत्र की मृगया-परीक्षा लेंने के लिए, सोलह बरस बाद, उस जंगल में आये। राजा का मुँह एक बार विवर्ण हो गया। उस कुसुम कानन के सभी सुकुमार पौधे सूखकर लोप हो गये हैं। उनकी पेड़ियों में कहीं-कहीं दो-एक अंकुर निकल कर अपने प्राचीन बीज का निर्देश करते थे। राजा स्वप्न के समान उस अतीत की कल्पना कर रहे थे।

अहेरियों के वेश में राजपुत्र और उसके समवयस्क जंगल में आये। किशोर भी अपना धनुष लिये एक ओर खड़ा था। कुरंग पर तीर छूटे। किशोर का तीर कुरंग के कण्ठ को बेधकर राजपुत्र की छाती में घुस गया। राजपुत्र अचेत होकर गिर पड़ा। किशोर पकड़ लिया गया।

इधर वन-पालिका राजा के आने का समाचार सुनकर फूल खोजने लगी थी। उस जंगल में अब कामिनी-कुसुम नहीं थे। उसने मधूक और दूर्वा की सुन्दर माला बनाई, यही उसे मिले थे।

राजा क्रोध से उन्मत्त थे। प्रतिहिंसा से कड़ककर बोले-मारो!-बधिकों के तीर छूटे? वह कमनीय-कलेवर किशोर पृथ्वी पर लौटने लगा। ठीक उसी समय मधूक-मालिका लिये वन-पालिका राजा के सामने पहुँची।

कठोर नियति जब अपना विधान पूर्ण कर चुकी थी, तब कामिनी किशोर के शव के पास पहुँची! पागल-सी उसने माला राजा के ऊपर फेंकी और किशोर को गोद में बैठा लिया। उसकी निश्चेष्ट आँखे मौन भाषा में जैसे माँ-माँ कह रही थीं! उसने हृदय में घुस जानेवाली आँखों से एक बार राजा की ओर देखा। और भी देखा-राजपुत्र का शव!

राजा एक बार आकाश और पृथ्वी के बीच में हो गये। जैसे वह कहाँ-से-कहाँ चले आये। राजपुत्र का शोक और क्रोध, वेग से बहती हुई बरसाती नदी की धारा में बुल्ले के समान बह गया। उनका हृदय विषय-शून्य हो गया। एक बार सचेत होकर उन्होंने देखा और पहचाना-अपना वही-"जीर्ण कौशेय उष्णीश।"-"वन-पालिका!"

"राजा"-कामिनी की आँखों में आँसू नहीं थे।

"यह कौन था?"

गम्भीर स्वर में सर नीचा किये वन-पालिका ने कहा-"अपराधी।"

9

इंद्रजाल

गाँव के बाहर, एक छोटे-से बंजर में कंजरों का दल पड़ा था। उस परिवार में टट्टू, भैंसे और कुत्तों को मिलाकर इक्कीस प्राणी थे। उसका सरदार मैकू, लम्बी-चौड़ी हड्डियोंवाला एक अधेड़ पुरुष था। दया-माया उसके पास फटकने नहीं पाती थी। उसकी घनी दाढ़ी और मूँछों के भीतर प्रसन्नता की हँसी छिपी ही रह जाती। गाँव में भीख माँगने के लिए जब कंजरों की स्त्रियाँ जातीं, तो उनके लिए मैकू की आज्ञा थी कि कुछ न मिलने पर अपने बच्चों को निर्दयता से गृहस्थ के द्वार पर जो स्त्री न पटक देगी, उसको भयानक दण्ड मिलेगा।

उस निर्दय झुण्ड में गानेवाली एक लड़की थी। और एक बाँसुरी बजानेवाला युवक। ये दोनों भी गा-बजाकर जो पाते, वह मैकू के चरणों में लाकर रख देते। फिर भी गोली और बेला की प्रसन्नता की सीमा न थी। उन दोनों का नित्य सम्पर्क ही उनके लिए स्वर्गीय सुख था। इन घुमक्कड़ों के दल में ये दोनों विभिन्न रुचि के प्राणी थे। बेला बेडिन थी। माँ के मर जाने पर अपने शराबी और अकर्मण्य पिता के साथ वह कंजरों के हाथ लगी। अपनी माता के गाने-बजाने का संस्कार उसकी नस-नस में भरा था। वह बचपन से ही अपनी माता का अनुकरण करती हुई अलापती रहती थी।

शासन की कठोरता के कारण कंजरों का डाका और लड़कियों के चुराने का व्यापार बन्द हो चला था। फिर भी मैकू अवसर से नहीं चूकता। अपने दल की उन्नति में बराबर लगा ही रहता। इस तरह गोली के बाप के मर जाने पर-जो एक

चतुर नट था-मैकू ने उसकी खेल की पिटारी के साथ गोली पर भी अधिकार जमाया। गोली महुअर तो बजाता ही था, पर बेला का साथ होने पर उसने बाँसुरी बजाने में अभ्यास किया। पहले तो उसकी नट-विद्या में बेला भी मनोयोग से लगीय किन्तु दोनों को भानुमती वाली पिटारी ढोकर दो-चार पैसे कमाना अच्छा न लगा। दोनों को मालूम हुआ कि दर्शक उस खेल से अधिक उसका गाना पसन्द करते हैं। दोनों का झुकाव उसी ओर हुआ। पैसा भी मिलने लगा। इन नवागन्तुक बाहरियों की कंजरों के दल में प्रतिष्ठा बढ़ी।

बेला साँवली थी। जैसे पावस की मेघमाला में छिपे हुए आलोकपिण्ड का प्रकाश निखरने की अदम्य चेष्टा कर रहा हो, वैसे ही उसका यौवन सुगठित शरीर के भीतर उद्वेलित हो रहा था। गोली के स्नेह की मदिरा से उसकी कजरारी आँखें लाली से भरी रहतीं। वह चलती तो थिरकती हुई, बातें करती तो हँसती हुई। एक मिठास उसके चारों ओर बिखरी रहती। फिर भी गोली से अभी उसका ब्याह नहीं हुआ था।

गोली जब बाँसुरी बजाने लगता, तब बेला के साहित्यहीन गीत जैसे प्रेम के माधुर्य की व्याख्या करने लगते। गाँव के लोग उसके गीतों के लिए कंजरों को शीघ्र हटाने का उद्योग नहीं करते! जहाँ अपने सदस्यों के कारण कंजरों का वह दल घृणा और भय का पात्र था, वहाँ गोली और बेला का संगीत आकर्षण के लिए पर्याप्त था, किन्तु इसी में एक व्यक्ति का अवांछनीय सहयोग भी आवश्यक था। वह था भूरे, छोटी-सी ढोल लेकर उसे भी बेला का साथ करना पड़ता।

भूरे सचमुच भूरा भेड़िया था। गोली अधरों से बाँसुरी लगाये अर्द्धनिमीलित आँखों के अन्तराल से, बेला के मुख को देखता हुआ जब हृदय की फूँक से बाँस के टुकड़े को अनुप्राणित कर देता, तब विकट घृणा से ताड़ित होकर भूरे की भयानक थाप ढोल पर जाती। क्षण-भर के लिए जैसे दोनों चौंक उठते।

उस दिन ठाकुर के गढ़ में बेला का दल गाने के लिए गया था। पुरस्कार में कपड़े-रुपये तो मिले ही थे। बेला को एक अँगूठी भी मिली थी। मैकू उन सबको देखकर प्रसन्न हो रहा था। इतने में सिरकी के बाहर कुछ हल्ला सुनाई पड़ा। मैकू ने बाहर आकर देखा कि भूरे और गोली में लड़ाई हो रही थी। मैकू के कर्कश स्वर से दोनों भयभीत हो गये। गोली ने कहा-"मैं बैठा था, भूरे ने मुझको गालियाँ दीं। फिर भी मैं न बोला, इस पर उसने मुझे पैर से ठोकर लगा दी।"

"और यह समझता है कि मेरी बाँसुरी के बिना बेला गा ही नहीं सकती। मुझसे कहने लगा कि आज तुम ढोलक बेताल बजा रहे थे।" भूरे का कण्ठ क्रोध से भर्राया हुआ था।

मैकू हँस पड़ा। वह जानता था कि गोली युवक होने पर भी सुकुमार और अपने प्रेम की माधुरी में विह्वल, लजीला और निरीह था। अपने को प्रमाणित करने की चेष्टा उसमें थी ही नहीं। वह आज जो कुछ उग्र हो गया, इसका कारण है केवल भूरे की प्रतिद्वन्द्विता।

बेला भी वहाँ आ गयी थी। उसने घृणा से भूरे की ओर देखकर कहा-

'तो क्या तुम सचमुच बेताल नहीं बजा रहे थे?'

"मैं बेताल न बजाऊँगा, तो दूसरा कौन बजायेगा। अब तो तुमको नये यार न मिले हैं। बेला! तुझको मालूम नहीं तेरा बाप मुझसे तेरा ब्याह ठीक करके मरा है। इसी बात पर मैंने उसे अपना नैपाली का दोगला टट्टू दे दिया था, जिस पर अब भी तू चढकघ्र चलती है।" भूरे का मुँह क्रोध के झाग से भर गया था। वह और भी कुछ बकताय किन्तु मैकू की डाँट पड़ी। सब चुप हो गये।

उस निर्जन प्रान्त में जब अन्धकार खुले आकाश के नीचे तारों से खेल रहा था, तब बेला बैठी कुछ गुनगुना रही थी।

कंजरों की झोपड़ियों के पास ही पलाश का छोटा-सा जंगल था। उनमें बेला के गीत गूँज रहे थे। जैसे कमल के पास मधुकर को जाने से कोई रोक नहीं सकताय उसी तरह गोली भी कब माननेवाला था। आज उसके निरीह हृदय में संघर्ष के कारण आत्मविश्वास का जन्म हो गया था। अपने प्रेम के लिए, अपने वास्तविक अधिकार के लिए झगड़ने की शक्ति उत्पन्न हो गयी थी। उसका छुरा कमर में था। हाथ में बाँसुरी थी। बेला की गुनगुनाहट बन्द होते ही बाँसुरी में गोली उसी तान को दुहराने लगा। दोनों वन-विहंगम की तरह उस अँधेरे कानन में किलकारने लगे। आज प्रेम के आवेश ने आवरण हटा दिया था, वे नाचने लगे। आज तारों की क्षीण ज्योति में हृदय-से-हृदय मिले, पूर्ण आवेग में। आज बेला के जीवन में यौवन का और गोली के हृदय में पौरुष का प्रथम उन्मेष था।

किन्तु भूरा भी वहाँ आने से नहीं रुका। उसके हाथ में भी भयानक छुरा था। आलिंगन में आबद्ध बेला ने चीत्कार किया। गोली छटककर दूर जा खड़ा हुआ, किन्तु घाव ओछा लगा।

बाघ की तरह झपटकर गोली ने दूसरा वार किया। भूरे सम्हाल न सका। फिर तीसरा वार चलाना ही चाहता था कि मैकू ने गोली का हाथ पकड़ लिया। वह नीचे सिर किये खड़ा रहा।

मैकू ने कड़क कर कहा-"बेला, भूरे से तुझे ब्याह करना ही होगा। यह खेल अच्छा नहीं।"

उसी क्षण सारी बातें गोली के मस्तक में छाया-चित्र-सी नाच उठीं। उसने छुरा धीरे से गिरा दिया। उसका हाथ छूट गया। जब बेला और मैकू भूरे का हाथ पकड़कर ले चले, तब गोली कहाँ जा रहा है, इसका किसी को ध्यान न रहा।कंजर-परिवार में बेला भूरे की स्त्री मानी जाने लगी। बेला ने भी सिर झुका कर इसे स्वीकार कर लिया। परन्तु उसे पलाश के जंगल में संध्या के समय जाने से कोई भी नहीं रोक सकता था। उसे जैसे सायंकाल में एक हलका-सा उन्माद हो जाता। भूरे या मैकू भी उसे वहाँ जाने से रोकने में असमर्थ थे। उसकी दृढ़ता-भरी आँखों से घोर विरोध नाचने लगता।

बरसात का आरम्भ था। गाँव की ओर से पुलिस के पास कोई विरोध की सूचना भी नहीं मिली थी। गाँव वालों की छुरी-हँसिया और काठ-कबाड़ के कितने ही काम बनाकर वे लोग पैसे लेते थे। कुछ अन्न यों भी मिल जाता। चिडियाँ पकड़कर, पक्षियों का तेल बनाकर, जड़ी-बूटी की दवा तथा उत्तेजक औषधियों और मदिरा का व्यापार करके, कंजरों ने गाँव तथा गढ़ के लोगों से सद्‌भाव भी बना लिया था। सबके ऊपर आकर्षक बाँसुरी जब उसके साथ नहीं बजती थी, तब भी बेला के गले में एक ऐसी नयी टीस उत्पन्न हो गयी थी, जिसमें बाँसुरी का स्वर सुनाई पड़ता था।

अन्तर में भरे हुए निष्फल प्रेम से युवती का सौन्दर्य निखर आया था। उसके कटाक्ष अलस, गति मदिर और वाणी झंकार से भर गयी थी। ठाकुर साहब के गढ़ में उसका गाना प्रायः हुआ करता था।

छींट का घाघरा और चोली, उस पर गोटे से ढँकी हुई ओढ़नी सहज ही खिसकती रहती। कहना न होगा कि आधा गाँव उसके लिए पागल था। बालक पास से, युवक ठीक-ठिकाने से और बूढ़े अपनी मर्यादा, आदर्शवादिता की रक्षा करते हुए दूर से उसकी तान सुनने के लिए, एक झलक देखने के लिए घात लगाये रहते।

गढ़ के चौक में जब उसका गाना जमता, तो दूसरा काम करते हुए अन्यमनस्कता की आड़ में मनोयोग से और कनखियों से ठाकुर उसे देख लिया करते।

मैकू घाघ था। उसने ताड़ लिया। उस दिन संगीत बन्द होने पर पुरस्कार मिल जाने पर और भूरे के साथ बेला के गढ़ के बाहर जाने पर भी मैकू वहीं थोड़ी देर तक खड़ा रहा। ठाकुर ने उसे देखकर पूछा-श्क्या है?"

"सरकार! कुछ कहना है।"

"क्या?"

"यह छोकरी इस गाँव से जाना नहीं चाहती। उधर पुलिस तंग कर रही है।"

"जाना नहीं चाहती, क्यों?"

"वह तो घूम-घाम कर गढ़ में आ जाती है। खाने को मिल जाता है।..."

मैकू आगे की बात चुप होकर कुछ-कुछ संकेत-भरी मुस्कराहट से कह देना चाहता था।

ठाकुर के मन में हलचल होने लगी। उसे दबाकर प्रतिष्ठा का ध्यान करके ठाकुर ने कहा-

"तो मैं क्या करूँ?"

"सरकार! वह तो साँझ होते ही पलाश के जंगल में अकेली चली जाती है। वहीं बैठी हुई बड़ी रात तक गाया करती है।"

"हूँ!"

"एक दिन सरकार धमका दें, तो हम लोग उसे ले-देकर आगे कहीं चले जायँ।"

"अच्छा।"

मैकू जाल फैलाकर चला आया। एक हजार की बोहनी की कल्पना करते वह अपनी सिरकी में बैठकर हुक्का गुड़गुड़ाने लगा।

बेला के सुन्दर अंग की मेघ-माला प्रेमराशि की रजत-रेखा से उद्भासित हो उठी थी। उसके हृदय में यह विश्वास जम गया था कि भूरे के साथ घर बसाना गोली के प्रेम के साथ विश्वासघात करना है। उसका वास्तविक पति तो गोली ही है। बेला में यह उच्छ्शृंखल भावना विकट ताण्डव करने लगी। उसके हृदय में वसन्त का विकास था। उमंग में मलयानिल की गति थी। कण्ठ में वनस्थली की काकली थी। आँखों में कुसुमोत्सव था और प्रत्येक आन्दोलन में परिमल का उद्गार था। उसकी मादकता बरसाती नदी की तरह वेगवती थी।

आज उसने अपने जूड़े में जंगली करौंदे के फूलों की माला लपेटकर, भरी मस्ती में जंगल की ओर चलने के लिए पैर बढ़ाया, तो भूरे ने डाँटकर कहा-"कहाँ चली?"

"यार के पास।" उसने छूटते ही कहा। बेला के सहवास में आने पर अपनी लघुता को जानते हुए मसोसकर भूरे ने कहा-"तू खून कराये बिना चौन न लेगी।"

बेला की आँखों में गोली का और उसके परिवर्धमान प्रेमांकुर का चित्र था, जो उसके हट जाने पर विरह-जल से हरा-भरा हो उठा था। बेला पलाश के जंगल में अपने बिछुड़े हुए प्रियतम के उद्देश्य से दो-चार विरह-वेदना की तानों की प्रतिध्वनि छोड़ आने का काल्पनिक सुख नहीं छोड़ सकती थी।

उस एकान्त संध्या में बरसाती झिल्लियों की झनकार से वायुमण्डल गूँज रहा था। बेला अपने परिचित पलाश के नीचे बैठकर गाने लगी-

चिन्हित नाहीं बदल गये नैना....

ऐसा मालूम होता था कि सचमुच गोली उस अन्धकार में अपरिचित की तरह मुँह फिराकर चला जा रहा है। बेला की मनोवेदना को पहचानने की क्षमता उसने खो दी है।

बेला का एकान्त में विरह-निवेदन उसकी भाव-प्रवणता को और भी उत्तेजित करता था। पलाश का जंगल उसकी कातर कुहुक से गूँज रहा था। सहसा उस निस्तब्धता को भंग करते हुए घोड़े पर सवार ठाकुर साहब वहाँ आ पहुँचे।

"अरे बेला! तू यहाँ क्या कर रही है?"

बेला की स्वर-लहरी रुक गयी थी। उसने देखा ठाकुर साहब! महत्व का सम्पूर्ण चित्र, कई बार जिसे उसने अपने मन की असंयत कल्पना में दुर्गम शैल-शृंग समझकर अपने भ्रम पर अपनी हँसी उड़ा चुकी थी। वह सकुच कर खड़ी हो रही। बोली नहीं, मन में सोच रही थी-"गोली को छोड़कर भूरे के साथ रहना क्या उचित है? और नहीं तो फिर...."

ठाकुर ने कहा-"तो तुम्हारे साथ कोई नहीं है। कोई जानवर निकल आवे, तो?"

बेला खिलखिला कर हँस पड़ी। ठाकुर का प्रमाद बढ़ चला था। घोड़े से झुककर उसका कन्धा पकड़ते हुए कहा, "चलो, तुमको पहुँचा दें।"

उसका शरीर काँप रहा था, और ठाकुर आवेश में भर रहे थे। उन्होंने कहा-"बेला, मेरे यहाँ चलोगी?"

"भूरे मेरा पति है!" बेला के इस कथन में भयानक व्यंग था। वह भूरे से छुटकारा पाने के लिए तरस रही थी। उसने धीरे से अपना सिर ठाकुर की जाँघ से सटा दिया। एक क्षण के लिए दोनों चुप थे। फिर उसी समय अन्धकार में दो मूर्तियों का प्रादुर्भाव हुआ। कठोर कण्ठ से भूरे ने पुकारा-"बेला!"

ठाकुर सावधान हो गये थे। उनका हाथ बगल की तलवार की मूठ पर जा पड़ा। भूरे ने कहा-"जंगल में किसलिए तू आती थी, यह मुझे आज मालूम हुआ। चल, तेरा खून पिये बिना न छोड़ूँगा।"

ठाकुर के अपराध का आरम्भ तो उनके मन में हो ही चुका था। उन्होंने अपने को छिपाने का प्रयत्न छोड़ दिया। कड़ककर बोले-"खून करने के पहले अपनी बात भी सोच लो, तुम मुझ पर सन्देह करते हो, तो यह तुम्हारा भ्रम है। मैं तो...."

अब मैकू आगे आया। उसने कहा-"सरकार! बेला अब कंजरों के दल में नहीं रह सकेगी।"

"तो तुम क्या कहना चाहते हो?" ठाकुर साहब अपने में आ रहे थे, फिर भी घटना-चक्र से विवश थे।

"अब यह आपके पास रह सकती है। भूरे इसे लेकर हम लोगों के संग नहीं रह सकता।" मैकू पूरा खिलाड़ी था। उसके सामने उस अन्धकार में रुपये चमक रहे थे।

ठाकुर को अपने अहंकार का आश्रय मिला। थोड़ा-सा विवेक, जो उस अन्धकार में झिलमिला रहा था, बुझ गया। उन्होंने कहा-

"तब तुम क्या चाहते हो?"

"एक हजार।"

"चलो, मेरे साथ"-कहकर बेला का हाथ पकड़कर ठाकुर ने घोड़े को आगे बढ़ाया। भूरे कुछ भुनभुना रहा था, पर मैकू ने उसे दूसरी ओर भेजकर ठाकुर का संग पकड़ लिया। बेला रिकाब पकड़े चली जा रही थी।

दूसरे दिन कंजरों का दल उस गाँव से चला गया।

ऊपर की घटना को कई साल बीत गये। बेला ठाकुर साहब की एकमात्र प्रेमिका समझी जाती है। अब उसकी प्रतिष्ठा अन्य कुल-बधुओं की तरह होने लगी है। नये उपकरणों से उसका घर सजाया गया है। उस्तादों से गाना सीखा है। गढ़ के भीतर ही उसकी छोटी-सी साफ-सुथरी हवेली है। ठाकुर साहब की उमंग की रातें वहीं कटती हैं। फिर भी ठाकुर कभी-कभी प्रत्यक्ष देख पाते कि बेला उनकी नहीं है! वह न जाने कैसे एक भ्रम में पड़ गये। बात निबाहने की आ पड़ी।

एक दिन एक नट आया। उसने अनेक तरह के खेल दिखलाये। उसके साथ उसकी स्त्री थी, वह घूँघट ऊँचा नहीं करती थी। खेल दिखलाकर जब अपनी पिटारी लेकर जाने लगा, तो कुछ मनचले लोगों ने पूछा-

"क्यों जी, तुम्हारी स्त्री कोई खेल नहीं करती क्या?"

"करती तो है सरकार! फिर किसी दिन दिखलाऊँगा।" कहकर वह चला गयाय किन्तु उसकी बाँसुरी की धुन बेला के कानों में उन्माद का आह्वान सुना रही थी। पिंजड़े की वन-विहंगनी को वसन्त की फूली हुई डाली का स्मरण हो आया था।

दूसरे दिन गढ़ में भारी जमघट लगा। गोली का खेल जम रहा था। सब लोग उसके हस्त-कौशल में मुग्ध थे। सहसा उसने कहा-

"सरकार! एक बड़ा भारी दैत्य आकाश में आ गया है, मैं उससे लड़ने जाता हूँ, मेरी स्त्री की रक्षा आप लोग कीजियेगा।"

गोली ने एक डोरी निकालकर उसको ऊपर आकाश की ओर फेंका। वह सीधी तन गयी। सबके देखते-देखते गोली उसी के सहारे आकाश में चढ़कर अदृश्य हो गया। सब लोग मुग्ध होकर भविष्य की प्रतीक्षा कर रहे थे। किसी को यह ध्यान नहीं रहा कि स्त्री अब कहाँ है।

गढ़ के फाटक की ओर सबकी दृष्टि फिर गयी। गोली लहू से रंगा चला आ रहा था। उसने आकर ठाकुर को सलाम किया और कहा-"सरकार! मैंने उस दैत्य को हरा दिया। अब मुझे इनाम मिलना चाहिए।"

सब लोग उस पर प्रसन्न होकर पैसों-रुपयों की बौछार करने लगे। उसने झोली भरकर इधर-उधर देखा, फिर कहा-

"सरकार मेरी स्त्री भी अब मिलनी चाहिए, मैं भी... ।" किन्तु यह क्या, वहाँ तो उसकी स्त्री का पता नहीं। गोली सिर पकड़कर शोक-मुद्रा में बैठ गया। जब खोजने पर उसकी स्त्री नहीं मिली, तो उसने चिल्लाकर कहा-"यह अन्याय इस राज्य में नहीं होना चाहिए। मेरी सुन्दरी स्त्री को ठाकुर साहब ने गढ़ के भीतर कहीं छिपा दिया। मेरी योगिनी कह रही है।" सब लोग हँसने लगे। लोगों ने समझा, यह कोई दूसरा खेल दिखलाने जा रहा है। ठाकुर ने कहा-"तो तू अपनी सुन्दर स्त्री मेरे गढ़ में से खोज ला!" अन्धकार होने लगा था। उसने जैसे घबड़ाकर चारों ओर देखने का अभिनय किया। फिर आँख मूँदकर सोचने लगा।

लोगों ने कहा-"खोजता क्यों नहीं? कहाँ है तेरी सुन्दरी स्त्री?"

"तो जाऊँ न सरकार?"

"हाँ, हाँ, जाता क्यों नहीं"-ठाकुर ने भी हँसकर कहा।

गोली नयी हवेली की ओर चला। वह निःशंक भीतर चला गया। बेला बैठी हुई तन्मय भाव से बाहर की भीड़ झरोखे से देख रही थी। जब उसने गोली को समीप आते देखा, तो वह काँप उठी। कोई दासी वहाँ न थी। सब खेल देखने में लगी थीं। गोली ने पोटली फेंककर कहा-"बेला! जल्द चलो।"

बेला के हृदय में तीव्र अनुभूति जाग उठी थी। एक क्षण में उस दीन भिखारी की तरह-जो एक मुट्ठी भीख के बदले अपना समस्त संचित आशीर्वाद दे देना चाहता है-वह वरदान देने के लिए प्रस्तुत हो गयी। मन्त्र-मुग्ध की तरह बेला ने उस ओढ़नी

का घूँघट बनाया। वह धीरे-धीरे उसके पीछे भीड़ में आ गयी। तालियाँ पिटीं। हँसी का ठहाका लगा। वही घूँघट, न खुलने वाला घूँघट सायंकालीन समीर से हिल कर रह जाता था। ठाकुर साहब हँस रहे थे। गोली दोनों हाथों से सलाम कर रहा था।

रात हो चली थी। भीड़ के बीच गोली बेला को लिये जब फाटक के बाहर पहुँचा, तब एक लड़के ने आकर कहा-"एक्का ठीक है।"

तीनों सीधे उस पर जाकर बैठ गये। एक्का वेग से चल पड़ा।

अभी ठाकुर साहब का दरबार जम रहा था और नट के खेलों की प्रशंसा हो रही थी।

10

कला

उसके पिता ने बड़े दुलार से उसका नाम रक्खा था-'कला'। नवीन इन्दुकला-सी वह आलोकमयी और आँखों की प्यास बुझाने वाली थी। विद्यालय में सबकी दृष्टि उस सरल-बालिका की ओर घूम जाती थी, परन्तु रूपनाथ और रसदेव उसके विशेष भक्त थे। कला भी कभी-कभी उन्हीं दोनों से बोलती थी, अन्यथा वह एक सुन्दर नीरवता ही बनी रहती।

तीनों एक-दूसरे से प्रेम करते थे, फिर भी उनमें डाह थी। वे एक-दूसरे को अधिकाधिक अपनी ओर आकर्षित देखना चाहते थे। छात्रावास में और बालकों से उनका सौहार्द नहीं। दूसरे बालक और बालिकायें आपस में इन तीनों की चर्चा करतीं।

कोई कहता-"कला तो इधर आँख उठाकर देखती भी नहीं।"

दूसरा कहता-"रूपनाथ सुन्दर तो है, किन्तु बड़ा कठोर।"

तीसरा कहता-"रसदेव पागल है। उसके भीतर न जाने कितनी हलचल है। उसकी आँखों में निश्छल अनुराग है। पर कला को जैसे सबसे अधिक प्यार करता है।"

उन तीनों को इधर ध्यान देने का अवकाश नहीं। वे छात्रावास की फुलवारी में, अपनी धुन में मस्त विचरते थे। सामने गुलाब के फूल पर एक नीली तितली बैठी थी। कला उधर देखकर गुनगुना रही थी। उसकी सजन स्वर-लहरी अवगुण्ठित हो रही थी। पतले-पतले अधरों से बना हुआ छोटे-से मुँह का अवगुण्ठन उसे ढँकने

में असमर्थ था। रूप एकटक देख रहा था और रस नीले आकाश में आँखे गड़ाकर उस गुंजार की मधुर श्रुति में काँप रहा था।

रूप ने कहा-"आह, कला! जब तुम गुनगुनाने लगती हो, तब तुम्हारे अधरों में कितनी लहरें खेलती है। भवें जैसे अभिव्यक्ति के मंच पर चढ़ती-उतरती कितनी अमिट रेखायें हृदय पर बना देती हैं।" रूप की बातें सुनकर कला ने गुनगुनाना बन्द कर दिया। रस ने व्याघात समझ कर भ्रू-भंग सहित उसकी ओर देखा।

कला ने कहा-"अब मैं घर जाऊँगी, मेरी शिक्षा समाप्त हो चुकी।"

दोनों लुट गये। रूप ने कहा- "मैं तुम्हारा चित्र बनाकर उसकी पूजा करूँगा।"

रस ने कहा-"भला तुम्हें कभी भूल सकता हूँ।"

कला चली गई। एक दिन वसन्त के गुलाब खिले थे, सुरभि से छात्रावास का उद्यान भर रहा था। रूपनाथ और रसदेव बैठे हुए कला की बातें कर रहे थे।

रूपनाथ ने कहा-"उसका रूप कितना सुन्दर है!"

रसदेव ने कहा-"और उसके हृदय के सौन्दर्य का तो तुम्हें ध्यान ही नहीं।"

"हृदय का सौन्दर्य ही तो आति ग्रहण करता है, तभी मनोहरता रूप में आती है।"

"परन्तु कभी-कभी हृदय की अवस्था आति से नहीं खुलती, आँखे धोखा खाती हैं।"

"मैं रूप से हृदय की गहराई नाप लूँगा। रसदेव, तुम जानते हो कि मैं रेखा-विज्ञान में कुशल हूँ। मैं चित्र बनाकर उसे जब चाहूँगा, प्रत्यक्ष कर लूँगा। उसका वियोग मेरे लिए कुछ भी नहीं है।"

"आह! रूपनाथ! तुम्हारी आकांक्षा साधन-सापेक्ष है। भीतर की वस्तु को बाहर लाकर संसार की दूषित वायु से उसे नष्ट होने के लिए। ...."

"चुप रहो, तुम मन-ही-मन गुनगुनाया करो। कुछ है भी तुम्हारे हृदय में? कुछ खोलकर कह या दिखला सकते हो? .... कहकर रूपनाथ उठकर जाने लगा।

क्षुब्ध होकर उसका कन्धा पीछे से पकड़ते हुए रसदेव ने कहा-"तो मैं उसकी उपासना करने में असमर्थ हूँ?"

रूपनाथ अवहेलना में देखता हुआ मुस्कराता चला गया।

काल के विशृंखल पवन ने उन तीनों को जगत् के अंचल पर बिखेर दिया, पर वे सदैव एक दूसरे को स्मरण करते रहे। रूपनाथ एक चतुर चित्रकार बन गया। केवल कला का चित्र बनाने के लिए अपने अभ्यास को उसने और भी प्रखर कर लिया। वह अपनी प्रेम-छवि की पूजा के नित्य नये उपकरण जुटाता। वह पवन के

थपेड़े से मुँह फेरे हुए फूलों का शृंगार, चित्रपटी के जंगलों को देता। उसकी तूलिका से जड़ होकर भीतरी आन्दोलनों से बाह्य दृश्य अनेक सुन्दर आतियों की विकृतियों में स्थायी बना दिये जाते। उसकी बड़ी ख्याति थी। फिर भी उसका गर्वस्फीत सिर अपनी चित्रशाला में आकर न जाने क्यों नीचे झुक जाता। वह अपने अभाव को जानता था, पर किसी से कहता न था। वह आज भी कला का अपने मनोनुकूल चित्र नहीं बना पाया।

रसदेव का जीवन नीरव निकुंजों में बीत रहा था। वह चुपचाप रहता। नदी-तट पर बैठे हुए उस पार की परियाली देखते-देखते अन्धकार का परदा खींच लेना, यही उसकी दिनचर्या थी, और नक्षत्र-माला-सुशोभित गगन के नीचे अवाक, निस्पन्द पड़े हुए, सकुतूहल आँखों से जिज्ञासा करती उसकी रात्रिचर्या।

कुछ संगीतों की असंगति और कुछ अस्पष्ट छाया उसके हृदय की निधि थी, पर लोग उसे निकम्मा, पागल और आलसी कहते। एकाएक रजनी में, सरिता कलोल करती हुई बही जा रही थी। रसदेव ने कल्पना के नेत्रों से देखा, अकस्मात् नदी का जल स्थिर हो गया और अपने मरकत-मृणाल पर एक सहस्रदल मणि-पद्म जल-तल के ऊपर आकर नैशपवन में झूमने लगा। लहरों में स्वर के उपकरण से मूर्ति बनी, फिर नूपुरों की झनकार होने लगी। धीर मन्थर गति से तरल आस्तरण पर पैर रखते हुए एक छवि आकर उस कमल पर बैठ गई।

रसदेव बड़बड़ा उठा। वह काली रजनीवाले दुष्ट दिनों की दुःख-गाथा और आज की वैभवशालिनी निशा की सुख-कथा मिलाकर कुछ कहने लगा। वह छवि सुनती-सुनती मुस्कराने लगी, फिर चली गई। नूपुरों की मधुर-मधुर ध्वनि अपने संगीत का आधार उसे देती गई। विश्व का रूप रसमय हो गया। आकृतियों का आवरण हट गया। रसदेव की आँखें पारदर्शी हो गई। आज रसदेव के हृदय की अव्यक्त ध्वनि सार्थक हो गई। वह कोमल पदावली गाने लगा।

नगर में आज बड़ी धूम-धाम है। जिसे देखो, रंगशाला की ओर दौड़ा जा रहा है। रंगशाला के विशिष्ट मंच पर सम्पन्न चित्रकार रूपनाथ, ठाटबाट से बैठा है। धनी, शिक्षित और अधिकारी लोग अपने आसनों पर जमे हैं! वीणा और मृदंग की मधुर-ध्वनि के साथ अभिनेत्री ने यवनिका उठते ही पदार्पण किया। नूपुर की झनकारों की लहर ठहर-ठहर कर उठने लगी। उँगली और कलाई, कटि और बाहुमूल स्वर की मरोर से बल खा रहे थे। लोगों ने कहा-"देखने की वस्तु आज ही दिखलाई पड़ी। जीवन का सबसे बड़ा लाभ आज ही मिला।"

कितने सहृदय अपने उछलते हुए हृदय को हाथों से दबाये थे। शालीनता उनके लिए विपत्ति बन गई थी।

चित्रकार का अन्धभक्त धनकुबेर भी पास ही बैठा था। उसने कहा-"रूपनाथ, इसका एक सुन्दर चित्र बनाकर तुम मुझे दे सकोगे?"

चित्रकार ने देखा, एक अतुलनीय छविराशि! तूलिका इसके समीप पहुँच सकेगी? वह आँखों में अंकित करने लगा। सहसा अभिनेत्री के अधर खुल पड़े। नृत्य-श्वास-श्लथ प्रश्वास क्षण भर के लिए रुके, बाँसुरी बज उठी। वागेश्वरी के स्वरों के कम्पन की लहरें ज्योति-सी बिखरने लगीं। चित्रकार पुकार उठा-"कला!"

परन्तु यह क्या, उसने देखा, कला सजीव चित्र थी। उसकी पूर्णता स्वर-कम्पन के ज्योति-मण्डल में ओतप्रोत थी। उसने पागलों की तरह चिल्लाकर कहा-"मैं असफल हूँ। मैं इस भाव को रूप नहीं दे सकूँगा।" वह उठकर चला गया।

कंगाल रसदेव भी पीछे के मंच पर अपने एक साथी के साथ बैठा था। उसने कहा- "रसदेव, यह तो तुम्हारी बनाई हुई, 'स्मृति' नाम की कविता गा रही है। तुम्हारी रसमयी भावुकता ही इस स्वर्गीय संगीत का केन्द्र है, आत्मा है। जैसे वर्णमाला पहनकर आलोक-शिखा नृत्य कर रही है।"

संगीत में उस समय विश्राम था। अभिनेत्री ने वीणा और मृदंग को संकेत से रोककर मूक अभिनय आरम्भ कर दिया था। अपने झलमले अंचल को माया-जाल के समान फैलाकर स्मृति की प्रत्यक्ष अनुभूति बन रही थी। कवि की मधुर वाणी उसे सुनाई पड़ी। कवि रसदेव ने अपने साथी से हँसते हुए कहा-"इसकी अन्तिम और मुख्य पदावली यह भूल गई, उसका अर्थ है-मेरी भूल ही तेरा रहस्य है, इसीलिए कितनी ही कल्पनाओं में तुझे खोजता हूँ, देखता हूँ, हे मेरे चिर सुन्दर!"

वह स्मृति में जैसे जग पड़ी। उसने सतृष्ण दृष्टि से उस कहने वाले को खोजा और अपने बधाई के फूल-विजयमाला-उस दूर खड़े कंगाल कवि के चरणों में श्रद्धांजलि के सदृश्य बिखेरने चाहे।

रसदेव ने गर्वस्फीत सर झुका दिया।

11

गूदड़ साईं

"साईं! ओ साईं!!" एक लड़के ने पुकारा। साईं घूम पड़ा। उसने देखा कि एक 8 वर्ष का बालक उसे पुकार रहा है।

आज कई दिन पर उस मुहल्ले में साईं दिखलाई पड़ा है। साईं वैरागी था,-माया नहीं, मोह नहीं। परन्तु कुछ दिनों से उसकी आदत पड़ गयी थी कि दोपहर को मोहन के घर जाना, अपने दो-तीन गन्दे गूदड़ यत्न से रख कर उन्हीं पर बैठ जाता और मोहन से बातें करता। जब कभी मोहन उसे गरीब और भिखमंगा जानकर माँ से अभिमान करके पिता की नजर बचाकर कुछ साग-रोटी लाकर दे देता, तब उस साईं के मुख पर पवित्र मैत्री के भावों का साम्राज्य हो जाता। गूदड़ साईं उस समय 10 बरस के बालक के समान अभिमान, सराहना और उलाहना के आदान-प्रदान के बाद उसे बड़े चाव से खा लेताय मोहन की दी हुई एक रोटी उसकी अक्षय-तृप्ति का कारण होती।

एक दिन मोहन के पिता ने देख लिया। वह बहुत बिगड़े। वह थे कट्टर आर्यसमाजी, 'ढोंगी फकीरों पर उनकी साधारण और स्वाभाविक चिढ़ थी।' मोहन को डाँटा कि वह इन लोगों के साथ बातें न किया करे। साईं हँस पड़ा, चला गया।

उसके बाद आज कई दिन पर साईं आया और वह जान-बूझकर उस बालक के मकान की ओर नहीं गया। परन्तु पढकर लौटते हुए मोहन ने उसे देखकर पुकारा और वह लौट भी आया।

"मोहन!"

"तुम आजकल आते नहीं?"

"तुम्हारे बाबा बिगड़ते थे।"

"नहीं, तुम रोटी ले जाया करो।"

"भूख नहीं लगती।"

"अच्छा, कल जरूर आनाय भूलना मत!"

इतने में एक दूसरा लड़का साईं का गूदड़ खींचकर भागा। गूदड़ लेने के लिए साईं उस लड़के के पीछे दौड़ा। मोहन खड़ा देखता रहा, साईं आँखों से ओझल हो गया।

चौराहे तक दौड़ते-दौड़ते साईं को ठोकर लगी, वह गिर पड़ा। सिर से खून बहने लगा। खिझाने के लिए जो लड़का उसका गूदड़ लेकर भागा था, वह डर से ठिठका रहा। दूसरी ओर से मोहन के पिता ने उसे पकड़ लिया, दूसरे हाथ से साईं को पकड़ कर उठाया। नटखट लड़के के सर पर चपत पड़ने लगी साईं उठकर खड़ा हो गया।

"मत मारो, मत मारो, चोट आती होगी!" साईं ने कहा-और लड़के को छुड़ाने लगा! मोहन के पिता ने साईं से पूछा-"तब चीथड़े के लिए दौड़ते क्यों थे?"

सिर फटने पर भी जिसको रुलाई नहीं आयी थी, वह साईं लड़के को रोते देखकर रोने लगा। उसने कहा-"बाबा, मेरे पास, दूसरी कौन वस्तु है, जिसे देकर इन 'रामरूप' भगवान को प्रसन्न करता!"

"तो क्या तुम इसीलिए गूदड़ रखते हो?"

"इस चीथड़े को लेकर भागते हैं भगवान् और मैं उनसे लड़कर छीन लेता हूँ। रखता हूँ फिर उन्हीं से छिनवाने के लिए, उनके मनोविनोद के लिए। सोने का खिलौना तो उचक्के भी छीनते हैं, पर चीथड़ों पर भगवान् ही दया करते हैं!" इतना कहकर बालक का मुँह पोंछते हुए मित्र के समान गलबाँही डाले हुए साईं चला गया।

मोहन के पिता आश्चर्य से बोले-"गूदड़ साईं! तुम निरे गूदड़ नहींय गुदड़ी के लाल हो!!"

12

ग्राम

टन! टन! टन! स्टेशन पर घण्टी बोली।

श्रावण-मास की संध्या भी कैसी मनोहारिणी होती है! मेघ-माला-विभूषित गगन की छाया सघन रसाल-कानन में पड़ रही है! अँधियारी धीरे-धीरे अपना अधिकार पूर्व-गगन में जमाती हुई, सुशासनकारिणी महाराणी के समान, विहंग प्रजागण को सुख-निकेतन में शयन करने की आज्ञा दे रही है। आकाशरूपी शासन-पत्र पर प्रति के हस्ताक्षर के समान बिजली की रेखा दिखाई पड़ती है...ग्राम्य स्टेशन पर कहीं एक-दो दीपालोक दिखाई पड़ता है। पवन हरे-हरे निकुंजो में से भ्रमण करता हुआ झिल्ली के झनकार के साथ भरी हुई झीलों में लहरों के साथ खेल रहा है। बूँदियाँ धीरे-धीरे गिर रही हैं, जो जूही की कलियों को आद्र करके पवन को भी शीतल कर रही हैं।

थोड़े समय में वर्षा बंद हो गई। अन्धकार-रूपी अंजन के अग्रभाग-स्थित आलोक के समान चतुर्दशी की लालिमा को लिये हुए चन्द्रदेव प्राची में हरे-हरे तरुवरों की आड़ में से अपनी किरण-प्रभा दिखाने लगे। पवन की सनसनाहट के साथ रेलगाड़ी का शब्द सुनाई पड़ने लगा। सिग्नलर ने अपना कार्य किया। घण्टा का शब्द उस हरे-भरे मैदान में गूंजने लगा। यात्री लोग अपनी गठरी बाँधते हुए स्टेशन पर पहुँचे। महादैत्य के लाल-लाल नेत्रों के समान अंजन-गिरिनिभ इंजिन का अग्रस्थित रक्त-आलोक दिखाई देने लगा। पागलों के समान बड़बड़ाती हुई अपनी धुन की पक्की रेलगाड़ी स्टेशन पर पहुँच गई। धड़ाधड़ यात्री लोग उतरने-चढ़ने लगे। एक

स्त्री की ओर देखकर फाटक के बाहर खड़ी हुई दो औरतें-जो उसकी सहेली मालूम देती हैं-रो रही हैं, और वह स्त्री एक मनुष्य के साथ रेल में बैठने को उद्यत है। उनकी क्रन्दन-ध्वनि से वह स्त्री दीन-भाव से उनकी ओर देखती हुई, बिना समझे हुए, सेकंड क्लास की गाड़ी में चढ़ने लगीय पर उसमें बैठे हुए बाबू साहब- 'यह दूसरा दर्जा है, इसमें मत चढ़ो' कहते हुए उतर पड़े, और अपना हण्टर घुमाते हुए स्टेशन से बाहर होने का उद्योग करने लगे।

विलायती पिक का वृचिस पहने, बूट चढ़ाये, हण्टिंग कोट, धानी रंग का साफा, अंग्रेजी हिन्दुस्तानी का महासम्मेलन बाबू साहब के अंग पर दिखाई पड़ रहा है। गौर वर्ण, उन्नत ललाट-उसकी आभा को बढ़ा रहे हैं। स्टेशन मास्टर से सामना होते ही हैंडशेक करने के उपरान्त बाबू साहब से बातचीत होने लगी।

स्टेशन मास्टर-आप इस वक्त कहाँ से आ रहे हैं?

मोहन-कारिंदों ने इलाके में बड़ा गड़बड़ मचा रक्खा है, इसलिये मैं कुसुमपुर-जो कि हमारा इलाका है-इंस्पेक्शन के लिए जा रहा हूँ।

स्टेशन मास्टर-फिर कब पलटियेगा?

मोहन-दो रोज में। अच्छा, गुड इवनिंग।

स्टेशन मास्टर, जो लाइन-क्लियर दे चुके थे, गुड इवनिंग करते हुए अपने आफिस में घुस गये।

बाबू मोहनलाल अंग्रेजी काठी से सजे हुए घोड़े पर, जो पूर्व ही स्टेशन पर खड़ा था, सवार होकर चलते हुए।

सरलस्वभाव ग्रामवासिनी कुलकामिनीगण का सुमधुर संगीत धीरे-धीरे आम्र-कानन में से निकलकर चारों ओर गूँज रहा है। अन्धकार गगन में जुगनू-तारे चमक-चमक कर चित्त को चंचल कर रहे हैं। ग्रामीण लोग अपना हल कंधे पर रक्खे, बिरहा गाते हुए, बैलों की जोड़ी के साथ, घर की ओर प्रत्यावर्तन कर रहे हैं।

एक विशाल तरुवर की शाखा में झूला पड़ा हुआ है, उस पर चार महिलाएँ बैठी हैं, और पचासों उसको घेरकर गाती हुई घूम रही हैं। झूले के पेंग के साथ 'अबकी सावन सइयाँ घर रहु रे' की सुरीली पचासों कोकिल-कण्ठ से निकली हुई तान पशुगणों को भी मोहित कर रही है। बालिकाएँ स्वच्छन्द भाव से क्रीड़ा कर रही हैं। अकस्मात् अश्व के पद-शब्द ने उन सरला कामिनियों को चौंका दिया। वे सब देखती हैं, तो हमारे पूर्व-परिचित बाबू मोहनलाल घोड़े को रोककर उस पर से उतर रहे हैं। वे सब उनका भेष देखकर घबड़ा गयीं और आपस में कुछ इंगित करके चुप रह गयीं।

बाबू मोहनलाल ने निस्तब्धता को भंग किया, और बोले-भद्रे! यहाँ से कुसुमपुर कितनी दूर है? और किधर से जाना होगा? एक प्रौढ़ा ने सोचा कि 'भद्रे' कोई परिहास-शब्द तो नहीं है, पर वह कुछ कह न सकी, केवल एक ओर दिखाकर बोली-इहाँ से डेढ़ कोस तो बाय, इहै पैंड़वा जाई।

बाबू मोहनलाल उसी पगडंडी से चले। चलते-चलते उन्हें भ्रम हो गया, और वह अपनी छावनी का पथ छोड़कर दूसरे मार्ग से जाने लगे। मेघ घिर आये, जल वेग से बरसने लगा, अन्धकार और घना हो गया। भटकते-भटकते वह एक खेत के समीप पहुँचे, वहाँ उस हरे-भरे खेत में एक ऊँचा और बड़ा मचान था, जो कि फूस से छाया हुआ था, और समीप ही में एक छोटा-सा कच्चा मकान था।

उस मचान पर बालक और बालिकाएँ बैठी हुई कोलाहल मचा रही थीं। जल में भीगते हुए भी मोहनलाल खेत के समीप खड़े होकर उनके आनन्द-कलरव को श्रवण करने लगे।

भ्रान्त होने से उन्हें बहुत समय व्यतीत हो गया। रात्रि अधिक बीत गयी। कहाँ ठहरें? इसी विचार में वह खड़े रहे, बूँदें कम हो गयीं। इतने में एक बालिका अपने मलिन वसन के अंचल की आड़ में दीप लिये हुए उसी मचान की ओर जाती हुई दिखाई पड़ी।

बालिका की अवस्था 15 वर्ष की है। आलोक से उसका अंग अन्धकार-घन में विद्युल्लेखा की तरह चमक रहा था। यद्यपि दरिद्रता ने उसे मलिन कर रक्खा है, पर ईश्वरीय सुषमा उसके कोमल अंग पर अपना निवास किये हुए है। मोहनलाल ने घोड़ा बढ़ाकर उससे कुछ पूछना चाहा, पर संकुचित होकर ठिठक गये। परन्तु पूछने के अतिरिक्त दूसरा उपाय ही नहीं था। अस्तु, रूखेपन के साथ पूछा-कुसुमपुर का रास्ता किधर है?

बालिका इस भव्य मूर्ति को देखकर डरी, पर साहस के साथ बोली-मैं नहीं जानती। ऐसे सरल नेत्र-संचालन से इंगित करके उसने ये शब्द कहे कि युवक को क्रोध के स्थान में हँसी आ गयी और कहने लगा-तो जो जानता हो, मुझे बतलाओ, मैं उससे पूछ लूँगा।

बालिका-हमारी माता जानती होंगी।

मोहन-इस समय तुम कहाँ जाती हो?

बालिका-(मचान की ओर दिखाकर) वहाँ जो कई लड़के हैं, उनमें से एक हमारा भाई है, उसी को खिलाने जाती हूँ।

मोहन-बालक इतनी रात को खेत में क्यों बैठा है?

बालिका-वह रात-भर और लड़कों के साथ खेत में ही रहता है।

मोहन-तुम्हारी माँ कहाँ है?

बालिका-चलिये, मैं लिवा चलती हूँ।

इतना कहकर बालिका अपने भाई के पास गयी, और उसको खिलाकर तथा उसके पास बैठे हुए लडकघें को भी कुछ देकर उसी क्षुद्र-कुटीराभिमुख गमन करने लगी। मोहनलाल उस सरला बालिका के पीछे चले।

उस क्षुद्र कुटीर में पहुँचने पर एक स्त्री मोहनलाल को दिखाई पड़ी, जिसकी अंगप्रभा स्वर्ण-तुल्य थी, तेजोमय मुख-मण्डल, तथा ईषत् उन्नत अधर अभिमान से भरे हुए थे, अवस्था उसकी 50 वर्ष से अधिक थी। मोहनलाल की आन्तरिक अवस्था, जो ग्राम्य जीवन देखने से कुछ बदल चुकी थी, उस सरल गम्भीर तेजोमय मूर्ति को देख और भी सरल विनययुक्त हो गयी। उसने झुककर प्रणाम किया। स्त्री ने आशीर्वाद दिया और पूछा-बेटा! कहाँ से आते हो?

मोहन-मैं कुसुमपुर जाता था, किन्तु रास्ता भूल गया......।

'कुसुमपुर' का नाम सुनते ही स्त्री का मुख-मण्डल आरक्तिम हो गया और उसके नेत्र से दो बूंद आँसू निकल आये। वे अश्रु करुणा के नहीं किन्तु अभिमान के थे।

मोहनलाल आश्चर्यान्वित होकर देख रहे थे। उन्होंने पूछा-आपको कुसुमपुर के नाम से क्षोभ क्यों हुआ?

स्त्री-बेटा! उसकी बड़ी कथा है, तुम सुनकर क्या करोगे?

मोहन-नहीं, मैं सुनना चाहता हूँ, यदि आप कृपा करके सुनावें।

स्त्री-अच्छा, कुछ जलपान कर लो, तब सुनाऊँगी।

पुनः बालिका की ओर देखकर स्त्री ने कहा-कुछ जल पीने को ले आओ।

आज्ञा पाते ही बालिका उस क्षुद्र गृह के एक मिट्टी के बर्तन में से कुछ वस्तु निकाल, उसे एक पात्र में घोलकर ले आयी, और मोहनलाल के सामने रख दिया। मोहनलाल उस शर्बत को पान करके फूस की चटाई पर बैठकर स्त्री की कथा सुनने लगे।

स्त्री कहने लगी-हमारे पति इस प्रान्त के गण्य भूस्वामी थे, और वंश भी हम लोगों का बहुत उच्च था। जिस गाँव का अभी आपने नाम लिया है, वही हमारे पति की प्रधान जमींदारी थी। कार्यवश कुंदनलाल नामक एक महाजन से कुछ ऋण लिया गया। कुछ भी विचार न करने से उनका बहुत रुपया बढ़ गया, और जब ऐसी

अवस्था पहुँची तो अनेक उपाय करके हमारे पति धन जुटाकर उनके पास ले गये, तब उस धूर्त ने कहा-"क्या हर्ज है बाबू साहब! आप आठ रोज में आना, हम रुपया ले लेंगे, और जो घाटा होगा, उसे छोड़ देंगे, आपका इलाका फिर जायगा, इस समय रेहननामा भी नहीं मिल रहा है।" उसका विश्वास करके हमारे पति फिर बैठ रहे, और उसने कुछ भी न पूछा। उनकी उदारता के कारण वह संचित धन भी थोड़ा हो गया, और उधर उसने दावा करके इलाका-जो कि वह ले लेना चाहता था-बहुत थोड़े रुपये में नीलाम करा लिया। फिर हमारे पति के हृदय में, उस इलाके के इस भाँति निकल जाने के कारण, बहुत चोट पहुँची, और इसी से उनकी मृत्यु हो गयी। इस दशा के होने के उपरान्त हम लोग इस दूसरे गाँव में आकर रहने लगीं। यहाँ के जमींदार बहुत धर्मात्मा हैं, उन्होंने कुछ सामान्य 'कर' पर यह भूमि दी है, इसी से अब हमारी जीविका है। ....

इतना कहते-कहते स्त्री का गला अभिमान से भर आया और कुछ कह न सकी।

स्त्री की कथा को सुनकर मोहनलाल को बड़ा दुःख हुआ। रात विशेष बीत चुकी थी, अतरू रात्रि-यापन करके, प्रभात में मलिन तथा पश्चिमगामी चन्द्र का अनुसरण करके, बताये हुए पथ से वह चले गये।

पर उनके मुख पर विषाद तथा लज्जा ने अधिकार कर लिया था। कारण यह था कि स्त्री की जमींदारी हरण करने वाले, तथा उसके प्राणप्रिय पति से उसे विच्छेद कराकर इस भाँति दुःख देने वाले कुंदनलाल मोहनलाल के ही पिता थे।

13

ग्राम-गीत

शरद्-पूर्णिमा थी। कमलापुर के निकलते हुए करारे को गंगा तीन ओर से घेरकर दूध की नदी के समान बह रही थी। मैं अपने मित्र ठाकुर जीवन सिंह के साथ उनके सौंध पर बैठा हुआ अपनी उज्ज्वल हँसी में मस्त प्रकृति को देखने में तन्मय हो रहा था। चारों ओर का क्षितिज नक्षत्रों के बन्दनवार-सा चमकने लगा था। धवलविधु-बिम्ब के समीप ही एक छोटी-सी चमकीली तारिका भी आकाश-पथ में भ्रमण कर रही थी। वह जैसे चन्द्र को छू लेना चाहती थी, पर छूने नहीं पाती थी।

मैंने जीवन से पूछा-तुम बता सकते हो, वह कौन नक्षत्र है?

रोहिणी होगी। -जीवन के अनुमान करने के ढंग से उत्तर देने पर मैं हँसना ही चाहता था कि दूर से सुनाई पड़ा-

बरजोरी बसे हो नयनवाँ में।

उस स्वर-लहरी में उन्मत्त वेदना थी। कलेजे को कचोटनेवाली करुणा थी। मेरी हँसी सन्न रह गई। उस वेदना को खोजने के लिए, गंगा के उस पार वृक्षों की श्यामलता को देखने लगाय परन्तु कुछ न दिखाई पड़ा।

मैं चुप था, सहसा फिर सुनाई पड़ा-

अपने बाबा की बारी दुलारी,
खेलत रहली अँगनवाँ में,
बरजोरी बसे हो।

मैं स्थिर होकर सुनने लगा, जैसे कोई भूली हुई सुन्दर कहानी। मन में उत्कण्ठा थी, और एक कसक भरा कुतूहल था! फिर सुनाई पड़ा-

ई कुल बतियाँ कबौं नाहीं जनली,
देखली कबौं न सपनवाँ में।
बरजोरी बसे हो-

मैं मूर्ख-सा उस गान का अर्थ-सम्बन्ध लगाने लगा।

अँगने में खेलते हुए-ई कुल बतियाँ, वह कौन बात थी? उसे जानने के लिए हृदय चंचल बालक-सा मचल गया। प्रतीत होने लगा, उन्हीं कुल अज्ञात बातों के रहस्य-जाल में मछली-सा मन चाँदनी के समुद्र में छटपटा रहा है।

मैंने अधीर होकर कहा-ठाकुर! इसको बुलवाओगे?

नहीं जी, वह पगली है।

पगली! कदापि नहीं! जो ऐसा गा सकती है, वह पगली नहीं हो सकती। जीवन! उसे बुलाओ, बहाना मत करो।

तुम व्यर्थ हठ कर रहे हो। -एक दीर्घ निश्वास को छिपाते हुए जीवन ने कहा।

मेरा कुतूहल और भी बढ़ा। मैंने कहा-हठ नहीं, लड़ाई भी करना पड़े तो करूँगा। बताओ, तुम क्यों नहीं बुलाने देना चाहते हो?

वह इसी गाँव की भाँट की लडकी है। कुछ दिनों से सनक गई है। रात भर कभी-कभी गाती हुई गंगा के किनारे घूमा करती है।

तो इससे क्या? उसे बुलाओ भी।

नहीं, मैं उसे न बुलवा सकूँगा।

अच्छा, तो यही बताओ, क्यों न बुलवाओगे?

वह बात सुनकर क्या करोगे?

सुनूँगा अवश्य-ठाकुर! यह न समझना कि मैं तुम्हारी जमींदारी में इस समय बैठा हूँ, इसलिए डर जाऊँगा।-मैंने हँसी से कहा।

जीवनसिंह ने कहा-तो सुनो-

तुम जानते हो कि देहातों में भाँटों का प्रधान काम है, किसी अपने ठाकुर के घर उत्सवों पर प्रशंसा के कवित्त सुनाना। उनके घर की स्त्रियाँ घरों में गाती-बजाती हैं। नन्दन भी इसी प्रकार मेरे घराने का आश्रित भाँट है। उसकी लडकघे रोहिणी विधवा हो गई-

मैंने बीच ही में टोक कर कहा-क्या नाम बताया?

जीवन ने कहा-रोहिणी। उसी साल उसका द्विरागमन होनेवाला था। नन्दन लोभी नहीं है। उसे और भाँटों के सदृश माँगने में भी संकोच होता है। यहाँ से थोड़ी दूर पर गंगा-किनारे उसकी कुटिया है। वहाँ वृक्षों का अच्छा झुरमुट है। एक दिन मैं खेत देखकर घोड़े पर आ रहा था। कड़ी धूप थी। मैं नन्दन के घर के पास वृक्षों की छाया में ठहर गया। नन्दन ने मुझे देखा। कम्बल बिछाकर उसने अपनी झोपड़ी में मुझे बिठाया, मैं लू से डरा था। कुछ समय वहीं बिताने का निश्चय किया।

जीवन को सफाई देते देखकर मैं हँस पड़ाय परन्तु उसकी ओर ध्यान ने देकर जीवन ने अपनी कहानी गम्भीरता से विच्छिन्न न होने दी।

हाँ तो - नन्दन ने पुकारा - रोहिणी, एक लोटा जल ले आ बेटी, ये तो अपने मालिक हैं, इनसे लज्जा कैसी? रोहिणी आई। वह उसके यौवन का प्रभात था, परिश्रम करने से उसकी एक-एक नस और मांस-पेशियाँ जैसे गढ़ी हुई हों। मैंने देखा, उसकी झुकी हुई पलकों से काली बरौनियाँ छितरा रही थीं और उन बरौनियों से जैसे करुणा की अदृश्य सरस्वती कितनी ही धाराओं में बह रही थी। मैं न जाने क्यों उद्विग्न हो उठा। अधिक काल तक वहाँ न ठहर सका। घर चला आया।

विजया का त्यौहार था। घर में गाना-बजाना हो रहा था। मैं अपनी श्रीमती के पास जा बैठा। उन्होंने कहा-सुनते हो?

मैंने कहा-दोनों कानों से।

श्रीमती ने कहा-यह रोहिणी बहुत अच्छा गाने लगी, और भी एक आश्चर्य की बात है। यह गीत बनाती भी है, गाती भी है। तुम्हारे गाँव की लड़कियाँ तो बड़ी गुनवती हैं। मैं 'हूँ' कहकर उठकर बाहर आने लगाय देखा तो रोहिणी जवारा लिये खड़ी है। मैंने सिर झुका दिया, यव की पतली-पतली लम्बी धानी पत्तियाँ मेरे कानों से अटका दी गई, मैं उसे बिना कुछ दिये बाहर चला आया।

पीछे से सुना कि इस धृष्टता पर मेरी माता जी ने उसे बहुत फटकाराय उसी दिन से कोट में उसका आना बन्द हुआ।

नन्दन बड़ा दुःखी हुआ। उसने भी आना बन्द कर दिया। एक दिन मैंने सुना, उसी की सहेलियाँ उससे मेरे सम्बन्ध में हँसी कर रही थीं। वह सहसा अत्यन्त उत्तेजित हो उठी और बोली-तो इसमें तुम लोगों का क्या? मैं मरती हूँ, प्यार करती हूँ उन्हें, तो तुम्हारी बला से।

सहेलियों ने कहा-बाप रे! इसकी ढिठाई तो देखो। वह और भी गरम होती गई। यहाँ तक उन लोगों ने रोहिणी को छेड़ा कि वह बकने लगी। उसी दिन से उसका बकना बन्द न हुआ। अब वह गाँव में पगली समझी जाती है। उसे अब लज्जा

संकोच नहीं, जब जो आता है, गाती हुई घूमा करती है। सुन लिया तुमने, यही कहानी है, भला मैं उसे कैसे बुलाऊँ?

जीवनसिंह अपनी बात समाप्त करके चुप हो रहे और मैं कल्पना से फिर वही गाना सुनने लगा-

बरजोरी बसे हो नयनवां में।

सचमुच यह संगीत पास आने लगा। अब की सुनाई पड़ा...

मुरि मुसुक्याई पढयो कछु टोना,
गारी दियो किधों मनवाँ में,
बरजोरी बसे हो-

उस ग्रामीण भाँड़ भाषा में पगली के हृदय की सरल कथा थी-मार्मिक व्यथा थी। मैं तन्मय हो रहा था।

जीवनसिंह न जाने क्यों चंचल हो उठे। उठकर टहलने लगे। छत के नीचे गीत सुनाई पड़ रहा था।

खनकार भरी काँपती हुई तान हृदय खुरचने लगी। मैंने कहा-जीवन, उसे बुला लाओ, मैं इस प्रेमयोगिनी का दर्शन तो कर लूँ।

सहसा सीढियों पर घमघमाहट सुनाई पड़ी, वही पगली रोहिणी आकर जीवन के सामने खड़ी हो गई।

पीछे-पीछे सिपाही दौड़ता हुआ आया। उसने कहा-हट पगली।

जीवन और हम चुप थे। उसने एक बार घूम कर सिपाही की ओर देखा। सिपाही सहम गया। पगली रोहिणी फिर गा उठी!

ढीठ! बिसारे बिसरत नाहीं
कैसे बसूँ जाय बनवाँ में,
बरजोरी बसे हो...

सहसा सिपाही ने कर्कश स्वर से फिर डाँटा। वह भयभीय हो जैसी भगी, या पीछे हटी मुझे स्मरण नहीं। परन्तु छत के नीचे गंगा के चन्द्रिका-रंजित प्रवाह में एक छपाका हुआ। हतबुद्धि जीवन देखते ही रहे। मैं ऊपर अनन्त की उस दौड़ को देखने लगा। रोहिणी चन्द्रमा का पीछा कर रही थी और नीचे छपाके से उठे हुए कितने ही बुदबुदों में प्रतिबिम्बित रोहिणी की किरणें विलीन हो रही थीं।

14

चूड़ीवाली

"अभी तो पहना गई हो।"

"बहूजी, बड़ी अच्छी चूडियाँ हैं। सीधे बम्बई से पारसल मँगाया है। सरकार का हुक्म है। इसलिए नयी चूडियाँ आते ही चली आती हूँ।"

"तो जाओ, सरकार को ही पहनाओ, मैं नहीं पहनती।"

"बहूजी! जरा देख तो लीजिए।" कहती मुस्कराती हुई ढीठ चूड़ीवाली अपना बक्स खोलने लगी। वह पचीस वर्ष की एक गोरी छरहरी स्त्री थी। उसकी कलाई सचमुच चूड़ी पहनाने के लिए ढली थी। पान से लाल पतले-पतले ओठ दो-तीन वक्रताओं में अपना रहस्य छिपाये हुए थे। उन्हें देखने का मन करता, देखने पर उन सलोने अधरों से कुछ बोलवाने का जी चाहता है। बोलने पर हँसाने की इच्छा होती और उसी हँसी में शैशव का अल्हड़पन, यौवन की तरावट और प्रौढ़ की-सी गम्भीरता बिजली के समान लड़ जाती।

बहूजी को उसकी हँसी बहुत बुरी लगतीय पर जब पंजों में अच्छी चूड़ी चढ़ाकर, संकट में फँसाकर वह हँसते हुए कहती-"एक पान मिले बिना यह चूड़ी नहीं चढ़ती।" तब बहूजी को क्रोध के साथ हँसी आ जाती और उसकी तरल हँसी की तरी लेने में तन्मय हो जातीं।

कुछ ही दिनों से यह चूड़ीवाली आने लगी है। कभी-कभी बिना बुलाये ही चली आती और ऐसे ढंग फैलाती कि बिना सरकार के आये निबटारा न होता। यह बहूजी को असह्य हो जाता। आज उसको चूड़ी फँसाते देख बहूजी झल्लाकर बोलीं-"आज-कल दूकान पर ग्राहक कम आते हैं क्या?"

"बहूजी, आज-कल खरीदने की धुन में हूँ, बेचती हूँ कम।" इतना कहकर कई दर्जन चूडियाँ बाहर सजा दीं। स्लीपरों के शब्द सुनाई पड़े। बहूजी ने कपड़े सम्हाले, पर वह ढीठ चूड़ीवाली बालिकाओं के समान सिर टेढ़ा करके "यह जर्मनी की है, यह फराँसीसी है, यह जापानी है" कहती जाती थी। सरकार पीछे खड़े मुस्करा रहे थे।

"क्या रोज नयी चूडियाँ पहनाने के लिए इन्हें हुक्म मिला है?" बहूजी ने गर्व से पूछा।

सरकार ने कहा-"पहनो, तो बुरा क्या है?"

"बुरा तो कुछ नहीं, चूड़ी चढ़ाते हुए कलाई दुखती होगी।" चूड़ीवाली ने सिर नीचा किये कनखियों से देखते हुए कहा! एक लहर-सी लाली आँखों की ओर से कपोलों को तर करती हुई दौड़ जाती थी। सरकार ने देखा, एक लालसा-भरी युवती व्यंग कर रही है। हृदय में हलचल मच गयी, घबराकर बोले-"ऐसा है, तो न पहनें।"

"भगवान करें, रोज पहनें।" चूड़ीवाली आशीर्वाद देने के गम्भीर स्वर में प्रौढ़ा के समान बोली।

"अच्छा, तुम अभी जाओ।" सरकार और चूड़ीवाली दोनों की ओर देखते हुए बहूजी ने झुँझलाकर कहा।

"तो क्या मैं लौट जाऊँ? आप तो कहती थीं न, कि सरकार को ही पहनाओ, तो जरा उनसे पहनने के लिए कह दीजिए"

"निकल मेरे यहाँ से।" कहते हुए बहूजी की आँखे तिलमिला उठी। सरकार धीरे से निकल गये। अपराधी के समान सर नीचा किये चूड़ीवाली अपनी चूडियाँ बटोरकर उठी। हृदय की धड़कन में अपनी रहस्यपूर्ण निश्वास छोड़ती हुई चली गयी।

चूड़ीवाली का नाम था विलासिनी। वह नगर की एक प्रसिद्ध नर्तकी की कन्या थी। उसके रूप और संगीत-कला की सुख्याति थी, वैभव भी कम न था! विलास और प्रमोद का पर्याप्त सम्भार मिलने पर भी उसे सन्तोष न था। हृदय में कोई अभाव खटकता था, वास्तव में उसकी मनोवृत्ति उसके व्यवसाय के प्रतिकूल थी।

कुलवधू बनने की अभिलाषा हृदय में और दाम्पत्य-सुख का स्वर्गीय स्वप्न उसकी आँखों में समाया था। स्वच्छन्द प्रणय का व्यापार अरुचिकर हो गया। परन्तु समाज उससे हिंस्र पशु के समान सशंक था। उससे आश्रय मिलना असम्भव जानकर विलासिनी ने छल के द्वारा वही सुख लेना चाहा। यह उसकी सरल आवश्यकता थी, क्योंकि अपने व्यवसाय में उसका प्रेम क्रय करने के लिए बहुत-से लोग आते थे, पर विलासिनी अपना हृदय खोल कर किसी से प्रेम न कर सकती थी।

उन्हीं दिनों सरकार के रूप, यौवन और चारित्य ने उसे प्रलोभन दिया। नगर के समीप बाबू विजयकृष्ण की, अपनी जमींदारी में बड़ी सुन्दर अट्टालिका थी। वहीं रहते थे। उनके अनुचर और प्रजा उन्हें सरकार कहकर पुकारती थी। विलासिनी की आँखे विजयकृष्ण पर गड़ गयीं। अपना चिर-सचिंत मनोरथ पूर्ण करने के लिए वह कुछ दिनों के लिए चूड़ीवाली बन गयी थी।

सरकार चूड़ीवाली को जानते हुए भी अनजान बने रहे। अमीरी का एक कौतुक था, एक खिलवाड़ समझकर उसके आने-जाने में बाधा न देते। विलासिनी के कला-पूर्ण सौन्दर्य ने जो कुछ प्रभाव उनके मन पर डाला था, उसके लिए उनके सुरुचिपूर्ण मन ने अच्छा बहाना खोज लिया था, वे सोचते, 'बहूजी का कुल-वधू-जनोचित सौन्दर्य और वैभव की मर्यादा देखकर चूड़ीवाली स्वयं पराजय स्वीकार कर लेगी और अपना निष्फल प्रयत्न छोड़ देगी, तब तक यह एक अच्छा मनोविनोद चल रहा है!'

चूड़ीवाली अपने कौतूहलपूर्ण कौशल में सफल न हो सकी थी, परन्तु बहूजी के आज के दुर्व्यवहार ने प्रतिक्रिया उत्पन्न कर दी और चोट खाकर उसने सरकार को घायल कर दिया।

अब सरकार प्रकाश्य रूप से उसके यहाँ जाने लगे। विलास-रजनी का प्रभात भी चूड़ीवाली के उपवन में कटता। कुल-मर्यादा, लोक-लाज और जमींदारी सब एक ओर और चूड़ीवाली अकेले। दालान में कुर्सियों पर सरकार और चूड़ीवाली बैठकर रात्रि-जागरण का खेद मिटा रहे थे। पास ही अनार का वृक्ष था, उसमें फूल खिले थे। एक बहुत ही छोटी काली चिडिया उन फूलों में चोंच डालकर मकरन्द पान करती और कुछ केसर खाती, फिर हृदयविमोहक कल-नाद करती हुई उड़ जाती।

सरकार बड़ी देर से कौतुक देख रहे थे, बोले-"इसे पकड़कर पालतू बनाया जाय, तो कैसा?"

"उहूँ, यह फूलसुंघी है। पींजरे में जी नहीं सकती। उसे फूलों का प्रदेश ही जिला सकता है, स्वर्ण-पिंजर नहीं, उसे खाने के लिए फूलों की केसर का चारा और पीने के लिए मकरन्द-मदिरा कौन जुटायेगा?"

"पर इसकी सुन्दर-बोली संगीत-कला की चरम सीमा है। वीणा में भी कोई-कोई मीड़ ऐसी निकलती होगी। इसे अवश्य पकडना चाहिए।"

"जिसमें बाधा नहीं, बन्धन नहीं, जिसका सौन्दर्य स्वछन्द है, उस असाधारण प्राकृतिक कला का मूल्य क्या बन्धन हैं? कुरुचि के द्वारा वह कलंकित भले ही हो जाय परन्तु पुरस्कृत नहीं हो सकती। उसे आप पिंजरे में बन्द करके पुरस्कार देंगे या दण्ड?" कहते हुए उसने विजय की एक व्यंग-भरी मुस्कान छोड़ी। सरकार की-उस

वन-विहंगम को पकड़ने की लालसा बलवती हो उठी। उन्होंने कहा-"जाने भी दो, वह अच्छी कला नहीं जानती।" प्रसंग बदल गया। नित्य का साधारण विनोद-पूर्ण क्रम चला।

चूड़ीवाली अपने अभ्यास के अनुसार समझती कि यदि बहूजी की अपार प्रणय सम्पत्ति में से कुछ अंश मैं भी लेती हूँ, तो हानि क्या, परन्तु बहूजी को अपने प्रणय के एकाधिपत्य पर पूर्ण विश्वास था। वह निष्क्रिय प्रतिरोध करने लगीं। राजयक्ष्मा के भयानक आक्रमण से वह घुलने लगीं और सरकार वन-विहंगिनी विलासिनी को स्वायत्त करने में दत्तचित्त हुए। रोगी की शुश्रूषा और सेवा में कोई कमी न थी, परन्तु एक बड़े मुकदमे में सरकार का उधर सर्वस्वान्त हुआ, इधर बहूजी चल बसीं।

चूड़ीवाली ने समझा कि उसकी पूर्ण विजय हुई, पर बात कुछ दूसरी थी। विजयकृष्ण का वह एक विनोद था। जब सब कुछ चला गया, तब विनोद लेकर क्या होगा। एक दिन चूड़ीवाली से छुट्टी माँगी। उसने कहा-"कमी किस बात की है, मैं तुम्हारी ही हूँ और सब विभव भी तुम्हारा है।" विजयकृष्ण ने कहा-"मैं वेश्या की दी हुई जीविका से पेट पालने में असमर्थ हूँ।" चूड़ीवाली बिलखने लगी, विनय किया, रोई, गिड़गिड़ाई पर विजयकृष्ण चले ही गये! वह सोचने लगी कि-"अपना व्यवसाय और विजय की गृहस्थी बिगाड़कर जो सुख खरीदा था, उसका कोई मूल्य नहीं। मैं कुलवधू होने के उपयुक्त नहीं। क्या समाज के पास इसका कोई प्रतिकार नहीं? इतनी तपस्या और इतना स्वार्थ-त्याग व्यर्थ है?"

परन्तु विलासिनी यह न जानती थी कि स्त्री और पुरुष-सम्बन्धी समस्त अन्तिम निर्णय करने में समाज कितना ही उदार क्यों न होय दोनों पक्षों को सर्वथा सन्तुष्ट नहीं कर सका और न कर सकने की आशा है। यह रहस्य सृष्टि को उलझा रखने की कुंजी है।

विलासिनी ने बहुत सोच-समझकर अपनी जीवनचर्या बदल डाली। सरकार से मिली हुई जो कुछ सम्पत्ति थी, उसे बेचकर पास ही के एक गाँव में खेती करने के लिए भूमि लेकर आदर्श हिन्दू गृहस्थ की-सी तपस्या करने में अपना बिखरा हुआ मन उसने लगा दिया। उसके कच्चे मकान के पास एक विशाल वट-वृक्ष और निर्मल जल का सरोवर था। वहीं बैठकर चूड़ीवाली ने पथिकों की सेवा करने का संकल्प किया। थोड़े ही दिनों में अच्छी खेती होने लगी और अन्न से उसका घर भरा रहने लगा। भिखारियों को अन्न देकर उन्हें खिला देने में उसे अकथनीय सुख मिलता। धीरे-धीरे दिन ढलने लगा, चूड़ीवाली को सहेली बनाने के लिए यौवन का तीसरा पहर

करुणा और शान्ति को पकड़ लाया। उस पथ से चलनेवाले पथिकों को दूर से किसी कला-कुशल कण्ठ की तान सुनाई पड़ती-

अब लौं नसानी अब न नसैहौं।

वट-वृक्ष के नीचे एक अनाथ बालक नन्दू को चना और गुड़ की दूकान चूड़ीवाली ने करा दी है। जिन पथिकों के पास पैसे न होते, उनका मूल्य वह स्वयं देकर नन्दू की दूकान में घाटा न होने देती, और पथिक भी विश्राम किये बिना उस तालाब से न जाता। कुछ ही दिनों में चूड़ीवाली का तालाब विख्यात हो गया।

संध्या हो चली थी। पखेरुओं का बसेरे की ओर लौटने का कोलाहल मचा और वट-वृक्ष में चहल-पहल हो गई। चूड़ीवाली चरनी के पास खड़ी बैलों को देख रही थी। दालान में दीपक जल रहा था, अन्धकार उसके घर और मन में बरजोरी घुस रहा था। कोलाहल-शून्य जीवन में भी चूड़ीवाली को शान्ति मिली, ऐसा विश्वास नहीं होता था। पास ही उसकी पिण्डुलियों से सिर रगड़ता हुआ कलुआ दुम हिला रहा था। सुखिया उसके लिए घर में से कुछ खाने को ले आयी थी, पर कलुआ उधर न देखकर अपनी स्वामिनी से स्नेह जता रहा था। चूड़ीवाली ने हँसते हुए कहा-"चल, तेरा दुलार हो चुका। जा, खा ले।" चूड़ीवाली ने मन में सोचा, कंगाल मनुष्य स्नेह के लिए क्यों भीख माँगता है।? वह स्वयं नहीं करता, नहीं तो तृण-वीरुध तथा पशु-पक्षी भी तो स्नेह करने के लिए प्रस्तुत हैं। इतने में नन्दू ने आकर कहा-"माँ, एक बटोही बहुत थका हुआ अभी आया है। भूख के मारे वह जैसे शिथिल हो गया है।"

"तूने क्यों नहीं दे दिया?"

"लेता भी नहीं, कहता है, तू बड़ा गरीब लडका है, तुझसे न लूँगा।"

चूड़ीवाली वट-वृक्ष की ओर चल पड़ी। अँधेरा हो गया था। पथिक जड़ का सहारा लेकर लेटा था। चूड़ीवाली ने हाथ जोड़कर कहा-"महाराज, आप कुछ भोजन कीजिए।"

"तुम कौन हो?"

"पहले की एक वेश्या।"

"छिरू, मुझे पड़े रहने दो, मैं नहीं चाहता कि तुम मुझसे बोलो भी, क्योंकि तुम्हारा व्यवसाय कितने ही सुखी घरों को उजाड़कर श्मशान बना देता है।"

"महाराज, हम लोग तो कला के व्यवसायी हैं। यह अपराध कला का मूल्य लगानेवालों की कुरुचि और कुत्सित इच्छा का है। संसार में बहुत-से निर्लज्ज स्वार्थपूर्ण व्यवसाय चलते हैं। फिर इसी पर इतना क्रोध क्यों?"

"क्योंकि वह उन सबों में अधम और निकृष्ट है।"

"परन्तु वेश्या का व्यवसाय करके भी मैंने एक ही व्यक्ति से प्रेम किया था। मैं और धर्म नहीं जानती, पर अपने सरकार से जो कुछ मुझे मिला, उसे मैं लोक-सेवा में लगाती हूँ। मेरे तालाब पर कोई भूखा नहीं रहने पाता। मेरी जीविका चाहे जो रही हो, मेरे अतिथि-धर्म में बाधा न दीजिए।"

पथिक एक बार ही उठकर बैठ गया और आँख गड़ाकर अँधेरे में देखने लगा। सहसा बोल उठा-"चूड़ीवाली?"

"कौन, सरकार?"

"हाँ, तुमने शोक हर लिया। मेरे अपराधजनक तमाम त्याग में पुण्य का भी भाग था, यह मैं नहीं जानता।"

"सरकार! मैंने गृहस्थ-कुलवधू होने के लिए कठोर तपस्या की है। इन चार वर्षों में मुझे विश्वास हो गया है कि कुलवधू होने में जो महत्व है, वह सेवा का है, न कि विलास का।"

"सेवा ही नहीं, चूड़ीवाली! उसमें विलास का अनन्त यौवन है, क्योंकि केवल स्त्री-पुरुष के शारीरिक बन्धन में वह पर्यवसित नहीं है, बाह्य साधनों के विकृत हो जाने तक ही, उसकी सीमा नहीं, गार्हस्थ्य जीवन उसके लिए प्रचुर उपकरण प्रस्तुत करता है, इसलिए वह प्रेय भी है और श्रेय भी है। मुझे विश्वास है कि तुम अब सफल हो जाओगी।"

"मेरी सफलता आपकी कृपा पर है। विश्वास है कि अब इतने निर्दय न होंगे"-कहते-कहते चूड़ीवाली ने सरकार के पैर पकड़ लिये।

सरकार ने उसके हाथ पकड़ लिये।

15

चंदा

चैत्र- कृष्णाष्टमी का चन्द्रमा अपना उज्ज्वल प्रकाश 'चन्द्रप्रभा' के निर्मल जल पर डाल रहा है। गिरि-श्रेणी के तरुवर अपने रंग को छोड़कर धवलित हो रहे हैं। कल-नादिनी समीर के संग धीरे-धीरे बह रही है। एक शिला-तल पर बैठी हुई कोलकुमारी सुरीले स्वर से-'दरद दिल काहि सुनाऊँ प्यारे! दरद' ...गा रही है।

गीत अधूरा ही है कि अकस्मात् एक कोलयुवक धीर-पद-संचालन करता हुआ उस रमणी के सम्मुख आकर खड़ा हो गया। उसे देखते ही रमणी की हृदय-तन्त्री बज उठी। रमणी बाह्य-स्वर भूलकर आन्तरिक स्वर से सुमधुर संगीत गाने लगी और उठकर खड़ी हो गई। प्रणय के वेग को सहन न करके वर्षा-वारिपूरिता स्रोतस्विनी के समान कोलकुमार के कंध-कूल से रमणी ने आलिंगन किया।

दोनों उसी शिला पर बैठ गये, और निर्निमेष सजल नेत्रों से परस्पर अवलोकन करने लगे। युवती ने कहा-तुम कैसे आये?

युवक-जैसे तुमने बुलाया।

युवती-(हँसकर) हमने तुम्हें कब बुलाया? और क्यों बुलाया?

युवक-गाकर बुलाया, और दरद सुनाने के लिये।

युवती-(दीर्घ निरूश्वास लेकर) कैसे क्या करूँ? पिता ने तो उसी से विवाह करना निश्चय किया है।

युवक-(उत्तेजना से खड़ा होकर) तो जो कहो, मैं करने के लिए प्रस्तुत हूँ।

युवती-(चन्द्रप्रभा की ओर दिखाकर) बस, यही शरण है।

युवक-तो हमारे लिए कौन दूसरा स्थान है?

युवती-मैं तो प्रस्तुत हूँ।

युवक-हम तुम्हारे पहले।

युवती ने कहा-तो चलो।

युवक ने मेघ-गर्जन-स्वर से कहा-चलो।

दोनों हाथ में हाथ मिलाकर पहाड़ी से उतरने लगे। दोनों उतरकर चन्द्रप्रभा के तट पर आये, और एक शिला पर खड़े हो गये। तब युवती ने कहा-अब विदा!

युवक ने कहा-किससे? मैं तो तुम्हारे साथ-जब तक सृष्टि रहेगी तब तक-रहूँगा।

इतने ही में शाल-वृक्ष के नीचे एक छाया दिखाई पड़ी और वह इन्हीं दोनों की ओर आती हुई दिखाई देने लगी। दोनों ने चकित होकर देखा कि एक कोल खड़ा है। उसने गम्भीर स्वर से युवती से पूछा-चंदा! तू यहाँ क्यों आई?

युवती-तुम पूछने वाले कौन हो?

आगन्तुक युवक-मैं तुम्हारा भावी पति 'रामू' हूँ।

युवती-मैं तुमसे ब्याह न करूँगी।

आगन्तुक युवक-फिर किससे तुम्हारा ब्याह होगा?

युवती ने पहले के आये हुए युवक की ओर इंगित करके कहा-इन्हीं से।

आगन्तुक युवक से अब न सहा गया। घूमकर पूछा-क्यों हीरा! तुम ब्याह करोगे?

हीरा-तो इसमें तुम्हारा क्या तात्पर्य है?

रामू-तुम्हें इससे अलग हो जाना चाहिये।

हीरा-क्यों, तुम कौन होते हो?

रामू-हमारा इससे संबंध पक्का हो चुका है।

हीरा-पर जिससे संबंध होने वाला है, वह सहमत न हो, तब?

रामू-क्यों चंदा! क्या कहती हो?

चंदा-मैं तुमसे ब्याह न करूँगी।

रामू-तो हीरा से भी तुम ब्याह नहीं कर सकतीं!

चंदा-क्यों?

रामू-(हीरा से) अब हमारा-तुम्हारा फैसला हो जाना चाहिये, क्योंकि एक म्यान में दो तलवारें नहीं रह सकतीं।

इतना कहकर हीरा के ऊपर झपटकर उसने अचानक छुरे का वार किया।

हीरा, यद्यपि सचेत हो रहा था, पर उसको सम्हलने में विलम्ब हुआ, इससे घाव लग गया, और वह वक्ष थामकर बैठ गया। इतने में चंदा जोर से क्रन्दन कर उठी-साथ ही एक वृद्ध भील आता हुआ दिखाई पड़ा।

युवती मुँह ढाँपकर रो रही है, और युवक रक्ताक्त छूरा लिये, घृणा की दृष्टि से खड़े हुए, हीरा की ओर देख रहा है। विमल चन्द्रिका में चित्र की तरह वे दिखाई दे रहे हैं। वृद्ध को जब चंदा ने देखा, तो और वेग से रोने लगी। उस दृश्य को देखते ही वृद्ध कोल-पति सब बात समझ गया, और रामू के समीप जाकर छूरा उसके हाथ से ले लिया, और आज्ञा के स्वर में कहा-तुम दोनों हीरा को उठाकर नदी के समीप ले चलो।

इतना कहकर वृद्ध उन सबों के साथ आकर नदी-तट पर जल के समीप खड़ा हो गया। रामू और चंदा दोनों ने मिलकर उसके घाव को धोया और हीरा के मुँह पर छींटा दिया, जिससे उसकी मूर्च्छा दूर हुई। तब वृद्ध ने सब बातें हीरा से पूछींय पूछ लेने पर रामू से कहा-क्यों, यह सब ठीक है?

रामू ने कहा-सब सत्य है।

वृद्ध-तो तुम अब चंदा के योग्य नहीं हो, और यह छूरा भी-जिसे हमने तुम्हें दिया था। तुम्हारे योग्य नहीं है। तुम शीघ्र ही हमारे जंगल से चले जाओ, नहीं तो तुम्हारा हाल महाराज से कह देंगे, और उसका क्या परिणाम होगा सो तुम स्वयं समझ सकते हो। (हीरा की ओर देखकर) बेटा! तुम्हारा घाव शीघ्र अच्छा हो जायगा, घबड़ाना नहीं, चंदा तुम्हारी ही होगी।

यह सुनकर चंदा और हीरा का मुख प्रसन्नता से चमकने लगा, पर हीरा ने लेटे-ही-लेटे हाथ जोड़कर कहा-पिता! एक बात कहनी है, यदि आपकी आज्ञा हो।

वृद्ध-हम समझ गये, बेटा! रामू विश्वासघाती है।

हीरा-नहीं पिता! अब वह ऐसा कार्य नहीं करेगा। आप क्षमा करेंगे, मैं ऐसी आशा करता हूँ।

वृद्ध-जैसी तुम्हारी इच्छा।

कुछ दिन के बाद जब हीरा अच्छी प्रकार से आरोग्य हो गया, तब उसका ब्याह चंदा से हो गया। रामू भी उस उत्सव में सम्मिलित हुआ, पर उसका बदन मलीन और चिन्तापूर्ण था। वृद्ध कुछ ही काल में अपना पद हीरा को सौंप स्वर्ग को सिधारा। हीरा और चंदा सुख से विमल चाँदनी में बैठकर पहाड़ी झरनों का कल-नाद-मय आनन्द-संगीत सुनते थे।

अंशुमाली अपनी तीक्ष्ण किरणों से वन्य-देश को परितापित कर रहे हैं। मृग-सिंह एक स्थान पर बैठकर, छाया-सुख में अपने बैर-भाव को भूलकर, ऊँघ रहे हैं। चन्द्रप्रभा के तट पर पहाड़ी की एक गुहा में जहाँ कि छतनार पेड़ों की छाया उष्ण वायु को भी शीतल कर देती है, हीरा और चंदा बैठे हैं। हृदय के अनन्त विकास से उनका मुख प्रफुल्लित दिखाई पड़ता है। उन्हें वस्त्र के लिये वृक्षगण वल्कल देते हैं। भोजन के लिये प्याज, मेवा इत्यादि जंगली सुस्वादु फल, शीतल स्वछन्द पवनय निवास के लिये गिरि-गुहाय प्राकृतिक झरनों का शीतल जल उनके सब अभावों को दूर करता है, और सबल तथा स्वछन्द बनाने में ये सब सहायता देते हैं। उन्हें किसी की अपेक्षा नहीं पड़ती। अस्तु, उन्हीं सब सुखों से आनन्दित व्यक्तिद्वय 'चन्द्रप्रभा' के जल का कल-नाद सुनकर अपनी हृदय-वीणा को बजाते हैं।

चंदा-प्रिय! आज उदासीन क्यों हो?

हीरा-नहीं तो, मैं यह सोच रहा हूँ कि इस वन में राजा आने वाले हैं। हम लोग यद्यपि अधीन नहीं हैं तो भी उन्हें शिकार खेलाया जाता है, और इसमें हम लोगों की कुछ हानि भी नहीं है। उसके प्रतिकार में हम लोगों को कुछ मिलता है, पर आजकल इस वन में जानवर दिखाई नहीं पड़ते। इसलिये सोचता हूँ कि कोई शेर या छोटा चीता भी मिल जाता, तो कार्य हो जाता।

चंदा-खोज किया था?

हीरा-हाँ, आदमी तो गया है।

इतने में एक कोल दौड़ता हुआ आया, और कहा राजा आ गये हैं और तहखाने में बैठे हैं। एक तेंदुआ भी दिखाई दिया है।

हीरा का मुख प्रसन्नता से चमकने लगा, और वह अपना कुल्हाड़ा सम्हालकर उस आगन्तुक के साथ वहाँ पहुँचा, जहाँ शिकार का आयोजन हो चुका था।

राजा साहब झंझरी में बंदूक की नाल रखे हुए ताक रहे हैं। एक ओर से बाजा बज उठा। एक चीता भागता हुआ सामने से निकला। राजा साहब ने उस पर वार किया। गोली लगी, पर चमड़े को छेदती हुई पार हो गईय इससे वह जानवर भागकर निकल गया। अब तो राजा साहब बहुत ही दुरूखित हुए। हीरा को बुलाकर कहा-क्यों जी, यह जानवर नहीं मिलेगा?

उस वीर कोल ने कहा-क्यों नहीं?

इतना कहकर वह उसी ओर चला। झाड़ी में, जहाँ वह चीता घाव से व्याकुल बैठा था, वहाँ पहुँचकर उसने देखना आरम्भ किया। क्रोध से भरा हुआ चीता उस कोल-युवक को देखते ही झपटा। युवक असावधानी के कारण वार न कर सका, पर

दोनों हाथों से उस भयानक जन्तु की गर्दन को पकड़ लिया, और उसने भी इसके कंधे पर अपने दोनों पंजों को जमा दिया।

दोनों में बल-प्रयोग होने लगा। थोड़ी देर में दोनों जमीन पर लेट गये।

यह बात राजा साहब को विदित हुई। उन्होंने उसकी मदद के लिए कोलों को जाने की आज्ञा दी। रामू उस अवसर पर था। उसने सबके पहले जाने के लिए पैर बढ़ाया, और चला। वहाँ जब पहुँचा, तो उस दृश्य को देखकर घबड़ा गया, और हीरा से कहा-हाथ ढीला करय जब यह छोड़ने लगे, तब गोली मारूँ, नहीं तो सम्भव है कि तुम्हीं को लग जाय।

हीरा-नहीं, तुम गोली मारो।

रामू-तुम छोड़ो तो मैं वार करूँ।

हीरा-नहीं, यह अच्छा नहीं होगा।

रामू-तुम उसे छोड़ो, मैं अभी मारता हूँ।

हीरा-नहीं, तुम वार करो।

रामू-वार करने से सम्भव है कि उछले और तुम्हारे हाथ छूट जायँ, तो तुमको यह तोड़ डालेगा।

हीरा-नहीं, तुम मार लो, मेरा हाथ ढीला हुआ जाता है।

रामू-तुम हठ करते हो, मानते नहीं।

इतने में हीरा का हाथ कुछ बात-चीत करते-करते ढीला पड़ाय वह चीता उछलकर हीरा की कमर को पकड़कर तोड़ने लगा।

रामू खड़ा होकर देख रहा है, और पैशाचिक आति उस घृणित पशु के मुख पर लक्षित हो रही है और वह हँस रहा है।

हीरा टूटी हुई साँस से कहने लगा-अब भी मार ले।

रामू ने कहा-अब तू मर ले, तब वह भी मारा जायेगा। तूने हमारा हृदय निकाल लिया है, तूने हमारा घोर अपमान किया है, उसी का प्रतिफल है। इसे भोग।

हीरा को चीता खाये डालता है। पर उसने कहा-नीच! तू जानता है कि 'चंदा' अब तेरी होगी। कभी नहीं! तू नीच है-इस चीते से भी भयंकर जानवर है।

रामू ने पैशाचिक हँसी हँसकर कहा-चंदा अब तेरी तो नहीं है, अब वह चाहे जिसकी हो।

हीरा ने टूटी हुई आवाज से कहा-तुझे इस विश्वासघात का फल शीघ्र मिलेगा और चंदा फिर हमसे मिलेगी। चंदा...प्यारी...च...

इतना उसके मुख से निकला ही था कि चीते ने उसका सिर दाँतों के तले दाब लिया। रामू देखकर पैशाचिक हँसी हँस रहा था। हीरा के समाप्त हो जाने पर रामू लौट आया, और झूठी बातें बनाकर राजा से कहा कि उसको हमारे जाने के पहले ही चीता ने मार लिया।

राजा बहुत दुखी हुए, और जंगल की सरदारी रामू को मिली।

बसंत की राका चारों ओर अनूठा दृश्य दिखा रही है। चन्द्रमा न मालूम किस लक्ष्य की ओर दौड़ा चला जा रहा है। कुछ पूछने से भी नहीं बताता। कुटज की कली का परिमल लिये पवन भी न मालूम कहाँ दौड़ रहा है। उसका भी कुछ समझ नहीं पड़ता। उसी तरह, चन्द्रप्रभा के तीर पर बैठी हुई कोल-कुमारी का कोमल कण्ठ-स्वर भी किस धुन में है-नहीं ज्ञात होता।

अकस्मात् गोली की आवाज ने उसे चौंका दिया। गाने के समय जो उसका मुख उद्वेग और करुणा से पूर्ण दिखाई पड़ता था, वह घृणा और क्रोध से रंजित हो गया, और वह उठकर पुच्छमर्दिता सिंहनी के समान तनकर खड़ी हो गई, और धीरे से कहा-यही समय है। ज्ञात होता है, राजा इस समय शिकार खेलने पुनरू आ गये हैं-बस, वह अपने वस्त्र को ठीक करके कोल-बालक बन गई, और कमर में से एक चमचमाता हुआ छुरा निकालकर चूमा। वह चाँदनी में चमकने लगा। फिर वह कहने लगी-यद्यपि तुमने हीरा का रक्तपात कर लिया है, लेकिन पिता ने रामू से तुम्हें ले लिया है। अब तुम हमारे हाथ में हो, तुम्हें आज रामू का भी खून पीना होगा।

इतना कहकर वह गोली के शब्द की ओर लक्ष्य करके चली। देखा कि तहखाने में राजा साहब बैठे हैं। शेर को गोली लग चुकी है, और वह भाग गया है, उसका पता नहीं लग रहा है, रामू सरदार है, अतएव उसको खोजने के लिए आज्ञा हुई, वह शीघ्र ही सन्नद्ध हुआ। राजा ने कहा-कोई साथी लेते जाओ।

पहले तो उसने अस्वीकार किया, पर जब एक कोल युवक स्वयं साथ चलने को तैयार हुआ, तो वह नहीं भी न कर सका, और सीधे-जिधर शेर गया था, उसी ओर चला। कोल-बालक भी उसके पीछे हैं। वहाँ घाव से व्याकुल शेर चिंघाड़ रहा है, इसने जाते ही ललकारा। उसने तत्काल ही निकलकर वार किया। रामू कम साहसी नहीं था, उसने उसके खुले मुँह में निर्भीक होकर बन्दूक की नाल डाल दीय पर उसके जरा-सा मुँह घुमा लेने से गोली चमड़ा छेदकर पार निकल गई, और शेर ने क्रुद्ध होकर दाँत से बंदूक की नाल दबा ली। अब दोनों एक दूसरे को ढकेलने लगेय पर कोल-बालक चुपचाप खड़ा है। रामू ने कहा-मार, अब देखता क्या है?

युवक-तुम इससे बहुत अच्छी तरह लड़ रहे हो।

रामू-मारता क्यों नहीं?

युवक-इसी तरह शायद हीरा से भी लड़ाई हुई थी, क्या तुम नहीं लड़ सकते?

रामू-कौन, चंदा! तुम हो? आह, शीघ्र ही मारो, नहीं तो अब यह सबल हो रहा है।

चंदा ने कहा-हाँ, लो मैं मारती हूँ, इसी छुरे से हमारे सामने तुमने हीरा को मारा था, यह वही छुरा है, यह तुझे दुःख से निश्चय ही छुड़ावेगा-इतना कहकर चंदा ने रामू की बगल में छुरा उतार दिया। वह छटपटाया। इतने ही में शेर को मौका मिला, वह भी रामू पर टूट पड़ा और उसका इति कर आप भी वहीं गिर पड़ा।

चंदा ने अपना छुरा निकाल लिया, और उसको चाँदनी में रंगा हुआ देखने लगी, फिर खिलखिलाकर हँसी और कहा, -श्दरद दिल काहि सुनाऊँ प्यारे!' फिर हँसकर कहा-हीरा! तुम देखते होगे, पर अब तो यह छुरा ही दिल की दाह सुनेगा। इतना कहकर अपनी छाती में उसे भोंक लिया और उसी जगह गिर गई, और कहने लगी......हीरा......हम......तुमसे तुमसे......मिले ही......

चन्द्रमा अपने मन्द प्रकाश में यह सब देख रहा था।

16

नूरी

"ऐय तुम कौन?

"......"

"बोलते नहीं?"

"......"

"तो मैं बुलाऊँ किसी को-" कहते हुए उसने छोटा-सा मुँह खोला ही था कि युवक ने एक हाथ उसके मुँह पर रखकर उसे दूसरे हाथ से दबा लिया। वह विवश होकर चुप हो गयी। और भी, आज पहला ही अवसर था, जब उसने केसर, कस्तूरी और अम्बर से बसा हुआ यौवनपूर्ण उद्वेलित आलिंगन पाया था। उधर किरणें भी पवन के एक झोंके के साथ किसलयों को हटाकर घुस पड़ीं। दूसरे ही क्षण उस कुंज के भीतर छनकर आती हुई चाँदनी में जौहर से भरी कटार चमचमा उठी। भयभीत मृग-शावक-सी काली आँखें अपनी निरीहता में दया की-प्राणों की भीख माँग रही थीं। युवक का हाथ रुक गया। उसने मुँह पर उँगली रखकर चुप रहने का संकेत किया। नूरी काश्मीर की कली थी। सिकरी के महलों में उसके कोमल चरणों की नृत्य-कला प्रसिद्ध थी। उस कलिका का आमोद-मकरन्द अपनी सीमा में मचल रहा था। उसने समझा, कोई मेरा साहसी प्रेमी है, जो महाबली अकबर की आँख-मिचौनी-क्रीड़ा के समय पतंग-सा प्राण देने आ गया है। नूरी ने इस कल्पना के सुख में अपने को धन्य समझा और चुप रहने का संकेत पाकर युवक के मधुर अधरों पर अपने अधर रख दिये। युवक भी आत्म-विस्मृत-सा उस सुख में पल-भर के लिए तल्लीन हो गया।

नूरी ने धीरे से कहा-"यहाँ से जल्द चले जाओ। कल बाँध पर पहले पहर की नौबत बजने के समय मौलसिरी के नीचे मिलूँगी।"

युवक धीरे-धीरे वहाँ से खिसक गया। नूरी शिथिल चरण से लडखड़ाती हुई दूसरे कुंज की ओर चलीय जैसे कई प्याले अंगूरी चढ़ा ली हो! उसकी जैसी कितनी ही सुन्दरियाँ अकबर को खोज रही थीं। आकाश का सम्पूर्ण चन्द्र इस खेल को देखकर हँस रहा था। नूरी अब किसी कुंज में घुसने का साहस नहीं रखती थी। नरगिस दूसरे कुंज से निकलकर आ रही थी। उसने नूरी से पूछा-

"क्यों, उधर देख आयी?"

"नहीं, मुझे तो नहीं मिले।"

"तो फिर चल, इधर कामिनी के झाड़ों में देखूँ।"

"तू ही जा, मैं थक गयी हूँ।"

नरगिस चली गयी। मालती की झुकी हुई डाल की अँधेरी छाया में धड़कते हुए हृदय को हाथों से दबाये नूरी खड़ी थी! पीछे से किसी ने उसकी आँखों को बन्द कर लिया। नूरी की धड़कन और बढ़ गयी। उसने साहस से कहा-

"मैं पहचान गयी।"

"....."

'जहाँपनाह' उसके मुँह से निकला ही था कि अकबर ने उसका मुँह बन्द कर लिया और धीरे से उसके कानों मे कहा-

"मरियम को बता देना, सुलताना को नहींय समझी न! मैं उस कुंज में जाता हूँ।"

अकबर के जाने के बाद ही सुलताना वहाँ आयी। नूरी उसी की छत्र-छाया में रहती थी, पर अकबर की आज्ञा! उसने दूसरी ओर सुलताना को बहका दिया। मरियम धीरे-धीरे वहाँ आयी। वह ईसाई बेगम इस आमोद-प्रमोद से परिचित न थी। तो भी यह मनोरंजन उसे अच्छा लगा। नूरी ने अकबरवाला कुंज उसे बता दिया।

घण्टों के बाद जब सब सुन्दरियाँ थक गयी थीं, तब मरियम का हाथ पकड़े अकबर बाहर आये। उस समय नौबतखाने से मीठी-मीठी सोहनी बज रही थी। अकबर ने एक बार नूरी को अच्छी तरह देखा। उसके कपोलों को थपथपाकर उसको पुरस्कार दिया। आँख-मिचौनी हो गयी!

सिकरी की झील जैसे लहरा रही है, वैसा ही आन्दोलन नूरी के हृदय में हो रहा है। वसन्त की चाँदनी में भ्रम हुआ कि उसका प्रेमी युवक आया है। उसने चौककर देखाय किन्तु कोई नहीं था। मौलसिरी के नीचे बैठे हुए उसे एक घड़ी से

अधिक हो गया। जीवन में आज पहले ही वह अभिसार का साहस कर सकी है। भय से उसका मन काँप रहा है। पर लौट जाने का मन नहीं चाहता। उत्कण्ठा और प्रतीक्षा कितनी पागल सहेलियाँ हैं! दोनों उसे उछालने लगीं।

किसी ने पीछे से आकर कहा-"मैं आ गया।"

नूरी ने घूमकर देखा, लम्बा-सा, गौर वर्ण का युवक उसकी बगल में खड़ा है। वह चाँदनी रात में उसे पहचान गयी। उसने कहा-"शाहजादा याकूब खाँ?"

"हाँ, मैं ही हूँ! कहो, तुमने क्यों बुलाया है?"

नूरी सन्नाटे में आ गयी। इस प्रश्न में प्रेम की गंध भी नहीं थी। वह भी महलों में रह चुकी थी। उसने भी पैंतरा बदल दिया।

"आप वहाँ क्यों गये थे?"

"मैं इसका जवाब न दूँ, तो?"

नूरी चुप रही। याकूब खाँ ने कहा-"तुम जानना चाहती हो?"

"न बताइए।"

"बताऊँ तो मुझे...."

"आप डरते हैं, तो न बताइए।"

"अच्छा, तो तुम सच बताओ कि कहाँ की रहने वाली हो?"

"मैं काश्मीर में पैदा हुई हूँ।"

याकूब खाँ अब उसके समीप ही बैठ गया। उसने पूछा-"कहाँ?"

"श्रीनगर के पास ही मेरा घर है।"

"यहाँ क्या करती हो?"

"नाचती हूँ। मेरा नाम नूरी है।"

"काश्मीर जाने को मन नहीं करता?"

"नहीं।"

"क्यों?"

"वहाँ जाकर क्या करूँगी? सुलतान यूसुफ खाँ ने मेरा घर-बार छीन लिया है। मेरी माँ बेड़ियों में जकड़ी हुई दम तोड़ती होगी या मर गयी होगी।"

"मैं कहकर छुड़वा दूँगा, तुम यहाँ से चलो।"

"नहीं, मैं यहाँ से नहीं जा सकतीय पर शाहजादा साहब, आप वहाँ क्यों गये थे, मैं जान गयी।"

"नूरी, तुम जान गयी हो, तो अच्छी बात है। मैं भी बेड़ियों में पड़ा हूँ। यहाँ अकबर के चंगुल में छटपटा रहा हूँ। मैं कल रात को उसी के कलेजे में कटार भोंक देने के लिए गया था।"

"शाहंशाह को मारने के लिए?"-भय से चौंककर नूरी ने कहा।

"हाँ नूरी, वहाँ तुम न आती, तो मेरा काम न बिगड़ता। काश्मीर को हड़पने की उसकी...." याकूब रुककर पीछे देखने लगा। दूर कोई चला जा रहा था। नूरी भी उठ खड़ी हुई। दोनों और नीचे झील की ओर उतर गये। जल के किनारे बैठकर नूरी ने कहा-"अब ऐसा न करना।"

"क्यों न करूँ?" मुझे काश्मीर से बढकर और कौन प्यारा है?" मैं उसके लिए क्या नहीं कर सकता?" यह कहकर याकूब ने लम्बी साँस ली। उसका सुन्दर मुख वेदना से विवर्ण हो गया। नूरी ने देखा, वह प्यार की प्रतिमा है। उसके हृदय में प्रेम-लीला करने की वासना बलवती हो चली थी। फिर यह एकान्त और वसन्त की नशीली रात! उसने कहा-"आप चाहे काश्मीर को प्यार करते हों! पर कुछ लोग ऐसे भी हो सकते हैं, जो आपको प्यार करते हों!"

"पागल! मेरे सामने एक ही तसवीर है। फूलों से भरी, फलों से लदी हुई, सिन्ध और झेलम की घाटियों की हरियाली! मैं इस प्यार को छोड़कर दूसरी ओर....?"

"चुप रहिए, शाहजादा साहब! आप धीरे से नहीं बोल सकते, तो चुप रहिए।"

यह कहकर नूरी ने एक बार फिर पीछे की ओर देखा। वह चंचल हो रही थी, मानो आज ही उसके वसन्त-पूर्ण यौवन की सार्थकता है। और वह विद्रोही युवक सम्राट अकबर के प्राण लेने और अपने प्राण देने पर तुला है। कहते हैं कि तपस्वी को डिगाने के लिए स्वर्ग की अप्सराएँ आती हैं। आज नूरी अप्सरा बन रही थी। उसने कहा-"तो मुझे काश्मीर ले चलिएगा?" याकूब के समीप और सटकर भयभीत-सी होकर वह बोली-"बोलिए, मुझे ले चलिएगा। मैं भी इन सुनहरी बेड़ियों को तोडना चाहती हूँ।"

"तुम मुझको प्यार करती हो, नूरी?"

"दोनों लोकों से बढकघर?" नूरी उन्मादिनी हो रही थी।

"पर मुझे तो अभी एक बार फिर वही करना है, जिसके लिए तुम मना करती हो। बच जाऊँगा, तो देखा जायगा।"-यह कहकर याकूब ने उसका हाथ पकड़ लिया। नूरी नीचे से ऊपर तक थरथराने लगी। उसने अपना सुन्दर मुख याकूब के कन्धे पर रखकर कहा-"नहीं, अब ऐसा न करो, तुमको मेरी कसम!"

सहसा चौंककर युवक फुर्ती से उठ खड़ा हुआ। और नूरी जब तक सँभली, तब तक याकूब वहाँ न था। अभी नूरी दो पग भी बढने न पायी थी कि मादम तातारी का कठोर हाथ उसके कन्धों पर आ पहुँचा। तातारी ने कहा-"सुलताना तुमको कब से खोज रही है?"

सुलताना बेगम और बादशाह चौसरी खेल रहे थे। उधर पचीसी के मैदान में सुन्दरियाँ गोटें बनकर चाल चल रही थीं। नौबतखाने से पहले पहर की सुरीली शहनाई बज रही थी। नगाड़े पर अकबर की बाँधी हुई गति में लडकी थिरक रही थी, जिसकी धुन में अकबर चाल भूल गये। उनकी गोट पिट गयी।

पिटी हुई गोट दूसरी न थी, वह थी नूरी। उस दिन की थपकियों ने उसको साहसी बना दिया था। वह मचलती हुई बिसात के बाहर तिबारी में चली आयी। पाँसे हाथ में लिए हुए अकबर उसकी ओर देखने लगे। नूरी ने अल्हड़पन से कहा-"तो मैं मर गयी?"

"तू जीती रह, मरेगी क्यों?" फिर दक्षिण नायक की तरह उसका मनोरंजन करने में चतुर अकबर ने सुलताना की ओर देखकर कहा-"इसका नाम क्या है?" मन में सोच रहे थे, उस रात की आँख-मिचौनी वाली घटना!

"यह काश्मीर की रहनेवाली है। इसका नाम नूरी है। बहुत अच्छा नाचती है।"-सुलताना ने कहा।

"मैंने तो कभी नहीं देखा।"

"तो देखिए न।"

"नूरी? तू इसी शहनाई की गत पर नाच सकेगी?"

"क्यों नहीं, जहाँपनाह!"

गोटें अपने-अपने घर में जहाँ-की-तहाँ बैठी रहीं। नूरी का वासना और उन्माद से भरा हुआ नृत्य आरम्भ हुआ। उसके नूपुर खुले हुए बोल रहे थे। वह नाचने लगी, जैसे जलतरंग। वागीश्वरी के विलम्बित स्वरों में अंगों के अनेक मरोड़ों के बाद जब कभी वह चुन-चुनकर एक-दो घुँघुरू बजा देती, तब अकबर "वाह! वाह!" कह उठता। घड़ी-भर नाचने के बाद जब शहनाई बन्द हुई, तब अकबर ने उसे बुलाकर कहा-"नूरी! तू कुछ चाहती है?"

"नहीं, जहाँपनाह!"

"कुछ भी?"

"मैं अपनी माँ को देखना चाहती हूँ। छुट्टी मिले, तो!"-सिर नीचे किये हुए नूरी ने कहा।

"दुत् - और कुछ नहीं।"

"और कुछ नहीं।"

"अच्छा, तो जब मैं काबुल चलने लगूँगा, तब तू भी वहाँ चल सकेगी।"

फिर गोटें चलने लगीं। खेल होने लगा। सुलताना और शांहशाह दोनों ही इस चिन्ता में थे कि दूसरा हारे। यही तो बात है, संसार चाहता है कि तुम मेरे साथ खेलोय पर सदा तुम्हीं हारते रहो। नूरी फिर गोट बन गयी थी। अब की वही फिर पिटी। उसने कहा-"मैं मर गयी।"

अकबर ने कहा-"तू अलग जा बैठ।" छुट्टी पाते ही थकी हुई नूरी पचीसी के समीप अमराई में जा घुसी। अभी वह नाचने की थकावट से अँगड़ाई ले रही थी। सहसा याकूब ने आकर उसे पकड़ लिया। उसके शिथिल सुकुमार अंगों को दबाकर उसने कहा-"नूरी, मैं तुम्हारे प्यार को लौटा देने के लिए आया हूँ।"

व्याकुल होकर नूरी ने कहा-"नहीं, नहीं, ऐसा न करो।"

"मैं आज मरने-मारने पर तुला हूँ।"

"तो क्या फिर तुम आज उसी काम के लिए...."

"हाँ नूरी!"

"नहीं, शाहजादा याकूब! ऐसा न करो। मुझे आज शांहशाह ने काश्मीर जाने की छुट्टी दे दी है। मैं तुम्हारे साथ भी चल सकती हूँ।"

"पर मैं वहाँ न जाऊँगा। नूरी! मुझे भूल जाओ।"

नूरी उसे अपने हाथों में जकड़े थी, किन्तु याकूब का देश-प्रेम उसकी प्रतिज्ञा की पूर्ति माँग रहा था। याकूब ने कहा-"नूरी! अकबर सिर झुकाने से मान जाय सो नहीं। वह तो झुके हुए सिर पर भी चढ़ बैठना चाहता है। मुझे छुट्टी दो। मैं यही सोचकर सुख से मर सकूँगा कि कोई मुझे प्यार करता है।"

नूरी सिसककर रोने लगी। याकूब का कन्धा उसके आँसुओं की धारा से भीगने लगा। अपनी कठोर भावनाओं से उन्मत्त और विद्रोही युवक शाहजादा ने बलपूर्वक अभी अपने को रमणी के बाहुपाश से छुड़ाया ही था कि चार तातारी दासियों ने अमराई के अन्धकार से निकलकर दोनों को पकड़ लिया।

अकबर की बिसात अभी बिछी थी। पासे अकबर के हाथ में थे। दोनों अपराधी सामने लाये गये। अकबर ने आश्चर्य से पूछा-"याकूब खाँ?"

याकूब के नतमस्तक की रेखाएँ ऐंठी जा रही थीं। वह चुप था। फिर नूरी की ओर देखकर शाहंशाह ने कहा-"तो इसीलिए तू काश्मीर जाने की छुट्टी माँग रही थी?"

वह भी चुप।

"याकूब! तुम्हारा यह लड़कपन यूसुफ खाँ भी न सहतेय लेकिन मैं तुम्हें छोड़ देता हूँ। जाने की तैयारी करो। मैं काबुल से लौटकर काश्मीर आऊँगा।"

संकेत पाते ही तातारियाँ याकूब को ले चलीं। नूरी खड़ी रही। अकबर ने उसकी ओर देखकर कहा-"इसे बुर्ज में ले जाओ।"

नूरी बुर्ज के तहखाने में बन्दिनी हुई।

अठ्ठारह बरस बाद!

जब अकबर की नवरत्न-सभा उजड़ चुकी थी, उसके प्रताप की ज्योति आने-वाले अन्तिम दिन की उदास और धुँधली छाया में विलीन हो रही थी, हिन्दू और मुस्लिम-एकता का उत्साह शीतल हो रहा था, तब अकबर को अपने पुत्र सलीम से भी भय उत्पन्न हुआ। सलीम ने अपनी स्वतन्त्रता की घोषणा की थी, इसीलिए पिता-पुत्र में मेल होने पर भी आगरा में रहने के लिए सलीम को जगह नहीं थी। उसने दुखी होकर अपनी जन्म-भूमि में रहने की आज्ञा माँगी।

सलीम फतेहपुर-सीकरी आया। मुगल साम्राज्य का वह अलौकिक इन्द्रजाल! अकबर की यौवन-निशा का सुनहरा स्वप्न-सीकरी का महल-पथरीली चट्टानों पर बिखरा पड़ा था। इतना आकस्मिक उत्थान और पतन! जहाँ एक विश्वजनीन धर्म की उत्पत्ति की सूचना हुई, जहाँ उस धर्मान्धता के युग में एक छत के नीचे ईसाई, पारसी, जैन, इस्लाम और हिन्दू आदि धर्मों पर वाद-विवाद हो रहा था, जहाँ सन्त सलीम की समाधि थी, जहाँ शाह सलीम का जन्म हुआ था, वहीं अपनी अपूर्णता और खँडहरों में अस्त-व्यस्त सीकरी का महल अकबर के जीवन-काल में ही, निर्वासिता सुन्दरी की तरह दया का पात्र, शृंगारविहीन और उजड़ा पड़ा था। अभी तक अकबर के शून्य शयन-मन्दिर में विक्रमादित्य के नवरत्नों का छाया-पूर्ण अभिनय चल रहा था! अभी तक सराय में कोई यात्री सन्त की समाधि का दर्शन करने को आता ही रहता! अभी तक बुर्जों के तहखानों में कैदियों का अभाव न था!

सीकरी की दशा देखकर सलीम का हृदय व्यथित हो उठा। अपूर्ण शिल्प बिलख रहे थे। गिरे हुए कँगूरे चरणों में लोट रहे थे। अपनी माता के महल में जाकर सलीम भरपेट रोया। वहाँ जो इने-गिने दास और दासियाँ और उनके दारोगे बच रहे थे, भिखमंगों की-सी दशा में फटे-चीथड़ों में उसके सामने आये। सब समाधि के लंगरखाने से भोजन पाते थे। सलीम ने समाधि का दर्शन करके पहली आज्ञा दी कि तहखानों में जितने बन्दी हैं, सब छोड़ दिये जायँ। सलीम को मालूम था कि यहाँ कोई राजनैतिक बन्दी नहीं है। दुर्गन्ध से सने हुए कितने ही नर-कंकाल सन्त सलीम की समाधि पर आकर प्रसन्नता से हिचकी लेने लगे और युवराज सलीम के चरणों को चूमने लगे।

उन्हीं में एक नूरी भी थी। उसका यौवन कारागार की कठिनाइयों से कुचल गया था। सौन्दर्य अपने दो-चार रेखा-चिह्न छोड़कर समय के पंखों पर बैठकर उड़ गया था।

सब लोगों को जीविका बँटने लगी। लंगरखाने का नया प्रबन्ध हुआ। उसमें से नूरी को सराय में आये हुये यात्रियों को भोजन देने का कार्य मिला।

वैशाख की चाँदनी थी। झील के किनारे मौलसिरी के नीचे कौवालों का जमघट था। लोग मस्ती में झूम-झूमकर गा रहे थे।

"मैंने अपने प्रियतम को देखा था।"

"वह सौन्दर्य, मदिरा की तरह नशीला, चाँदनी-सा उज्ज्वल, तरंगों-सा यौवनपूर्ण और अपनी हँसी-सा निर्मल था।"

"किन्तु हलाहल भरी उसकी अपांगधारा! आह निर्दय!"

"मरण और जीवन का रहस्य उन संकेतों में छिपा था।"

"आज भी न जाने क्यों भूलने में असमर्थ हूँ।"

"कुंजों में फूलों के झुरमुट में तुम छिप सकोगे। तुम्हारा वह चिर विकासमय सौन्दर्य! वह दिगन्तव्यापी सौरभ! तुमको छिपने देगा?"

"मेरी विकलता को देखकर प्रसन्न होनेवाले! मैं बलिहारी!"

नूरी वहीं खड़ी होकर सुन रही थी। वह कौवालों के लिए भोजन लिवाकर आयी थी। गाढ़े का पायजामा और कुर्ता, उस पर गाढ़े की ओढ़नी। उदास और दयनीय मुख पर निरीहता की शान्ति! नूरी में विचित्र परिवर्तन था। उसका हृदय अपनी विवश पराधीनता भोगते-भोगते शीतल और भगवान् की करुणा का अवलम्बी बन गया था। जब सन्त सलीम की समाधि पर वह बैठकर भगवान् की प्रार्थना करती थी, तब उसके हृदय में किसी प्रकार की सांसारिक वासना या अभाव-अभियोग का योग न रहता।

आज न जाने क्यों, इस संगीत ने उसकी सोयी हुई मनोवृत्ति को जगा दिया। वही मौलसिरी का वृक्ष था। संगीत का वह अर्थ चाहे किसी अज्ञात लोक की परम सीमा तक पहुँचता होय किन्तु आज तो नूरी अपने संकेतस्थल की वही घटना स्मरण कर रही थी, जिसमें एक सुन्दर युवक से अपने हृदय की बातों के खोल देने का रहस्य था

वह काश्मीर का शाहजादा आज कहाँ होगा? नूरी ने चंचल होकर वहीं थालों को रखवा दिया और स्वयं धीरे-धीरे अपने उत्तेजित हृदय को दबाये हुए सन्त की समाधि की ओर चल पड़ी।

संगमरमर की जालियों से टिककर वह बैठ गयी। सामने चन्द्रमा की किरणों का समारोह था। वह ध्यान में निमग्न थी। उसकी निश्चल तन्मयता के सुख को नष्ट करते हुए किसी ने कहा-"नूरी! क्या अभी सराय में खाना न जायगा?"

वह सावधान होकर उठ खड़ी हुई। लंगरखाने से रोटियों का थाल लेकर सराय की ओर चल पड़ी। सराय के फाटक पर पहुँचकर वह निराश्रित भूखों को खोज-खोज कर रोटियाँ देने लगी।

एक कोठरी के समीप पहुँचकर उसने देखा कि एक युवक टूटी हुई खाट पर पड़ा कराह रहा है। उसने पूछा-"क्या है? भाई, तुम बीमार हो क्या? मैं तुम्हारे लिए कुछ कर सकती हूँ तो बताओ।"

"बहुत कुछ"-टूटे स्वर से युवक ने कहा।

नूरी भीतर चली गयी। उसने पूछा-"क्या है, कहिए?"

"पास में पैसा न होने से ये लोग मेरी खोज नहीं लेते। आज सवेरे से मैंने जल नहीं पिया। पैर इतने दुख रहे हैं कि उठ नहीं सकता।"

"कुछ खाया भी न होगा।"

"कल रात को यहाँ पहुँचने पर थोड़ा-सा खा लिया था। पैदल चलने से पैर सूज आये हैं। तब से यों ही पड़ा हूँ।"

नूरी थाल रखकर बाहर चली गयी। पानी लेकर आयी। उसने कहा-"लो, अब उठकर कुछ रोटियाँ खाकर पानी पी लो।"

युवक उठ बैठा। कुछ अन्न-जल पेट में जाने के बाद जैसे उसे चेतना आ गयी। उसने पूछा-"तुम कौन हो?"

"मैं लंगरखाने से रोटियाँ बाँटती हूँ। मेरा नाम नूरी है। जब तक तुम्हारी पीड़ा अच्छी न होगी, मैं तुम्हारी सेवा करूँगी। रोटियाँ पहुँचाऊँगी। जल रख जाऊँगी। घबराओ नहीं। यह मालिक सबको देखता है।"

युवक की विवर्ण आँखे प्रार्थना में ऊपर की ओर उठ गयीं। फिर दीर्घ निरूश्वास लेकर उसने पूछा-"क्या नाम बतलाया? नूरी न?

"हाँ, यही तो!"

"अच्छा, तुम यहाँ महलों में जाती होगी।"

"महल! हाँ, महलों की दीवारें तो खड़ी हैं।"

"तब तुम नहीं जानती होगी। उसका भी नाम नूरी था! वह काश्मीर की रहने वाली थी।"

"उससे आपको क्या काम है?"-मन-ही-मन काँप कर नूरी ने पूछा।

"मिले तो कह देना कि एक अभागे ने तुम्हारे प्यार को ठुकरा दिया था। वह काश्मीर का शाहजादा था। पर अब तो भिखमंगे से भी...." कहते-कहते उसकी आँखों से आँसू बहने लगे।

नूरी ने उसके आँसू पोंछकर पूछा-"क्या अब भी उससे मिलने का मन करता है?"

वह सिसककर कहने लगा-"मेरा नाम याकूब खाँ है। मैंने अकबर के सामने तलवार उठायी और लड़ा भी। जो कुछ मुझसे हो सकता था, वह काश्मीर के लिए मैंने किया। इसके बाद विहार के भयानक तहखाने में बेड़ियों से जकड़ा हुआ कितने दिनों तक पड़ा रहा। सुना है कि सुल्तान सलीम ने वहाँ के अभागों को फिर से धूप देखने के लिए छोड़ दिया है। मैं वहीं से ठोकरें खाता हुआ चला आ रहा हूँ। हथकड़ियों से छूटने पर किसी अपने प्यार करनेवाले को देखना चाहता था। इसी से सीकरी चला आया। देखता हूँ कि मुझे वह भी न मिलेगा।"

याकूब अपनी उखड़ी हुई साँसों को सँभालने लगा था और नूरी के मन में विगत काल की घटना, अपने प्रेम-समर्पण का उत्साह, फिर उस मनस्वी युवक की अवहेलना सजीव हो उठी।

आज जीवन का क्या रूप होता? आशा से भरी संसार-यात्रा किस सुन्दर विश्राम-भवन में पहुँचती? अब तक संसार के कितने सुन्दर रहस्य फूलों की तरह अपनी पँखुडियाँ खोल चुके होते? अब प्रेम करने का दिन तो नहीं रहा। हृदय में इतना प्यार कहाँ रहा, जो दूँगी, जिससे यह ठूँठ हरा हो जायगा। नहीं, नूरी ने मोह का जाल छिन्न कर दिया है। वह अब उसमें न पड़ेगी। तो भी इस दयनीय मनुष्य की सेवाय किन्तु यह क्या! याकूब हिचकियाँ ले रहा था। उसकी पुकार का सन्तोष-जनक उत्तर नहीं मिला। निर्मम-हृदय नूरी ने विलम्ब कर दिया। वह विचार करने लगी थी और याकूब को इतना अवसर नहीं था!

नूरी उसका सिर हाथों पर लेकर उसे लिटाने लगी। साथ ही अभागे याकूब के खुले हुए प्यासे मुँह में, नूरी की आँखों के आँसू टपाटप गिरने लगे!

17

पत्थर की पुकार

नवल और विमल दोनों बात करते हुए टहल रहे थे। विमल ने कहा-"साहित्य-सेवा भी एक व्यसन है।"

"नहीं मित्र! यह तो विश्व भर की एक मौन सेवा-समिति का सदस्य होना है।"

"अच्छा तो फिर बताओ, तुमको क्या भला लगता है? कैसा साहित्य रुचता है?"

"अतीत और करुणा का जो अंश साहित्य में हो, वह मेरे हृदय को आकर्षित करता है।"

नवल की गम्भीर हँसी कुछ तरल हो गयी। उन्होंने कहा-"इससे विशेष और हम भारतीयों के पास धरा क्या है! स्तुत्य अतीत की घोषणा और वर्तमान की करुणा, इसी का गान हमें आता है। बस, यह भी एक भाँग-गाँजे की तरह नशा है।" विमल का हृदय स्तब्ध हो गया। चिर प्रसन्न-वदन मित्र को अपनी भावना पर इतना कठोर आघात करते हुए कभी भी उसने नहीं देखा था। वह कुछ विरक्त हो गया। मित्र ने कहा-"कहाँ चलोगे?" उसने कहा-"चलो, मैं थोड़ा घूम कर गंगा-तट पर मिलूँगा।" नवल भी एक ओर चला गया।

चिन्ता में मग्न विमल एक ओर चला। नगर के एक सूने मुहल्ले की ओर जा निकला। एक टूटी चारपाई अपने फूटे झिलँगे में लिपटी पड़ी है। उसी के बगल में दीन कुटी फूस से ढँकी हुई, अपना दरिद्र मुख भिक्षा के लिए खोले हुए बैठी है। दो-एक ढाँकी और हथौड़े, पानी की प्याली, कूची, दो काले शिलाखण्ड परिचारक की तरह उस दीन कुटी को घेरे पड़े हैं। किसी को न देखकर एक शिलाखण्ड पर न जाने

किसके कहने से विमल बैठ गया। यह चुपचाप था। विदित हुआ कि दूसरा पत्थर कुछ धीरे-धीरे कह रहा है। वह सुनने लगा-

"मैं अपने सुखद शैल में संलग्न था। शिल्पी! तूने मुझे क्यों ला पटका? यहाँ तो मानव की हिंसा का गर्जन मेरे कठोर वक्षरूस्थल का भेदन कर रहा है। मैं तेरे प्रलोभन में पड़ कर यहाँ चला आया था, कुछ तेरे बाहुबल से नहीं, क्योंकि मेरी प्रबल कामना थी कि मैं एक सुन्दर मूर्ति में परिणत हो जाऊँ। उसके लिए अपने वक्षरूस्थल को क्षत-विक्षत कराने को प्रस्तुत था। तेरी टाँकी से हृदय चिराने में प्रसन्न था! कि कभी मेरी इस सहनशीलता का पुरस्कार, सराहना के रूप में मिलेगा और मेरी मौन मूर्ति अनन्तकाल तक उस सराहना को चुपचाप गर्व से स्वीकार करती रहेगी। किन्तु निष्ठुर! तूने अपने द्वार पर मुझे फूटे हुए ठीकरे की तरह ला पटका। अब मैं यहीं पर पड़ा-पड़ा कब तक अपने भविष्य की गणना करूँगा?"

पत्थर की करुणामयी पुकार से विमल को क्रोध का संचार हुआ। और वास्तव में इस पुकार में अतीत और करुणा दोनों का मिश्रण था, जो कि उसके चित्त का सरल विनोद था। विमल भावप्रवण होकर रोष से गर्जन करता हुआ पत्थर की ओर से अनुरोध करने को शिल्पी के दरिद्र कुटीर में घुस पड़ा।

"क्यों जी, तुमने इस पत्थर को कितने दिनों से यहाँ ला रक्खा है? भला वह भी अपने मन में क्या समझता होगा? सुस्त होकर पड़े हो, उसकी कोई सुन्दर मूर्ति क्यों न बना डाली?" विमल ने रुक्ष स्वर में कहा।

पुरानी गुदड़ी में ढँकी हुई जीर्ण-शीर्ण मूर्ति खाँसी से कँप कर बोली-"बाबू जी! आपने तो मुझे कोई आज्ञा नहीं दी थी।"

"अजी तुम बना लिये होते, फिर कोई-न-कोई तो इसे ले लेता। भला देखो तो यह पत्थर कितने दिनों से पड़ा तुम्हारे नाम को रो रहा है।"-विमल ने कहा। शिल्पी ने कफ निकाल कर गला साफ करते हुए कहा-"आप लोग अमीर आदमी है। अपने कोमल श्रवणेन्द्रियों से पत्थर का रोना, लहरों का संगीत, पवन की हँसी इत्यादि कितनी सूक्ष्म बातें सुन लेते हैं, और उसकी पुकार में दत्तचित्त हो जाते हैं। करुणा से पुलकित होते हैं, किन्तु क्या कभी दुखी हृदय के नीरव क्रन्दन को भी अन्तरात्मा की श्रवणेन्द्रियों को सुनने देते हैं, जो करुणा का काल्पनिक नहीं, किन्तु वास्तविक रूप है?"

विमल के अतीत और करुणा-सम्बन्धी समस्त सद्भाव कठोर कर्मण्यता का आवाहन करने के लिए उसी से विद्रोह करने लगे। वह स्तब्ध होकर उसी मलिन भूमि पर बैठ गया।

18

प्रलय

हिमावृत चोटियों की श्रेणी, अनन्त आकाश के नीचे क्षुब्ध समुद्र! उपत्यका की कन्दरा में, प्राकृतिक उद्यान में खड़े हुए युवक ने युवती से कहा-"प्रिये!"

"प्रियतम! क्या होने वाला है?"

"देखो क्या होता है, कुछ चिन्ता नहीं-आसव तो है न?"

"क्यों प्रिय! इतना बड़ा खेल क्या यों ही नष्ट हो जायेगा?"

"यदि नष्ट न हो, खेल ज्यों-का-त्यों बना रहे तब तो वह बेकार हो जायेगा।"

"तब हृदय में अमर होने की कल्पना क्यों थी?"

"सुख-भोग-प्रलोभन के कारण।"

"क्या सृष्टि की चेष्टा मिथ्या थी?"

"मिथ्या थी या सत्य, नहीं कहा जा सकता- पर सर्ग प्रलय के लिए होता है, यह निस्सन्देह कहा जायगा, क्योंकि प्रलय भी एक सृष्टि है।"

"अपना अस्तित्व बनाए रखने के लिए बड़ा उद्योग था"-युवती ने निश्वास लेकर कहा।

"यह तो मैं भी मानूँगा कि अपने अस्तित्व के लिए स्वयं आपको व्यय कर दिया।"-युवक ने व्यंग्य से कहा।

युवती करुणार्द्र हो गयी। युवक ने मन बदलने के लिए कहा-"प्रिये! आसव ले आओ।"

युवती स्फटिक-पात्र में आसव ले आयी। युवक पीने लगा।

"सदा रक्षा करने पर भी यह उत्पात?" युवती ने दीन होकर जिज्ञासा की।

"तुम्हारे उपासकों ने भी कम अपव्यय नहीं किया।" युवक ने सस्मित कहा।

"ओह, प्रियतम! अब कहाँ चलें?" युवती ने मान करके कहा।

कठोर होकर युवक ने कहा-"अब कहाँ, यहीं से यह लीला देखेंगे।"

सूर्य का अलात-चक्र के समान शून्य में भ्रमण, और उसके विस्तार का अग्नि-स्फुलिंग-वर्षा करते हुए आश्चर्य-संकोच! हिम-टीलों का नवीन महानदों के रूप में पलटना, भयानक ताप से शेष प्राणियों का पलटना! महाकापालिक के चिताग्नि-साधन का वीभत्स दृश्य! प्रचण्ड आलोक का अन्धकार!!!

युवक मणि-पीठ पर सुखासीन होकर आसव पान कर रहा है। युवती त्रस्त नेत्रों से इस भीषण व्यापार को देखते हुए भी नहीं देख रही है। जवाकुसुम सदृश और जगत् का तत्काल तरल पारद-समान रंग बदलना, भयानक होने पर भी युवक को स्पृहणीय था। वह सस्मित बोला-"प्रिये! कैसा दृश्य है।"

"इसी का ध्यान करके कुछ लोगों ने आध्यात्मिकता का प्रचार किया था।" युवती ने कहा।

"बड़ी बुद्धिमत्ता थी!" हँस कर युवक ने कहा। वह हँसी ग्रहगण की टक्कर के शब्द से भी कुछ ऊँची थी।

"क्यों?"

"मरण के कठोर सत्य से बचने का बहाना या आड़।"

"प्रिय! ऐसा न कहो।"

"मोह के आकस्मिक अवलम्ब ऐसे ही होते हैं।" युवक ने पात्र भरते हुए कहा।

"इसे मैं नहीं मानूँगी।" दृढ़ होकर युवती बोली।

सामने की जल-राशि आलोड़ित होने लगी। असंख्य जलस्तम्भ शून्य नापने को ऊँचे चढ़ने लगे। कण-जाल से कुहासा फैला। भयानक ताप पर शीतलता हाथ फेरने लगी। युवती ने और भी साहस से कहा-"क्या आध्यात्मिकता मोह है?"

"चौतनिक पदार्थों का ज्वार-भाटा है। परमाणुओं से ग्रथित प्राकृत नियन्त्रण-शैली का एक बिन्दु! अपना अस्तित्व बचाये रखने की आशा में मनोहर कल्पना कर लेता है। विदेह होकर विश्वात्मभाव की प्रत्याशा, इसी क्षुद्र अवयव में अन्तर्निहित अन्तरूकरण यन्त्र का चमत्कार साहस है, जो स्वयं नश्वर उपादनों को साधन बनाकर अविनाशी होने का स्वप्न देखता है। देखो, इसी सारे जगत् के लय की लीला में तुम्हें इतना मोह हो गया?"

प्रभंजन का प्रबल आक्रमण आरम्भ हुआ। महार्णव की आकाशमापक स्तम्भ लहरियाँ भग्न होकर भीषण गर्जन करने लगीं। कन्दरा के उद्यान का अक्षयवट लहरा उठा। प्रकाण्ड शाल-वृक्ष तृण की तरह उस भयंकर फूत्कार से शून्य में उड़ने लगे। दौड़ते हुए वारिद-वृन्द के समान विशाल शैल-शृंग आवर्त में पड़कर चक्र-भ्रमण करने लगे। उद्‌गीर्ण ज्वालामुखियों के लावे जल-राशि को जलाने लगे। मेघाच्छादित, निस्तेज, स्पृश्य, चन्द्रबिम्ब के समान सूर्यमण्डल महाकापालिक के पिये हुए पान-पात्र की तरह लुढकने लगा। भयंकर कम्प और घोर वृष्टि में ज्वालामुखी बिजली के समान विलीन होने लगे।

युवक ने अट्टहास करते हुए कहा-"ऐसी बरसात काहे को मिलेगी! एक पात्र और।"

युवती सहमकर पात्र भरती हुई बोली-"मुझे अपने गले से लगा लो, बड़ा भय लगता है।"

युवक ने कहा-"तुम्हारा त्रस्त करुण अर्ध कटाक्ष विश्व-भर की मनोहर छोटी-सी आख्यायिका का सुख दे रहा है। हाँ एक ....."

"जाओ, तुम बड़े कठोर हो .....।"

"हमारी प्राचीनता और विश्व की रमणीयता ने तुम्हें सर्ग और प्रलय की अनादि लीला देखने के लिए उत्साहित किया था। अब उसका ताण्डव नृत्य देखो। तुम्हें भी अपनी कोमल कठोरता का बड़ा अभिमान था .....।"

"अभिमान ही होता, तो प्रयास करके तुमसे क्यों मिलती? जाने दो, तुम मेरे सर्वस्व हो। तुमसे अब यह माँगती हूँ कि अब कुछ न माँगूँ, चाहे इसके बदले मेरी समस्त कामना ले लो।" युवती ने गले में हाथ डालकर कहा।

भयानक शीत, दूसरे क्षण असह्य ताप, वायु के प्रचण्ड झोंकों में एक के बाद दूसरे की अद्‌भुत परम्परा, घोर गर्जन, ऊपर कुहासा और वृष्टि, नीचे महार्णव के रूप में अनन्त द्रवराशि, पवन उन्चासों गतियों से समग्र पंचमहाभूतों को आलोड़ित कर उन्हें तरल परमाणुओं के रूप में परिवर्तित करने के लिए तुला हुआ है। अनन्त परमाणुमय शून्य में एक वट-वृक्ष के सहारे स्थित है। प्रभंजन के प्रचण्ड आघातों से सब अदृश्य है। एक डाल पर वही युवक और युवती! युवक के मुख-मण्डल के प्रकाश से ही आलोक है। युवती मूर्च्छितप्राय है। वदन-मण्डल मात्र अस्पष्ट दिखाई दे रहा है। युवती सचेत होकर बोली-

"प्रियतम!"

"क्या प्रिये?"

"नाथ! अब मैं तुमको पाऊँगी।"

"क्या अभी तक नहीं पाया था?"

"मैं अभी तक तुम्हें पहचान भी नहीं सकी थी। तुम क्या हो, आज बता दोगे?"

"क्या अपने को जान लिया था, तुम्हारा क्या उद्देश्य था?"

"अब कुछ-कुछ जान रही हूँय जैसे मेरा अस्तित्व स्वप्न था, आध्यात्मिकता का मोह था, जो तुमसे भिन्न, स्वतन्त्र स्वरूप की कल्पना कर ली थी, वह अस्तित्व नहीं, विकृति थी। उद्देश्य की तो प्राप्ति हुआ ही चाहती है।"

युवती का मुख-मण्डल अस्पष्ट प्रतिबिम्ब मात्र रह गया था-युवक एक रमणीय तेज-पुंज था।

"तब और जानने की आवश्यकता नहीं, अब मिलना चाहती हो?"

"हूँ" अस्फुट शब्द का अन्तिम भाग प्रणव के समान गूँजने लगा!

"आओ, यह प्रलय-रूपी तुम्हारा मिलन आनन्दमय हो। आओ।"

अखण्ड शान्ति! आलोक!! आनन्द!!!

19

पुरस्कार

आर्द्रा नक्षत्र, आकाश में काले-काले बादलों की घुमड़, जिसमें देव-दुन्दुभी का गम्भीर घोष। प्राची के एक निरभ्र कोने से स्वर्ण-पुरुष झाँकने लगा था।-देखने लगा महाराज की सवारी। शैलमाला के अंचल में समतल उर्वरा भूमि से सोंधी बास उठ रही थी। नगर-तोरण से जयघोष हुआ, भीड़ में गजराज का चामरधारी शुण्ड उन्नत दिखायी पड़ा। वह हर्ष और उत्साह का समुद्र हिलोर भरता हुआ आगे बढ़ने लगा।

प्रभात की हेम-किरणों से अनुरंजित नन्ही-नन्ही बूँदों का एक झोंका स्वर्ण-मल्लिका के समान बरस पड़ा। मंगल सूचना से जनता ने हर्ष-ध्वनि की।

रथों, हाथियों और अश्वारोहियों की पंक्ति जम गई। दर्शकों की भीड़ भी कम न थी। गजराज बैठ गया, सीढियों से महाराज उतरे। सौभाग्यवती और कुमारी सुन्दरियों के दो दल, आम्रपल्लवों से सुशोभित मंगल-कलश और फूल, कुंकुम तथा खीलों से भरे थाल लिए, मधुर गान करते हुए आगे बढ़े।

महाराज के मुख पर मधुर मुस्क्यान थी। पुरोहित-वर्ग ने स्वस्त्ययन किया। स्वर्ण-रंजित हल की मूठ पकड़ कर महाराज ने जुते हुए सुन्दर पुष्ट बैलों को चलने का संकेत किया। बाजे बजने लगे। किशोरी कुमारियों ने खीलों और फूलों की वर्षा की।

कोशल का यह उत्सव प्रसिद्ध था। एक दिन के लिए महाराज को कृषक बनना पड़ता-उस दिन इंद्र-पूजन की धूम-धाम होतीय गोठ होती। नगर-निवासी उस पहाड़ी भूमि में आनन्द मनाते। प्रतिवर्ष कृषि का यह महोत्सव उत्साह से सम्पन्न होता, दूसरे राज्यों से भी युवक राजकुमार इस उत्सव में बड़े चाव से आकर योग देते।

मगध का एक राजकुमार अरुण अपने रथ पर बैठा बड़े कुतूहल से यह दृश्य देख रहा था।

बीजों का एक बाल लिये कुमारी मधूलिका महाराज के साथ थी। बीज बोते हुए महाराज जब हाथ बढ़ाते, तब मधूलिका उनके सामने थाल कर देती। यह खेत मधूलिका का था, जो इस साल महाराज की खेती के लिए चुना गया था, इसलिए बीज देने का सम्मान मधूलिका ही को मिला। वह कुमारी थी। सुन्दरी थी। कौशेयवसन उसके शरीर पर इधर-उधर लहराता हुआ स्वयं शोभित हो रहा था। वह कभी उसे सम्हालती और कभी अपने रूखे अलकों को। कृषक बालिका के शुभ्र भाल पर श्रमकणों की भी कमी न थी, वे सब बरौनियों में गुँथे जा रहे थे। सम्मान और लज्जा उसके अधरों पर मन्द मुस्कराहट के साथ सिहर उठतेय किन्तु महाराज को बीज देने में उसने शिथिलता नहीं की। सब लोग महाराज का हल चलाना देख रहे थे-विस्मय से, कुतूहल से। और अरुण देख रहा था कृषक कुमारी मधूलिका को। अहा कितना भोला सौन्दर्य! कितनी सरल चितवन!

उत्सव का प्रधान कृत्य समाप्त हो गया। महाराज ने मधूलिका के खेत का पुरस्कार दिया, थाल में कुछ स्वर्ण मुद्राएँ। वह राजकीय अनुग्रह था। मधूलिका ने थाली सिर से लगा लीय किन्तु साथ उसमें की स्वर्णमुद्राओं को महाराज पर न्योछावर करके बिखेर दिया। मधूलिका की उस समय की ऊर्जस्वित मूर्ति लोग आश्चर्य से देखने लगे! महाराज की भृकुटी भी जरा चढ़ी ही थी कि मधूलिका ने सविनय कहा-

देव! यह मेरे पितृ-पितामहों की भूमि है। इसे बेचना अपराध है। इसलिए मूल्य स्वीकार करना मेरी सामर्थ्य के बाहर है। महाराज के बोलने के पहले ही वृद्ध मन्त्री ने तीखे स्वर से कहा-अबोध! क्या बक रही है? राजकीय अनुग्रह का तिरस्कार! तेरी भूमि से चौगुना मूल्य है, फिर कोशल का तो यह सुनिश्चित राष्ट्रीय नियम है। तू आज से राजकीय रक्षण पाने की अधिकारिणी हुई, इस धन से अपने को सुखी बना।

राजकीय रक्षण की अधिकारिणी तो सारी प्रजा है, मन्त्रिवर! .... महाराज को भूमि-समर्पण करने में तो मेरा कोई विरोध न था और न है। किन्तु मूल्य स्वीकार करना असम्भव है।-मधूलिका उत्तेजित हो उठी।

महाराज के संकेत करने पर मन्त्री ने कहा-देव! वाराणसी-युद्ध के अन्यतम वीर सिंहमित्र की यह एक-मात्र कन्या है।-महाराज चौंक उठे-सिंहमित्र की कन्या! जिसने मगध के सामने कोशल की लाज रख ली थी, उसी वीर की मधूलिका कन्या है?

हाँ, देव! -सविनय मन्त्री ने कहा।

इस उत्सव के पराम्परागत नियम क्या हैं, मन्त्रिवर?-महाराज ने पूछा।

देव, नियम तो बहुत साधारण हैं। किसी भी अच्छी भूमि को इस उत्सव के लिए चुनकर नियमानुसार पुरस्कार-स्वरूप उसका मूल्य दे दिया जाता है। वह भी अत्यन्त अनुग्रहपूर्वक अर्थात् भू-सम्पत्ति का चौगुना मूल्य उसे मिलता है। उस खेती को वही व्यक्ति वर्ष भर देखता है। वह राजा का खेत कहा जाता है।

महाराज को विचार-संघर्ष से विश्राम की अत्यन्त आवश्यकता थी। महाराज चुप रहे। जयघोष के साथ सभा विसर्जित हुई। सब अपने-अपने शिविरों में चले गये। किन्तु मधूलिका को उत्सव में फिर किसी ने न देखा। वह अपने खेत की सीमा पर विशाल मधूक-वृक्ष के चिकने हरे पत्तों की छाया में अनमनी चुपचाप बैठी रही।

रात्रि का उत्सव अब विश्राम ले रहा था। राजकुमार अरुण उसमें सम्मिलित नहीं हुआ-अपने विश्राम-भवन में जागरण कर रहा था। आँखों में नींद न थी। प्राची में जैसी गुलाली खिल रही थी, वह रंग उसकी आँखों में था। सामने देखा तो मुण्डेर पर कपोती एक पैर पर खड़ी पंख फैलाये अँगड़ाई ले रही थी। अरुण उठ खड़ा हुआ। द्वार पर सुसज्जित अश्व था, वह देखते-देखते नगर-तोरण पर जा पहुँचा। रक्षक-गण ऊँघ रहे थे, अश्व के पैरों के शब्द से चौंक उठे।

युवक-कुमार तीर-सा निकल गया। सिन्धुदेश का तुरंग प्रभात के पवन से पुलकित हो रहा था। घूमता-घूमता अरुण उसी मधूक-वृक्ष के नीचे पहुँचा, जहाँ मधूलिका अपने हाथ पर सिर धरे हुए खिन्न-निद्रा का सुख ले रही थी।

अरुण ने देखा, एक छिन्न माधवीलता वृक्ष की शाखा से च्युत होकर पड़ी है। सुमन मुकुलित, भ्रमर निस्पन्द थे। अरुण ने अपने अश्व को मौन रहने का संकेत किया, उस सुषमा को देखने लिए, परन्तु कोकिल बोल उठा। जैसे उसने अरुण से प्रश्न किया-छिरू, कुमारी के सोये हुए सौन्दर्य पर दृष्टिपात करनेवाले धृष्ट, तुम कौन? मधूलिका की आँखे खुल पड़ीं। उसने देखा, एक अपरिचित युवक। वह संकोच से उठ बैठी। -भद्रे! तुम्हीं न कल के उत्सव की संचालिका रही हो?

उत्सव! हाँ, उत्सव ही तो था।

कल उस सम्मान....

क्यों आपको कल का स्वप्न सता रहा है? भद्र! आप क्या मुझे इस अवस्था में सन्तुष्ट न रहने देंगे?

मेरा हृदय तुम्हारी उस छवि का भक्त बन गया है, देवि!

मेरे उस अभिनय का-मेरी विडम्बना का। आह! मनुष्य कितना निर्दय है, अपरिचित! क्षमा करो, जाओ अपने मार्ग।

सरलता की देवि! मैं मगध का राजकुमार तुम्हारे अनुग्रह का प्रार्थी हूँ-मेरे हृदय की भावना अवगुण्ठन में रहना नहीं जानती। उसे अपनी....।

राजकुमार! मैं कृषक-बालिका हूँ। आप नन्दनबिहारी और मैं पृथ्वी पर परिश्रम करके जीनेवाली। आज मेरी स्नेह की भूमि पर से मेरा अधिकार छीन लिया गया है। मैं दुःख से विकल हूँय मेरा उपहास न करो।

मैं कोशल-नरेश से तुम्हारी भूमि तुम्हें दिलवा दूंगा।

नहीं, वह कोशल का राष्ट्रीय नियम है। मैं उसे बदलना नहीं चाहती-चाहे उससे मुझे कितना ही दुःख हो।

तब तुम्हारा रहस्य क्या है?

यह रहस्य मानव-हृदय का है, मेरा नहीं। राजकुमार, नियमों से यदि मानव-हृदय बाध्य होता, तो आज मगध के राजकुमार का हृदय किसी राजकुमारी की ओर न खिंच कर एक कृषक-बालिका का अपमान करने न आता। मधूलिका उठ खड़ी हुई।

चोट खाकर राजकुमार लौट पड़ा। किशोर किरणों में उसका रत्नकिरीट चमक उठा। अश्व वेग से चला जा रहा था और मधूलिका निष्ठुर प्रहार करके क्या स्वयं आहत न हुई? उसके हृदय में टीस-सी होने लगी। वह सजल नेत्रों से उड़ती हुई धूल देखने लगी।

मधूलिका ने राजा का प्रतिपादन, अनुग्रह नहीं लिया। वह दूसरे खेतों में काम करती और चौथे पहर रूखी-सूखी खाकर पड़ रहती। मधूक-वृक्ष के नीचे छोटी-सी पर्णकुटीर थी। सूखे डंठलों से उसकी दीवार बनी थी। मधूलिका का वही आश्रय था। कठोर परिश्रम से जो रूखा अन्न मिलता, वही उसकी साँसों को बढ़ाने के लिए पर्याप्त था।

दुबली होने पर भी उसके अंग पर तपस्या की कान्ति थी। आस-पास के कृषक उसका आदर करते। वह एक आदर्श बालिका थी। दिन, सप्ताह, महीने और वर्ष बीतने लगे।

शीतकाल की रजनी, मेघों से भरा आकाश, जिसमें बिजली की दौड़-धूप। मधूलिका का छाजन टपक रहा था! ओढने की कमी थी। वह ठिठुरकर एक कोने में बैठी थी। मधूलिका अपने अभाव को आज बढ़ाकर सोच रही थी। जीवन से

सामंजस्य बनाये रखने वाले उपकरण तो अपनी सीमा निर्धारित रखते हैं। परन्तु उनकी आवश्यकता और कल्पना भावना के साथ बढ़ती-घटती रहती है। आज बहुत दिनों पर उसे बीती हुई बात स्मरण हुई। दो, नहीं-नहीं, तीन वर्ष हुए होंगे, इसी मधूक के नीचे प्रभात में-तरुण राजकुमार ने क्या कहा था?

वह अपने हृदय से पूछने लगी-उन चाटुकारी के शब्दों को सुनने के लिए उत्सुक-सी वह पूछने लगी-क्या कहा था? दुःख-दग्ध हृदय उन स्वप्न-सी बातों को स्मरण रख सकता था? और स्मरण ही होता, तो भी कष्टों की इस काली निशा में वह कहने का साहस करता। हाय री बिडम्बना!

आज मधूलिका उस बीते हुए क्षण को लौटा लेने के लिए विकल थी। दारिद्रय की ठोकरों ने उसे व्यथित और अधीर कर दिया है। मगध की प्रासाद-माला के वैभव का काल्पनिक चित्र-उन सूखे डंठलों के रन्ध्रों से, नभ में-बिजली के आलोक में-नाचता हुआ दिखाई देने लगा। खिलवाड़ी शिशु जैसे श्रावण की संध्या में जुगनू को पकड़ने के लिए हाथ लपकाता है, वैसे ही मधूलिका मन-ही-मन कर रही थी। 'अभी वह निकल गया'। वर्षा ने भीषण रूप धारण किया। गड़गड़ाहट बढ़ने लगीय ओले पड़ने की सम्भावना थी। मधूलिका अपनी जर्जर झोपड़ी के लिए काँप उठी। सहसा बाहर कुछ शब्द हुआ-

कौन है यहाँ? पथिक को आश्रय चाहिए।

मधूलिका ने डंठलों का कपाट खोल दिया। बिजली चमक उठी। उसने देखा, एक पुरुष घोड़े की डोर पकड़े खड़ा है। सहसा वह चिल्ला उठी-राजकुमार!

मधूलिका?-आश्चर्य से युवक ने कहा।

एक क्षण के लिए सन्नाटा छा गया। मधूलिका अपनी कल्पना को सहसा प्रत्यक्ष देखकर चकित हो गई -इतने दिनों के बाद आज फिर!

अरुण ने कहा-कितना समझाया मैंने-परन्तु.....

मधूलिका अपनी दयनीय अवस्था पर संकेत करने देना नहीं चाहती थी। उसने कहा-और आज आपकी यह क्या दशा है?

सिर झुकाकर अरुण ने कहा-मैं मगध का विद्रोही निर्वासित कोशल में जीविका खोजने आया हूँ।

मधूलिका उस अन्धकार में हँस पड़ी-मगध का विद्रोही राजकुमार का स्वागत करे एक अनाथिनी कृषक-बालिका, यह भी एक विडम्बना है, तो भी मैं स्वागत के लिए प्रस्तुत हूँ।

शीतकाल की निस्तब्ध रजनी, कुहरे से धुली हुई चाँदनी, हाड़ कँपा देनेवाला समीर, तो भी अरुण और मधूलिका दोनों पहाड़ी गह्वर के द्वार पर वट-वृक्ष के नीचे बैठे हुए बातें कर रहे हैं। मधूलिका की वाणी में उत्साह था, किन्तु अरुण जैसे अत्यन्त सावधान होकर बोलता।

मधूलिका ने पूछा-जब तुम इतनी विपन्न अवस्था में हो, तो फिर इतने सैनिकों को साथ रखने की क्या आवश्यकता है?

मधूलिका! बाहुबल ही तो वीरों की आजीविका है। ये मेरे जीवन-मरण के साथी हैं, भला मैं इन्हें कैसे छोड़ देता? और करता ही क्या?

क्यों? हम लोग परिश्रम से कमाते और खाते। अब तो तुम...।

भूल न करो, मैं अपने बाहुबल पर भरोसा करता हूँ। नये राज्य की स्थापना कर सकता हूँ। निराश क्यों हो जाऊँ?-अरुण के शब्दों में कम्पन था, वह जैसे कुछ कहना चाहता था, पर कह न सकता था।

नवीन राज्य! ओहो, तुम्हारा उत्साह तो कम नहीं। भला कैसे? कोई ढंग बताओ, तो मैं भी कल्पना का आनन्द ले लूँ।

कल्पना का आनन्द नहीं मधूलिका, मैं तुम्हे राजरानी के सम्मान में सिंहासन पर बिठाऊँगा! तुम अपने छिने हुए खेत की चिन्ता करके भयभीत न हो।

एक क्षण में सरल मधूलिका के मन में प्रमाद का अन्धड़ बहने लगा-द्वन्द्व मच गया। उसने सहसा कहा-आह, मैं सचमुच आज तक तुम्हारी प्रतीक्षा करती थी, राजकुमार!

अरुण ढिठाई से उसके हाथों को दबाकर बोला-तो मेरा भ्रम था, तुम सचमुच मुझे प्यार करती हो?

युवती का वक्षस्थल फूल उठा, वह हाँ भी नहीं कह सकी, ना भी नहीं। अरुण ने उसकी अवस्था का अनुभव कर लिया। कुशल मनुष्य के समान उसने अवसर को हाथ से न जाने दिया। तुरन्त बोल उठा-तुम्हारी इच्छा हो, तो प्राणों से पण लगाकर मैं तुम्हें इस कोशल-सिंहासन पर बिठा दूँ। मधूलिके! अरुण के खड्ग का आतंक देखोगी?-मधूलिका एक बार काँप उठी। वह कहना चाहती थी...नहींय किन्तु उसके मुँह से निकला-क्या?

सत्य मधूलिका, कोशल-नरेश तभी से तुम्हारे लिए चिन्तित हैं। यह मैं जानता हूँ, तुम्हारी साधारण-सी प्रार्थना वह अस्वीकार न करेंगे। और मुझे यह भी विदित है कि कोशल के सेनापति अधिकांश सैनिको के साथ पहाड़ी दस्युओं का दमन करने के लिए बहुत दूर चले गये हैं।

मधूलिका की आँखों के आगे बिजलियाँ हँसने लगी। दारुण भावना से उसका मस्तक विकृत हो उठा। अरुण ने कहा-तुम बोलती नहीं हो?

जो कहोगे, वह करूँगी....मन्त्रमुग्ध-सी मधूलिका ने कहा।

स्वर्णमंच पर कोशल-नरेश अर्द्धनिद्रित अवस्था में आँखे मुकुलित किये हैं। एक चामधारिणी युवती पीछे खड़ी अपनी कलाई बड़ी कुशलता से घुमा रही है। चामर के शुभ्र आन्दोलन उस प्रकोष्ठ में धीरे-धीरे संचलित हो रहे हैं। ताम्बूल-वाहिनी प्रतिमा के समान दूर खड़ी है।

प्रतिहारी ने आकर कहा-जय हो देव! एक स्त्री कुछ प्रार्थना लेकर आई है।

आँख खोलते हुए महाराज ने कहा-स्त्री! प्रार्थना करने आई? आने दो।

प्रतिहारी के साथ मधूलिका आई। उसने प्रणाम किया। महाराज ने स्थिर दृष्टि से उसकी ओर देखा और कहा-तुम्हें कहीं देखा है?

तीन बरस हुए देव! मेरी भूमि खेती के लिए ली गई थी।

ओह, तो तुमने इतने दिन कष्ट में बिताये, आज उसका मूल्य माँगने आई हो, क्यों? अच्छा-अच्छा तुम्हें मिलेगा। प्रतिहारी!

नहीं महाराज, मुझे मूल्य नहीं चाहिए।

मूर्ख! फिर क्या चाहिए?

उतनी ही भूमि, दुर्ग के दक्षिणी नाले के समीप की जंगली भूमि, वहीं मैं अपनी खेती करूँगी। मुझे एक सहायक मिल गया है। वह मनुष्यों से मेरी सहायता करेगा, भूमि को समतल भी बनाना होगा।

महाराज ने कहा-कृषक बालिके! वह बड़ी उबड़-खाबड़ भूमि है। तिस पर वह दुर्ग के समीप एक सैनिक महत्व रखती है।

तो फिर निराश लौट जाऊँ?

सिंहमित्र की कन्या! मैं क्या करूँ, तुम्हारी यह प्रार्थना....

देव! जैसी आज्ञा हो!

जाओ, तुम श्रमजीवियों को उसमें लगाओ। मैं अमात्य को आज्ञापत्र देने का आदेश करता हूँ।

जय हो देव!-कहकर प्रणाम करती हुई मधूलिका राजमन्दिर के बाहर आई।

दुर्ग के दक्षिण, भयावने नाले के तट पर, घना जंगल है, आज मनुष्यों के पद-संचार से शून्यता भंग हो रही थी। अरुण के छिपे वे मनुष्य स्वतन्त्रता से इधर-उधर घूमते थे। झाड़ियों को काट कर पथ बन रहा था। नगर दूर था, फिर उधर यों ही कोई नहीं आता था। फिर अब तो महाराज की आज्ञा से वहाँ मधूलिका का अच्छा-सा खेत बन रहा था। तब इधर की किसको चिन्ता होती?

एक घने कुंज में अरुण और मधूलिका एक दूसरे को हर्षित नेत्रों से देख रहे थे। संध्या हो चली थी। उस निविड़ वन में उन नवागत मनुष्यों को देखकर पक्षीगण अपने नीड़ को लौटते हुए अधिक कोलाहल कर रहे थे।

प्रसन्नता से अरुण की आँखे चमक उठीं। सूर्य की अन्तिम किरण झुरमुट में घुसकर मधूलिका के कपोलों से खेलने लगी। अरुण ने कहा-चार प्रहर और, विश्वास करो, प्रभात में ही इस जीर्ण-कलेवर कोशल-राष्ट्र की राजधानी श्रावस्ती में तुम्हारा अभिषेक होगा और मगध से निर्वासित मैं एक स्वतन्त्र राष्ट्र का अधिपति बनूँगा, मधूलिके!

भयानक! अरुण, तुम्हारा साहस देखकर मैं चकित हो रही हूँ। केवल सौ सैनिकों से तुम...

रात के तीसरे प्रहर मेरी विजय-यात्रा होगी।

तो तुमको इस विजय पर विश्वास है?

अवश्य, तुम अपनी झोपड़ी में यह रात बिताओय प्रभात से तो राज-मन्दिर ही तुम्हारा लीला-निकेतन बनेगा।

मधूलिका प्रसन्न थी, किन्तु अरुण के लिए उसकी कल्याण-कामना सशंक थी। वह कभी-कभी उद्विग्न-सी होकर बालकों के समान प्रश्न कर बैठती। अरुण उसका समाधान कर देता। सहसा कोई संकेत पाकर उसने कहा-अच्छा, अन्धकार अधिक हो गया। अभी तुम्हें दूर जाना है और मुझे भी प्राण-पण से इस अभियान के प्रारम्भिक कार्यों को अर्द्धरात्रि तक पूरा कर लेना चाहिएय तब रात्रि भर के लिए विदा! मधूलिके!

मधूलिका उठ खड़ी हुई। कँटीली झाड़ियों से उलझती हुई क्रम से, बढ़नेवाले अन्धकार में वह झोपड़ी की ओर चली।

पथ अन्धकारमय था और मधूलिका का हृदय भी निविड़-तम से घिरा था। उसका मन सहसा विचलित हो उठा, मधुरता नष्ट हो गई। जितनी सुख-कल्पना थी, वह जैसे अन्धकार में विलीन होने लगी। वह भयभीत थी, पहला भय उसे अरुण के लिए उत्पन्न हुआ, यदि वह सफल न हुआ तो? फिर सहसा सोचने लगी-वह क्यों सफल हो? श्रावस्ती दुर्ग एक विदेशी के अधिकार में क्यों चला जाय? मगध का चिरशत्रु! ओह, उसकी विजय! कोशल-नरेश ने क्या कहा था-श्सिंहमित्र की कन्या। सिंहमित्र, कोशल का रक्षक वीर, उसी की कन्या आज क्या करने जा रही है? नहीं, नहीं, मधूलिका! मधूलिका!! जैसे उसके पिता उस अन्धकार में पुकार रहे थे। वह पगली की तरह चिल्ला उठी। रास्ता भूल गई।

रात एक पहर बीत चली, पर मधूलिका अपनी झोपड़ी तक न पहुँची। वह उधेड़बुन में विक्षिप्त-सी चली जा रही थी। उसकी आँखों के सामने कभी सिंहमित्र और कभी अरुण की मूर्ति अन्धकार में चित्रित होती जाती। उसे सामने आलोक दिखाई पड़ा। वह बीच पथ में खड़ी हो गई। प्रायः एक सौ उल्काधारी अश्वारोही चले आ रहे थे और आगे-आगे एक वीर अधेड़ सैनिक था। उसके बायें हाथ में अश्व की वल्गा और दाहिने हाथ में नग्न खड्ग। अत्यन्त धीरता से वह टुकड़ी अपने पथ पर चल रही थी। परन्तु मधूलिका बीच पथ से हिली नहीं। प्रमुख सैनिक पास आ गयाय पर मधूलिका अब भी नहीं हटी। सैनिक ने अश्व रोककर कहा-कौन? कोई उत्तर नहीं मिला। तब तक दूसरे अश्वारोही ने सड़क पर कहा-तू कौन है, स्त्री? कोशल के सेनापति को उत्तर शीघ्र दे।

रमणी जैसे विकार-ग्रस्त स्वर में चिल्ला उठी-बाँध लो, मुझे बाँध लो! मेरी हत्या करो। मैंने अपराध ही ऐसा किया है।

सेनापति हँस पड़े, बोले-पगली है।

पगली नहीं, यदि वही होती, तो इतनी विचार-वेदना क्यों होती? सेनापति! मुझे बाँध लो। राजा के पास ले चलो।

क्या है, स्पष्ट कह!

श्रावस्ती का दुर्ग एक प्रहर में दस्युओं के हस्तगत हो जायेगा। दक्षिणी नाले के पार उनका आक्रमण होगा।

सेनापति चौंक उठे। उन्होंने आश्चर्य से पूछा-तू क्या कह रही है?

मैं सत्य कह रही हूँ, शीघ्रता करो।

सेनापति ने अस्सी सैनिकों को नाले की ओर धीरे-धीरे बढ़ने की आज्ञा दी और स्वयं बीस अश्वारोहियों के साथ दुर्ग की ओर बढ़े। मधूलिका एक अश्वारोही के साथ बाँध दी गई।

श्रावस्ती का दुर्ग, कोशल राष्ट्र का केन्द्र, इस रात्रि में अपने विगत वैभव का स्वप्न देख रहा था। भिन्न राजवंशों ने उसके प्रान्तों पर अधिकार जमा लिया है। अब वह केवल कई गाँवों का अधिपति है। फिर भी उसके साथ कोशल के अतीत की स्वर्ण-गाथाएँ लिपटी हैं। वही लोगों की ईर्ष्या का कारण है। जब थोड़े से अश्वारोही बड़े वेग से आते हुए दुर्ग-द्वार पर रुके, तब दुर्ग के प्रहरी चौंक उठे। उल्का के आलोक में उन्होंने सेनापति को पहचाना, द्वार खुला। सेनापति घोड़े की पीठ से उतरे। उन्होंने कहा-अग्निसेन! दुर्ग में कितने सैनिक होंगे?

सेनापति की जय हो! दो सौ।

उन्हें शीघ्र ही एकत्र करोय परन्तु बिना किसी शब्द के। सौ को लेकर तुम शीघ्र ही चुपचाप दुर्ग के दक्षिण की ओर चलो। आलोक और शब्द न हों।

सेनापति ने मधूलिका की ओर देखा। वह खोल दी गई। उसे अपने पीछे आने का संकेत कर सेनापति राजमन्दिर की ओर बढ़े। प्रतिहारी ने सेनापति को देखते ही महाराज को सावधान किया। वह अपनी सुख-निद्रा के लिये प्रस्तुत हो रहे थे। किन्तु सेनापति और साथ में मधूलिका को देखते ही चंचल हो उठे। सेनापति ने कहा-जय हो देव! इस स्त्री के कारण मुझे इस समय उपस्थित होना पड़ा है।

महाराज ने स्थिर नेत्रों से देखकर कहा-सिंहमित्र की कन्या! फिर यहाँ क्यों? क्या तुम्हारा क्षेत्र नहीं बन रहा है? कोई बाधा? सेनापति! मैंने दुर्ग के दक्षिणी नाले के समीप की भूमि इसे दी है। क्या उसी सम्बन्ध में तुम कहना चाहते हो?

देव! किसी गुप्त शत्रु ने उसी ओर से आज की रात में दुर्ग पर अधिकार कर लेने का प्रबन्ध किया है और इसी स्त्री ने मुझे पथ में यह सन्देश दिया है।

राजा ने मधूलिका की ओर देखा। वह काँप उठी। घृणा और लज्जा से वह गड़ी जा रही थी। राजा ने पूछा-मधूलिका, यह सत्य है!

हाँ, देव!

राजा ने सेनापति से कहा-सैनिकों को एकत्र करके तुम चलो मैं अभी आता हूँ। सेनापति के चले जाने पर राजा ने कहा-सिंहमित्र की कन्या! तुमने एक बार फिर कोशल का उपकार किया। यह सूचना देकर तुमने पुरस्कार का काम किया है। अच्छा, तुम यहीं ठहरो। पहले उन आतताईयों का प्रबन्ध कर लूँ।

अपने साहसिक अभियान में अरुण बन्दी हुआ और दुर्ग उल्का के आलोक में अतिरंजित हो गया। भीड़ ने जयघोष किया। सबके मन में उल्लास था। श्रावस्ती-दुर्ग आज एक दस्यु के हाथ में जाने से बचा था। आबाल-वृद्ध-नारी आनन्द से उन्मत्त हो उठे।

ऊषा के आलोक में सभा-मण्डप दर्शकों से भर गया। बन्दी अरुण को देखते ही जनता ने रोष से हूँकार करते हुए कहा-'वध करो!' राजा ने सबसे सहमत होकर आज्ञा दी-'प्राण दण्ड।' मधूलिका बुलायी गई। वह पगली-सी आकर खड़ी हो गई। कोशल-नरेश ने पूछा-मधूलिका, तुझे जो पुरस्कार लेना हो, माँग। वह चुप रही।

राजा ने कहा-मेरी निज की जितनी खेती है, मैं सब तुझे देता हूँ। मधूलिका ने एक बार बन्दी अरुण की ओर देखा। उसने कहा-मुझे कुछ न चाहिए। अरुण हँस पड़ा। राजा ने कहा-नहीं, मैं तुझे अवश्य दूँगा। माँग ले।

तो मुझे भी प्राणदण्ड मिले। कहती हुई वह बन्दी अरुण के पास जा खड़ी हुई।

20

प्रसाद

मधुप अभी किसलय-शय्या पर, मकरन्द-मदिरा पान किये सो रहे थे। सुन्दरी के मुख-मण्डल पर प्रस्वेद बिन्दु के समान फूलों के ओस अभी सूखने न पाये थे। अरुण की स्वर्ण-किरणों ने उन्हें गरमी न पहुँचायी थी। फूल कुछ खिल चुके थे! परन्तु थे अर्ध-विकसित। ऐसे सौरभपूर्ण सुमन सवेरे ही जाकर उपवन से चुन लिये थे। पर्ण-पुट का उन्हें पवित्र वेष्ठन देकर अंचल में छिपाये हुए सरला देव-मन्दिर में पहुँची। घण्टा अपने दम्भ का घोर नाद कर रहा था। चन्दन और केसर की चहल-पहल हो रही थी। अगुरु-धूप-गन्ध से तोरण और प्राचीर परिपूर्ण था। स्थान-स्थान पर स्वर्ण-शृंगार और रजत के नैवेद्य-पात्र, बड़ी-बड़ी आरतियाँ, फूल-चंगेर सजाये हुए धरे थे। देव-प्रतिमा रत्न-आभूषणों से लदी हुई थी।

सरला ने भीड़ में घुस कर उसका दर्शन किया और देखा कि वहाँ मल्लिका की माला, पारिजात के हार, मालती की मालिका, और भी अनेक प्रकार के सौरभित सुमन देव-प्रतिमा के पदतल में विकीर्ण हैं। शतदल लोट रहे हैं और कला की अभिव्यक्तिपूर्ण देव-प्रतिमा के ओष्ठाधार में रत्न की ज्योति के साथ बिजली-सी मुसक्यान-रेखा खेल रही थी, जैसे उन फूलों का उपहास कर रही हो। सरला को यही विदित हुआ कि फूलों की यहाँ गिनती नहीं, पूछ नहीं। सरला अपने पाणि-पल्लव में पर्णपुट लिये कोने में खड़ी हो गयी।

भक्तवृन्द अपने नैवेद्य, उपहार देवता को अर्पण करते थे, रत्न-खण्ड, स्वर्ण-मद्राएँ देवता के चरणों में गिरती थीं। पुजारी भक्तों को फल-फूलों का प्रसाद देते थे। वे

प्रसन्न होकर जाते थे। सरला से न रहा गया। उसने अपने अर्ध-विकसित फूलों का पर्ण-पुट खोला भी नहीं। बड़ी लज्जा से, जिसमें कोई देखे नहीं, ज्यों-का-त्यों, फेंक दियाय परन्तु वह गिरा ठीक देवता के चरणों पर। पुजारी ने सब की आँख बचा कर रख लिया। सरला फिर कोने में जाकर खड़ी हो गयी। देर तक दर्शकों का आना, दर्शन करना, घण्टे का बजाना, फूलों का रौंद, चन्दन-केसर की कीच और रत्न-स्वर्ण की क्रीड़ा होती रही। सरला चुपचाप खड़ी देखती रही।

शयन आरती का समय हुआ। दर्शक बाहर हो गये। रत्न-जटित स्वर्ण आरती लेकर पुजारी ने आरती आरम्भ करने के पहले देव-प्रतिमा के पास के फूल हटाये। रत्न-आभूषण उतारे, उपहार के स्वर्ण-रत्न बटोरे। मूर्ति नग्न और विरल-शृंगार थी। अकस्मात् पुजारी का ध्यान उस पर्ण-पुट की ओर गया। उसने खोल कर उन थोड़े-से अर्ध-विकसित कुसुमों को, जो अवहेलना से सूखा ही चाहते थे, भगवान् के नग्न शरीर पर यथावकाश सजा दिया। कई जन्म का अतृप्त शिल्पी ही जैसे पुजारी होकर आया है। मूर्ति की पूर्णता का उद्योग कर रहा है। शिल्पी की शेष कला की पूर्ति हो गयी। पुजारी विशेष भावापन्न होकर आरती करने लगा। सरला को देखकर भी किसी ने न देखा, न पूछा कि 'तुम इस समय मन्दिर में क्यों हो?'

आरती हो रही थी, बाहर का घण्टा बज रहा था। सरला मन में सोच रही थी, मैं दो-चार फूल-पत्ते ही लेकर आयी। परन्तु चढ़ाने का, अर्पण करने का हृदय में गौरव था। दान की सो भी किसे! भगवान को! मन में उत्साह था। परन्तु हाय! 'प्रसाद' की आशा ने, शुभ कामना के बदले की लिप्सा ने मुझे छोटा बनाकर अभी तक रोक रक्खा। सब दर्शक चले गये, मैं खड़ी हूँ, किस लिए। अपने उन्हीं अर्पण किये हुए दो-चार फूल लौटा लेने के लिए, "तो चलूँ।"

अकस्मात् आरती बन्द हुई। सरला ने जाने के लिए आशा का उत्सर्ग करके एक बार देव-प्रतिमा की ओर देखा। देखा कि उसके फूल भगवान के अंग पर सुशोभित हैं। वह ठिठक गयी। पुजारी ने सहसा घूम कर देखा और कहा,-"अरे तुम! अभी यहीं हो, तुम्हें प्रसाद नहीं मिला, लो।" जान में या अनजान में, पुजारी ने भगवान् की एकावली सरला के नत गले में डाल दी! प्रतिमा प्रसन्न होकर हँस पड़ी।

21

पाप की पराजय

घने हरे कानन के हृदय में पहाड़ी नदी झिर-झिर करती बह रही है। गाँव से दूर, बन्दूक लिये हुए शिकारी के वेश में, घनश्याम दूर बैठा है। एक निरीह शशक मारकर प्रसन्नता से पतली-पतली लकड़ियों में उसका जलना देखता हुआ प्रति की कमनीयता के साथ वह बड़ा अन्याय कर रहा है। किन्तु उसे दायित्व-विहीन विचारपति की तरह बेपरवाही है। जंगली जीवन का आज उसे बड़ा अभिमान है। अपनी सफलता पर आप ही मुग्ध होकर मानव-समाज की शैशवावस्था की पुनरावृत्ति करता हुआ निर्दय घनश्याम उस अधजले जन्तु से उदर भरने लगा। तृप्त होने पर वन की सुधि आई। चकित होकर देखने लगा कि यह कैसा रमणीय देश है। थोड़ी देर में तन्द्रा ने उसे दबा दिया। वह कोमल वृत्ति विलीन हो गयी। स्वप्न ने उसे फिर उद्वेलित किया। निर्मल जल-धारा से धुले हुए पत्तों का घना कानन, स्थान-स्थान पर कुसुमित कुंज, आन्तरिक और स्वाभाविक आलोक में उन कुंजों की कोमल छाया, हृदय-स्पर्शकारी शीतल पवन का संचार, अस्फुट आलेख्य के समान उसके सामने स्फुरित होने लगे।

घनश्याम को सुदूर से मधुर झंकार-सी सुनाई पड़ने लगी। उसने अपने को व्याकुल पाया। देखा तो एक अद्‌ध्भुत दृश्य! इन्द्रनील की पुतली फूलों से सजी हुई झरने के उस पार पहाड़ी से उतर कर बैठी है। उसके सहज-कंचित केश से वन्य कुरुवक कलियाँ कूद-कूद कर जल-लहरियों से क्रीड़ा कर रही हैं। घनश्याम को वह वनदेवी-सी प्रतीत हुई। यद्यपि उसका रंग कंचन के समान नहीं, फिर भी गठन साँचे

में ढला हुआ है। आकर्ण विस्तृत नेत्र नहीं, तो भी उनमें एक स्वाभाविक राग है। यह कवि की कल्पना-सी कोई स्वर्गीया आति नहीं, प्रत्युत एक भिल्लिनी है। तब भी इसमें सौन्दर्य नहीं है, यह कोई साहस के साथ नहीं कह सकता। घनश्याम ने तन्द्रा से चौंककर उस सहज सौन्दर्य को देखा और विषम समस्या में पड़कर यह सोचने लगा-"क्या सौन्दर्य उपासना की ही वस्तु है, उपभोग की नहीं?" इस प्रश्न को हल करने के लिए उसने हण्टिंग कोट के पाकेट का सहारा लिया। क्लान्तिहारिणी का पान करने पर उसकी आँखों पर रंगीन चश्मा चढ़ गया। उसकी तन्द्रा का यह काल्पनिक स्वर्ग धीरे-धीरे विलास-मन्दिर में परिणत होने लगा। घनश्याम ने देखा कि अदभुत रूप, यौवन की चरम सीमा और स्वास्थ्य का मनोहर संस्करण, रंग बदलकर पाप ही सामने आया।

पाप का यह रूप, जब वह वासना को फाँस कर अपनी ओर मिला चुकता है, बड़ा कोमल अथच कठोर एवं भयानक होता है और तब पाप का मुख कितना सुन्दर होता है! सुन्दर ही नहीं, आकर्षक भी, वह भी कितना प्रलोभन-पूर्ण और कितना शक्तिशाली, जो अनुभव में नहीं आ सकता। उसमें विजय का दर्प भरा रहता है। वह अपने एक मृदु मुस्कान से सुदृढ़ विवेक की अवहेलना करता है। घनश्याम ने धोखा खाया और क्षण भर में वह सरल सुषमा विलुप्त होकर उद्दीपन का अभिनय करने लगी। यौवन ने भी उस समय काम से मित्रता कर ली। पाप की सेना और उसका आक्रमण प्रबल हो चला। विचलित होते ही घनश्याम को पराजित होना पड़ा। वह आवेश में बाँहें फैलाकर झरने को पार करने लगा।

नील की पुतली ने उस ओर देखा भी नहीं। युवक की मांसल पीन भुजायें उसे आलिंगन किया ही चाहती थीं कि ऊपर पहाड़ी पर से शब्द सुनाई पड़ा-"क्यों नीला, कब तक यहीं बैठी रहेगी? मुझे देर हो रही है। चल, घर चलें।"

घनश्याम ने सिर उठा कर देखा तो ज्योतिर्मयी दिव्य मूर्ति रमणी सुलभ पवित्रता का ज्वलन्त प्रमाण, केवल यौवन से ही नहीं, बल्कि कला की दृष्टि से भी, दृष्टिगत हुई। किन्तु आत्म-गौरव का दुर्ग किसी की सहज पाप-वासना को वहाँ फटकने नहीं देता था। शिकारी घनश्याम लज्जित तो हुआ ही, पर वह भयभीत भी था। पुण्य-प्रतिमा के सामने पाप की पराजय हुई। नीला ने घबराकर कहा-"रानी जी, आती हूँ। जरा मैं थक गयी थी।" रानी और नीला दोनों चली गयीं। अबकी बार घनश्याम ने फिर सोचने का प्रयास किया-क्या सौन्दर्य उपभोग के लिये नहीं, केवल उपासना के लिए है?" खिन्न होकर वह घर लौटा। किन्तु बार-बार वह घटना याद आती रही। घनश्याम कई बार उस झरने पर क्षमा माँगने गया। किन्तु वहाँ उसे कोई न मिला।

जो कठोर सत्य है, जो प्रत्यक्ष है, जिसकी प्रचण्ड लपट अभी नदी में प्रतिभाषित हो रही है, जिसकी गर्मी इस शीतल रात्रि में भी अंक में अनुभूत हो रही है, उसे असत्य या उसे कल्पना कह कर उड़ा देने के लिए घनश्याम का मन हठ कर रहा है।

थोड़ी देर पहले जब (नदी पर से मुक्त आकाश में एक टुकड़ा बादल का उठ आया था) चिता लग चुकी थी, घनश्याम आग लगाने को उपस्थित था। उसकी स्त्री चिता पर अतीत निद्रा में निमग्न थी,। निठुर हिन्दू-शास्त्र की कठोर आज्ञा से जब वह विद्रोह करने लगा था, उसी समय घनश्याम को सान्त्वना हुई, उसने अचानक मूर्खता से अग्नि लगा दी। उसे ध्यान हुआ कि बादल बरस कर निर्दय चिता को बुझा देंगे, उसे जलने न देंगे। किन्तु व्यर्थ? चिता ठंडी होकर और भी ठहर-ठहर कर सुलगने लगी, क्षण भर में जल कर राख न होने पायी।

घनश्याम ने हृदय में सोचा कि यदि हम मुसलमान या ईसाई होते तो? आह! फूलों से मिली हुई मुलायम मिट्टी में इसे सुला देते, सुन्दर समाधि बनाते, आजीवन प्रति संध्या को दीप जलाते, फूल चढ़ाते, कविता पढ़ते, रोते, आँसू बहाते, किसी तरह दिन बीत जाते। किन्तु यहाँ कुछ भी नहीं। हत्यारा समाज! कठोर धर्म! कुत्सित व्यवस्था! इनसे क्या आशा? चिता जलने लगी।

श्मशान से लौटते समय घनश्याम ने साथियों को छोड़कर जंगल की ओर पैर बढ़ाया। जहाँ प्रायः शिकार खेलने जाया करता, वहीं जाकर बैठ गया। आज वह बहुत दिनों पर इधर आया है। कुछ ही दूरी पर देखा कि साखू के वृक्ष की छाया में एक सुकुमार शरीर पड़ा है। सिरहाने तकिया का काम हाथ दे रहा है। घनश्याम ने अभी कड़ी चोट खायी है। करुण-कमल का उसके आद्र मानस में विकास हो गया था। उसने समीप जाकर देखा कि वह रमणी और कोई नहीं है, वह रानी है, जिसे उसने बहुत दिन हुए एक अनोखे ढंग में देखा था। घनश्याम की आहट पाते ही रानी उठ बैठी। घनश्याम ने पूछा-"आप कौन हैं? क्यों यहाँ पड़ी हैं?"

रानी-"मैं केतकी-वन की रानी हूँ।"

"तब ऐसे क्यों?"

"समय की प्रतीक्षा में पड़ी हूँ।"

"कैसा समय?"

"आप से क्या काम?" क्या शिकार खेलने आये हैं?"

"नहीं देवी! आज स्वयं शिकार हो गया हूँ?"

"तब तो आप शीघ्र ही शहर की ओर पलटेंगे। क्या किसी भिल्लनी के नयन-बाण लगे हैं? किन्तु नहीं, मैं भूल कर रही हूँ। उन बेचारियों को क्षुधा-ज्वाला

ने जला रक्खा है। ओह, वह गढ़े में धँसी हुई आँखें अब किसी को आकर्षित करने का सामर्थ्य नहीं रखतीं। हे भगवान, मैं किसलिए पहाड़ी से उतर कर आयी हूँ।"

"देवी! आपका अभिप्राय क्या है, मैं समझ न सका। क्या ऊपर अकाल है, दुर्भिक्ष है?"

"नहीं-नहीं, ईश्वर का प्रकोप है, पवित्रता का अभिशाप है, करुणा की वीभत्स मूर्ति का दर्शन है।"

"तब आपकी क्या इच्छा है?"

"मैं वहाँ की रानी हूँ। मेरे वस्त्र-आभूषण-भण्डार में जो कुछ था, सब बेच कर तीन महीने किसी प्रकार उन्हें खिला सकी, अब मेरे पास केवल इस वस्त्र को छोड़कर और कुछ नहीं रहा कि विक्रय करके एक भी क्षुधित पेट की ज्वाला बुझाती, इसलिए ....।"

"क्या?"

"शहर चलूँगी। सुना है कि वहाँ रूप का भी दाम मिलता है। यदि कुछ मिल सके .."

"तब?"

"तो इसे भी बेच दूँगी। अनाथ बालकों को इससे कुछ तो सहायता पहुँच सकेगी। क्यों, क्या मेरा रूप बिकने योग्य नहीं है?"

युवक घनश्याम इसका उत्तर देने में असमर्थ था। कुछ दिन पहले वह अपना सर्वस्व देकर भी ऐसा रूप क्रय करने को प्रस्तुत हो जाता। आज वह अपनी स्त्री के वियोग में बड़ा ही सीधा, धार्मिक, निरीह एवं परोपकारी हो गया था। आर्त मुमुक्षु की तरह उसे न जाने किस वस्तु की खोज थी।

घनश्याम ने कहा-"मैं क्या उत्तर दूँ?"

"क्यों? क्या दाम न लगेगा? हाँ तुम भी आज किस वेश में हो? क्या सोचते हो? बोलते क्यों नहीं?

"मेरी स्त्री का शरीरान्त हो गया।"

"तब तो अच्छा हुआ, तुम नगर के धनी हो। तुम्हें तो रूप की आवश्यकता होती होगी। क्या इसे क्रय करोगे?"

घनश्याम ने हाथ जोड़कर सिर नीचा कर लिया। तब उस रानी ने कहा-"उस दिन तो एक भिल्लनी के रूप पर मरते थे। क्यों, आज क्या हुआ?"

"देवी, मेरा साहस नहीं है-वह पाप का वेग था।"

"छिः पाप के लिए साहस था और पुण्य के लिए नहीं?"

घनश्याम रो पड़ा और बोला-"क्षमा कीजिएगा। पुण्य किस प्रकार सम्पादित होता है, मुझे नहीं मालूम। किन्तु इसे पुण्य कहने में..।"

"संकोच होता है। क्यों?"

इसी समय दो-तीन बालक, चार-पाँच स्त्रियाँ और छरू-सात भील अनाहार-क्लिष्ट शीर्ण कलेवर पवन के बल से हिलते-डुलते रानी के सामने आकर खड़े हो गये।

रानी ने कहा-"क्यों अब पाप की परिभाषा करोगे?"

घनश्याम ने काँप कर कहा-"नहीं, प्रायश्चित करूँगा, उस दिन के पाप का प्रायश्चित।"

युवक घनश्याम वेग से उठ खड़ा हुआ, बोला-"बहिन, तुमने मेरे जीवन को अवलम्ब दिया है। मैं निरुद्देश्य हो रहा था, कर्तव्य नहीं सूझ पड़ता था। आपको क्रय-विक्रय न करना पड़ेगा। देवी! मैं संध्या तक आ जाऊँगा।"

"संध्या तक?"

"और भी पहले।"

बालक रोने लगे-"रानी माँ, अब नहीं रह जाता।" घनश्याम से भी नहीं रहा गया, वह भागा।

घनश्याम की पापभूमि, देखते-देखते गाड़ी और छकड़ों से भर गयी, बाजार लग गया, रानी के प्रबन्ध में घनश्याम ने वहीं पर अकाल पीड़ितों की सेवा आरम्भ कर दी।

जो घटना उसे बार-बार स्मरण होती थी, उसी का यह प्रायश्चित था। घनश्याम ने उसी भिल्लनी को प्रधान प्रबन्ध करनेवाली देख कर आश्चर्य किया। उसे न जाने क्यों हर्ष और उत्साह दोनों हुए।

22

भिखारिन

जाह्नवी अपने बालू के कम्बल में ठिठुरकर सो रही थी। शीत कुहासा बनकर प्रत्यक्ष हो रहा था। दो-चार लाल धारायें प्राची के क्षितिज में बहना चाहती थीं। धार्मिक लोग स्नान करने के लिए आने लगे थे।

निर्मल की माँ स्नान कर रही थी, और वह पण्डे के पास बैठा हुआ बड़े कुतूहल से धर्म-भीरु लोगों की स्नान-क्रिया देखकर मुस्करा रहा था। उसकी माँ स्नान करके ऊपर आई। अपनी चादर ओढ़ते हुए स्नेह से उसने निर्मल से पूछा-"क्या तू स्नान न करेगा?"

निर्मल ने कहा-"नहीं माँ, मैं तो धूप निकलने पर घर पर ही स्नान करूँगा।"

पण्डाजी ने हँसते हुए कहा-"माता, अबके लड़के पुण्य-धर्म क्या जानें? यह सब तो जब तक आप लोग हैं, तभी तक है।"

निर्मल का मुँह लाल हो गया। फिर भी वह चुप रहा। उसकी माँ संकल्प लेकर कुछ दान करने लगी। सहसा जैसे उजाला हो गया-एक धवल दाँतों की श्रेणी अपना भोलापन बिखेर गई- "कुछ हमको दे दो, रानी माँ!"

निर्मल ने देखा, एक चौदह बरस की भिखारिन भीख माँग रही है। पण्डाजी झल्लाये, बीच ही में संकल्प अधूरा छोड़कर बोल उठे-"चल हट!"

निर्मल ने कहा- "माँ! कुछ इसे भी दे दो।"

माता ने उधर देखा भी नहीं, परन्तु निर्मल ने उस जीर्ण मलिन वसन में एक दरिद्र हृदय की हँसी को रोते हुए देखा। उस बालिका की आँखों मे एक अधूरी कहानी

थी। रूखी लटों में सादी उलझन थी, और बरौनियों के अग्रभाग में संकल्प के जलबिन्दु लटक रहे थे, करुणा का दान जैसे होने ही वाला था।

धर्म-परायण निर्मल की माँ स्नान करके निर्मल के साथ चली। भिखारिन को अभी आशा थी, वह भी उन लोगों के साथ चली।

निर्मल एक भावुक युवक था। उसने पूछा-"तुम भीख क्यों माँगती हो?"

भिखारिन की पोटली के चावल फटे कपड़े के छिद्र से गिर रहे थे। उन्हें सँभालते हुए उसने कहा-"बाबूजी, पेट के लिए।"

निर्मल ने कहा-"नौकरी क्यों नही करतीं? माँ, इसे अपने यहाँ रख क्यों नहीं लेती हो? धनिया तो प्रायः आती भी नहीं।"

माता ने गम्भीरता से कहा-"रख लो! कौन जाति है, कैसी है, जाना न सुना, बस रख लो।"

निर्मल ने कहा-"माँ, दरिद्रों की तो एक ही जाति होती है।"

माँ झल्ला उठी, और भिखारिन लौट चली। निर्मल ने देखा, जैसे उमड़ी हुई मेघमाला बिना बरसे हुए लौट गई। उसका जी कचोट उठा। विवश था, माता के साथ चला गया।

"सुने री निर्धन के धन राम! सुने री-"

भैरवी के स्वर पवन में आन्दोलन कर रहे थे। धूप गंगा के वक्ष पर उजली होकर नाच रही थी। भिखारिन पत्थर की सीढियों पर सूर्य की ओर मुँह किये गुनगुना रही थी। निर्मल आज अपनी भाभी, के संग स्नान करने के लिए आया है। गोद में अपने चार बरस के भतीजे को लिये वह भी सीढियों से उतरा। भाभी ने पूछा-"निर्मल! आज क्या तुम भी पुण्य-संचय करोगे?"

"क्यों भाभी! जब तुम इस छोटे से बच्चे को इस सरदी में नहला देना धर्म समझती हो, तो मै ही क्यों वंचित रह जाऊँ?"

सहसा निर्मल चौंक उठा। उसने देखा, बगल में वही भिखारिन बैठी गुनगुना रही है। निर्मल को देखते ही उसने कहा-बाबूजी, तुम्हारा बच्चा फले-फूले, बहू का सोहाग बना रहे! आज तो मुझे कुछ मिले।"

निर्मल अप्रतिभ हो गया। उसकी भाभी हँसती हुई बोली-"दुर पगली!"

भिखारिन सहम गई। उसके दाँतो का भोलापन गम्भीरता के परदे में छिप गया। वह चुप हो गई।

निर्मल ने स्नान किया। सब ऊपर चलने के लिए प्रस्तुत थे। सहसा बादल हट गये, उन्हीं अमल-धवल दाँतो की श्रेणी ने फिर याचना की-"बाबूजी, कुछ मिलेगा?"

"अरे, अभी बाबूजी का ब्याह नहीं हुआ। जब होगा, तब तुझे न्योता देकर बुलावेंगे। तब तक सन्तोष करके बैठी रह।" भाभी ने हँसकर कहा।

"तुम लोग बड़ी निष्ठुर हो, भाभी! उस दिन माँ से कहा कि इसे नौकर रख लो, तो वह इसकी जाति पूछने लगीय और आज तुम भी हँसी ही कर रही हो!"

निर्मल की बात काटते हुए भिखारिन ने कहा-"बहूजी, तुम्हें देखकर मैं तो यही जानती हूँ कि ब्याह हो गया है। मुझे कुछ न देने के लिए बहाना कर रही हो!"

"मर पगली! बड़ी ढीठ है!" भाभी ने कहा।

"भाभी! उस पर क्रोध न करो। वह क्या जाने, उसकी दृष्टि में सब अमीर और सुखी लोग विवाहित हैं। जाने दो, घर चलें!"

"अच्छा चलो, आज माँ से कहकर इसे तुम्हारे लिए टहलनी रखवा दूँगी।"-कहकर भाभी हँस पड़ी।

युवक हृदय उत्तेजित हो उठा। बोला-"यह क्या भाभी! मैं तो इससे ब्याह करने के लिए भी प्रस्तुत हो जाऊँगा! तुम व्यंग क्यों कर रही हो?"

भाभी अप्रतिभ हो गई। परन्तु भिखारिन अपने स्वाभाविक भोलेपन से बोली-"दो दिन माँगने पर भी तुम लोगों से एक पैसा तो देते नहीं बना, फिर क्यों गाली देते हो, बाबू? ब्याह करके निभाना तो बड़ी दूर की बात है!"-भिखारिन भारी मुँह किये लौट चली।

बालक रामू अपनी चालाकी में लगा था। माँ की जेब से छोटी दुअन्नी अपनी छोटी उँगलियों से उसने निकाल ली और भिखारिन की ओर फेंककर बोला-"लेती जाओ, ओ भिखारिन!"

निर्मल और भाभी को रामू की इस दया पर कुछ प्रसन्नता हुई, पर वे प्रकट न कर सकेय क्योंकि भिखारिन ऊपर की सीढियों पर चढ़ती हुई गुनगुनाती चली जा रही थी-

"सुने री निर्धन के धन राम!"

23

रमला

साजन के मन में नित्य वसन्त था। वही वसन्त जो उत्साह और उदासी का समझौता कराता, वह जीवन के उत्साह से कभी विरत नहीं, न-जाने कौन-सी आशा की लता उसके मन में कली लेती रहती। तिस पर भी उदासीन साजन उस बड़ी-सी झील के तट पर, प्रायः निश्चेष्ट अजगर की तरह पड़ा रहता। उसे स्मरण नहीं, कब से वहाँ रहता था। उसका सुन्दर सुगठित शरीर बिना देख-रेख के अपनी इच्छानुसार मलिनता में भी चमकता रहता। उस झील का वह एकमात्र स्वामी था, रक्षक था, सखा था।

शैलमाला की गोद में वह समुद्र का शिशु कलोल करता, उस पर से अरुण की किरणें नाचती हुईं, अपने को शीतल करती चली जातीं। मध्यान्ह में दिवस ठहर जाता-उसकी लघु वीचियों का कम्पन देखने के लिए। संध्या होते, उसके चारों ओर के वृक्ष अपनी छाया के अंचल में छिपा लेना चाहतेय परन्तु उसका हृदय उदार था, मुक्त था, विराट था। चाँदनी उसमें अपना मुँह देखने लगती और हँस पड़ती।

और साजन! वह भी अपने निर्जन सहचर का उसके शान्त सौन्दर्य में अभिनन्दन करता। हुलस कर उसमें कूद पड़ता, यही उसका स्नेहातिरेक था।

साजन की साँसे उसकी लहरियों से स्वर-सामंजस्य बनाये रहतीं। यह झील उसे खाने के लिए कमलगट्टे देती, सिंघाड़े देती, कोंईबेरा, और भी कितनी वस्तु बिखेरती। वही साजन की गृहिणी थी, स्नेहमयी, कभी-कभी वह उसे पुकार उठता, बड़े उल्लास से बुलाता-'रानी!' प्रतिध्वनि होती, ई-ई-ई। वह खिलखिला उठता, आँखें

विकस जातीं, रोएँ-रोएँ हँसने लगते। फिर सहसा वह अपनी उदासी में डूब जाता, तब तारा छाई रात उस पर अपना श्याम अंचल डाल देती। कभी-कभी वृक्ष की जड़ से ही सिर लगाकर सो रहता।

ऐस ही कितने बरस बीत गये।

उधर पशु चराने के लिए गोप-बालक न जाते। दूर-दूर के गाँव में यह विश्वास था कि रमला झील पर कोई जलदेवता रहता है। उधर कोई झाँकता भी नहीं। वह संसर्ग से वंचित देश अपनी विभूति में अपने ही मस्त था।

रमला भी बड़ी ढीठ थी। वह गाँव-भर में सबसे चंचल लडकी थी। लडकघि क्यों, वह युवती हो चली थी। उसका ब्याह नहीं हुआ था, वह अपनी जाति भर में सबसे अधिक गोरी थी, तिस पर भी उसका नाम पड़ गया था रमला! वह ऐसी बाधा थी कि ब्याह होना असम्भव हो गया। उसमें सबसे बड़ा दोष यह था कि वह बड़े-बड़े लडकघें को भी उनकी ढिठाई पर चपत लगाकर हँस देती थी। झील के दक्षिण की पहाड़ी से कोसों दूर पर उसका गाँव था।

मंजल भी कम दुष्ट न था, वह प्रायः रमला को चिढ़ाया करता। उसने सब लडकघें से सलाह की-"रमला की पहाड़ी पर चला जाय।"

बालक इकट्ठे हुए। रमला भी आज पहाड़ी पर पशु चराने को ठहरी। सब चढने लगेय परन्तु रमला सबके पहले थी। सबसे ऊँची चोटी पर खड़ी होकर उसने कहा-"लो, मैं सबके आगे ही पहुँची,"-कहकर पास के लड़के को चपत लगा दी।

मंजल ने कहा-"उधर तो देखो! वह क्या है?"

रमला ने देखा सुन्दर झील! वह उसे देखने में तन्मय हो गई थी। प्रतिहिंसा से भरे हुए लड़के ने एक हल्का-सा धक्का दिया, यद्यपि वह उसके परिणाम से पूरी तरह परिचित नहीं था, फिर भी रमला को तो कष्ट भोगने के लिए कोई रुकावट न थी। वह लुढक चली, जब तक एक झाड़ को पकड़ती और वह उखड़कर गिरता, तब तक दूसरे पत्थर का कोना उसे चोट पहुँचाने पर अवलम्ब दे ही देता, किन्तु पतन रुकना असम्भव था। वह चोट खाते-खाते नीचे आ ही पड़ी। बालक गाँव की ओर भगे। रमला के घरवालों ने भी सन्तोष कर लिया।

साजन कभी-कभी रमला झील की फेरी लगाता। वह झील कई कोस में थी। जहाँ स्थल-पथ का पहाड़ी की बीहड़ शिलाओं से अन्त हो जाता, वहाँ वह तैरने लगता। बीच-बीच में उसने दो-एक स्थान विश्राम के लिए बना लिये थे। वह स्थान और कुछ नहींय प्राकृतिक गुहायें थीं। उसने दक्षिण की पहाड़ी के नीचे पहुँचकर देखा, एक किशोरी जल में पैर लटकाये बैठी है।

वह आश्चर्य और क्रोध से अपने होंठ चबाने लगाय क्योंकि एक गुफा वहीं पर थी। अब साजन क्या करे! उसने पुष्ट भुजा उठाकर दूर से पूछा-"तुम कौन? भागो।"

रमला एक मनुष्य की आति देखते ही प्रसन्न हो गई, हँस पड़ी। बोली-

"मैं हूँ, रमला!"

"रमला! रमला रानी।"

"रानी नहीं, रमला।"

"रमला नहीं, रानी कहो, नहीं पीटूँगा, मेरी रानी!"-कहकर साजन झील की ओर देखने लगा।

"अच्छा, अच्छा, रानी! तुम कौन हो?"

"मैं साजन, रानी का सहचर।"

"तुम सहचर हो? और मैं यहाँ आई हूँ, तुम मेरा कुछ सत्कार नहीं करते?"-हँसोड़ रमला ने कहा।

"आओ तुम!"-कहकर विस्मय से साजन उस किशोरी की ओर देखने लगा।

"हाँ मैं, तुम बड़े दुष्ट हो साजन! कुछ खिलाओ, कहाँ रहते हो? वहीं चलूँ।"

साजन घबराया, उसने देखा कि रमला उठ खड़ी हुई। उसने कहा-तैरकर चलना होगा, आगे पथ नहीं है।

वह कूद पड़ी और राजहंसी के समान तैरने लगी। साजन क्षणभर तक उस सुन्दर सन्तरण को देखता रहा। उसकी दृष्टि का यह पहला महोत्सव था। उसे भी तो तैरने का विनोद था न। मन का विरोध उन लहरों के आन्दोलन से घुलने लगा, अनिच्छा होने पर भी वह साथ देने के लिए कूद पड़ा। दोनों साथ-साथ तैर चले।

बहुत दिन बीत गये। रमला और साजन एकत्र रहने पर भी अलग थे। रमला का सब उत्साह उस एकान्त नीरवता में धीरे-धीरे विलीन हो चला।

वह ऊब चली। उसकी गुफा में ढेर-के-ढेर कमलगट्टे फल पड़े रहते, उसे उन सब पदार्थों से वितृष्णा हो चली। साजन पालतू पशु के समान अपनी स्वामिनी से आज्ञा की अपेक्षा करताय परन्तु रमला का उत्साह तो उस बन्दीगृह से भाग जाने के लिए उत्सुक था।

साजन ने एक दिन पूछा-

"क्या ले आऊँ?"

"कुछ नहीं।"

"कुछ नहीं? क्यों?"

"मैं अब जाऊँगी?"

"कहाँ?"

"जिधर जा सकूँगी।"

"तब यहीं क्यों नहीं रहती हो?"-अचानक साजन ने कहा।

रमला कुछ न बोली। उस झील पर रात आई, अपना जगमगाता चँदवा तानकर विश्राम करने लगी। रमला अपनी गुफा में सोने चली गई और साजन अपनी गुफा के पास बैठा एकटक रजनी का सौन्दर्य देखने लगा। आज जैसे उसे स्मृति हुई- रमला के आ जाने से वह जिस बात को भूल गया था, उसके अन्तर की वही भावना जाग उठी। साजन पुकार उठा-श्रानी!' बहुत दिन के बाद उस झील की पहाडियाँ प्रतिध्वनि से मुखरित हो उठीं- ई-ई-ई।

रमला चौंक कर जाग पड़ी। बाहर चली आई। उसने देखा, साजन झील की ओर मुँह किये पुकार रहा है-श्रानी!' रानी!'-उसका कण्ठ गद्‍गद है। चाँदनी आज निखर पड़ी थी। रमला ने सुना। साजन के स्वर में रुदन था। व्याकुलता थी, रमला ने उसके कन्धे पर हाथ रख दिया-साजन सिहर उठा। उसने कहा-"कौन, रमला!"

"रमला नहीं-रानी।"

साजन विस्मय से देखने लगा। उसने पूछा-"तुम रानी हो?"

"हाँ, मुझी को तो तुम पुकारते थे न?"

"तुम्हीं ... तुम्हीं ... हाँ, तुम्हीं को तो, मेरी प्यारी रानी!"

दोनो ने देखा, आकाश के नक्षत्र रमला-झील में डुबकियाँ ले रहे थे, और खिलखिला रहे थे।

कितना समय बीत गया-

साजन की सब सोई वासनायें जाग उठीं-भूले हुए पाठ की तरह अच्छे गुरु के सामने स्मरण होने लगी थीं!

उसे अब शीत लगने लगा-रमला के कपड़ों की आवश्यकता वह स्वयं अनुभव करने लगा।

अकस्मात् एक दिन रमला ने कहा-"चलो, कहीं घूम आवें।"

साजन ने भी कह दिया-"चलो।"

वही गिरिपथ, जिसने बहुत दिनों से मुनष्य का पद-चिह्न भी नहीं देखा था-साजन और रमला के पैर चूमने लगा। दोनों उसे रौंदते चले गये।

रमला अपनी फटी साड़ी में लिपटी थी और साजन वल्कल बाँधे था। वे दरिद्र थे पर उनके मुख पर एक तेज था। वे जैसे प्राचीन देवकथाओं के कोई पात्र हों। संध्या हो गयी थी-गाँव का जमींदार का प्रांगण अभी सूना न था। जमींदार भी बिल्कुल युवक था। उसे इस जोड़े को देखकर कुतूहल हुआ। उसने वस्त्र और भोजन की व्यवस्था करके उन्हें टिकने की आज्ञा दे दी।

प्रातरू आँखें खोल रहा था। किसान अपने खेतों में जाने की तैयारी में थे। रमला उठ बैठी थी, पास ही साजन पड़ा सो रहा था। कपड़ों की गरमी उसे सुख में लपेटे थी। उसे कभी यह आनन्द न मिला था। कितने ही प्रभात रमला झील के तट

उस नारी ने देखे। किन्तु यह गाँव का दृश्य उसके मन में सन्देह, कुतूहल, आशा भर रहा था। युवक जमींदार अपने घोड़े पर चढना ही चाहता था कि उसकी दृष्टि मलिन, वस्त्र में झांकती हुई दो आँखों पर पड़ी। वह पास आ गया, पूछने लगा-"तुम लोगों को कोई कष्ट तो नहीं हुआ?"

"नहीं-कहते हुए रमला ने अपने सिर का कपड़ा हटा दिया और युवक को आश्चर्य से देखने लगी। युवक घबड़ाकर बोला-"कौन? रमला?"

"हाँ, मंजल!"

युवक की साँस भारी हो चली।

उसने कहा-"रमला, मुझे क्षमा करो, मैंने तुम्हें..."

"हाँ, धक्का देकर गिरा दिया था। तब भी मैं बच गई।"

युवक ने सोये हुए मनुष्य की ओर देखकर पूछा-"वह तुम्हारा कौन है?"

रमला ने रुकते हुए उत्तर दिया-"मेरा-कोई नहीं।"

"तब भी, यह है कौन?"

"रमला झील का जल-देवता।"

युवक एक बार झनझना गया।

उसने पूछा-"तुम क्या फिर चली जाओगी, रमला?"-उसके कण्ठ में बड़ी कोमलता थी।

"तुम जैसा कहो"-रमला जैसे बेबसी से बोली।

युवक-"अच्छा, जाओ पहले नहा-धो लो"-कहता हुआ घोड़े पर चढकर चला गया। रमला सलज्ज उठी-गाँव की पोखरी की ओर चली।

उसके जाते ही साजन जैसे जग पड़ा। एक बार अँगड़ाई ली और उठ खड़ा हुआ। जिस पथ से आया था, उससे लौटने लगा।

गोधूलि थी और वही उदास रमला झील! साजन थका हुआ बैठा था। आज उसके मन में, न-जाने कहाँ का स्नेह उमड़ा था। प्रशान्त रमला में एक चमकीला फूल हिलने लगा, साजन ने आँख उठाकर देखा-पहाड़ी की चोटी पर एक तारिका रमला के उदास भाल पर सौभाग्य चिह्न-सी चमक उठी। देखते-देखते रमला का वक्ष नक्षत्रों के हार से सुशोभित हो उठा।

साजन ने उल्लास से पुकारा-"रानी!"

24

रसिया बालम

संसार को शान्तिमय करने के लिए रजनी देवी ने अभी अपना अधिकार पूर्णतरू नहीं प्राप्त किया है। अंशुमाली अभी अपने आधे बिम्ब को प्रतीची में दिखा रहे हैं। केवल एक मनुष्य अर्बुद-गिरि-सुदृढ़ दुर्ग के नीचे एक झरने के तट पर बैठा हुआ उस अर्ध-स्वर्ण पिंड की ओर देखता है और कभी-कभी दुर्ग के ऊपर राजमहल की खिडकी की ओर भी देख लेता है, फिर कुछ गुनगुनाने लगता है।

घण्टों उसे वैसे ही बैठे बीत गये। कोई कार्य नहीं, केवल उसे उस खिडकघि की ओर देखना। अकस्मात् एक उजाले की प्रभा उस नीची पहाड़ी भूमि पर पड़ी और साथ ही किसी वस्तु का शब्द भी हुआ, परन्तु उस युवक का ध्यान उस ओर नहीं था। वह तो केवल उस खिडकघि में के उस सुन्दर मुख की ओर देखने की आशा से उसी ओर देखता रहा, जिसने केवल एक बार उसे झलक दिखाकर मन्त्रमुग्ध कर दिया था।

इधर उस कागज में लिपटी हुई वस्तु को एक अपरिचित व्यक्ति, जो छिपा खड़ा था, उठाकर चलता हुआ। धीरे-धीरे रजनी की गम्भीरता उस शैल-प्रदेश में और भी गम्भीर हो गयी और झाड़ियों की ओट में तो अन्धकार मूर्तिमान हो बैठा हुआ ज्ञात होता था, परन्तु उस युवक को इसकी कुछ भी चिन्ता नहीं। जब तक उस खिडकघि में प्रकाश था, तब तक वह उसी ओर निर्निमेष देख रहा था, और कभी-कभी अस्फुट स्वर से वही गुन-गुनाहट उसके मुख से वनस्पतियों को सुनाई पड़ती थी।

जब वह प्रकाश बिल्कुल न रहा, तब वह युवक उठा और समीप के झरने के तट से होते हुए उसी अन्धकार में विलीन हो गया।

दिवाकर की पहली किरण ने जब चमेली की कलियों को चटकाया, तब उन डालियों को उतना नहीं ज्ञात हुआ, जितना कि एक युवक के शरीर-स्पर्श से उन्हें हिलना पड़ा, जो कि काँटे और झाड़ियों का कुछ भी ध्यान न करके सीधा अपने मार्ग का अनुसरण कर रहा है। वह युवक फिर उसी खिडकघी के सामने पहुँचा और जाकर अपने पूर्व-परिचित शिलाखंड पर बैठ गया, और पुनरू वही क्रिया आरम्भ हुई। धीरे-धीरे एक सैनिक पुरुष ने आकर उस युवक के कंधे पर अपना हाथ रक्खा।

युवक चौंक उठा और क्रोधित होकर बोला-तुम कौन हो?

आगन्तुक हँस पड़ा और बोला-यही तो मेरा भी प्रश्न है कि तुम कौन हो? और क्यों इस अन्तरूपुर की खिडकघी के सामने बैठे हो? और तुम्हारा क्या अभिप्राय है?

युवक-मैं यहाँ घूमता हूँ, और यही मेरा मकान है। मैं जो यहाँ बैठा हूँ, मित्र! वह बात यह है कि मेरा एक मित्र इसी प्रकोष्ठ में रहता है। मैं कभी-कभी उसका दर्शन पा जाता हूँ, और अपने चित्त को प्रसन्न करता हूँ।

सैनिक-पर मित्र! तुम नहीं जानते कि यह राजकीय अन्तरूपुर है। तुम्हें ऐसे देखकर तुम्हारी क्या दशा हो सकती है? और महाराजा तुम्हें क्या समझेंगे?

युवक-जो कुछ हो, मेरा कुछ असत् अभिप्राय नहीं है, मैं तो केवल सुन्दर रूप का दर्शन ही निरन्तर चाहता हूँ, और यदि महाराज भी पूछें तो यही कहूँगा।

सैनिक-तुम जिसे देखते हो, वह स्वयं राजकुमारी है, और तुम्हें कभी नहीं चाहती। अतएव तुम्हारा यह प्रयास व्यर्थ है।

युवक-क्या वह राजकुमारी है? तो चिन्ता क्या! मुझे तो केवल देखना है, मैं बैठे-बैठे देखा करूँगा। पर तुम्हें यह कैसे मालूम कि वह मुझे नहीं चाहती?

सैनिक-प्रमाण चाहते हो तो (एक पत्र देकर) यह देखो।

युवक उसे लेकर पढ़ता है। उसमें लिखा था।

"युवक!

तुम क्यों अपना समय व्यर्थ व्यतीत करते हो? मैं तुमसे कदापि नहीं मिल सकती। क्यों महीनों से यहाँ बैठे-बैठे अपना शरीर नष्ट कर रहे हो, मुझे तुम्हारी अवस्था देखकर दया आती है। अतरू तुमको सचेत करती हूँ, फिर कभी यहाँ मत बैठना।

वही-

जिसे तुम देखा करते हो!

युवक कुछ देर के लिए स्तम्भित हो गया। सैनिक सामने खड़ा था। अकस्मात् युवक उठकर खड़ा हो गया और सैनिक का हाथ पकड़कर बोला-मित्र! तुम हमारा कुछ उपकार कर सकते हो? यदि करो, तो कुछ विशेष परिश्रम न होगा।

सैनिक-कहो, क्या है? यदि हो सकेगा, तो अवश्य करूँगा।

तत्काल उस युवक ने अपनी उँगली एक पत्थर से कुचल दी, और अपने फटे वस्त्र में से एक टुकड़ा फाड़कर तिनका लेकर उसी रक्त से टुकड़े पर कुछ लिखा, और उस सैनिक के हाथ में देकर कहा-यदि हम न रहें, तो इसको उस निष्ठुर के हाथ में दे देना। बस, और कुछ नहीं।

इतना कहकर युवक ने पहाड़ी पर से कूदना चाहा, पर सैनिक ने उसे पकड़ लिया, और कहा-रसिया! ठहरो! -

युवक अवाक् हो गयाय क्योंकि अब पाँच प्रहरी सैनिक के सामने सिर झुकाये खड़े थे, और पूर्व सैनिक स्वयं अर्बुदगिरि के महाराज थे।

महाराज आगे हुए और सैनिकों के बीच में रसिया। सब सिंहद्वार की ओर चले। किले के भीतर पहुँचकर रसिया को साथ में लिये हुए महाराज एक प्रकोष्ठ में पहुंचे। महाराज ने प्रहरी को आज्ञा दी कि महारानी और राजकुमारी को बुला लावे। वह प्रणाम कर चला गया।

महाराज-क्यों बलवंत सिंह! तुमने अपनी यह क्या दशा बना रक्खी है?

रसिया-(चौंककर) महाराज को मेरा नाम कैसे ज्ञात हुआ?

महाराज-बलवंत! मैं बचपन से तुम्हें जानता हूँ और तुम्हारे पूर्व पुरुषों को भी जानता हूँ।

रसिया चुप हो गया। इतने में महारानी भी राजकुमारी को साथ लिये हुए आ गयीं।

महारानी ने प्रणाम कर पूछा-क्या आज्ञा है?

महाराज-बैठो, कुछ विशेष बात है। सुनो, और ध्यान से उसका उत्तर दो। यह युवक जो तुम्हारे सामने बैठा है, एक उत्तम क्षत्रिय कुल का है, और मैं इसे जानता हूँ। यह हमारी राजकुमारी के प्रणय का भिखारी है। मेरी इच्छा है कि इससे उसका ब्याह हो जाय।

राजकुमारी, जिसने कि आते ही युवक को देख लिया था और जो संकुचित होकर इस समय महारानी के पीछे खड़ी थी, यह सुनकर और भी संकुचित हुई। पर

महारानी का मुख क्रोध से लाल हो गया। वह कड़े स्वर में बोलीं-क्या आपको खोजते-खोजते मेरी कुसुम-कुमारी कन्या के लिये यही वर मिला है? वाह! अच्छा जोड़ मिलाया। कंगाल और उसके लिए निधिय बंदर और उसके गले में हारय भला यह भी कहीं सम्भव है? आप शीघ्र अपने भ्रान्तिरोग की औषधि कर डालिये। यह भी कैसा परिहास है! (कन्या से) चलो बेटी, यहाँ से चलो।

महाराज-नहीं, ठहरो और सुनो। यह स्थिर हो चुका है कि राजकुमारी का ब्याह बलवंत से होगा, तुम इसे परिहास मत जानो।

अब जो महारानी ने महाराज के मुख की ओर देखा, तो वह दृढ़प्रतिज्ञ दिखाई पड़े। निदान विचलित होकर महारानी ने कहा-अच्छा, मैं भी प्रस्तुत हो जाऊँगी पर इस शर्त पर कि जब यह पुरुष अपने बाहुबल से उस झरने के समीप से नीचे तक एक पहाड़ी रास्ता काटकर बना लेय उसके लिए समय अभी से केवल प्रातरूकाल तक का देती हूँ-जब तक कि कुक्कुट का स्वर न सुनाई पड़े। तब अवश्य मैं भी राजकुमारी का ब्याह इसी से कर दूँगी।

महाराज ने युवक की ओर देखा, जो निस्तब्ध बैठा हुआ सुन रहा था। वह उसी क्षण उठा और बोला-मैं प्रस्तुत हूँ, पर कुछ औजार और मसाले के लिए थोड़े विष की आवश्यकता है।

उसकी आज्ञानुसार सब वस्तुएँ उसे मिल गयीं, और वह शीघ्रता से उसी झरने के तट की ओर दौड़ा, और एक विशाल शिलाखंड पर जाकर बैठ गया, और उसे तोड़ने का उद्योग करने लगाय क्योंकि इसी के नीचे एक गुप्त पहाड़ी पथ था।

निशा का अन्धकार कानन-प्रदेश में अपना पूरा अधिकार जमाये हुए है। प्रायः आधी रात बीत चुकी है। पर केवल उन अग्नि-स्फुलिंगों से कभी-कभी थोड़ा-सा जुगनू का-सा प्रकाश हो जाता है, जो कि रसिया के शस्त्र-प्रहार से पत्थर में से निकल पड़ते हैं। दनादन् चोट चली जा रही है-विराम नहीं है क्षण भर भी-न तो उस शैल को और न उस शस्त्र को। अलौकिक शक्ति से वह युवक अविराम चोट लगाये ही जा रहा है। एक क्षण के लिये भी इधर-उधर नहीं देखता। देखता है, तो केवल अपना हाथ और पत्थरय उंगली एक तो पहले ही कुचली जा चुकी थी, दूसरे अविराम परिश्रम! इससे रक्त बहने लगा था। पर विश्राम कहाँ? उस वज्रसार शैल पर वज्र के समान कर से वह युवक चोट लगाये ही जाता है। केवल परिश्रम ही नहीं, युवक सफल भी हो रहा है। उसकी एक-एक चोट में दस-दस सेर के ढोके कट-कटकर पहाड़ पर से लुढकते हैं, जो सोये हुए जंगली पशुओं को घबड़ा देते हैं। यह क्या है? केवल उसकी तन्मयता-केवल प्रेम ही उस पाषाण को भी तोड़े डालता है।

फिर वही दनादन्-बराबर लगातार परिश्रम, विराम नहीं है! इधर उस खिड़की में से आलोक भी निकल रहा है और कभी-कभी एक मुखड़ा उस खिडकघि से झॉककर देख रहा है। पर युवक को कुछ ध्यान नहीं, वह अपना कार्य करता जा रहा है।

अभी रात्रि के जाने के लिए पहर-भर है। शीतल वायु उस कानन को शीतल कर रही है। अकस्मात् 'तरुण-कुक्कुट-कण्ठनाद' सुनाई पड़ा, फिर कुछ नहीं। वह कानन एकाएक शून्य हो गया। न तो वह शब्द ही है और न तो पत्थरों से अग्नि-स्फुलिंग निकलते हैं।

अकस्मात् उस खिडकी में से एक सुन्दर मुख निकला। उसने आलोक डालकर देखा कि रसिया एक पात्र हाथ में लिये है और कुछ कह रहा है। इसके उपरान्त वह उस पात्र को पी गया और थोड़ी देर में वह उसी शिलाखंड पर गिर पड़ा। यह देख उस मुख से भी एक हल्का चीत्कार निकल गया। खिडकघि बंद हो गयी। फिर केवल अन्धकार रह गया।

प्रभात का मलय-मारुत उस अर्बुद-गिरि के कानन में वैसी क्रीड़ा नहीं कर रहा है, जैसी पहले करता था। दिवाकर की किरण भी कुछ प्रभात के मिस से मन्द और मलिन हो रही है। एक शव के समीप एक पुरुष खड़ा है, और उसकी आँखों से अश्रुधारा बह रही है, और वह कह रहा है-बलवंत! ऐसी शीघ्रता क्या थी, जो तुमने ऐसा किया? यह अर्बुद-गिरि का प्रदेश तो कुछ समय में यह वृद्ध तुम्हीं को देता, और तुम उसमें चाहे जिस स्थान पर अच्छे पर्यंक पर सोते। फिर, ऐसे क्यों पड़े हो? वत्स! यह तो केवल तुम्हारी परीक्षा थी, यह तुमने क्या किया?

इतने में एक सुन्दरी विमुक्त-कुन्तला-जो कि स्वयं राजकुमारी थी-दौड़ी हुई आयी और उस शव को देखकर ठिठक गयी, नतजानु होकर उस पुरुष का, जो कि महाराज थे और जिसे इस समय तक राजकुमारी पहचान न सकी थी-चरण धरकर बोली-महात्मन्! क्या व्यक्ति ने, जो यहाँ पड़ा है, मुझे कुछ देने के लिए आपको दिया है? या कुछ कहा है?

महाराज ने चुपचाप अपने वस्त्र में से एक वस्त्र का टुकड़ा निकालकर दे दिया। उस पर लाल अक्षरों में कुछ लिखा था। उस सुन्दरी ने उसे देखा और देखकर कहा-कृपया आप ही पढ़ दीजिये।

महाराज ने उसे पढ़ा। उसमें लिखा था-"मैं नहीं जानता था कि तुम इतनी निठुर हो। अस्तु, अब मैं यहीं रहूँगा, पर याद रखना, मैं तुमसे अवश्य मिलूँगा, क्योंकि मैं तुम्हें नित्य देखना चाहता हूँ, और ऐसे स्थान में देखूँगा, जहाँ कभी पलक गिरती ही नहीं।

तुम्हारा दर्शनाभिलाषी-

"रसिया"

इसी समय महाराज को सुन्दरी पहचान गयी, और फिर चरण धरकर बोली-पिताजी, क्षमा करना। और, शीघ्रतापूर्वक रसिया के कर-स्थित पात्र को लेकर अवशेष पी गयी और गिर पड़ी। केवल उसके मुख से इतना निकला-"पिताजी, क्षमा करना।" महाराज देख रहे थे!

वास्तव में वह शब्द कुक्कुट का नहीं बल्कि छद्म-वेशिनी महारानी का था, जो कि बलवंत सिंह ऐसे दीन व्यक्ति से अपनी कुसुम-कुमारी के पाणिग्रहण की अभिलाषा नहीं रखती थी। किन्तु महाराज इससे अनभिज्ञ थे।

25

व्रत-भंग

तो तुम न मानोगे?

नहीं, अब हम लोगों के बीच इतनी बड़ी खाई है, जो कदापि नहीं पट सकती!

इतने दिनों का स्नेह?

ऊँह! कुछ भी नहीं। उस दिन की बात आजीवन भुलाई नहीं जा सकती, नंदन! अब मेरे लिए तुम्हारा और तुम्हारे लिए मेरा कोई अस्तित्व नहीं। वह अतीत के स्मरण, स्वप्न हैं, समझे?

यदि न्याय नहीं कर सकते, तो दया करो, मित्र! हम लोग गुरुकुल में....

हाँ-हाँ, मैं जानता हूँ, तुम मुझे दरिद्र युवक समझ कर मेरे ऊपर कृपा रखते थे, किन्तु उसमें कितना तीक्ष्ण अपमान था, उसका मुझे अब अनुभव हुआ।

उस ब्रह्म बेला में ऊषा का अरुण आलोक भागीरथी की लहरों के साथ तरल होता रहता, हम लोग कितने अनुराग से स्नान करने जाते थे। सच कहना, क्या वैसी मधुरिमा हम लोगों के स्वच्छ हृदयों में न थी?

रही होगी-पर अब, उस मर्मघाती अपमान के बाद! मैं खड़ा रह गया, तुम स्वर्ण-रथ पर चढकर चले गये, एक बार भी नहीं पूछा। तुम कदाचित् जानते होगे नंदन कि कंगाल के मन में प्रलोभन के प्रति कितना विद्वेष है? क्योंकि वह उससे सदैव छल करता है-ठुकराता है। मैं अपनी उस बात को दुहराता हूँ कि हम लोगों का अब उस रूप में कोई अस्तित्व नहीं।

वही सही कपिंजल! हम लोगों का पूर्व अस्तित्व कुछ नहीं, तो क्या हम लोग वैसे ही निर्मल होकर एक नवीन मैत्री के लिए हाथ नहीं बढ़ा सकते? मैं आज प्रार्थी हूँ।

मैं उस प्रार्थना की उपेक्षा करता हूँ। तुम्हारे पास ऐश्वर्य का दर्प है, तो अकिंचता उससे कहीं अधिक गर्व रखती है!

तुम बहुत कटु हो गये हो इस समय। अच्छा, फिर कभी...

न अभी, न फिर कभी। मैं दरिद्रता को भी दिखला दूँगा कि मैं क्या हूँ। इस पाखण्ड-संसार में भूखा रहूँगा, परन्तु किसी के सामने सिर न झुकाऊँगा। हो सकेगा तो संसार को बाध्य करूँगा झुकने के लिए।

कपिंजल चला गया। नंदन हतबुद्धि होकर लौट आया। उस रात को उसे नींद न आई।

उक्त घटना को बरसों बीत गये। पाटलीपुत्र के धनकुबेर कलश का कुमार नंदन धीरे-धीरे उस घटना को भूल चला। ऐश्वर्य का मदिरा-विलास किसे स्थिर रहने देता है! उसने यौवन के संसार में बड़ी-बड़ी आशाएँ लेकर पदार्पण किया था। नंदन तब भी मित्र से वंचित होकर जीवन को अधिक चतुर न बना सका।

राधा, तू कैसी पगली है? तूने कलश की पुत्र-वधू बनने का निश्चय किया है, आश्चर्य!

हाँ महादेवी, जब गुरुजनों की आज्ञा है, तब उसे तो मानना ही पड़ेगा।

मैं रोक सकती हूँ। मूर्ख नंदन! कितना असंगत चुनाव है! राधा, मुझे दया आती है।

किसी अन्य प्रकार से गुरुजनों की इच्छा को टाल देना यह मेरी धारणा के प्रतिकूल है, महादेवी! नंदन की मूर्खता सरलता का सत्यरूप है। मुझे वह अरुचिकर नहीं। मैं उस निर्मल-हृदय की देख-रेख कर सकूँ, तो यह मेरे मनोरंजन का ही विषय होगा।

मगध की महादेवी ने हँसी से कुमारी के इस साहस का अभिनंदन करते हुए कहा। तेरी जैसी इच्छा, तू स्वयं भोगेगी।

माधवी-कुंज से वह विरक्त होकर उठ गई। उन्हें राधा पर कन्या के समान ही स्नेह था।

दिन स्थिर हो चुका था। स्वयं मगध-नरेश की उपस्थिति में महाश्रेष्ठि धनंजय की कन्या का ब्याह कलश के पुत्र से हो गया, अद्‌भुत वह समारोह था। रत्नों के आभूषण तथा स्वर्ण-पात्रों के अतिरिक्त मगध-सम्राट् ने राधा की प्रिय वस्तु अमूल्य मणि-निर्मित दीपाधार भी दहेज में दे दिया। उस उत्सव की बड़ाई, पान-भोजन आमोद-प्रमोद का विभवशाली चारु चयन कुसुमपुर के नागरिकों को बहुत दिन तक गल्प करने का एक प्रधान उपकरण था।

राधा कलश की पुत्र-वधू हुई।

राधा के नवीन उपवन के सौध-मंदिर में अगरु, कस्तूरी और केशर की चहल-पहल, पुष्प-मालाओं का दोनों संध्या में नवीन आयोजन और दीपावली में वीणा, वंशी और मृदंग की स्निग्ध गम्भीर ध्वनि बिखरती रहती। नंदन अपने सुकोमल आसन पर लेटा हुआ राधा का अनिन्ध सौन्दर्य एकटक चुपचाप देखा करता। उस सुसज्जित कोष्ठ में मणि-निर्मित दीपाधार की यन्त्र-मयी नर्तकी अपने नूपुरों की झंकार से नंदन और राधा के लिए एक क्रीड़ा और कुतूहल का सृजन करती रहती। नंदन कभी राधा के खिसकते हुए उत्तरीय को सँभाल देता। राधा हँसकर कहती-

बड़ा कष्ट हुआ।

नंदन कहता-देखो, तुम अपने प्रसाधन ही में पसीने-पसीने हो जाती हो, तुम्हें विश्राम की आवश्यकता है।

राधा गर्व से मुस्करा देती। कितना सुहाग था उसका अपने सरल पति पर और कितना अभिमान था अपने विश्वास पर! एक सुखमय स्वप्न चल रहा था।

कलश-धन का उपासक सेठ अपनी विभूति के लिए सदैव सशंक रहता। उसे राजकीय संरक्षण तो था ही, दैवी रक्षा से भी अपने को सम्पन्न रखना चाहता था। इस कारण उसे एक नंगे साधु पर अत्यन्त भक्ति थी, जो कुछ ही दिनों से उस नगर के उपकण्ठ में आकर रहने लगा था।

उसने एक दिन कहा-सब लोग दर्शन करने चलेंगे।

उपहार के थाल प्रस्तुत होने लगे। दिव्य रथों पर बैठकर सब साधु-दर्शन के लिए चले। वह भागीरथी-तट का एक कानन था, जहाँ कलश का बनवाया हुआ कुटीर था।

सब लोग अनुचरों के साथ रथ छोड़कर भक्तिपूर्ण हृदय से साधु के समीप पहुँचे। परन्तु राधा ने जब दूर ही से देखा कि वह साधु नग्न है, तो वह रथ की ओर लौट पड़ी। कलश ने उसे बुलायाय पर राधा न आई। नंदन कभी राधा को देखता और कभी अपने पिता को। साधु खीलों के समान फूट पड़ा। दाँत किटकिटा कर उसने कहा-यह तुम्हारी पुत्र-वधू कुलक्षणा है, कलश! तुम इसे हटा दो, नहीं तो तुम्हारा नाश निश्चित है। नंदन दाँतो तले जीभ दबाकर धीरे से बोला-अरे! यह कपिंजल ....।

अनागत भविष्य के लिए भयभीत कलश क्षुब्ध हो उठा। वह साधु की पूजा करके लौट आया। राधा अपने नवीन उपवन में उतरी।

कलश ने पूछा-तुमने महापुरुष से क्यों इतना दुर्विनीत व्यवहार किया?

नहीं पिताजी! वह स्वयं दुर्विनीत है। जो स्त्रियों को आते देखकर भी साधारण शिष्टाचार का पालन नहीं कर सकता, वह धार्मिक महात्मा तो कदापि नहीं!

क्या कह रही है! वे एक सिद्ध पुरुष हैं।

सिद्धि यदि इतनी अधम है, धर्म यदि इतना निर्लज्ज है, तो वह स्त्रियों के योग्य नहीं पिताजी! धर्म के रूप में कहीं आप भय की उपासना तो नहीं कर रहे हैं?

तू सचमुच कुलक्षणा है!

इसे तो अन्तर्यामी भगवान् ही जान सकते हैं। मनुष्य इसके लिए अत्यन्त क्षुद्र है। पिताजी आप....

उसे रोककर अत्यन्त क्रोध से कलश ने कहा-तुझे इस घर में रखना अलक्ष्मी को बुलाना है। जा, मेरे भवन से निकल जा।

नंदन सुन रहा था। काठ के पुतले के समान! वह इस विचार का अन्त हो जाना तो चाहता था, पर क्या करे, यह उसकी समझ में न आया। राधा ने देखा, उसका पति कुछ नहीं बोलता, तो अपने गर्व से सिर उठाकर कहा-मैं धनकुबेर की क्रीत दासी नहीं हूँ। मेरे गृहिणीत्व का अधिकार केवल मेरा पदस्खलन ही छीन सकता है। मुझे विश्वास है, मैं अपने आचरण से अब तक इस पद की स्वामिनी हूँ। कोई भी मुझे इससे वंचित नहीं कर सकता।

आश्चर्य से देखा नंदन ने और हतबुद्धि होकर सुना कलश ने। दोनों उपवन के बाहर चले गये।

वह उपवन सबसे परित्यक्त और उपेक्षणीय बन गया। भीतर बैठी राधा ने यह सब देखा।

नंदन ने पिता का अनुकरण किया। वह धीरे-धीरे राधा को भूल चलाय परन्तु नये ब्याह का नाम लेते ही चौंक पड़ता। उसके मन में धन की ओर वितृष्णा जगी। ऐश्वर्य का यान्त्रिक शासन जीवन को नीरस बनाने लगा। उसके मन की अतृप्ति, विद्रोह करने के लिए सुविधा खोजने लगी।

कलश ने उसके मनोविनोद के लिए नया उपवन बनवाया। नंदन अपनी स्मृतियों का लीला-निकेतन छोड़कर रहने लगा।

राधा के आभूषण बिकते थे और उस सेठ के द्वार की अतिथि-सेवा वैसी ही होती रहती। मुक्त द्वार का अपरिमित व्यय और आभूषणों के विक्रय की आय-कब तक यह युद्ध चले? अब राधा के पास बच गया था वही मणि-निर्मित दीपाधार, जिसे महादेवी ने उसकी क्रीड़ा के लिए बनवाया था।

थोड़ा-सा अन्न अतिथियों के लिए बचा था। राधा दो दिन से उपवास कर रही थी। दासी ने कहा-स्वामिनी! यह कैसे हो सकता है कि आपके सेवक, बिना आपके भोजन किए अन्न ग्रहण करें?

राधा ने कहा-तो, आज यह मणि-दीप बिकेगा। दासी उसे ले आई। वह यन्त्र से बनी हुई रत्न-जटित नर्तकी नाच उठी। उसके नूपुर की झंकार उस दरिद्र भवन में गूंजने लगी। राधा हँसी। उसने कहा-मनुष्य जीवन में इतनी नियमानुकूलता यदि होती?

स्नेह से चूमकर उसे बेचने के लिए अनुचर को दे दिया। पण्य में पहुँचते ही दीपाधार बड़े-बड़े रत्न-वणिकों की दृष्टि का एक कुतूहल बन गया। उस चूड़ामणि का दिव्य आलोक सभी की आँखों में चकाचौंध उत्पन्न कर देता था। मूल्य की बोली बढने लगी। कलश भी पहुँचा। उसने पूछा-यह किसका है? अनुचर ने उत्तर दिया-मेरी स्वामिनी सौभाग्यवती श्रीमती राधा देवी का।

लोभी कलश ने डाँटकर कहा-मेरे घर की वस्तु इस तरह चुराकर तुम लोग बेचने फिर जाओगे, तो बन्दी-गृह में पड़ोगे। भागो।

अमूल्य दीपाधार से वंचित सब लोग लौट गये। कलश उसे अपने घर उठवा ले गया।

राधा ने सब सुना-वह कुछ न बोली।

गंगा और शोण में एक साथ ही बाढ़ आई। गाँव-के-गाँव बहने लगे। भीषण हाहाकार मचा। कहाँ ग्रामीणों की असहाय दशा और कहाँ जल की उद्दण्ड बाढ़, कच्चे झोपड़े उस महाजल-व्याल की फूँक से तितर-बितर होने लगे। वृक्षों पर जिसे आश्रय मिला, वही बच सका। नंदन के हृदय ने तीसरा धक्का खाया। नंदन का सत्साहस उत्साहित हुआ। वह अपनी पूरी शक्ति से नावों की सेना बना कर जलप्लावन में डट गया और कलश अपने सात खण्ड के प्रासाद में बैठा यह दृश्य देखता रहा।

रात नावों पर बीतती है और बाँसों के छोटे-छोटे बेड़े पर दिन। नंदन के लिए धूप, वर्षा, शीत कुछ नहीं। अपनी धुन में वह लगा हुआ है। बाढ़-पीड़ितों का झुण्ड सेठ के प्रासाद में हर नाव से उतरने लगा। कलश क्रोध के मारे बिलबिला उठा। उसने आज्ञा दी कि बाढ़-पीड़ित यदि स्वयं नंदन भी हो, तो वह प्रासाद में न आने पावे। घटा घिरी थी, जल बरसता था। कलश अपनी ऊँची अटारी पर बैठा मणि-निर्मित दीपाधार का नृत्य देख रहा था।

नंदन भी उसी नाव पर था, जिस पर चार दुर्बल स्त्रियाँ, तीन शीत से ठिठुरे हुए बच्चे और पाँच जीर्ण पंजर वाले वृद्ध थे। उस समय नाव द्वार पर जा लगी। सेठ

का प्रासाद गंगा-तट की एक ऊँची चट्टान पर था। वह एक छोटा-सा दुर्ग था। जल अभी द्वार तक ही पहुँच सका था। प्रहरियों ने नाव देखते ही रोका-पीड़ितों को इसमें स्थान नहीं।

नंदन ने पूछा-क्यों?

महाश्रेष्ठि कलश की आज्ञा।

नंदन ने एक क्रोध से उस प्रासाद की ओर देखा और माँझी को नाव लौटाने की आज्ञा दी। माँझी ने पूछा-कहाँ ले चलें? नंदन कुछ न बोला। नाव बाढ़ में चक्कर खाने लगी। सहसा दूर उसे जल-मग्न वृक्षों की चोटियों और पेड़ों के बीच में एक गृह का ऊपरी अंश दिखाई पड़ा। नंदन ने संकेत किया। माँझी उसी ओर नाव खेने लगा।

गृह के नीचे के अंश में जल भर गया था। थोड़ा-सा अन्न और ईंधन ऊपर के भाग में बचा था। राधा उस जल में घिरी हुई अचल थी। छत की मुँडेर पर बैठी वह जलमयी प्रति में डूबती हुई सूर्य की अन्तिम किरणों को ध्यान से देख रही थी। दासी ने कहा-स्वामिनी! वह दीपाधार भी गया, अब तो हम लोगों के लिए बहुत थोड़ा अन्न घर में बच रहा है।

देखती नहीं यह प्रलय-सी बाढ़! कितने मर मिटे होंगे। तुम तो पक्की छत पर बैठी अभी यह दृश्य देख रही हो। आज से मैंने अपना अंश छोड़ दिया। तुम लोग जब तक जी सको, जीना।

सहसा नीचे झाँककर राधा ने देखा, एक नाव उसके वातायन से टकरा रही है, और एक युवक उसे वातायन के साथ दृढ़ता के साथ बाँध रहा है।

राधा ने पूछा-कौन है?

नीचे सिर किये नंदन ने कहा-बाढ़-पीड़ित कुछ प्राणियों को क्या आश्रय मिलेगा? अब जल का क्रोध उतर चला है। केवल दो दिन के लिए इतने मरनेवालों को आश्रय चाहिए।

ठहरिये, सीढ़ी लटकाई जाती है।

राधा और दासी तथा अनुचर ने मिलकर सीढ़ी लगाई। नंदन विवर्ण मुख एक-एक को पीठ पर लादकर ऊपर पहुँचाने लगा। जब सब ऊपर आ गये, तो राधा ने आकर कहा-और तो कुछ नहीं है, केवल द्विदलों का जूस इन लोगों के लिए है, ले आऊँ।

नंदन ने सिर उठाकर देखा, राधा। वह बोल उठा-राधा! तुम यहीं हो?

हाँ स्वामी, मैं अपने घर में हूँ। गृहणी का कर्तव्य पालन कर रही हूँ।

पर मैं गृहस्थ का कर्तव्य न पालन कर सका, राधा, पहले मुझे क्षमा करो।

स्वामी, यह अपराध मुझसे न हो सकेगा। उठिए, आज आपकी कर्मण्यता से मेरा ललाट उज्ज्वल हो रहा है। इतना साहस कहाँ छिपा था, नाथ!

दोनों प्रसन्न होकर कर्तव्य में लगे। यथा-सम्भव उन दुखियों की सेवा होने लगी।

एक प्रहर के बाद नंदन ने कहा-मुझे भ्रम हो रहा है कि कोई यहाँ पास ही विपन्न है। राधा! अभी रात अधिक नहीं हुई है, मैं एक बार नाव लेकर जाऊँ?

राधा ने कहा-मैं भी चलूँ?

नंदन ने कहा-गृहणी का काम करो, राधा! कर्तव्य कठोर होता है, भाव-प्रधान नहीं।

नंदन एक माँझी को लेकर चला गया और राधा दीपक जलाकर मुँडेर पर बैठी थी। दासी और दास पीड़ितों की सेवा में लगे थे। बादल खुल गये थे। असंख्य नक्षत्र झलमला कर निकल आये, मेघों के बन्दीगृह से जैसे छुट्टी मिली हो! चन्द्रमा भी धीरे-धीरे उस त्रस्त प्रदेश को भयभीत होकर देख रहा था।

एक घण्टे में नंदन का शब्द सुनाई पड़ा-सीढ़ी।

राधा दीपक दिखला रही थी। और सीढ़ी के सहारे नंदन ऊपर एक भारी बोझ लेकर चढ़ रहा था।

छत पर आकर उसने कहा-एक वस्त्र दो, राधा! राधा ने एक उत्तरीय दिया। वह मुमूर्षु व्यक्ति नग्न था। उसे ढककर नंदन ने थोड़ा सेंक दियाय गर्मी भीतर पहुँचते ही वह हिलने-डोलने लगा। नीचे से माँझी ने कहा-जल बड़े वेग से हट रहा है, नाव ढीली न करूँगा, तो लटक जायगी।

नंदन ने कहा-तुम्हारे लिए भोजन लटकाता हूँ, ले लो। काल-रात्रि बीत गई। नंदन ने प्रभात में आँखें खोलकर देखा कि सब सो रहे हैं और राधा उसके पास बैठी सिर सहला रही है।

इतने में पीछे से लाया हुआ मनुष्य उठा। अपने को अपरिचित स्थान में देखकर वह चिल्ला उठा-मुझे वस्त्र किसने पहनाया, मेरा व्रत किसने भंग किया?

नंदन ने हँसकर कहा-कपिंजल! यह राधा का गृह है, तुम्हें उसके आज्ञानुसार यहाँ रहना होगा। छोड़ो पागलपन! चलो, बहुत से प्राणी हम लोगों की सहायता के अधिकारी हैं। कपिंजल ने कहा-सो कैसे हो सकता है? तुम्हारा-हमारा संग असम्भव है।

मुझे दण्ड देने के लिए ही तो तुमने यह स्वाँग रचा था। राधा तो उसी दिन से निर्वासित थी और कल से मुझे भी अपने घर में प्रवेश करने की आज्ञा नहीं। कपिंजल! आज तो हम और तुम दोनों बराबर हैं और इतने अधमरों के प्राणों का दायित्व भी हमी लोगों पर है। यह व्रत-भंग नहीं, व्रत का आरम्भ है। चलो, इस दरिद्र कुटुम्ब के लिए अन्न जुटाना होगा।

कपिंजल आज्ञाकारी बालक की भाँति सिर झुकाये उठ खड़ा हुआ।

26

वैरागी

पहाड़ की तलहटी में एक छोटा-सा समतल भूमिखण्ड था। मौलसिरी, अशोक, कदम और आम के वृक्षों का एक हरा-भरा कुटुम्ब उसे आबाद किये हुए था। दो-चार छोटे-छोटे फूलों के पौधे कोमल मृत्तिका के थालों में लगे थे। सब आद्र और सरल थे। तपी हुई लू और प्रभात का मलय-पवन, एक क्षण के लिए इस निभृत कुंज में विश्राम कर लेते। भूमि लिपी हुई स्वच्छ, एक तिनके का कहीं नाम नहीं और सुन्दर वेदियों और लता-कुंजों से अलंकृत थी।

यह एक वैरागी की कुटी थी, और तृण-कुटीर-उस पर लता-वितान, कुशासन और कम्बल, कमण्डल और वल्कल उतने ही अभिराम थे, जितने किसी राज-मन्दिर में कला-कुशल शिल्पी के उत्तम शिल्प।

एक शिला-खण्ड पर वैरागी पश्चिम की ओर मुँह किये ध्यान में निमग्न था। अस्त होने वाले सूर्य की अन्तिम किरणें उसकी बरौनियों में घुसना चाहती थीं, परन्तु वैरागी अटल, अचल था, बदन पर मुस्कराहट और अंग पर ब्रह्मचर्य की रुक्षता थी। यौवन की अग्नि निर्वेद की राख से ढँकी थी। शिलाखण्ड के नीचे ही पगडण्डी थी। पशुओं का झुण्ड उसी मार्ग से पहाड़ी गोचर-भूमि से लौट रहा था। गोधूलि मुक्त गगन के अंक में आश्रय खोज रही थी। किसी ने पुकारा-"आश्रय मिलेगा?"

वैरागी का ध्यान टूटा। उसने देखा, सचमुच मलिन-वसना गोधूलि उसके आश्रम में आश्रय मांग रही है। अंचल छिन्न बालों की लटें, फटे हुए कम्बल के समान मांसल वक्ष और स्कन्ध को ढँकना चाहती थीं। गैरिक वसन जीर्ण और

मलिन। सौन्दर्य-विकृत आँखे कह रही थीं कि, उन्होंने उमँग की रातें जगते हुए बिताई हैं। वैरागी अकस्मात् आँधी के झोंके में पड़े हुए वृक्ष के समान तिलमिला गया। उसने धीरे से कहा-"स्वागत अतिथि! आओ।"

रजनी के घने अन्धकार में तृण-कुटीर, वृक्षावली, जगमगाते हुए नक्षत्र धुँधले चित्रपट के सदृश प्रतिभासित हो रहे थे। स्त्री अशोक के नीचे वेदी पर बैठी थी, वैरागी अपने कुटीर के द्वार पर।

स्त्री ने पूछा-"जब तुमने अपना सोने का संसार पैरों से ठुकरा दिया, पुत्र-मुख-दर्शन का सुख, माता का अंक, यशविभव, सब छोड़ दिया, तब तुच्छ भूमिखण्ड पर इतनी ममता क्यों? इतना परिश्रम, इतना यत्न किसलिए?"

"केवल तुम्हारे-जैसे अतिथियों की सेवा के लिए। जब कोई आश्रयहीन महलों से ठुकरा दिया जाता है, तब उसे ऐसे ही आश्रय-स्थान अपने अंक में विश्राम देते हैं। मेरा परिश्रम सफल हो जाता है-जब कोई कोमल शय्या पर सोनेवाला प्राणी इस मुलायम मिट्टी पर थोड़ी देर विश्राम करके सुखी हो जाता है।"

"कब तक तुम ऐसा करोगे?"

"अनन्त काल तक प्राणियों की सेवा का सौभाग्य मुझे मिले!"

"तुम्हारा आश्रय कितने दिनों के लिए है?"

"जब तक उसे दूसरा आश्रय न मिले।"

"मुझे इस जीवन में कहीं आश्रय नहीं, और न मिलने की सम्भावना है।"

"जीवन-भर?"-आश्चर्य से वैरागी ने पूछा।

"हाँ।"-युवती के स्वर में विकृति थी।

"क्या तुम्हें ठण्ड लग रही है?"- वैरागी ने पूछा।

"हाँ।"-उसी प्रकार उत्तर मिला।

वैरागी ने कुछ सूखी लकडियाँ सुलगा दीं। अन्धकार-प्रदेश में दो-तीन चमकीली लपटें उठने लगीं। एक धुँधला प्रकाश फैल गया। वैरागी ने एक कम्बल लाकर स्त्री को दिया। उसे ओढकर वह बैठ गई। निर्जन प्रान्त में दो व्यक्ति। अग्नि-प्रज्वलित पवन ने एक थपेड़ा दिया। वैरागी ने पूछा-श्कब तक बाहर बैठोगी?"

"रात बिता कर चली जाऊँगी, कोई आश्रय खोजूँगीय क्योंकि यहाँ रहकर बहुतों के सुख में बाधा डालना ठीक नहीं। इतने समय के लिए कुटी में क्यों आऊँ?"

वैरागी को जैसे बिजली का धक्का लगा। वह प्राणपण से बल संकलित करके बोला-"नहीं-नहीं, तुम स्वतन्त्रता से यहाँ रह सकती हो।"

"इस कुटी का मोह तुमसे नहीं छूटा। मैं उसमें समभागी होने का भय तुम्हारे लिए उत्पन्न न करूँगी।"-कहकर स्त्री ने सिर नीचा कर लिया। वैरागी के हृदय में सनसनी हो रही थी। वह न जाने क्या कहने जा रहा था, सहसा बोल उठा-

"मुझे कोई पुकारता है, तुम इस कुटी को देखना!"-यह कहकर वैरागी अन्धकार में विलीन हो गया। स्त्री अकेली रह गई।

पथिक लोग बहुत दिन तक देखते रहे कि एक पीला मुख उस तृण-कुटीर से झाँककर प्रतीक्षा के पथ में पलक-पाँवड़े बिछाता रहा।

23 विराम-चिह्न

देव-मन्दिर के सिंहद्वार से कुछ दूर हट कर वह छोटी-सी दुकान थी। सुपारी के घने कुंज के नीचे एक मैले कपड़े पर सूखी हुई धार में तीन-चार केले, चार कच्चे पपीते, दो हरे नारियल और छः अण्डे थे। मन्दिर से दर्शन करके लौटते हुए भक्त लोग दोनों पट्टी में सजी हुई हरी-भरी दुकानों को देखकर उसकी ओर ध्यान देने की आवश्यकता ही नहीं समझते थे।

अर्द्ध-नग्न वृद्धा दूकानवाली भी किसी को अपनी वस्तु लेने के लिए नहीं बुलाती थी। वह चुपचाप अपने केलों और पपीतों को देख लेती। मध्याह्न बीत चला। उसकी कोई वस्तु न बिकी। मुँह की ही नहीं, उसके शरीर पर की भी झुर्रियाँ रूखी होकर ऐंठी जा रही थीं। मूल्य देकर भात-दाल की हाँडियाँ लिये लोग चले जा रहे थे। मन्दिर में भगवान् के विश्राम का समय हो गया था। उन हाँड़ियों को देखकर उसकी भूखी आँखों में लालच की चमक बढ़ी, किन्तु पैसे कहाँ थे? आज तीसरा दिन था, उसे दो-एक केले खाकर बिताते हुए। उसने एक बार भूख से भगवान् की भेंट कराकर क्षण-भर के लिए विश्राम पायाय किन्तु भूख की वह पतली लहर अभी दबाने में पूरी तरह समर्थ न हो सकी थी, कि राधे आकर उसे गुरेरने लगा। उसने भरपेट ताड़ी पी ली थी। आँखे लाल, मुँह से बात करने में झाग निकल रहा था। हाथ नचाकर वह कहने लगा-

"सब लोग जाकर खा-पीकर सो रहे हैं। तू यहाँ बैठी हुई देवता का दर्शन कर रही है। अच्छा, तो आज भी कुछ खाने को नहीं?"

"बेटा! एक पैसे का भी नहीं बिका, क्या करूँ? अरे, तो भी तू कितनी ताड़ी पी आया है।"

"वह सामने तेरे ठाकुर दिखाई पड़ रहे हैं। तू भी पीकर देख न!"

उस समय सिंहद्वार के सामने की विस्तृत भूमि निर्जन हो रही थी। केवल

जलती हुई धूप उस पर किलोल कर रही थी। बाजार बन्द था। राधे ने देखा, दो-चार कौए काँव-काँव करते हुए सामने नारियल-कुँज की हरियाली में घुस रहे थे। उसे अपना ताड़ीखाना स्मरण हो आया। उसने अण्डों को बटोर लिया।

बुढिया 'हाँ, हाँ' करती ही रह गयी, वह चला गया। दुकानवाली ने अँगूठे और तर्जनी से दोनों आँखों का कीचड़ साफ किया, और फिर मिट्टी के पात्र से जल लेकर मुँह धोया।

बहुत सोच-विचार कर अधिक उतरा हुआ एक केला उसने छीलकर अपनी अंजलि में रख उसे मन्दिर की ओर नैवेद्य लगाने के लिए बढ़ाकर आँख बन्द कर लीं। भगवान् ने उस अछूत का नैवेद्य ग्रहण किया या नहीं, कौन जानेय किन्तु बुढिया ने उसे प्रसाद समझकर ही ग्रहण किया।

अपनी दुकान झोली में समेटे हुए, जिस कुँज में कौए घुसे थे, उसी में वह भी घुसी। पुआल से छायी हुई टट्टरों की झोपड़ी में विश्राम लिया।

उसकी स्थावर सम्पत्ति में वही नारियल का कुंज, चार पेड़ पपीते और छोटी-सी पोखरी के किनारे पर के कुछ केले के वृक्ष थे। उसकी पोखरी में एक छोटा-सा झुण्ड बत्तखों का भी था, जो अण्डे देकर बुढिया के आय में वृद्धि करता। राधे अत्यन्त मद्यप था। उसकी स्त्री ने उसे बहुत दिन हुए छोड़ दिया था।

बुढिया को भगवान् का भरोसा था, उसी देव-मन्दिर के भगवान् का, जिसमें वह कभी नहीं जाने पायी थी!

अभी वह विश्राम की झपकी ही लेती थी कि महन्तजी के जमादार कुँज ने कड़े स्वर में पुकारा-"राधे, अरे रधवा, बोलता क्यों नहीं रे!"

बुढिया ने आकर हाथ जोड़ते हुए कहा-"क्या है महाराज?"

"सुना है कि कल तेरा लडका कुछ अछूतों के साथ मन्दिर में घुसकर दर्शन करने जायगा?"

"नहीं, नहीं, कौन कहता है महाराज! वह शराबी, भला मन्दिर में उसे कब से भक्ति हुई है?"

"नहीं, मैं तुझसे कहे देता हूँ, अपनी खोपड़ी सँभालकर रखने के लिए उसे समझा देना। नहीं तो तेरी और उसकीय दोनों की दुर्दशा हो जायगी।"

राधे ने पीछे से आते हुए क्रूर स्वर में कहा-"जाऊँगा, सब तेरे बाप के भगवान् हैं! तू होता कौन है रे!"

"अरे, चुप रे राधे! ऐसा भी कोई कहता है रे। अरे, तू जायगा, मन्दिर में? भगवान् का कोप कैसे रोकेगा, रे?" बुढिया गिड़गिड़ा कर कहने लगी। कुँजबिहारी

जमादार ने राधे की लाठी देखते ही ढीली बोल दी। उसने कहा-"जाना राधे कल, देखा जायगा।"-जमादार धीरे-धीरे खिसकने लगा।

"अकेले-अकेले बैठकर भोग-प्रसाद खाते-खाते बच्चू लोगों को चरबी चढ़ गयी है। दरशन नहीं रे-तेरा भात छीनकर खाऊँगा। देखूँगा, कौन रोकता है।"-राधे गुर्राने लगा। कुंज तो चला गया, बुढिया ने कहा-"राधे बेटा, आज तक तूने कौन-से अच्छे काम किये हैं, जिनके बल पर मन्दिर में जाने का साहस करता है? ना बेटा, यह काम कभी मत करना। अरे, ऐसा भी कोई करता है।"

"तूने भात बनाया है आज?"

"नहीं बेटा! आज तीन दिन से पैसे नहीं मिले। चावल है नहीं।"

"इन मन्दिर वालों ने अपनी जूठन भी तुझे दी?"

"मैं क्यों लेती, उन्होंने दी भी नहीं।"

"तब भी तू कहती है कि मन्दिर में हम लोग न जायँ! जायँगेय सब अछूत जायँगे।"

"न बेटा, किसी ने तुझको बहका दिया है। भगवान् के पवित्र मन्दिर में हम लोग आज तक कभी नहीं गये। वहाँ जाने के लिए तपस्या करनी चाहिए।"

"हम लोग तो जायँगे।"

"ना, ऐसा कभी न होगा।"

"होगा, फिर होगा। जाता हूँ ताड़ीखाने, वहीं पर सबकी राय से कल क्या होगा, यह देखना।"-राधे ऐंठता हुआ चला गया। बुढिया एकटक मन्दिर की ओर विचारने लगी-

"भगवान्, क्या होनेवाला है!"

दूसरे दिन मन्दिर के द्वार पर भारी जमघट था। आस्तिक भक्तों का झुण्ड अपवित्रता से भगवान् की रक्षा करने के लिए दृढ़ होकर खड़ा था। उधर सैकड़ों अछूतों के साथ राधे मन्दिर में प्रवेश करने के लिए तत्पर था।

लट्ठ चले, सिर फूटे। राधे आगे बढ़ ही रहा था। कुँजबिहारी ने बगल से घूमकर राधे के सिर पर करारी चोट दी। वह लहू से लथपथ वहीं लोटने लगा। प्रवेशार्थी भागे। उनका सरदार गिर गया था। पुलिस भी पहुँच गयी थी। राधे के अन्तरंग मित्र गिनती में 10-12 थे। वे ही रह गये।

क्षण भर के लिए वहाँ शिथिलता छा गयी थी। सहसा बुढ़िया भीड़ चीरकर वहीं पहुँच गयी। उसने राधे को रक्त से सना हुआ देखा। उसकी आँखे लहू से भर गयीं। उसने कहा-"राधे की लोथ मन्दिर में जायगी।" वह अपने निर्बल हाथों से राधे को उठाने लगी।।

उसके साथी बढ़े। मन्दिर का दल भी हुँकार करने लगाय किन्तु बुढ़िया की आँखों के सामने ठहरने का किसी को साहस न रहा। वह आगे बढ़ीय पर सिंहद्वार की देहली पर जाकर सहसा रुक गयी। उसकी आँखों की पुतली में जो मूर्ति-भंजक छायाचित्र था, वही गलकर बहने लगा।

राधे का शव देहली के समीप रख दिया गया। बुढ़िया ने देहली पर सिर झुकायाय पर वह सिर उठा न सकी। मन्दिर में घुसनेवाले अछूतों के आगे बुढ़िया विराम-चिह्न-सी पड़ी थी।

27

संदेह

रामनिहाल अपना बिखरा हुआ सामान बाँधने में लगा। जँगले से धूप आकर उसके छोटे-से शीशे पर तड़प रही थी। अपना उज्ज्वल आलोक-खण्ड, वह छोटा-सा दर्पण बुद्ध की सुन्दर प्रतिमा को अर्पण कर रहा था। किन्तु प्रतिमा ध्यानमग्न थी। उसकी आँखे धूप से चौंधियाती न थीं। प्रतिमा का शान्त गम्भीर मुख और भी प्रसन्न हो रहा था। किन्तु रामनिहाल उधर देखता न था। उसके हाथों में था एक कागजों का बण्डल, जिसे सन्दूक में रखने के पहले वह खोलना चाहता था। पढने की इच्छा थी, फिर भी न जाने क्यों हिचक रहा था और अपने को मना कर रहा था, जैसे किसी भयानक वस्तु से बचने के लिए कोई बालक को रोकता हो।

बण्डल तो रख दिया पर दूसरा बड़ा-सा लिफाफा खोल ही डाला। एक चित्र उसके हाथों में था और आँखों में थे आँसू। कमरे में अब दो प्रतिमा थीं। बुद्धदेव अपनी विराग-महिमा में निमग्न। रामनिहाल रागशैल-सा अचल, जिसमें से हृदय का द्रव आँसुओं की निर्झरिणी बनकर धीरे-धीरे बह रहा था।

किशोरी ने आकर हल्ला मचा दिया-"भाभी, अरे भाभी! देखा नहीं तूने, न! निहाल बाबू रो रहे हैं। अरे, तू चल भी!"

श्यामा वहाँ आकर खड़ी हो गयी। उसके आने पर भी रामनिहाल उसी भाव में विस्मृत-सा अपनी करुणा-धारा बहा रहा था। श्यामा ने कहा-"निहाल बाबू!"

निहाल ने आँखें खोलकर कहा-"क्या है? .... अरे, मुझे क्षमा कीजिए।" फिर आँसू पोछने लगा।

"बात क्या है, कुछ सुनूँ भी। तुम क्यों जाने के समय ऐसे दुखी हो रहे हो? क्या हम लोगों से कुछ अपराध हुआ?"

"तुमसे अपराध होगा? यह क्या कह रही हो? मैं रोता हूँ, इसमें मेरी ही भूल है। प्रायश्चित करने का यह ढंग ठीक नहीं, यह मैं धीरे-धीरे समझ रहा हूँ। किन्तु करूँ क्या? यह मन नहीं मानता।"

श्यामा जैसे सावधान हो गयी। उसने पीछे फिरकर देखा कि किशोरी खड़ी है। श्यामा ने कहा-"जा बेटी! कपड़े धूप में फैले हैं, वहीं बैठ।" किशोरी चली गई। अब जैसे सुनने के लिए प्रस्तुत होकर श्यामा एक चटाई खींचकर बैठ गयी। उसके सामने छोटी-सी बुद्धप्रतिमा सागवान की सुन्दर मेज पर धूप के प्रतिबिम्ब में हँस रही थी। रामनिहाल कहने लगा-

"श्यामा! तुम्हारा कठोर व्रत, वैधव्य का आदर्श देखकर मेरे हृदय में विश्वास हुआ कि मनुष्य अपनी वासनाओं का दमन कर सकता है। किन्तु तुम्हारा अवलम्ब बड़ा दृढ़ है। तुम्हारे सामने बालकों का झुण्ड हँसता, खेलता, लड़ता, झगड़ता है। और तुमने जैसे बहुत-सी देव-प्रतिमाएँ, शृंगार से सजाकर हृदय की कोठरी को मन्दिर बना दिया। किन्तु मुझको वह कहाँ मिलता। भारत के भिन्न-भिन्न प्रदेशों में, छोटा-मोटा व्यवसाय, नौकरी और पेट पालने की सुविधाओं को खोजता हुआ जब तुम्हारे घर में आया, तो मुझे विश्वास हुआ कि मैंने घर पाया। मैं जब से संसार को जानने लगा, तभी से मैं गृहहीन था। मेरा सन्दूक और ये थोड़े-से सामान, जो मेरे उत्तराधिकार का अंश था, अपनी पीठ पर लादे हुए घूमता रहा। ठीक उसी तरह, जैसे कंजर अपनी गृहस्थी टट्टू पर लादे हुए घूमता है।

"मैं चतुर था, इतना चतुर जितना मनुष्य को न होना चाहिएय क्योंकि मुझे विश्वास हो गया है कि मनुष्य अधिक चतुर बनकर अपने को अभागा बना लेता है, और भगवान् की दया से वंचित हो जाता है।

"मेरी महत्वाकांक्षा, मेरे उन्नतिशील विचार मुझे बराबर दौड़ाते रहे। मैं अपनी कुशलता से अपने भाग्य को धोखा देता रहा। यह भी मेरा पेट भर देता था। कभी-कभी मुझे ऐसा मालूम होता कि यह दाँव बैठा कि मैं अपने आप पर विजयी हुआ। और मैं सुखी होकर, सन्तुष्ट होकर चैन से संसार के एक कोने में बैठ जाऊँगाय किन्तु वह मृग-मरीचिका थी।

"मैं जिनके यहाँ नौकरी अब तक करता रहा, वे लोग बड़े ही सुशिक्षित और सज्जन हैं। मुझे मानते भी बहुत हैं। तुम्हारे यहाँ घर का-सा सुख है। किन्तु यह सब मुझे छोडना पड़ेगा ही।"-इतनी बात कहकर रामनिहाल चुप हो गया।

"तो तुम काम की एक बात न कहोगे। व्यर्थ ही इतनी...." श्यामा और कुछ कहना चाहती थी कि उसे रोककर रामनिहाल कहने लगा, "तुमको मैं अपना शुभचिन्तक मित्र और रक्षक समझता हूँ, फिर तुमसे न कहूँगा, तो यह भार कब तक ढोता रहूँगा? लो सुनो। यह चैत है न, हाँ ठीक! कार्तिक की पूर्णिमा थी। मैं काम-काज से छुट्टी पाकर संध्या की शोभा देखने के लिए दशाश्वमेघ घाट पर जाने के लिए तैयार था कि ब्रजकिशोर बाबू ने कहा-श्तुम तो गंगा-किनारे टहलने जाते ही हो। आज मेरे एक सम्बन्धी आ गये हैं, इन्हें भी एक बजरे पर बैठाकर घुमाते आओ, मुझे आज छुट्टी नहीं है।

"मैंने स्वीकार कर लिया। आफिस में बैठा रहा। थोड़ी देर में भीतर से एक पुरुष के साथ एक सुन्दरी स्त्री निकली और मैं समझ गया कि मुझे इन्हीं लोगों के साथ जाना होगा। ब्रजकिशोर बाबू ने कहा-श्मानमन्दिर घाट पर बजरा ठीक है। निहाल आपके साथ जा रहे हैं। कोई असुविधा न होगी। इस समय मुझे क्षमा कीजिए। आवश्यक काम है।"

"पुरुष के मुँह पर की रेखाएँ कुछ तन गयीं। स्त्री ने कहा-श्अच्छा है। आप अपना काम कीजिए। हम लोग तब तक घूम आते हैं।"

"हम लोग मानमन्दिर पहुँचे। बजरे पर चाँदनी बिछी थी। पुरुष-श्मोहन बाबू' जाकर ऊपर बैठ गये। पैड़ी लगी थी। मनोरमा को चढने में जैसे डर लग रहा था। मैं बजरे के कोने पर खड़ा था। हाथ बढ़ाकर मैंने कहा, आप चली आइए, कोई डर नहीं। उसने हाथ पकड़ लिया। ऊपर आते ही मेरे कान में धीरे से उसने कहा-श्मेरे पति पागल बनाये जा रहे हैं। कुछ-कुछ हैं भी। तनिक सावधान रहिएगा। नाव की बात है।"

"मैंने कह दिया-श्कोई चिन्ता नहीं' किन्तु ऊपर जाकर बैठ जाने पर भी मेरे कानों के समीप उस सुन्दर मुख का सुरभित निश्वास अपनी अनुभूति दे रहा था। मैंने मन को शान्त किया। चाँदनी निकल आयी थी। घाट पर आकाश-दीप जल रहे थे और गंगा की धारा में भी छोटे-छोटे दीपक बहते हुए दिखाई देते थे।

"मोहन बाबू की बड़ी-बड़ी गोल आँखें और भी फैल गयीं। उन्होंने कहा-श्मनोरमा, देखो, इस दीपदान का क्या अर्थ है, तुम समझती हो?"

'गंगाजी की पूजा, और क्या?'-मनोरमा ने कहा।

"यही तो मेरा और तुम्हारा मतभेद है। जीवन के लघु दीप को अनन्त की धारा में बहा देने का यह संकेत है। आह! कितनी सुन्दर कल्पना!'-कहकर मोहन बाबू जैसे उच्छ्वसित हो उठे। उनकी शारीरिक चेतना मानसिक अनुभूति

से मिलकर उत्तेजित हो उठी। मनोरमा ने मेरे कानों में धीरे से कहा-श्देखा न आपने!"

"मैं चकित हो रहा था। बजरा पंचगंगा घाट के समीप पहुँच गया था। तब हँसते हुए मनोरमा ने अपने पति से कहा-श्और यह बाँसों में जो टँगे हुए दीपक हैं, उन्हें आप क्या कहेंगे?"

"तुरन्त ही मोहन बाबू ने कहा-श्आकाश भी असीम है न। जीवन-दीप को उसी ओर जाने के लिए यह भी संकेत है। फिर हाँफते हुए उन्होंने कहना आरम्भ किया-श्तुम लोगों ने मुझे पागल समझ लिया है, यह मैं जानता हूँ। ओह! संसार की विश्वासघात की ठोकरों ने मेरे हृदय को विक्षिप्त बना दिया है। मुझे उससे विमुख कर दिया है। किसी ने मेरे मानसिक विप्लवों में मुझे सहायता नहीं दी। मैं ही सबके लिए मरा करूँ। यह अब मै नहीं सह सकता। मुझे अकपट प्यार की आवश्यकता है। जीवन में वह कभी नहीं मिला! तुमने भी मनोरमा! तुमने, भी मुझे...."

मनोरमा घबरा उठी थी। उसने कहा-'चुप रहिए, आपकी तबीयत बिगड़ रही है, शान्त हो जाइए!

"क्यों शान्त हो जाऊँ? रामनिहाल को देख कर चुप रहूँ। वह जान जायँ, इसमें मुझे कोई भय नहीं। तुम लोग छिपाकर सत्य को छलना क्यों बनाती हो?' मोहन बाबू के श्वासों की गति तीव्र हो उठी। मनोरमा ने हताश भाव से मेरी ओर देखा। वह चाँदनी रात में विशुद्ध प्रतिमा-सी निश्चेष्ट हो रही थी।

"मैंने सावधान होकर कहा-'माँझी, अब घूम चलो।' कार्तिक की रात चाँदनी से शीतल हो चली थी। नाव मानमन्दिर की ओर घूम चली। मैं मोहन बाबू के मनोविकार के सम्बन्ध में सोच रहा था। कुछ देर चुप रहने के बाद मोहन बाबू फिर अपने आप कहने लगे-

"ब्रजकिशोर को मैं पहचानता हूँ। मनोरमा, उसने तुम्हारे साथ मिलकर जो षड्यन्त्र रचा है, मुझे पागल बना देने का जो उपाय हो रहा है, उसे मैं समझ रहा हूँ। तो ...."

"ओह! आप चुप न रहेंगे? मैं कहती हूँ न! यह व्यर्थ का संदेह आप मन से निकाल दीजिए या मेरे लिए संखिया मँगा दीजिए। छुट्टी हो।"

"स्वस्थ होकर बड़ी कोमलता से मोहन बाबू कहने लगे-'तुम्हारा अपमान होता है! सबके सामने मुझे यह बातें न कहनी चाहिए। यह मेरा अपराध है। मुझे क्षमा करो, मनोरमा!' सचमुच मनोरमा के कोमल चरण मोहन बाबू के हाथ में थे! वह पैर छुड़ाती हुई पीछे खिसकी। मेरे शरीर से उसका स्पर्श हो गया। वह क्षुब्ध और संकोच

में ऊभ-चूभ रमणी जैसे किसी का आश्रय पाने के लिए व्याकुल हो गयी थी। मनोरमा ने दीनता से मेरी ओर देखते हुए कहा-'आप देखते हैं?"

"सचमुच मैं देख रहा था। गंगा की घोर धारा पर बजरा फिसल रहा था। नक्षत्र बिखर रहे थे। और एक सुन्दरी युवती मेरा आश्रय खोज रही थी। अपनी सब लज्जा और अपमान लेकर वह दुर्वह संदेह-भार से पीड़ित स्त्री जब कहती थी कि 'आप देखते हैं न', तब वह मानो मुझसे प्रार्थना करती थी कि कुछ मत देखो, मेरा व्यंग्य-उपहास देखने की वस्तु नहीं।

"मैं चुप था। घाट पर बजरा लगा। फिर वह युवती मेरा हाथ पकड़कर पैड़ी पर से सम्हलती हुई उतरी। और मैंने एक बार न जाने क्यों धृष्टता से मन में सोचा कि 'मैं धन्य हूँ।' मोहन बाबू ऊपर चढने लगे। मैं मनोरमा के पीछे-पीछे था। अपने पर भारी बोझ डालकर धीरे-धीरे सीढियों पर चढ़ रहा था।

"उसने धीरे से मुझसे कहा, 'रामनिहालजी, मेरी विपत्ति में आप सहायता न कीजिएगा!' मैं अवाक् था।

"यामा ने एक गहरी दृष्टि से रामनिहाल को देखा। वह चुप हो गया। श्यामा ने आज्ञा भरे स्वर में कहा, "आगे और भी कुछ है या बस?"

रामनिहाल ने सिर झुका कर कहा, "हाँ, और भी कुछ है।"

"वही कहो न!!"

"कहता हूँ। मुझे धीरे-धीरे मालूम हुआ कि ब्रजकिशोर बाबू यह चाहते हैं कि मोहनलाल अदालत से पागल मान लिये जायँ और ब्रजकिशोर उनकी सम्पत्ति के प्रबन्धक बना दिये जायँ, क्योंकि वे ही मोहनलाल के निकट सम्बन्धी थे। भगवान् जाने इसमें क्या रहस्य है, किन्तु संसार तो दूसरे को मूर्ख बनाने के व्यवसाय पर चल रहा है। मोहन अपने संदेह के कारण पूरा पागल बन गया है। तुम जो यह चिट्ठियों का बण्डल देख रही हो, वह मनोरमा का है।"

रामनिहाल फिर रुक गया। श्यामा ने फिर तीखी दृष्टि से उसकी ओर देखा। रामनिहाल कहने लगा, "तुमको भी संदेह हो रहा है। सो ठीक ही है। मुझे भी कुछ संदेह हो रहा है, मनोरमा क्यों मुझे इस समय बुला रही है।"

अब श्यामा ने हँसकर कहा, "तो क्या तुम समझते हो कि मनोरमा तुमको प्यार करती है और वह दुश्चरित्र है? छिः रामनिहाल, यह तुम क्यों सोच रहे हो? देखूँ तो, तुम्हारे हाथ में यह कौन-सा चित्र है, क्या मनोरमा का ही?" कहते-कहते श्यामा ने रामनिहाल के हाथ से चित्र ले लिया। उसने आश्चर्य-भरे स्वर में कहा, "अरे, यह तो मेरा ही है? तो क्या तुम मुझसे प्रेम करने का लड़कपन करते हो? यह

अच्छी फाँसी लगी है तुमको। मनोरमा तुमको प्यार करती है और तुम मुझको। मन के विनोद के लिए तुमने अच्छा साधन जुटाया है। तभी कायरों की तरह यहाँ से बोरिया-बँधना लेकर भागने की तैयारी कर ली है!"

रामनिहाल हत्बुद्धि अपराधी-सा श्यामा को देखने लगा। जैसे उसे कहीं भागने की राह न हो। श्यामा दृढ़ स्वर में कहने लगी-

"निहाल बाबू! प्यार करना बड़ा कठिन है। तुम इस खेल को नहीं जानते। इसके चक्कर में पडना भी मत। हाँ, एक दुखिया स्त्री तुमको अपनी सहायता के लिए बुला रही है। जाओ, उसकी सहायता करके लौट आओ। तुम्हारा सामान यहीं रहेगा। तुमको अभी यहीं रहना होगा। समझे। अभी तुमको मेरी संरक्षता की आवश्यकता है। उठो। नहा-धो लो। जो ट्रेन मिले, उससे पटने जाकर ब्रजकिशोर की चालाकियों से मनोरमा की रक्षा करो। और फिर मेरे यहाँ चले आना। यह सब तुम्हारा भ्रम था। संदेह था।"

रामनिहाल धीरे से उठकर नहाने चला गया।

28

सुनहला साँप

"यह तुम्हारा दुस्साहस है, चन्द्रदेव!"

"मैं सत्य कहता हूँ, देवकुमार।"

"तुम्हारे सत्य की पहचान बहुत दुर्बल है, क्योंकि उसके प्रकट होने का साधन असत् है। समझता हूँ कि तुम प्रवचन देते समय बहुत ही भावात्मक हो जाते हो। किसी के जीवन का रहस्य, उसका विश्वास समझ लेना हमारी-तुम्हारी बुद्धिरूपी 'एक्सरेज' की पारदर्शिता के परे है।"-कहता हुआ देवकुमार हँस पड़ाय उसकी हँसी में विज्ञता की अवज्ञा थी।

चन्द्रदेव ने बात बदलने के लिए कहा-"इस पर मैं फिर वाद-विवाद करूँगा। अभी तो वह देखो, झरना आ गया-हम लोग जिसे देखने के लिए आठ मील से आये हैं।"

"सत्य और झूठ का पुतला मनुष्य अपने ही सत्य की छाया नहीं छू सकता, क्योंकि वह सदैव अन्धकार में रहता है। चन्द्रदेव, मेरा तो विश्वास है कि तुम अपने को भी नहीं समझ पाते।"-देवकुमार ने कहा।

चन्द्रदेव बैठ गया। वह एकटक उस गिरते हुए प्रपात को देख रहा था। मसूरी पहाड़ का यह झरना बहुत प्रसिद्ध है। एक गहरे गड्ढे में गिरकर, यह नाला बनता हुआ, ठुकराये हुए जीवन के समान भागा जाता है।

चन्द्रदेव एक ताल्लुकेदार का युवक पुत्र था। अपने मित्र देवकुमार के साथ मसूरी के ग्रीष्म-निवास में सुख और स्वास्थ्य की खोज में आया था। इस पहाड़ पर

कब बादल छा जायेंगे, कब एक झोंका बरसाता हुआ निकल जायेगा, इसका कोई निश्चय नहीं। चन्द्रदेव का नौकर पान-भोजन का सामान लेकर पहुँचा। दोनों मित्र एक अखरोट-वृक्ष के नीचे बैठकर खाने लगे। चन्द्रदेव थोड़ी मदिरा भी पीता था, स्वास्थ्य के लिए।

देवकुमार ने कहा-"यदि हम लोगों को बीच ही में भीगना न हो, तो अब चल देना चाहिये।"

पीते हुए चन्द्रदेव ने कहा-"तुम बड़े डरपोक हो। तनिक भी साहसिक जीवन का आनन्द लेने का उत्साह तुममें नहीं। सावधान होकर चलना, समय से कमरे में जाकर बन्द हो जाना और अत्यन्त रोगी के समान सदैव पथ्य का अनुचर बने रहना हो, तो मनुष्य घर ही बैठा रहे!"

देवकुमार हँस पड़ा। कुछ समय बीतने पर दोनों उठ खड़े हुए। अनुचर भी पीछे चला। बूँदें पड़ने लगी थीं। सबने अपनी-अपनी बरसाती सँभाली।

परन्तु उस वर्षा में कहीं विश्राम करना आवश्यक प्रतीत हुआ, क्योंकि उससे बचा लेना बरसाती के बूते का काम न था। तीनों छाया की खोज में चले। एक पहाड़ी चट्टान की गुफा मिली, छोटी-सी। ये तीनों उसमें घुस पड़े।

भवों पर से पानी पोंछते हुए चन्द्रदेव ने देखा, एक श्याम किन्तु उज्जवल मुख अपने यौवन की आभा में दमक रहा है। वह एक पहाड़ी स्त्री थी। चन्द्रदेव कला-विज्ञ होने का ढोंग करके उस युवती की सुडौल गढन देखने लगा। वह कुछ लज्जित हुई। प्रगल्भ चन्द्रदेव ने पूछा-"तुम यहाँ क्या करने आई हो?"

"बाबू जी, मैं दूसरे पहाड़ी गाँव की रहने वाली हूँ, अपनी जीविका के लिए आई हूँ।"

"तुम्हारी क्या जीविका है?"

"साँप पकड़ती हूँ।"

चन्द्रदेव चौंक उठा। उसने कहा-"तो क्या तुम यहाँ भी साँप पकड़ रही हो? इधर तो बहुत कम साँप होते हैं।"

"हाँ, कभी खोजने से मिल जाते हैं। यहाँ एक सुनहला साँप मैंने अभी देखा है। उसे ...." कहते-कहते युवती ने एक ढोंके की ओर संकेत किया।

चन्द्रदेव ने देखा, दो तीव्र ज्योति!

पानी का झोंका निकल गया था। चन्द्रदेव ने कहा-"चलो देवकुमार, हम चलें। रामू, तू भी तो साँप पकड़ता है न? देवकुमार! यह बड़ी सफाई से बिना किसी मन्त्र-जड़ी के साँप पकड़ लेता है!" देवकुमार ने सिर हिला दिया।

रामू ने कहा-"हाँ सरकार, पकड़ूँ इसे?"

"नहीं-नहीं, उसे पकड़ने दे! हाँ, उसे होटल में लिवा लाना, हम लोग देखेंगे। क्यों देव! अच्छा मनोरंजन रहेगा न?" कहते हुए चन्द्रदेव और देवकुमार चल पड़े।

किसी क्षुद्र हृदय के पास, उसके दुर्भाग्य से दैवी सम्पत्ति या विद्या, बल, धन और सौन्दर्य उसके सौभाग्य का अभिनय करते हुए प्रायः देखे जाते हैं, तब उन विभूतियों का दुरुपयोग अत्यन्त अरुचिकर दृश्य उपस्थित कर देता है। चन्द्रदेव का होटल-निवास भी वैसा ही था। राशि-राशि विडम्बनाएँ उसके चारों ओर घिरकर उसकी हँसी उड़ातीं, पर उनमें चन्द्रदेव को तो जीवन की सफलता ही दिखलायी देती।

उसके कमरे में कई मित्र एकत्र थे। 'नेरा' महुअर बजाकर अपना खेल दिखला रही थी। सबके बाद उसने दिखलाया, अपना पकड़ा हुआ वही सुन्दर सुनहला साँप।

रामू एकटक नेरा की ओर देख रहा था। चन्द्रदेव ने कहा-"रामू, वह शीशे का बक्स तो ले आ!"

रामू ने तुरन्त उसे उपस्थित किया।

चन्द्रदेव ने हँसकर कहा-"नेरा! तुम्हारे सुन्दर साँप के लिए यह बक्स है।"नेरा प्रसन्न होकर अपने नवीन आश्रित को उसमें रखने लगी, परन्तु वह उस सुन्दर घर में जाना नहीं चाहता था। रामू ने उसे बाध्य किया। साँप बक्स में जा रहा। नेरा ने उसे आँखों से धन्यवाद दिया।

चन्द्रदेव के मित्रों ने कहा-"तुम्हारा अनुचर भी तो कम खिलाड़ी नहीं है!"

चन्द्रदेव ने गर्व से रामू की ओर देखा। परन्तु, नेरा की मधुरिमा रामू की आँखों की राह उसके हृदय में भर रही थी। वह एकटक उसे देख रहा था।

देवकुमार हँस पड़ा। खेल समाप्त हुआ। नेरा को बहुत-सा पुरस्कार मिला।

तीन दिन बाद, होटल के पास ही, चीड़ वृक्ष के नीचे चन्द्रदेव चुपचाप खड़ा था- वह बड़े गौर से देख रहा था-एक स्त्री और एक पुरुष को घुल-घुलकर बातें करते। उसे क्रोध आयाय परन्तु न जाने क्यों, कुछ बोल न सका। देवकुमार ने पीठ पर हाथ धरकर पूछा-"क्या है?"

चन्द्रदेव ने संकेत से उस ओर दिखा दिया। एक झुरमुट में नेरा खड़ी है और रामू कुछ अनुनय कर रहा है! देवकुमार ने यह देखकर चन्द्रदेव का हाथ पकड़कर खींचते हुए कहा-"चलो।"

दोनों आकर अपने कमरे में बैठे।

देवकुमार ने कहा-"अब कहो, इसी रामू के हृदय की परख तो तुम उस दिन बता रहे थे। इसी तरह सम्भव है, अपने को भी न पहचानते हो।"

चन्द्रदेव ने कहा-श्मैं उसे कोड़े से पीटकर ठीक करूँगा-बदमाश!"

चन्द्रदेव 'बाल' देखकर आया था, अपने कमरे में सोने जा रहा था, रात अधिक हो चुकी थी। उसे कुछ फिस-फिस का शब्द सुनाई पड़ा। उसे नेरा का ध्यान आ

गया। वह होंठ काटकर अपने पलँग पर जा पड़ा। मात्रा कुछ अधिक थी। आतिशदान के कार्निस पर धरे हुए शीशे का बक्स और बोतल चमक उठे। पर उसे क्रोध ही अधिक आया, बिजली बुझा दी।

कुछ अधिक समय बीतने पर किसी चिल्लाहट से चन्द्रदेव की नींद खुली। रामू का-सा शब्द था। उसने स्विच दबाया, आलोक में चन्द्रदेव ने आश्चर्य से देखा कि रामू के हाथ में वही सुनहला साँप हथकड़ी-सा जकड़ गया है! चन्द्रदेव ने कहा-"क्यों रे बदमाश! तू यहाँ क्या करता था? अरे, इसका तो प्राण संकट में है, नेरा होती तो!"

चन्द्रदेव घबड़ा गया था। इतने में नेरा ने कमरे में प्रवेश किया। इतनी रात को यहाँ? चन्द्रदेव क्रोध से चुप रहा। नेरा ने साँप से रामू का हाथ छुड़ाया और फिर उसे बक्स में बन्द किया। तब चन्द्रदेव ने रामू से पूछा-"क्यों बे, यहाँ क्या कर रहा था?" रामू काँपने लगा।

"बोल, जल्दी बोल! नहीं तो तेरी खाल उधेड़ता हूँ।"

रामू फिर भी चुप था।

चन्द्रदेव का चेहरा अत्यन्त भीषण हो रहा था। वह कभी नेरा की ओर देखता और कभी रामू की ओर। उसने पिस्तौल उठाई, नेरा रामू के सामने आ गई। उसने कहा-"बाबू जी, यह मेरे लिए शराब लेने आया था, जो उस बोतल में धरी है।"

चन्द्रदेव ने देखा, मदिरा उस बोतल में अपनी लाल हँसी में मग्न थी। चन्द्रदेव ने पिस्तौल धर दिया। और बोतल और बक्स उठाकर देते हुए मुँह फेरकर कहा-"तुम दोनों इसे लेकर अभी चले जाओ, और रामू, अब तुम कभी मुझे अपना मुँह मत दिखाना।"

दोनों धीरे-धीरे बाहर हो गये। रामू अपने मालिक का मन पहचानता था।

दूसरे दिन देवकुमार और चन्द्रदेव पहाड़ से उतरे। रामू उनके साथ न था।

ठीक ग्यारह महीने पर फिर उसी होटल में चन्द्रदेव पहुँचा था। तीसरा पहर था, रंगीन बादल थे, पहाड़ी संध्या अपना रंग जमा रही थी, पवन तीव्र था। चन्द्रदेव ने शीशे का पल्ला बन्द करना चाहा। उन्होंने देखा, रामू सिर पर पिटारा धरे चला जा रहा है और पीछे-पीछे अपनी मन्द गति से नेरा। नेरा ने भी ऊपर की ओर देखा, वह मुस्कराकर सलाम करती हुई रामू के पीछे चली गई। चन्द्रदेव ने धड़ से पल्ला बन्द करते हुए सोचा-"सच तो, क्या मैं अपने को भी पहिचान सका?"

29

पंचायत

मन्दाकिनी के तट पर रमणीक भवन में स्कन्द और गणेश अपने-अपने वाहनों पर टहल रहे हैं।

नारद भगवान् ने अपनी वीणा को कलह-राग में बजाते-बजाते उस कानन को पवित्र किया, अभिवादन के उपरान्त स्कन्द, गणेश और नारद में वार्ता होने लगी।

नारद-(स्कन्द से) आप बुद्धि-स्वामी गणेश के साथ रहते हैं, यह अच्छी बात है, (फिर गणेश से) और देव-सेनापति कुमार के साथ घूमते हैं, इससे (तोंद दिखाकर) आपका भी कल्याण ही है।

गणेश-क्या आप मुझे स्थूल समझकर ऐसा कह रहे हैं? आप नहीं जानते, हमने इसीलिए मूषक-वाहन रखा है, जिसमें देव-समाज में वाहन न होने की निन्दा कोई न करे, और नहीं तो बेचारा 'मूस' चलेगा कितना? मैं तो चल-फिर कर काम चला लेता हूँ। देखिये, जब जननी ने द्वारपाल का कार्य मुझे सौंप रखा था, तब मैंने कितना पराक्रम दिखाया था, प्रमथ गणों को अपनी पद-मर्यादा हमारे सोंटे की चोट से भूल जाना पड़ा।

स्कन्द-बस रहने दो, यदि हम तुम्हें अपने साथ न टहलाते, तो भारत के आलसियों की तरह तुम भी हो जाते।

गणेश-(हँसकर) ह-ह-ह-ह, नारदजी! देखते हैं न आप? लड़ाके लोगों से बुद्धि उतनी ही समीप रहती है, जितनी की हिमालय से दक्षिणी समुद्र!

स्कन्द-और यह भी सुना है।-ढोल के भीतर पोल!

गणेश-अच्छा तो नारद ही इस बात का निर्णय करेंगे कि कौन बड़ा है।

नारद-भाई, मैं तो नहीं निर्णय करूँगाय पर, आप लोगों के लिए एक पंचायत करवा दूँगा, जिसमें आप ही निर्णय हो जायगा।

इतना कहकर नारदजी चलते बने।

वटवृक्ष-तल सुखासीन शंकर के सामने नारद हाथ जोड़कर खड़े हैं। दयानिधि शंकर ने हँसकर पूछा-क्यों वत्स नारद! आज अपना कुछ नित्य कार्य किया या नहीं?"

नारद ने विनीत होकर कहा-नाथ, वह कौन कार्य है?"

जननी ने हँसकर कहा-वही कलह-कार्य।

नारद-माता! आप भी ऐसा कहेंगी, तो नारद हो चुकेय यह तो लोग समझते ही नहीं कि यह महामाया ही की माया है, बस, हमारा नाम कलह-प्रिय रख दिया है।

महामाया सुनकर हँसने लगीं।

शंकर-(हँसकर)-कहो, आज का क्या समाचार है?

नारद-और क्या, अभी तो आप यों ही मुझे कलहकारी समझे हुए बैठे हैं, मैं कुछ कहूँगा, तो कहेंगे कि बस तुम्हीं ने सब किया है। मैं जाता तो हूँ झगड़ा छुड़ाने, पर, लोग मुझी को कहते हैं।

शंकर-नहीं, नहीं, तुम निर्भय होकर कहो।

नारद-आज कुमार से और गणेशजी से डण्डेबाजी हो चुकी थी। मैंने कहा-आप लोग ठहर जाइए, मैं पंचायत करके आप लोगों का कलह दूर कर दूँगा। इस पर वे लोग मान गये हैं। अब आप शीघ्र उन लोगों के पंच बनकर उनका निबटारा कीजिए।

शंकर-यहाँ तक! अच्छा, झगड़ा किस बात का है?

नारद-यही कि देवसेना-पति होने से कुमार अपने को बड़ा समझते हैं, और (जननी की ओर देखकर) बुद्धिमान होने से गणेश अपने को बड़ा समझते हैं।

जननी-हाँ-हाँ, ठीक ही तो है, गणेश बड़ा बुद्धिमान है।

शंकर ने देखा कि यह तो यहाँ भी कलह उत्पन्न किया चाहता है, इसलिए वे बोले-वत्स! तुम इसमें अपने पिता को ही पंच मानो, कारण कि जिसको हम बड़ा कहेंगे, दूसरा समझेगा कि पिता ने हमारा अनादर किया है-अस्तु, तुम शीघ्र ही इसका आयोजन करके दोनों को शान्त करो।

नारद ने देखा कि, यहाँ दाल नहीं गलती, तो जगत्पिता के चरण-रज लेकर बिदा हुए।

नारद अपने पिता ब्रह्मा के पास पहुँचे। उन्होंने सब हाल सुनकर कहा-वत्स! तुझे क्या पड़ी रहती है, जो तू लड़ाई-झगड़ों में अग्रगामी बना रहता है, और व्यर्थ अपवाद सुनता है?

नारद-पिता! आप तो केवल संसार को बनाना जानते हैं, यह नहीं जानते कि संसार में कार्य किस प्रकार से चलता है। यदि दो-चार को लड़ाओ न, और उनका निबटारा न करो, तो फिर कौन पूछता है? देखिए, इसी से देव-समाज में नारद-नारद हो रहा है, और किसी भी अपने पुत्र की आपने देव-समाज में इतनी चर्चा सुनी है?

ब्रह्मा-तो क्या तुझे प्रसिद्धि का यही मार्ग मिला है?

नारद-मुझे तो इसमें सुख मिलता है-

"येन केन प्रकारेण प्रसिद्धः पुरुषो भवेत्।"

ब्रह्मा-अब तो शंकर की आज्ञा हुई है, जैसे-तैसे इसको करना ही होगा, किन्तु हम देखते हैं कि गणेशजी जननी को प्रिय हैं। अतएव यदि उनकी कुछ भी निचाई होगी, तो जननी दूसरी बात समझेंगी! अस्तु! अब कोई ऐसा उपाय करना होगा कि जिसमें बुद्धि से जो जीते, वही विजयी हो। अच्छा, अब सबको शंकर के समीप इकठ्ठा करो।

नारद यह सुनकर प्रणाम करके चले।

विशाल वटवृक्षतले सब देवताओं से सुशोभित शंकर विराजमान हैं। पंचायत जम रही है। ब्रह्माजी कुछ सोचकर बोले-गणेशजी और कुमार में इस बात का झगड़ा हुआ है कि कौन बड़ा है? अस्तु, हम यह कहते हैं कि जो इन लोगों में से समग्र विश्व की परिक्रमा करके पहले आवेगा, वही बड़ा होगा।

स्कन्द ने सोचा-चलो अच्छी भई, गणेश स्वयं तुन्दिल हैं-मूषक-वाहन पर कहाँ तक दौड़ेंगे, और मोर पर मैं शीघ्र ही पृथ्वी की परिक्रमा कर आऊँगा।

फिर वह मोर पर सवार होकर दौड़े। गणेश ने सोचा कि भव और भवानी ही तो पिता-माता हैं, अब उनसे बढकर कौन विश्व होगा। अस्तु, यह विचारकर शीघ्र ही जगज्जनक, जननी की परिक्रमा करके बैठ गये।

जब कुमार जल्दी-जल्दी घूमकर आये, तो देखा, तुन्दिलजी अपने स्थान पर बैठे हैं।

ब्रह्मा ने कहा-देखो, गणेशजी आपके पहले घूमकर आ गये हैं!

स्कन्द ने क्रोधित होकर कहा-सो कैसे? मैंने तो पथ में इन्हें कहीं नहीं देखा!

ब्रह्मा ने कहा-क्या मार्ग में मूषक का पद-चिह्न आपको कहीं नहीं दिखाई पड़ा था?

स्कन्द ने कहा-हाँ, पद-चिह्न तो देखा था।

ब्रह्मा ने कहा-उन्होंने विश्वरूप जगज्जनक, जननी ही की परिक्रमा कर ली है। सो भी तुम्हारे पहले ही।

स्कन्द लज्जित होकर चुप हो रहे।

30

प्रतिध्वनि

मनुष्य की चिता जल जाती है, और बुझ भी जाती है परन्तु उसकी छाती की जलन, द्वेष की ज्वाला, सम्भव है, उसके बाद भी धक-धक करती हुई जला करे।

तारा जिस दिन विधवा हुई, जिस समय सब लोग रो-पीट रहे थे, उसकी ननद ने, भाई के मरने पर भी, रोदन के साथ, व्यंग स्वर में कहा-"अरे मैया रे, किसका पाप किसे खा गया रे!"- तभी आसन्न वैधव्य ठेलकर, अपने कानों को ऊँचा करके, तारा ने वह तीक्ष्ण व्यंग रोदन के कोलाहल में भी सुन लिया था।

तारा सम्पन्न थी, इसलिए वैधव्य उसे दूर ही से डराकर चला जाता। उसका पूर्ण अनुभव वह कभी न कर सकी। हाँ, ननद रामा अपनी दरिद्रता के दिन अपनी कन्या श्यामा के साथ किसी तरह काटने लगी। दहेज मिलने की निराशा से कोई ब्याह करने के लिए प्रस्तुत न होता। श्यामा चौदह बरस की हो चली। बहुत चेष्टा करके भी रामा उसका ब्याह न कर सकी। वह चल बसी।

श्यामा निस्सहाय अकेली हो गई। पर जीवन के जितने दिन हैं, वे कारावासी के समान काटने ही होंगे। वह अकेली ही गंगा-तट पर अपनी बारी से सटे हुए कच्चे झोपड़े में रहने लगी।

मन्नी नाम की एक बुढिया, जिसे 'दादी' कहती थी, रात को उसके पास सो रहती, और न जाने कहाँ से, कैसे उसके खाने-पीने का कुछ प्रबन्ध कर ही देती। धीरे-धीरे दरिद्रता के सब अवशिष्ट चिह्न बिककर श्यामा के पेट में चले गये।

पर, उसकी आम की बारी अभी नीलाम होने के लिए हरी-भरी थी!

कोमल आतप गंगा के शीतल शरीर में अभी ऊष्मा उत्पन्न करने में असमर्थ था। नवीन किसलय उससे चमक उठे थे। वसन्त की किरणों की चोट से कोयल कुहुक उठी। आम की कैरियों के गुच्छे हिलने लगे। उस आम की बारी में माधव-ऋतु का डेरा था और श्यामा के कमनीय कलेवर में यौवन था।

श्यामा अपने कच्चे घर के द्वार पर खड़ी हुई मेघ-संक्रान्ति का पर्व-स्नान करने वालों को कगार के नीचे देख रही थी। समीप होने पर भी वह मनुष्यों की भीड़ उसे चींटियाँ रेंगती हुई जैसी दिखायी पड़ती थी। मन्नी ने आते ही उसका हाथ पकड़कर कहा-"चलो बेटी, हम लोग भी स्नान कर आवें।"

उसने कहा-"नहीं दादी, आज अंग-अंग टूट रहा है, जैसे ज्वर आने को है।"

मन्नी चली गई।

तारा स्नान करके दासी के साथ कगारे के ऊपर चढने लगी। श्यामा की बारी के पास से ही पथ था। किसी को वहाँ न देखकर तारा ने सन्तुष्ट होकर साँस ली। कैरियों से गदराई हुई डाली से उसका सिर लग गया। डाली राह में झुकी पड़ती थी। तारा ने देखा, कोई नहीं है। हाथ बढ़ाकर कुछ कैरियाँ तोड़ लीं।

सहसा किसी ने कहा-"और तोड़ लो मामी, कल तो यह नीलाम ही होगा!"

तारा की अग्नि-बाण-सी आँखें किसी को जला देने के लिए खोजने लगीं। फिर उसके हृदय में वही बहुत दिन की बात प्रतिध्वनित होने लगी-"किसका पाप किसको खा गया, रे!"-तारा चौंक उठी। उसने सोचा, रामा की कन्या व्यंग कर रही है- भीख लेने के लिए कह रही है। तारा होंठ चबाती हुई चली गई।

एक सौ पांच - एक,

एक सौ पांच - दो,

एक सौ पांच रुपये- तीन!

बोली हो गई। अमीन ने पूछा-"नीलाम का चौथाई रुपया कौन जमा करता है?"

एक गठीले युवक ने कहा-"चौथाई नहीं, कुल रुपये लीजिये।" तारा के नाम की रसीद बना रुपया सामने रख दिया गया।

श्यामा एक आम के वृक्ष के नीचे चुपचाप बैठी थी। उसे और कुछ नहीं सुनाई पड़ता था, केवल डुग्गियों के साथ एक-दो-तीन की प्रतिध्वनि कानों में गूँज रही थी। एक समझदार मनुष्य ने कहा-"चलो, अच्छा ही हुआ, तारा ने अनाथ लडकी के बैठने का ठिकाना तो बना रहने दियाय नहीं तो गंगा किनारे का घर और तीन बीघे की बारी, एक सौ पांच रुपये में! तारा ने बहुत अच्छा किया।"

बुढ़िया मन्नी ने कहा-"भगवान् जाने, ठिकाना कहाँ होगा!"

श्यामा चुपचाप सुनती रही। संध्या हो गई। जिनका उसी अमराई में नीड़ था, उन पक्षियों का झुण्ड कलरव करता हुआ घर लौटने लगा। पर श्यामा न हिलीय उसे भूल गया कि उसके भी घर है।

बुढिया के साथ अमीन साहब आकर खड़े हो गये। अमीन एक सुन्दर कहे जाने योग्य युवक थे, और उनका यह सहज विश्वास था कि कोई भी स्त्री हो, मुझे एक बार अवश्य देखेगी। श्यामा के सौन्दर्य को तो दारिद्रय ने ढँक लिया था, पर उसका यौवन छिपने के योग्य न था। कुमार यौवन अपनी क्रीड़ा में विस्वल था। अमीन ने कहा-"मन्नी! पूछो, मैं रुपया दे दूँ-अभी एक महीने की अवधि है, रुपया दे देने से नीलाम रुक जायगा!"

श्यामा ने एक बार तीखी आँखों से अमीन की ओर देखा। वह पुष्ट कलेवर अमीन, उस अनाथ बालिका की दृष्टि न सह सका, धीरे से चला गया। मन्नी ने देखा, बरसात की-सी गीली चिता श्यामा की आँखों में जल रही है। मन्नी का साहस न हुआ कि उससे घर चलने के लिए कहे। उसने सोचा, ठहरकर आऊँगी तो इसे घर लिवा जाऊँगी। परन्तु जब वह लौटकर आई, तो रजनी के अन्धकार में बहुत खोजने पर भी श्यामा को न पा सकी।

तारा का उत्तराधिकारी हुआ-उसके भाई का पुत्र प्रकाश। अकस्मात् सम्पत्ति मिल जाने से जैसा प्रायः हुआ करता है, वही हुआ-प्रकाश अपने-आपे में न रह सका। वह उस देहात में प्रथम श्रेणी का विलासी बन बैठा। उसने तारा के पहले घर से कोस-भर दूर श्यामा की बारी को भली-भाँति सजायाय उसका कच्चा घर तोड़कर बंगला बन गया। अमराई में सडकें और क्यारियाँ दौड़ने लगीं। यहीं प्रकाश बाबू की बैठक जमी। अब इसे उसके नौकर 'छावनी' कहते थे।

आषाढ़ का महीना था। सबेरे ही बड़ी उमस थी। पुरवाई से घनमण्डल स्थिर हो रहा था। वर्षा होने की पूरी सम्भावना थी। पक्षियों के झुण्ड आकाश में अस्त-व्यस्त घूम रहे थे। एक पगली गंगा के तट के ऊपर की ओर चढ़ रही थी। वह अपने प्रत्येक पाद-विक्षेप पर एक-दो-तीन अस्फुट स्वर से कह देती, फिर आकाश की ओर देखने लगती थी। अमराई के खुले फाटक से वह घुस आई, और पास के वृक्षों के नीचे घूमती हुई "एक-दो-तीन" करके गिनने लगी।

लहरीले पवन का एक झोंका आयाय तिरछी बूँदो की एक बाढ़ पड़ गई। दो-चार आम भी चू पड़े। पगली घबरा गई। तीन से अधिक वह गिनना ही नहीं जानती थी। इधर बूँदो को गिने कि आमों को! बड़ी गड़बड़ी हुई। पर वह मेघ का

टुकड़ा बरसता हुआ निकल गया। पगली एक बार स्वस्थ हो गई।

महोखा एक डाल से बोलने लगा। डुग्गी के समान उसका "डूप-डूप-डूप" शब्द पगली को पहचाना हुआ-सा मालूम पड़ा। वह फिर गिनने लगी-एक-दो-तीन! उसके चुप हो जाने पर पगली ने डालों की ओर देखा और प्रसन्न होकर बोली-एक-दो-तीन! इस बार उसकी गिनती में बड़ा उल्लास था, विस्मय था और हर्ष भी। उसने एक ही डाल में पके हुए तीन आमों को वृन्तों-सहित तोड़ लिया, और उन्हें झुकाते हुए गिनने लगी। पगली इस बार सचमुच बालिका बन गई, जैसे खिलौने के साथ खेलने लगी।

माल आ गया। उसने गाली दी, मारने के लिए हाथ उठाया। पगली अपना खेल छोड़कर चुपचाप उसकी ओर एकटक देखने लगी। वह उसका हाथ पकड़कर प्रकाश बाबू के पास ले चला।

प्रकाश यक्ष्मा से पीड़ित होकर इन दिनों यहाँ निरन्तर रहने लगा था। वह खाँसता जाता था, और तकिये के सहारे बैठा हुआ पीकदान में रक्त और कफ थूकता जाता था। कंकाल-सा शरीर पीला पड़ गया था। मुख में केवल नाक और बड़ी-बड़ी आँखे अपना अस्तित्व चिल्लाकर कह रही थीं। पगली को पकड़कर माली उसके सामने ले आया।

विलासी प्रकाश ने देखा, पागल यौवन अभी उस पगली के पीछे लगा था। कामुक प्रकाश को आज अपने रोग पर क्रोध हुआ, और पूर्ण मात्रा में हुआ। पर क्रोध धक्का खाकर पगली की ओर चला आया। प्रकाश ने आम देखकर ही समझ लिया और फूहड़ गालियों की बौछार से उसकी अभ्यर्थना की।

पगली ने कहा-"यह किस पाप का फल है? तू जानता है, इसे कौन खायगा? बोल! कौन मरेगा? बोल! एक-दो-तीन"-

"चोरी को पागलपन में छिपाना चाहती है! अभी तो तुझे बीसों चाहने वाले मिलेंगे! चोरी क्यों करती है?"-प्रकाश ने कहा।

एक बार पगली का पागलपन, लाल वस्त्र पहनकर उसकी आँखों में नाच उठा। उसने आम तोड़-तोड़ कर प्रकाश के क्षय-जर्जर हृदय पर खींचकर मारते हुए गिना-एक-दो-तीन! प्रकाश तकिये पर चित्त लेटकर हिचकियाँ लेने लगा और पगली हँसते हुए गिनने लगी-एक-दो-तीन। उनकी प्रतिध्वनि अमराई में गूँज उठी।

31

प्रतिमा

जब अनेक प्रार्थना करने पर यहाँ तक कि अपनी समस्त उपासना और भक्ति का प्रतिदान माँगने पर भी 'कुंजबिहारी' की प्रतिमा न पिघली, कोमल प्राणों पर दया न आयी, आँसुओं के अर्घ्य देने पर भी न पसीजी, और कुंजनाथ किसी प्रकार देवता को प्रसन्न न कर सके, भयानक शिकारी ने सरला के प्राण ले ही लिये, किन्तु पाषाणी प्रतिमा अचल रही, तब भी उसका राग-भोग उसी प्रकार चलता रहाय शंख, घण्टा और दीपमाला का आयोजन यथा-नियम होता रहा। केवल कुंजनाथ तब से मन्दिर की फुलवारी में पत्थर पर बैठकर हाथ जोड़कर चला आता। "कुंजबिहारी" के समक्ष जाने का साहस नहीं होता। न जाने मूर्ति में उसे विश्वास ही कम हो गया था कि अपनी श्रद्धा की, विश्वास की दुर्बलता उसे संकुचित कर देती।

आज चाँदनी निखर रही थी। चन्द्र के मनोहर मुख पर रीझकर सुर-बालाएँ तारक-कुसुम की वर्षा कर रही थीं। स्निग्ध मलयानिल प्रत्येक कुसुम-स्तवक को चूमकर मन्दिर की अनेक मालाओं को हिला देता था। कुंज पत्थर पर बैठा हुआ सब देख रहा था। मनोहर मदनमोहन मूर्ति की सेवा करने को चित्त उत्तेजित हो उठा। कुंजनाथ ने सेवा, पुजारी के हाथ से ले ली। बड़ी श्रद्धा से पूजा करने लगा। चाँदी की आरती लेकर जब देव-विग्रह के सामने युवक कुंजनाथ खड़ा हुआ, अकस्मात् मानसिक वृत्ति पलटी और सरला का मुख स्मरण हो आया। कुंजबिहारी जी की प्रतिमा के मुख-मण्डल पर उसने अपनी दृष्टि जमायी।

"मैं अनन्त काल तक तरंगों का आघात, वर्षा, पवन, धूप, धूल से तथा मनुष्यों के अपमान श्लाघा से बचने के लिए गिरि-गर्भ में छिपा पड़ा रहा, मूर्ति मेरी थी या

मैं स्वयं मूर्ति था, यह सम्बन्ध व्यक्त नहीं था। निष्ठुर लौह-अस्त्र से जब काटकर मैं अलग किया गया, तब किसी प्राणी ने अपनी समस्त सहृदयता मुझे अर्पण की, उसकी चेतावनी मेरे पाषाण में मिली, आत्मानुभव की तीव्र वेदना यह सब मुझे मिलते रहे, मुझमें विभ्रम था, विलास था, शक्ति थी। अब तो पुजारी भी वेतन पाता है और मैं भी उसी के अवशिष्ट से अपना निर्वाह......"

और भी क्या मूर्ति कह रही थी, किन्तु शंख और घण्टा भयानक स्वर से बज उठे। स्वामी को देख कर पुजारी लोगों ने धातु-पात्रों को और भी वेग से बजाना आरम्भ कर दिया। कुंजनाथ ने आरती रख दी। दूर से कोई गाता हुआ जा रहा थारू

"सच कह दूँ ऐ बिरहमन गर तू बुरा न माने।
तेरे सनमकदे के बुत हो गये पुराने।"

कुंजनाथ ने स्थिर दृष्टि से देखा, मूर्ति में वह सौन्दर्य नहीं, वह भक्ति स्फुरित करनेवाली कान्ति नहीं। वह ललित भाव-लहरी का आविर्भाव-तिरोभाव मुख-मण्डल से जाने कहाँ चला गया है। धैर्य छोड़कर कुंजनाथ चला आया। प्रणाम भी नहीं कर सका।

"कहाँ जाती है?"

"माँ आज शिवजी की पूजा नहीं की।"

"बेटी, तुझे कल रात से ज्वर था, फिर इस समय जाकर क्या नदी में स्नान करेगी?"

"हाँ, मैं बिना पूजा किये जल न पियूँगी।"

"रजनी, तू बड़ी हठीली होती जा रही है। धर्म की ऐसी कड़ी आज्ञा नहीं है कि वह स्वास्थ्य को नष्ट करके पालन की जाय।"

"माँ, मेरे गले से जल न उतरेगा। एक बार वहाँ तक जाऊँगी।"

"तू क्यों इतनी तपस्या कर रही है?"

"तू क्यों पड़ी-पड़ी रोया करती है?"

"तेरे लिए।"

"और मैं भी पूजा करती हूँ तेरे लिए कि तेरा रोना छूट जाय"- इतना कहकर कलसी लेकर रजनी चल पड़ी।"

वट-वृक्ष के नीचे उसी की जड़ में पत्थर का छोटा-सा जीर्ण मन्दिर है। उसी में शिवमूर्ति है, वट की जटा से लटकता हुआ मिट्टी का बर्तन अपने छिद्र से जल-बिन्दु गिराकर जाह्नवी और जटा की कल्पना को सार्थक कर रहा है। बैशाख के कोमल विल्वदल उस श्यामल मूर्ति पर लिपटे हैं। गोधूली का समय, शीतलवाहिनी

सरिता में स्नान करके रजनी ने दीपक जलाकर आँचल की ओट में छिपाकर उसी मूर्ति के सामने लाकर धर दिया। भक्तिभाव से हाथ जोड़कर बैठ गयी और करुणा, प्रेम तथा भक्ति से भगवान् को प्रसन्न करने लगी। संध्या की मलिनता दीपक के प्रकाश में सचमुच वह पत्थर की मूर्ति मांसल हो गयी। प्रतिमा में सजीवता आ गयी। दीपक की लौ जब पवन से हिलती थी, तब विदित होता था कि प्रतिमा प्रसन्न होकर झूमने लगी है। एकान्त में भक्त भगवान् को प्रसन्न करने लगा। अन्तरात्मा के मिलन से उस जड़ प्रतिमा को आद्र बना डाला। रजनी ने विधवा माता की विकलता की पुष्पांजलि बनाकर देवता के चरणों में डाल दी। बेले का फूल और विल्वदल सान्ध्य-पवन से हिल कर प्रतिमा से खिसककर गिर पड़ा। रजनी ने कामना पूर्ण होने का संकेत पाया। प्रणाम करके कलसी उठाकर गाँव की झोपड़ी की ओर अग्रसर हुई।

"मनुष्य इतना पतित कभी न होता, यदि समाज उसे न बना देता। मैं अब इस कंकाल समाज से कोई सम्बन्ध न रखूँगा। जिसके साथ स्नेह करो, वही कपट रखता है। जिसे अपना समझो, वही कतरनी लिये रहता है। ओह, हम विद्वेष करके इतने क्रूर बना दिये गये हैं, हमें लोगों ने बुरा बना दिया है। अपने स्वार्थ के लिए, हम कदापि इतने दुष्ट नहीं हो सकते थे। हमारी शुद्ध आत्मा में किसने विष मिला दिया है, कलुषित कर दिया है, किसने कपट, चातुरी, प्रवंचना सिखायी है? इसी पैशाचिक समाज ने, इसे छोडना होगा। किसी से सम्बन्ध ही न रहेगा, तो फिर विद्वेष का मूल ही न रह जायगा। चलो, आज से इसे तिलांजलि दे दो। बस ...." युवक कुंजनाथ आम्र-कानन के कोने पर से संध्या के आकाश को देखते हुए कह रहा था। लता की आड़ से निकलती हुई रजनी ने कहा-"हैं! हैं! किसे छोड़ते हो?"

कुंजनाथ ने घूमकर देखा कि उनकी स्वर्गीय स्त्री की भगिनी रजनी कलसी लिये आ रही है। कुंजनाथ की भावना प्रबल हो उठी। आज बहुत दिनों पर रजनी दिखाई पड़ी है। दरिद्रा सास को कुंजनाथ बड़ी अनादर की दृष्टि से देखते थे। उससे कभी मिलना भी अपनी प्रतिष्ठा के विरुद्ध समझते थे। जब से सरला का देहान्त हुआ, तब से और भी। दरिद्र-कन्या से ब्याह करके उन्हें समाज में सिर नीचा करना पड़ा था। इस पाप का फल रजनी की माँ को बिना दिये, बिना प्रतिशोध लिये कुंजनाथ को चौन नहीं। रजनी जब बालिका थी, कई बार बहन के पास बैठ कर कुंजनाथ से सरल विनोद कर चुकी थी। आज उसके मन में उस बालिका-सुलभ चांचल्य का उदय हो गया। वह बोल उठी-"कुंज बाबू! किसे छोडना चाहते हो?"

कुंज, धनी जमींदार-सन्तान था। उससे प्रगल्भ व्यवहार करना साधारण काम नहीं था। कोई दूसरा समय होता, तो कुंजनाथ बिगड़ उठता, पर दो दिन से उसके

हृदय में बड़ी करुणा है, अतरू क्रोध को अवकाश नहीं। हँस कर पूछा-"कहाँ से आती हो, रजनी?"

रजनी ने कहा-"शिव-पूजन करके आ रही हूँ।"

कुंज ने पूछा-"तुम्हारे शिवजी कहाँ हैं?"

रजनी-"यहीं नदी के किनारे।"

कुंज-"मैं भी देखूँगा।"

रजनी-"चलिए।"

दोनों नदी की ओर चले। युवक ने देखा भग्न-मन्दिर का नग्न देवता-न तो वस्त्र हैं, न अलंकार, न चाँदी के पात्र हैं, न जवाहरात की चमक। केवल श्यामल मूर्ति पर हरे-हरे विल्वदल और छोटा-सा दीपक का प्रकाश। कुंजनाथ को भक्ति का उद्रेक हुआ। देवमूर्ति के सामने उसने झुककर प्रणाम किया।

क्षण भर में आश्चर्य से कुंज ने देखा कि स्वर्गीय सरला की प्रतिमा रजनी, हाथ जोड़े है, और वह शिव-प्रतिमा कुंजबिहारी हो गयी है।

32

देवरथ

दो-तीन रेखाएँ भाल पर, काली पुतलियों के समीप मोटी और काली बरौनियों का घेरा, घनी आपस में मिली रहने वाली भवें और नासा-पुट के नीचे हलकी-हलकी हरियाली उस तापसी के गोरे मुँह पर सबल अभिव्यक्ति की प्रेरणा प्रगट करती थी।

यौवन, काषाय से कहीं छिप सकता है? संसार को दुःखपूर्ण समझकर ही तो वह संघ की शरण में आयी थी। उसके आशापूर्ण हृदय पर कितनी ही ठोकरें लगी थीं। तब भी यौवन ने साथ न छोड़ा। भिक्षुकी बनकर भी वह शान्ति न पा सकी थी। वह आज अत्यन्त अधीर थी।

चैत की अमावस्या का प्रभात था। अश्वत्थ वृक्ष की मिट्टी-सी सफेद डालों और तने पर ताम्र अरुण कोमल पत्तियाँ निकल आयी थीं। उन पर प्रभात की किरणें पड़कर लोट-पोट हो जाती थीं। इतनी स्निग्ध शय्या उन्हें कहाँ मिली थी।

सुजाता सोच रही थी। आज अमावस्या है। अमावस्या तो उसके हृदय में सवेरे से ही अन्धकार भर रही थी। दिन का आलोक उसके लिए नहीं के बराबर था। वह अपने विशृंखल विचारों को छोड़कर कहाँ भाग जाय। शिकारियों का झुण्ड और अकेली हरिणी! उसकी आँखें बन्द थीं।

आर्यमित्र खड़ा रहा। उसने देख लिया कि सुजाता की समाधि अभी न खुलेगी। वह मुस्कुराने लगा। उसके कृत्रिम शील ने भी उसको वर्जित किया। संघ के नियमों ने उसके हृदय पर कोड़े लगायेय पर वह भिक्षु वहीं खड़ा रहा।

भीतर के अन्धकार से ऊबकर सुजाता ने आलोक के लिए आँखे खोल दीं। आर्यमित्र को देखकर आलोक की भीषणता उसकी आँखों के सामने नाचने लगी। उसने शक्ति बटोरकर कहा-"वन्दे!"

आर्यमित्र पुरुष था। भिक्षुकी का उसके सामने नत होना संघ का नियम था। आर्यमित्र ने हँसते हुए अभिवादन का उत्तर दिया, और पूछा-"सुजाता, आज तुम स्वस्थ हो?"

सुजाता उत्तर देना चाहती थी। पर....आर्यमित्र के काषाय के नवीन रंग में उसका मन उलझ रहा था। वह चाहती थी कि आर्यमित्र चला जायय चला जाय उसकी चेतना के घेरे के बाहर। इधर वह अस्वस्थ थी, आर्यमित्र उसे औषधि देता था। संघ का वह वैद्य था। अब वह अच्छी हो गयी है। उसे आर्यमित्र की आवश्यकता नहीं। किन्तु .... है तो .... हृदय को उपचार की अत्यन्त आवश्यकता है। तब भी आर्यमित्र! वह क्या करे। बोलना ही पड़ा।

"हाँ, अब तो स्वस्थ हूँ।"

"अभी पथ्य सेवन करना होगा।"

"अच्छा।"

"मुझे और भी एक बात कहनी है।"

"क्या? नहीं, क्षमा कीजिए। आपने कब से प्रव्रज्या ली है?"

"वह सुनकर तुम क्या करोगी? संसार ही दुःखमय है।"

"ठीक तो.......अच्छा, नमस्कार।"

आर्यमित्र चला गयाय किन्तु उसके जाने से जो आन्दोलन आलोक-तरंग में उठा, उसी में सुजाता झूमने लगी थी। उसे मालूम नहीं, कब से महास्थविर उसके समीप खड़े थे।

समुद्र का कोलाहल कुछ सुनने नहीं देता था। संध्या धीरे-धीरे विस्तृत नील जल-राशि पर उतर रही थी। तरंगों पर तरंगे बिखरकर चूर हो रही थीं। सुजाता बालुका की शीतल वेदी पर बैठी हुई अपलक आँखों से उस क्षणिकता का अनुभव कर रही थी, किन्तु नीलाम्बुधि का महान् संसार किसी वास्तविकता की ओर संकेत कर रहा था। सत्ता की सम्पूर्णता धुँधली संध्या में मूर्तिमान् हो रही थी। सुजाता बोल उठी-

"जीवन सत्य है, सम्वेदन सत्य है, आत्मा के आलोक में अन्धकार कुछ नहीं है।"

"सुजाता, यह क्या कह रही हो?" पीछे से आर्यमित्र ने कहा।

"कौन, आर्यमित्र!"

"मैं भिक्षुणी क्यों हुई आर्यमित्र!"

"व्यर्थ सुजाता। मैंने अमावस्या की गम्भीर रजनी में संघ के सम्मुख पापी होना स्वीकार कर लिया है। अपने कृत्रिम शील के आवरण में सुरक्षित नहीं रह सका। मैंने महास्थविर से कह दिया कि संघमित्र का पुत्र आर्यमित्र सांसारिक विभूतियों की उपेक्षा नहीं कर सकता। कई पुरुषों की सचित महौषधियाँ, कलिंग के राजवैद्य पद का सम्मान, सहज में छोड़ा नहीं जा सकता। मैं केवल सुजाता के लिए ही भिक्षु बना था। उसी का पता लगाने के लिए मैं इस नील विहार में आया था। वह मेरी वाग्दत्ता भावी पत्नी है।"

"किन्तु आर्यमित्र, तुमने विलम्ब किया, मैं तुम्हारी पत्नी न हो सकूँगी।"-सुजाता ने बीच ही मंऔ रोककर कहा।

"क्यों सुजाता! यह काषाय क्या शृंखला है? फेंक दो इसे। वाराणसी के स्वर्ण-खचित वसन ही तुम्हारे परिधान के लिए उपयुक्त हैं। रत्नमाला, मणि-कंकण और हेम-कांची तुम्हारी कमल-कोमल अंग-लता को सजावेगी। तुम-राजरानी बनोगी।"

"किन्तु....."

"किन्तु क्या सुजाता? मेरा हृदय फटा जाता है। बोलो, मैं संघ का बन्धन तोड़ चुका हूँ और तुम भी तो जीवन की, आत्मा की क्षणिकता में विश्वास नहीं करती हो?"

"किन्तु आर्यमित्र! मैं वह अमूल्य उपहार-जो स्त्रियाँ, कुलवधुएँ अपने पति के चरणों में समर्पण करती हैं-कहाँ से लाऊँगी? वह वरमाला जिसमें दूर्वा-सदृश कौमार्य्य हरा-भरा रहता हो, जिसमें मधूक-कुसुम-सा हृदय-रस भरा हो, कैसे, कहाँ से तुम्हें पहना सकूँगी?"

"क्यों सुजाता? उसमें कौन-सी बाधा है?-कहते-कहते आर्यमित्र का स्वर कुछ तीक्ष्ण हो गया। वह अँगूठे से बालू बिखेरने लगा!

"उसे सुनकर तुम क्या करोगे? जाओ, राज-सुख भोगो। मुझ जन्म की दुखिया के पीछे अपना आनन्दपूर्ण भविष्य-संसार नष्ट न करो, आर्यमित्र! जब तुमने संघ का बन्धन भी तोड़ दिया है, तब मुझ पामरी के मोह का बन्धन भी तोड़ डालो।"

सुजाता के वक्ष में श्वास भर रहा था।

आर्यमित्र ने निर्जन समुद्र-तट के उस मलिन सायंकाल में, सुजाता का हाथ पकड़कर तीव्र स्वर में पूछा-"सुजाता, स्पष्ट कहोय क्या तुम मुझसे प्रेम नहीं करती हो?"

"करती हूँ आर्यमित्र! इसी का दुःख है। नहीं तो भैरवी के लिए किस उपभोग की कमी है?"

आर्यमित्र ने चौंककर सुजाता का हाथ छोड़ते हुए कहा-"क्या कहा, भैरवी!"

"हाँ आर्यमित्र। मैं भैरवी हूँ, मेरी...."

आगे वह कुछ न कह सकी। आँखों से जल-बिन्दु ढुलक रहे थे, जिसमें वेदना के समुद्र ऊर्मिल हो रहे थे।

आर्यमित्र अधीर होकर सोचने लगा-"पारिवारिक पवित्र बन्धनों को तोड़कर जिस मुक्ति की-निर्वाण की-आशा में जनता दौड़ रही है, उस धर्म की यही सीमा है। यह अन्धेर-गृहस्थों का सुख न देख सकनेवालों का यह निर्मम दण्ड, समाज कब तक भोगेगा?"

सहसा प्रकृतिस्थ होकर उसने कहा-"सुजाता! मेरा सिर घूम रहा है, जैसे देवरथ का चक्र, परन्तु मैं तुमको अब भी पत्नी-रूप से ग्रहण करूँगा। सुजाता, चलो।"

"किन्तु मैं तुम्हें पतिरूप से ग्रहण न कर सकूँगी। अपनी सारी लांछना तुम्हारे साथ बाँटकर जीवन-संगिनी बनने का दुस्साहस मैं न कर सकूँगी। आर्यमित्र, मुझे क्षमा करो! मेरी वेदना रजनी से भी काली है और दुःख समुद्र से भी विस्तृत है। स्मरण है? इसी महोदधि के तट पर बैठकर, सिकता में हम लोग अपना नाम साथ-ही-साथ लिखते थे। चिर-रोदनकारी निष्ठुर समुद्र अपनी लहरों की उँगली से उसे मिटा देता था। मिट जाने दो हृदय की सिकता से प्रेम का नाम! आर्यमित्र, इस रजनी के अन्धकार में उसे विलीन हो जाने दो।"

"सुजाता"-सहसा एक कठोर स्वर सुनाई पड़ा।

दोनों ने घूमकर देखा, अन्धकार-सी भीषण मूर्ति, संघस्थविर!

उसके जीवन में परमाणु बिखर रहे थे। निशा की कालिमा में सुजाता सिर झुकाये हुए बैठी, देव-प्रतिमा की रथयात्रा का समारोह देख रही थी, किन्तु दौड़कर छिप जानेवाले मूक दृश्य के समान वह किसी को समझ न पाती थी। स्थविर ने उसके सामने आकर कहा-"सुजाता, तुमने प्रायश्चित किया?"

"किसके पाप का प्रायश्चित! तुम्हारे या अपने?"-तीव्र स्वर में सुजाता ने कहा!

"अपने और आर्यमित्र के पापों का, सुजाता! तुमने अविश्वासी हृदय से धर्मद्रोह किया है।"

"धर्मद्रोह? आश्चर्य!!"

"तुम्हारा शरीर देवता को समर्पित था, सुजाता। तुमने....."

बीच ही में उसे रोककर तीव्र स्वर में सुजाता ने कहा-"चुप रहो, असत्यवादी। वज्रयानी नर-पिशाच ...."

एक क्षण में इस भीषण मनुष्य की कृत्रिम शान्ति विलीन हो गयी। उसने दाँत किटकिटाकर कहा-"मृत्यु-दण्ड!"

सुजाता ने उसकी ओर देखते हुए कहा-"कठोर से भी कठोर मृत्यु-दण्ड मेरे लिए कोमल है। मेरे लिए इस स्नेहमयी धरणी पर बचा ही क्या है? स्थविर! तुम्हारा धर्मशासन घरों को चूर-चूर करके विहारों की सृष्टि करता है-कुचक्र में जीवन को फँसाता है। पवित्र गार्हस्थ बन्धनों को तोड़कर तुम लोग भी अपनी वासना-तृप्ति के अनुकूल ही तो एक नया घर बनाते हो, जिसका नाम बदल देते हो। तुम्हारी तृष्णा तो साधारण सरल गृहस्थों से भी तीव्र है, क्षुद्र है और निम्न कोटि की है।"

"किन्तु सुजाता, तुमको मरना होगा!"

"तो मरूँगी स्थविरय किन्तु तुम्हारा यह काल्पनिक आडम्बरपूर्ण धर्म भी मरेगा। मनुष्यता का नाश करके कोई धर्म खड़ा नहीं रह सकता।"

"कल ही!"

"हाँ, कल प्रभात में तुम देखोगे कि सुजाता कैसे मरती है!"

सुजाता मन्दिर के विशाल स्तम्भ से टिकी हुई, रात्रिव्यापी उत्सव को स्थिर दृष्टि से देखती रही। एक बार उसने धीरे से पूछा-

"देवता, यह उत्सव क्यों? क्या जीवन की यन्त्रणाओं से तुम्हारी पूजा का उपकरण संग्रह किया जाता है?"

प्रतिमा ने कोई उत्तर नहीं दिया।

प्रभात की किरणें मन्दिर के शिखर पर हँसने लगीं।

देव-विग्रह ने रथ-यात्रा के लिए प्रयाण किया। जनता तुमुलनाद से जय-घोष करने लगी।

सुजाता ने देखा, पुजारियों के दल में कौशेय वसन पहने हुए आर्यमित्र भी भक्तिभाव से चला जा रहा है। उसकी इच्छा हुई कि आर्यमित्र को बुला कर कहे कि वह उसके साथ चलने को प्रस्तुत है।

सम्पूर्ण बल से उसने पुकारा-"आर्यमित्र!"

किन्तु उस कोलाहल में कौन सुनता है? देवरथ विस्तीर्ण राज-पथ से चलने लगा। उसके दृढ़ चक्र धरणी की छाती में गहरी लीक डालते हुए आगे बढने लगे। उस जन-समुद्र में सुजाता फाँद पड़ी और एक क्षण में उसका शरीर देवरथ के भीषण चक्र से पिस उठा।

रथ खड़ा हो गया। स्थविर ने स्थिर दृष्टि से सुजाता के शव को देखा। अभी वह कुछ बोलना ही चाहता था कि दर्शकों और पुजारियों का दल, "काला पहाड़! काला पहाड़!!" चिल्लाता हुआ इधर-उधर भागने लगा। धूलि की घटा में बरछियों की बिजलियाँ चमकने लगीं।

देव-विग्रह एकाकी धर्मोन्मत्त 'काला पहाड़' के अश्वारोहियों से घिर गया-रथ पर था देव-विग्रह और नीचे सुजाता का शव।

33

देवदासी

प्रिय रमेश!

परदेस में किसी अपने के घर लौट आने का अनुरोध बड़ी सान्त्वना देता है, परन्तु अब तुम्हारा मुझे बुलाना एक अभिनय-सा है। हाँ, मैं कटूक्ति करता हूँ, जानते हो क्यों? मैं झगडना चाहता हूँ, क्योंकि संसार में अब मेरा कोई नहीं है, मैं उपेक्षित हूँ। सहसा अपने का-सा स्वर सुनकर मन में क्षोभ होता है। अब मेरा घर लौटकर आना अनिश्चित है। मैंने '--' के हिन्दी-प्रचार-कार्यालय में नौकरी कर ली है। तुम तो जानते ही हो कि मेरे लिए प्रयाग और '--' बराबर हैं। अब अशोक विदेश में भूखा न रहेगा। मैं पुस्तक बेचता हूँ।

यह तुम्हारा लिखना ठीक है कि एक आने का टिकट लगाकर पत्र भेजना मुझे अखरता है। पर तुम्हारे गाल यदि मेरे समीप होते, तो उन पर पाँचों नहीं तो मेरी तीन उँगलियाँ अपना चिह्न अवश्य ही बना देतींय तुम्हारा इतना साहस-मुझे लिखते हो कि बेयरिंग पत्र भेज दिया करो! ये सब गुण मुझमें होते, तो मैं भी तुम्हारी तरह प्रेस में प्रूफरीडर का काम करता होता। सावधान, अब कभी ऐसा लिखोगे, तो मैं उत्तर भी न दूँगा।

लल्लू को मेरी ओर से प्यार कर लेना। उससे कह देना कि पेट से बचा सकूँगा, तो एक रेलगाड़ी भेज दूँगा।

यद्यपि अपनी यात्रा का समाचार बराबर लिखकर मैं तुम्हारा मनोरंजन न कर सकूँगा, तो भी सुन लो। '....' में एक बड़ा पर्व है, वहाँ '....' का देवमन्दिर बड़ा

प्रसिद्ध है। तुम तो जानते होगे कि दक्षिण में कैसे-कैसे दर्शनीय देवालय हैं, उनमें भी यह प्रधान है। मैं वहाँ कार्यालय की पुस्तकें बेचने के लिए जा रहा हूँ।

तुम्हारा,

अशोक

पुनश्च-

मुझे विश्वास है कि मेरा पता जानने के लिए कोई उत्सुक न होगा। फिर भी सावधान! किसी पर प्रकट न करना।

रहा नहीं गया! लो सुनो-मन्दिर देखकर हृदय प्रसन्न हो गया, ऊँचा गोपुरम्, सुदृढ़ प्राचीर, चौड़ी परिक्रमाएँ और विशाल सभा-मण्डप भारतीय स्थापत्य-कला के चूड़ान्त निदर्शन हैं। यह देव-मन्दिर हृदय पर गम्भीर प्रभाव डालता है। हम जानते हैं कि तुम्हारे मन में यहाँ के पण्डों के लिए प्रश्न होगा, फिर भी वे उत्तरीय भारत से बुरे नहीं हैं। पूजा और आरती के समय एक प्रभावशाली वातावरण हृदय को भारावनत कर देता है।

मैं कभी-कभी एकटक देखता हूँ-उन मन्दिरों को ही नहीं, किन्तु उस प्राचीन भारतीय संस्कृति को, जो सर्वोच्च शक्ति को अपनी महत्ता, सौन्दर्य और ऐश्वर्य के द्वारा व्यक्त करना जानती थी। तुमसे कहूँगा, यदि कभी रुपये जुटा सको, तो एक बार दक्षिण के मन्दिरों को अवश्य देखना, देव-दर्शन की कला यहाँ देखने में आती है। एक बात और है, मैं अभी बहुत दिनों तक यहाँ रहूँगा। मैं यहाँ की भाषा भली-भाँति बोल लेता हूँ। मुझे परिक्रमा के भीतर ही एक कोठरी संयोग से मिल गई है। पास में ही एक कुँआ भी है। मुझे प्रसाद भी मन्दिर से ही मिलता है। मैं बड़े चौन से हूँ। यहाँ पुस्तकें बेच भी लेता हूँ, सुन्दर चित्रों के कारण पुस्तकों की अच्छी बिक्री हो जाती है। गोपुरम् के पास ही मैं दूकान फैला देता हूँ और महिलाएँ मुझसे पुस्तकों का विवरण पूछती हैं। मुझे समझाने में बड़ा आनन्द आता है। पास ही बड़े सुन्दर-सुन्दर दृश्य हैं-नदी, पहाड़ और जंगल सभी तो हैं। मैं कभी-कभी घूमने भी चला जाता हूँ। परन्तु उत्तरीय भारत के समान यहाँ के देवविग्रहों के समीप हम लोग नहीं जा सकते। दूर से ही दीपालोक में उस अचल मूर्ति की झाँकी हो जाती है। यहाँ मन्दिरों में संगीत और नृत्य का भी आनन्द रहता है। बड़ी चहल-पहल है। आजकल यात्रियों के कारण और भी सुन्दर-सुन्दर प्रदर्शन होते हैं।

तुम जानते हो कि मैं अपना पत्र इतना सविस्तार क्यों लिख रहा हूँ!-तुम्हारे कृपण और संकुचित हृदय में उत्कण्ठा बढ़ाने के लिए! मुझे इतना ही सुख सही।

तुम्हारा,

अशोक

प्रिय रमेश!

समय की उलाहना देने की प्राचीन प्रथा को मैं अच्छा नहीं समझता। इसलिए जब वह शुष्क मांसपेशी अलग दिखाने वाला, चौड़ी हड्डियों का अपना शरीर लठिया के बल पर टेकता हुआ, चिदम्बरम् नाम का पण्डा मेरे समीप बैठकर अपनी भाषा में उपदेश देने लगता है, तो मैं घबरा जाता हूँ। वह समय का एक दुर्दृश्य चित्र खींचकर, अभाव और आपदाओं का उल्लेख करके विभीषिका उत्पन्न करता है। मैं उनसे मुक्त हूँ य भोजन मात्र के लिए अर्जन करके सन्तुष्ट घूमता हूँ-सोता हूँ। मुझे समय की क्या चिन्ता है। पर मैं यह जानता हूँ कि वही मेरा सहायक है-मित्र है, इतनी आत्मीयता दिखलाता है कि मैं उसकी उपेक्षा नहीं कर सकता। अहा, एक बात तो लिखना मैं भूल ही गया था! उसे अवश्य लिखूँगा क्योंकि तुम्हारे सुने बिना मेरा सुख अधूरा रहेगा। मेरे सुख को मैं ही जानूँ, तब उसमें धरा ही क्या है, जब तुम्हें उसकी डाह न हो! तो सुनो-

सभा-मण्डप के शिल्प-रचनापूर्ण स्तम्भ से टिकी हुई एक उज्ज्वल श्यामवर्ण की बालिका को अपनी पतली बाहुलता के सहारे घुटने को छाती से लगाये प्रायः बैठी हुई देखता हूँ। स्वर्ण-मल्लिका की माला उसके जूड़े से लगी रहती है। प्रायः वह कुसुमाभरण-भूषिता रहती है। उसे देखने का मुझे चस्का लग गया है। वह मुझसे हिन्दी सीखना चाहती है। मैं तुमसे पूछता हूँ कि उसे पढ़ाना आरम्भ कर दूँ? उसका नाम है पद्मा। चिदम्बरम् और पद्मा में खूब पटती है, वह हरिनी की तरह झिझकती भी है। पर न जाने क्यों मेरे पास आ बैठती है, मेरी पुस्तकें उलट-पलट देती है। मेरी बातें सुनते-सुनते वह ऐसी हो जाती है, जैसे कोई आलाप ले रही हो और मैं प्रायः आधी बात कहते-कहते रुक जाता हूँ। इसका अनुभव मुझे तब होता है, जब मेरे दृष्टि-पथ से वह हट जाती है। उसे देखकर मेरे हृदय में कविता करने की इच्छा होती है, यह क्यों? मेरे हृदय का सोता हुआ सौन्दर्य जाग उठता है। तुम मुझे नीच समझोगे और कहोगे कि अभागे अशोक के हृदय की स्पर्द्धा तो देखो! पर मैं सच कहता हूँ, उसे देखने पर मैं अनन्त ऐश्वर्यशाली हो जाता हूँ।

हाँ, वह मन्दिर में नाचती और गाती है। और भी बहुत-सी हैं, पर मैं कहूँगा, वैसी एक भी नहीं। लोग उसे देवदासी पद्मा कहते हैं, वे अधम हैं। वह देवबाला पद्मा है!

वही,

अशोक

प्रिय रमेश!

तुम्हारा उलाहना निस्सार है। मैं इस समय केवल पद्मा को समझ सकता हूँ। फिर अपने या तुम्हारे कुशल-मंगल की चर्चा क्यों करूँ? तुम उसका रूप-सौन्दर्य पूछते हो, मैं उसका विवरण देने में असमर्थ हूँ। हृदय में उपमाएँ नाचकर चली जाती हैं, ठहरने नहीं पातीं कि मैं लिपि-बद्ध करूँ। वह एक ज्योति है, जो अपनी महत्ता और आलोक में अपना अवयव छिपाये रखती है। केवल तरल, नील, शुभ्र और करुण आँखें मेरी आँखों से मिल जाती हैं, मेरी आँखों में श्यामा कादम्बिनी की शीतलता छा जाती है। और संसार के अत्याचारों से निराश इस झंझरीदार कलेजे के वातायन से वह स्निग्ध मलयानिल के झोंके की तरह घुस आती है। एक दिन की घटना लिखे बिना नहीं रहा जाता-

मैं अपनी पुस्तकों की दूकान फैलाये बैठा था। गोपुरम् के समीप ही वह कहीं से झपटी हुई चली आती थी। दूसरी ओर से एक युवक उसके सामने आ खड़ा हुआ। वह युवक, मन्दिर का कृपा-भाजन एक धनी दर्शनार्थी था, यह बात उसके कानों के चमकते हुए हीरे के 'टप' से प्रकट थी। वह बेरोक-टोक मन्दिर में चाहे जहाँ आता-जाता है। मन्दिर में प्रायः लोगों को उससे कुछ मिलता है। सब उसका सम्मान करते हैं। उसे सामने देखकर पद्मा को खड़ी होना पड़ा। उसने बड़ी नीच मुखाकृति से कुछ बातें कहीं, किन्तु पद्मा कुछ न बोली। फिर उसने स्पष्ट शब्दों में रात्रि को अपने मिलने का स्थान निर्देश किया। पद्मा ने कहा-"मैं नहीं आ सकूँगी।" वह लाल-पीला होकर बकने लगा। मेरे मन में क्रोध का धक्का लगा, मैं उठकर उसके पास चला आया। वह मुझे देखकर हटा तो, पर कहता गया कि-"अच्छा देख लूँगा!"

उस नील-कमल से मकरन्द-बिन्दु टपक रहे थे। मेरी इच्छा हुई कि वह मोती बटोर लूँ। पहली बार मैंने उन कपोलों पर हाथ लगाकर उन्हें लेना चाहा। आह, उन्होंने वर्षा कर दी! मैंने पूछा-"उससे तुम इतनी भयभीत क्यों हो?"

"मन्दिर में दर्शन करने वालों का मनोरंजन करना मेरा कर्तव्य है। मैं देवदासी हूँ!"-उसने कहा।

"यह तो बड़ा अत्याचार है। तुम क्यों यहाँ रहकर अपने को अपमानित करती हो?-मैंने कहा।

"कहाँ जाऊँ, मैं देवता के लिए उत्सर्ग कर दी गई हूँ।"-उसने कहा।

"नहीं-नहीं, देवता तो क्या, राक्षस भी मानव-स्वभाव की बलि नहीं लेता-वह तो रक्त-मांस से ही सन्तुष्ट हो जाता है। तुम अपनी आत्मा और अन्तरूकरण की बलि क्यों करती हो?"-मैंने कहा।

"ऐसा न कहो, पाप होगाय देवता रुष्ट होंगे।"-उसने कहा।

"पापों को देवता खोजें, मनुष्य के पास कुछ पुण्य भी है, पद्मा! तुम उसे क्यों नहीं खोजती हो? पापों का न करना ही पुण्य नहीं। तुम अपनी आत्मा की अधिकारिणी हो, अपने हृदय की तथा शरीर की सम्पूर्ण स्वामिनी हो, मत डरो। मैं कहता हूँ कि इससे देवता प्रसन्न होंगेय आशीर्वाद की वर्षा होगी।"-मैंने एक साँस में कहकर देखा कि उसके मस्तक में उज्ज्वलता आ गई है, वह एक स्फूर्ति का अनुभव करने लगी है। उसने कहा-"अच्छा, तो फिर मिलूँगी।"

वह चली गई। मैंने देखा कि बूढ़ा चिदम्बरम् मेरे पीछे खड़ा मुस्करा रहा है। मुझे क्रोध भी आया पर कुछ न बोलकर, मैंने पुस्तक बटोरना आरम्भ किया।

तुम कुछ अपनी सम्मति दोगे?

-अशोक

रमेश!

कल संगीत हो रहा था। मन्दिर आलोक-माला से सुसज्जित था। नृत्य करती हुई पद्मा गा रही थी "नाम-समेतं वृत-संकेतं वादयते मृदु-वेणुं ....।" ओह! वे संगीत-मदिरा की लहरें थीं। मैं उनमें ऊभ-चूभ होने लगा। उसकी कुसुम-आभरण से भूषित अंगलता के संचालन से वायुमण्डल सौरभ से भर जाता था। वह विवश थी, जैसे कुसुमिता लता तीव्र पवन के झोंके से रागों के स्वर का स्पन्दन उसके अभिनय में था। लोग उसे विस्मय-विमुग्ध देखते थे। पर न जाने क्यों, मेरे मन में उद्वेग हुआ, मैं जाकर अपनी कोठरी में पड़ रहा। आज कार्यालय से लौट जाने के लिए पत्र आया था। उसी को विचारता हुआ कब तक आँखे बन्द किये पड़ा रहा, मुझे विदित नहीं, सहसा सायँ-सायँ, फुस-फुस का शब्द सुनाई पड़ाय मैं ध्यान लगाकर सुनने लगा।

ध्यान देने पर मैं जान गया कि दो व्यक्ति बातें कर रहे थे-चिदंबरम् और रामस्वामी नाम का वही धनी युवक। मैं मनोयोग से सुनने लगा-

चिदम्बरम्-तुमने आज तक उसकी इच्छा के विरुद्ध बड़े-बड़े अत्याचार किये हैं, अब जब वह नहीं चाहती, तो तुम उसे क्यों सताते हो?

रामस्वामी-सुनो चिदम्बरम्, सुन्दरियों की कमी नहींय पर न जाने क्यों मेरा हृदय उसे छोड़कर दूसरी ओर नहीं जाता। वह इतनी निरीह है कि उसे

मसलने में आनन्द आता है! एक बार उससे कह दो, मेरी बातें सुन ले, फिर जो चाहे करे।

चिदम्बरम् चला गया और उसकी बातें बन्द हुईं। और सच कहता हूँ, मन्दिर से मेरा मन प्रतिकूल होने लगा। पैरों के शब्द हुए, वही जैसे रोती हुई बोली-"रामस्वामी मुझ पर दया न करोगे?" ओह! कितनी वेदना थी उसके शब्दों में। परन्तु रामस्वामी के हृदय में तीव्र ज्वाला जल रही थी। उसके वाक्यों में लू-जैसी झुलस थी। उसने कहा-पद्मा! यदि तुम मेरे हृदय की ज्वाला समझ सकती, तो तुम ऐसा न कहती। मेरे हृदय की तुम अधिष्ठात्री हो, तुम्हारे बिना मैं जी नहीं सकता। चलो, मैं देवता का कोप सहने के लिए प्रस्तुत हूँ, मैं तुम्हें लेकर कहीं चल चलूँगा।

"देवता का निर्माल्य तुमने दूषित कर दिया है, पहले इसका तो प्रायश्चित्त करो। मुझे केवल देवता के चरणों में मुरझाये हुए फूल के समान गिर जाने दो। रामस्वामी, ऐसा स्मरण होता है कि मैं भी तुम्हे चाहने लगी थी। उस समय मेरे मन में यह विश्वास था कि देवता यदि पत्थर के न होंगे, तो समझेंगे कि यह मेरे मांसल यौवन और रक्तपूर्ण हृदय की साधारण आवश्यकता है। मुझे क्षमा कर देंगे। परन्तु मैं यदि वैसा पुण्य परिणय कर सकती! आह! तुम इस तपस्वी के कुटी समान हृदय में इतना सौन्दर्य लेकर क्यों अतिथि हुए! रामस्वामी, तुम मेरे दुःखों के मेघ में वज्रपात थे।"

पद्मा रो रही थी। सन्नाटा हो गया। सहसा जाते-जाते रामस्वामी ने कहा-"मैं तुम्हारे बिना नहीं रह सकता!" रमेश!?मैं भी पद्मा के बिना नहीं रह सकताय मैंने भी कार्यालय में त्याग-पत्र भेज दिया है। भूखों मरूँगा, पर उपाय क्या है?

अभागा अशोक

रमेश!

मैं बड़ा विचलित हो रहा हूँ। एक कराल छाया मेरे जीवन पर पड़ रही है! अदृष्ट मुझे अज्ञात पथ पर खींच रहा है, परन्तु तुमको लिखे बिना नहीं रह सकता।

मधुमास में जंगली फूलों की भीनी-भीनी महक सरिता के कूल की शैलमाला को आलिंगन दे रही थी। मक्खियों की भन्नाहट का कलनाद गुंजरित हो रहा था। नवीन पल्लवों के कोमल स्पर्श से वनस्थली पुलकित थी। मैं जंगली जर्द चमेली के अकृत्रिम कुंज के अन्तराल में बैठा, नीचे बहती हुई नदी के साथ बसन्त की धूप का खेल देख रहा था। हृदय में आशा थी। आह! वह अपने तुहिन-जाल से रत्नाकर के सब रत्नों को, आकाश से सब मुक्ताओं को निकाल, खींचकर मेरे चरणों में उझल देती थी। प्रभात की पीली किरणों से हेमगिरि को घसीट ले आती थी, और ले आती

थी पद्मा की मौन प्रणय-स्वीकृति। मैं भी आज वन-यात्रा के उत्सव में देवता के भोग-विग्रह के साथ इस वनस्थली में आया था। बहुत-से नागरिक भी आये थे। देव-विग्रह विशाल वट-वृक्ष के नीचे स्थित हुआ और यात्री-दल इधर-उधर नदी-तट के नीचे शैलमाला, कुंजों, गह्वरों और घाटियों की हरियाली में छिप गया। लोग आमोद-प्रमोद, पान-भोजन में लग गये। हरियाली के भीतर से कहीं पिकलू, कहीं क्लारेनेट और देवदासियों के कोकिल-कण्ठ का सुन्दर स्वर निकलने लगा। वह कानन नन्दन हो रहा था और मैं उसमें विचरनेवाला एक देवता। क्यों? मेरा विश्वास था कि देवबाला पद्मा यहाँ है। वह भी देव-गृह के आगे-आगे नृत्य-गान करती हुई आई थी।

मैं सोचने लगा-"आह! वह समय भी आयेगा, जब मैं पद्मा के साथ एकान्त में इस कानन में विचरूँगा। वह पवित्र-वह मेरे जीवन का महत्तम योग कब आयेगा?" आशा ने कहा-श्उसे आया समझोश। मैं मस्त होकर वंशी बजाने लगा। आज मेरी बाँस की बाँसुरी में बड़ा उन्माद था। वंशी नहीं, मेरा हृदय बज रहा था। चिदम्बरम्-आकर मेरे सामने खड़ा हो गया। वह भी मुग्ध था। उसने कभी मेरी बाँसुरी नहीं सुनी थी। जब मैंने अपनी आसावरी बन्द की, वह बोल उठा-श्अशोक, तुम एक कुशल कलावन्त हो।' कहना न होगा कि वह देवदासियों का संगीत-शिक्षक भी था। वह चला गया और थोड़ी ही देर में पद्मा को साथ लिये आया। उसके हाथों में भोजन का सामान भी था। पद्मा को उसने उत्तेजित कर दिया था। वह आते ही बोली-श्मुझे भी सुनाओ।' जैसे मैं स्वप्न देखने लगा। पद्मा और मुझसे अनुनय करे! मैंने कहा 'बैठ जाओ।' और जब वह कुसुम-कंकण मण्डित करों पर कपोल धरकर मल्लिका की छाया में आ बैठी, तो मैं बजाने लगा। रमेश, मैंने वंशी नहीं बजाई! सच कहता हूँ, मैं अपनी वेदना श्वासों से निकाल रहा था। इतनी करुण, इतनी स्निग्ध, मैं तानें ले-लेकर उसमें स्वयं पागल हो जाता था। मेरी आँखों में मदविकार था, मुझे उस समय अपनी पलकें बोझ मालूम होती थीं।

बाँसुरी रखने पर भी उसकी प्रतिध्वनि का सोहाग वन-लक्ष्मी के चारों ओर घूम रहा था। पद्मा ने कहा-श्सुन्दर! तुम सचमुच अशोक हो!' वन-लक्ष्मी पद्मा अचल थी। मुझे एक कविता सूझी! मैंने कहा-पद्मा! मैं कठोर पृथ्वी का अशोक, तुम तरल जल की पद्मा! भला अशोक के राग-भक्त के नव-पल्लवों में पद्मा का विकास कैसे होगा?

बहुत दिनों पर पद्मा हँस पड़ी। उसने कहा-श्अशोक, तुम लोगों की वचन-चातुरी सीखूँगी। कुछ खा लो।' वह देती गई, मैं खाता गया। जब हम स्वस्थ

होकर बैठे तो देखा, चिदम्बरम् चला गया है, पद्मा नीचे सिर किये अपने नखों को खुरच रही है। हम लोग सबसे ऊँचे कगारे पर थे। नदी की ओर ढालुवाँ पहाड़ी कगार था! मेरे सामने संसार एक हरियाली थी। सहसा रामास्वामी ने आकर कहा-श्पद्मा, आज मुझे मालूम हुआ कि तुम उत्तरी दरिद्र पर मरती हो।' पद्मा ने छलछलाई आँखों से उसकी ओर देखकर कहा-श्रामास्वामी! तुम्हारे अत्याचारों का कहीं अन्त है?"

'सो नहीं हो सकता। उठो, अभी मेरे साथ चलो।'

'ओह,! नहीं, तुम क्या मेरी हत्या करोगे? मुझे भय लगता है!

'मैं कुछ नहीं करूँगा। चलो, मैं इसके साथ तुम्हे नहीं देख सकता।' कहकर उसने पद्मा का हाथ पकड़कर घसीटा। वह कातर दृष्टि से मुझे देखने लगी। उस दृष्टि में जीवन भर के लिये किये गये अत्याचारों का विवरण था। उन्मत पिशाच-सदृश बल से मैंने रामास्वामी को धक्का दिया। और मैंने हत्बुद्धि होकर देखा, वह तीन सौ फीट नीचे चूर होता हुआ नदी के खरस्त्रोत में जा गिरा, यद्यपि मेरी वैसी इच्छा न थी। पद्मा ने आकर मेरी ओर भयपूर्ण नेत्रों से देखा और अवाक! उसी समय चिदम्बरम् ने मेरा हाथ पकड़ लिया। पद्मा से कहा-'तुम देवदासियों में जाकर मिलो। सावधान! एक शब्द मुँह से न निकले। मैं अशोक को लेकर नगर की ओर जाता हूँ।' वह बिना उत्तर की प्रतीक्षा किये मुझे घसीटता ले चला। मैं नहीं जानता कि मैं कैसे घर पहुँचा। मैं कोठरी में अचेत पड़ा रहा। रात भर वैसे ही रहा। प्रभात होते ही तुम्हें पत्र लिख रहा हूँ। मैंने क्या किया! रमेश! तुम कुछ लिखो, मैं क्या करूँ!

-अधम अशोक

प्रिय रमेश!

तुम्हारा यह लिखना कि 'सावधान बनो! पत्र में ऐसी बातें अब न लिखना।' व्यर्थ है। मुझे भय नहीं, जीवन की चिन्ता नहीं।

नगर-भर में केवल यही जनश्रुति फैली है कि 'रामास्वामी उस दिन से कहीं चला गया है और वह पद्मा के प्रेम से हताश हो गया था।' मैं किंकर्तव्यविमूढ़ हूँ। चिदम्बरम् मुझे दो मुट्ठी भात खिलाता है। मैं मन्दिर के विशाल प्रांगण में कहीं-न-कहीं बैठा रहता हूँ। चिदम्बरम् जैसे मेरे उस जन्म का पिता है। परन्तु पद्मा, अहा! उस दिन से मैंने उसे गाते और नाचते नहीं देखा। वह प्रायः सभा-मण्डल के स्तम्भ में टिकी हुई, दोनो हाथों में अपने एक घुटने को छाती से लगाये अर्द्ध स्वप्नावस्था में बैठी रहती है। उसका मुख विवर्ण, शरीर क्षीण, पलक, अपांग और उसके श्वास में यान्त्रिक स्पन्दन है। नये यात्री कभी-कभी उसे देखकर भ्रम करते होंगे कि वह भी

कोई प्रतिमा है। और मैं सोचता हूँ कि मैं हत्यारा हूँ। स्नेह से स्नान कर लेता हूँ, घृणा से मुँह ढँक लेता हूँ। उस घटना के बाद से हम तीनों में कभी इसकी चर्चा नहीं हुई। क्या सचमुच पद्मा रामास्वामी को चाहती थी? मेरे प्यार ने भी उसका अपकार ही किया, और मैं? ओह! वह स्वप्न कैसा सुन्दर था!

रमेश! मैं? देवता की ओर देख भी नहीं सकता। सोचता हूँ कि मैं पागल हो जाऊँगा। फिर मन में आता है कि पद्मा भी बावली हो जायगी। परन्तु मैं पागल न हो सकूँगाय क्योंकि मैं पद्मा से कभी अपना प्रणय नहीं प्रकट कर सका। उससे एक बार कह देने की कामना है-पद्मा, मैं तुम्हारा प्रेमी हूँ। तुम मेरे लिए सुहागिनी के कुंकुम-बिन्दु के समान पवित्र, इस मन्दिर के देवता की तरह भक्ति की प्रतिमा और मेरे दोनों लोक की निगूढ़तम आकांक्षा हो।

पर वैसा होने का नहीं। मैं पूछता हूँ कि पद्मा और चिदम्बरम् ने मुझे फाँसी क्यों नही दिलायी?

रमेश! अशोक विदा लेता है। वह पत्थर के मन्दिर का एक भिखारी है। अब वैसा नहीं कि तुम्हें पत्र लिखूँ और किसी से माँगूँगा भी नहीं। अधम, नीच अशोक लल्लू को किस मुँह से आशीर्वाद दे?

हतभाग्य अशोक

34

दुखिया

पहाड़ी देहात, जंगल के किनारे के गाँव और बरसात का समय! वह भी ऊषाकाल! बड़ा ही मनोरम दृश्य था। रात की वर्षा से आम के वृक्ष तराबोर थे। अभी पत्तों से पानी ढुलक रहा था। प्रभात के स्पष्ट होने पर भी धुँधले प्रकाश में सड़क के किनारे आम्रवृक्ष के नीचे बालिका कुछ देख रही थी। 'टप' से शब्द हुआ, बालिका उछल पड़ी, गिरा हुआ आम उठाकर अंचल में रख लिया। (जो पाकेट की तरह खोंस कर बना हुआ था।)

दक्षिण पवन ने अनजान में फल से लदी हुई डालियों से अठखेलियाँ कीं। उसका संचित धन अस्त-व्यस्त हो गया। दो-चार गिर पड़े। बालिका ऊषा की किरणों के समान ही खिल पड़ी। उसका अंचल भर उठा। फिर भी आशा में खड़ी रही। व्यर्थ प्रयास जान कर लौटी, और अपनी झोंपड़ी की ओर चल पड़ी। फूस की झोंपड़ी में बैठा हुआ उसका अन्धा बूढ़ा बाप अपनी फूटी हुई चिलम सुलगा रहा था। दुखिया ने आते ही आँचल से सात आमों में से पाँच निकाल कर बाप के हाथ में रख दिये। और स्वयं बरतन माँजने के लिए 'डबरे' की ओर चल पड़ी।

बरतनों का विवरण सुनिए, एक फूटी बटुली, एक लोंहदी और लोटा, यही उस दीन परिवार का उपकरण था। डबरे के किनारे छोटी-सी शिला पर अपने फटे हुए वस्त्र सँभाले हुए बैठकर दुखिया ने बरतन मलना आरम्भ किया।

अपने पीसे हुए बाजरे के आटे की रोटी पकाकर दुखिया ने बूढ़े बाप को खिलाया और स्वयं बचा हुआ खा-पीकर पास ही के महुए के वृक्ष की फैली जड़ों पर

सिर रख कर लेट रही। कुछ गुनगुनाने लगी। दुपहरी ढल गयी। अब दुखिया उठी और खुरपी-जाला लेकर घास छीलने चली। जमींदार के घोड़े के लिए घास वह रोज दे आती थी, कठिन परिश्रम से उसने अपने काम भर घास कर लिया, फिर उसे डबरे में रख कर धोने लगी।

सूर्य की सुनहली किरणें बरसाती आकाश पर नवीन चित्रकार की तरह कई प्रकार के रंग लगाना सीखने लगीं। अमराई और ताड़-वृक्षों की छाया उस शाद्वल जल में पड़कर प्राकृतिक चित्र का सृजन करने लगी। दुखिया को विलम्ब हुआ, किन्तु अभी उसकी घास धो नहीं गयी, उसे जैसे इसकी कुछ परवाह न थी। इसी समय घोड़े की टापों के शब्द ने उसकी एकाग्रता को भंग किया।

जमींदार कुमार संध्या को हवा खाने के लिए निकले थे। वेगवान 'बालोतरा' जाति का कुम्मेद पचकल्यान आज गरम हो गया था। मोहनसिंह से बेकाबू होकर वह बगटूट भाग रहा था। संयोग! जहाँ पर दुखिया बैठी थी, उसी के समीप ठोकर लेकर घोड़ा गिरा। मोहनसिंह भी बुरी तरह घायल होकर गिरे। दुखिया ने मोहनसिंह की सहायता की। डबरे से जल लाकर घावों को धोने लगी। मोहन ने पट्टी बाँधी, घोड़ा भी उठकर शान्त खड़ा हुआ। दुखिया जो उसे टहलाने लगी थी। मोहन ने कृतज्ञता की दृष्टि से दुखिया को देखा, वह एक सुशिक्षित युवक था। उसने दरिद्र दुखिया को उसकी सहायता के बदले ही रुपया देना चाहा। दुखिया ने हाथ जोड़कर कहा-"बाबू जी, हम तो आप ही के गुलाम हैं। इसी घोड़े को घास देने से हमारी रोटी चलती है।"

अब मोहन ने दुखिया को पहिचाना। उसने पूछा-

"क्या तुम रामगुलाम की लडकी हो?"

"हाँ, बाबूजी।"

"वह बहुत दिनों से दिखता नहीं!"

"बाबू जी, उनकी आँखों से दिखाई नहीं पड़ता।"

"अहा, हमारे लड़कपन में वह हमारे घोड़े को, जब हम उस पर बैठते थे, पकड़कर टहलाता था। वह कहाँ है?"

"अपनी मड़ई में।"

"चलो, हम वहाँ तक चलेंगे।"

किशोरी दुखिया को कौन जाने क्यों संकोच हुआ, उसने कहा-

"बाबूजी, घास पहुँचाने में देर हुई है। सरकार बिगड़ेंगे।"

"कुछ चिन्ता नहींय तुम चलो।"

लाचार होकर दुखिया घास का बोझा सिर पर रखे हुए झोंपड़ी की ओर चल पड़ी। घोड़े पर मोहन पीछे-पीछे था।

"रामगुलाम, तुम अच्छे तो हो?"

"राज! सरकार! जुग-जुग जीओ बाबू!" बूढ़े ने बिना देखे अपनी टूटी चारपाई से उठते हुए दोनों हाथ अपने सिर तक ले जाकर कहा।

"रामगुलाम, तुमने पहचान लिया?"

"न कैसे पहचानें, सरकार! यह देह पली है।" उसने कहा।

"तुमको कुछ पेन्शन मिलती है कि नहीं?"

"आप ही का दिया खाते हैं, बाबूजी। अभी लडकघि हमारी जगह पर घास देती है।"

भावुक नवयुवक ने फिर प्रश्न किया, "क्यों रामगुलाम, जब इसका विवाह हो जायेगा, तब कौन घास देगा?"

रामगुलाम के आनन्दाश्रु दुःख की नदी होकर बहने लगे। बड़े कष्ट से उसने कहा-"क्या हम सदा जीते रहेंगे?"

अब मोहन से नहीं रहा गया, वहीं दो रुपये उस बुड्ढे को देकर चलते बने। जाते-जाते कहा-"फिर कभी।"

दुखिया को भी घास लेकर वहीं जाना था। वह पीछे चली।

जमींदार की पशुशाला थी। हाथी, ऊँट, घोड़ा, बुलबुल, भैंसा, गाय, बकरे, बैल, लाल, किसी की कमी नहीं थी। एक दुष्ट नजीब खाँ इन सबों का निरीक्षक था। दुखिया को देर से आते देखकर उसे अवसर मिला। बड़ी नीचता से उसने कहा-"मारे जवानी के तेरा मिजाज ही नहीं मिलता! कल से तेरी नौकरी बन्द कर दी जायगी। इतनी देर?"

दुखिया कुछ नहीं बोलती, किन्तु उसको अपने बूढ़े बाप की याद आ गयी। उसने सोचा, किसी तरह नौकरी बचानी चाहिए, तुरन्त कह बैठी-

"छोटे सरकार घोड़े पर से गिर पड़े रहे। उन्हें मड़ई तक पहुँचाने में देर .... ।"

"चुप हरामजादी! तभी तो तेरा मिजाज और बिगड़ा है। अभी बड़े सरकार के पास चलते हैं।"

वह उठा और चला। दुखिया ने घास का बोझा पटका और रोती हुई झोंपड़ी की ओर चलती हुई। राह चलते-चलते उसे डबरे का सायंकालीन दृश्य स्मरण होने लगा। वह उसी में भूल कर अपने घर पहुँच गई।

35

जहाँआरा

यमुना के किनारेवाले शाही महल में एक भयानक सन्नाटा छाया हुआ है, केवल बार-बार तोपों की गड़गड़ाहट और अस्त्रों की झनकार सुनाई दे रही है। वृद्ध शाहजहाँ मसनद के सहारे लेटा हुआ है, और एक दासी कुछ दवा का पात्र लिए हुए खड़ी है। शाहजहाँ अन्यमनस्क होकर कुछ सोच रहा है, तोपों की आवाज से कभी-कभी चौंक पड़ता है। अकस्मात् उसके मुख से निकल पड़ा। नहीं-नहीं, क्या वह ऐसा करेगा, क्या हमको तख्त-ताऊस से निराश हो जाना चाहिए?

हाँ, अवश्य निराश हो जाना चाहिए।

शाहजहाँ ने सिर उठाकर कहा-कौन? जहाँआरा? क्या यह तुम सच कहती हो?

जहाँआरा-(समीप आकर) हाँ, जहाँपनाह! यह ठीक है। क्योंकि आपका अकर्मण्य पुत्र 'दारा' भाग गया, और नमक-हराम 'दिलेर खाँ' क्रूर औरंगजेब से मिल गया, और किला उसके अधिकार में हो गया।

शाहजहाँ-लेकिन जहाँआरा! क्या औरंगजेब क्रूर है? क्या वह अपने बूढ़े बाप की कुछ इज्जत न करेगा? क्या वह मेरे जीते ही तख्त-ताऊस पर बैठेगा?

जहाँआरा-(जिसकी आँखों में अभिमान का अश्रुजल भरा था) जहाँपनाह! आपके इसी पुत्रवात्सल्य ने आपकी यह अवस्था की। औरंगजेब एक नारकीय पिशाच है। उसका किया क्या नहीं हो सकता, एक भले कार्य को छोड़कर।

शाहजहाँ-नहीं जहाँआरा! ऐसा मत कहो।

जहाँआरा-हाँ जहाँपनाह! मैं ऐसा ही कहती हूँ।

शाहजहाँ-ऐसा? तो क्या जहाँआरा! इस बदन में मुगल-रक्त नहीं है? क्या तू मेरी कुछ भी मदद कर सकती है?

जहाँआरा-जहाँपनाह की जो आज्ञा हो।

शाहजहाँ-तो मेरी तलवार मेरे हाथ में दे। जब तक वह मेरे हाथ में रहेगी, कोई भी तख्त-ताऊस मुझसे न छुड़ा सकेगा।

जहाँआरा आवेश के साथ-श्हाँश, जहाँपनाह! ऐसा ही होगाश। कहती हुई वृद्ध शाहजहाँ की तलवार उसके हाथ में देकर खड़ी हो गयी। शाहजहाँ उठा और लडखड़ाकर गिरने लगा, शाहजादी जहाँआरा ने बादशाह को पकड़ लिया, और तख्त-ताऊस के कमरे की ओर ले चली।

तख्त-ताऊस पर वृद्ध शाहजहाँ बैठा है, और नकाब डाले जहाँआरा पास ही बैठी हुई है, और कुछ सरदार-जो उस समय वहाँ थे-खड़े हैं। नकीब भी खड़ी है। शाहजहाँ के इशारा करते ही उसने अपने चिरभ्यस्त शब्द कहने के लिए मुँह खोला। अभी पहला ही शब्द उसके मुँह से निकला था कि उसका सिर छटककर दूर जा रहा! सब चकित होकर देखने लगे।

जिरहबाँतर से लदा हुआ औरंगजेब अपनी तलवार को रुमाल से पोंछता हुआ सामने खड़ा हो गया, और सलाम करके बोला-हुजूर की तबीयत नासाज सुनकर मुझसे न रहा गयाय इसलिए हाजिर हुआ।

शाहजहाँ-(काँपकर) लेकिन बेटा! इतनी खूँरेजी की क्या जरूरत थी? अभी-अभी वह देखो, बुड्ढे नकीब की लाश लोट रही है। उफ! मुझसे यह नहीं देखा जाता! (काँपकर) क्या बेटा, मुझे भी.. (इतना कहते-कहते बेहोश होकर तख्त से झुक गया)।

औरंगजेब-(कड़ककर अपने साथियों से) हटाओ उस नापाक लाश को।

जहाँआरा से अब न रहा गया, और दौड़कर सुगन्धित जल लेकर वृद्ध पिता के मुख पर छिड़कने लगी।

औरंगजेब-(उधर देखकर) हैं! यह कौन है, जो मेरे बूढ़े बाप को पकड़े हुए है? (शाहजहाँ के मुसाहिबों से) तुम सब बड़े नामाकूल होय देखते नहीं, हमारे प्यारे बाप की क्या हालत है, और उन्हें अभी भी पलंग पर नहीं लिटाया। (औरंगजेब के साथ-साथ सब तख्त की ओर बढ़े)।

जहाँआरा उन्हें यों बढ़ते देखकर फुरती से कटार निकालकर और हाथ में शाही मुहर किया हुआ कागज निकालकर खड़ी हो गयी और बोली-देखो, इस परवाने के

मुताबिक मैं तुम लोगों को हुक्म देती हूँ कि अपनी-अपनी जगह पर खड़े रहो, जब तक मैं दूसरा हुक्म न दूँ।

सब उसी कागज की ओर देखने लगे। उसमें लिखा था-इस शख्स का सब लोग हुक्म मानो और मेरी तरह इज्जत करो।

सब उसकी अभ्यर्थना के लिए झुक गये, स्वयं औरंगजेब भी झुक गया, और कई क्षण तक सब निस्तब्ध थे।

अकस्मात् औरंगजेब तनकर खड़ा हो गया और कड़ककर बोला-गिरफ्तार कर लो इस जादूगरनी को। यह सब झूठा फिसाद है, हम सिवा शाहंशाह के और किसी को नहीं मानेंगे।

सब लोग उस औरत की ओर बढ़े। जब उसने यह देखा, तब फौरन अपना नकाब उलट दिया। सब लोगों ने सिर झुका दिया, और पीछे हट गये। औरंगजेब ने एक बार फिर सिर नीचे कर लिया, और कुछ बड़बड़ा कर जोर से बोला-कौन, जहाँआरा, तुम यहाँ कैसे?

जहाँआरा-औरंगजेब! तुम यहाँ कैसे?

औरंगजेब-(पलटकर अपने लड़के की तरफ देखकर) बेटा! मालूम होता है कि बादशाहआलम-बेगम का कुछ दिमाग बिगड़ गया है, नहीं तो इस बेशर्मी के साथ इस जगह पर न आतीं। तुम्हें इनकी हिफाजत करनी चाहिये।

जहाँआरा-और औरंगजेब के दिमाग को क्या हुआ है, जो वह अपने बाप के साथ बेअदबी से पेश आया..

अभी इतना उसके मुँह से निकला ही था कि शाहजादे ने फुरती से उसके हाथ से कटार निकाल लिया और कहा-मैं अदब के साथ कहता हूँ कि आप महल में चलें, नहीं तो..

जहाँआरा से यह देखकर न रहा गया। रमणी-सुलभ वीर्य और अस्त्र, क्रन्दन और अश्रु का प्रयोग उसने किया और गिड़गिड़ाकर औरंगजेब से बोली-क्यों औरंगजेब! तुमको कुछ भी दया नहीं है?

औरंगजेब ने कहा-दया क्यों नहीं है बादशाह-बेगम! दारा जैसे तुम्हारा भाई था, वैसा ही मैं भी तो भाई ही था, फिर तरफदारी क्यों?

जहाँआरा-वह तो बाप का तख्त नहीं लिया चाहता था, उनके हुक्म से सल्तनत का काम चलाता था।

औरंगजेब-तो क्या मैं वह काम नहीं कर सकता? अच्छा, बहस की जरूरत नहीं है। बेगम को चाहिये कि वह महल में जायँ।

जहाँआरा कातर दृष्टि से वृद्ध मूर्छित पिता को देखती हुई शाहजादे की बताई राह से जाने लगी।

यमुना के किनारे एक महल में शाहजहाँ पलँग पर पड़ा है, और जहाँआरा उसके सिरहाने बैठी हुई है।

जहाँआरा से जब औरंगजेब ने पूछा कि वह कहाँ रहना चाहती है, तब उसने केवल अपने वृद्ध और हतभागे पिता के साथ रहना स्वीकार किया, और अब वह साधारण दासी के वेश में अपना जीवन अभागे पिता की सेवा में व्यतीत करती है।

वह भड़कदार शाही पेशवाज अब उसके बदन पर नहीं दिखायी पड़ती, केवल सादे वस्त्र ही उसके प्रशान्त मुख की शोभा बढ़ाते हैं। चारों ओर उस शाही महल में एक शान्ति दिखलाई पड़ती है। जहाँआरा ने, जो कुछ उसके पास थे, सब सामान गरीबों को बाँट दियेय और अपने निज के बहुमूल्य अलंकार भी उसने पहनना छोड़ दिया। अब वह एक तपस्विनी ऋषिकन्या-सी हो गयी! बात-बात पर दासियों पर वह झिडकी उसमें नहीं रही। केवल आवश्यक वस्तुओं से अधिक उसके रहने के स्थान में और कुछ नहीं है।

वृद्ध शाहजहाँ ने लेटे-लेटे आँख खोलकर कहा-बेटी,अब दवा की कोई जरूरत नहीं है, यादे-खुदा ही दवा है। अब तुम इसके लिये मत कोशिश करना।

जहाँआरा ने रोकर कहा-पिता, जब तक शरीर है, तब तक उसकी रक्षा करनी ही चाहिये।

शाहजहाँ कुछ न बोलकर चुपचाप पड़े रहे। थोड़ी देर तक जहाँआरा बैठी रही, फिर उठी और दवा की शीशियाँ यमुना के जल में फेंक दीं।

थोड़ी देर तक वहीं बैठी-बैठी वह यमुना का मन्द प्रवाह देखती रही। सोचती थी कि यमुना का प्रवाह वैसा ही है, मुगल साम्राज्य भी तो वैसा ही है। वह शाहजहाँ भी तो जीवित है, लेकिन तख्त-ताऊस पर तो वह नहीं बैठते।

इसी सोच-विचार में वह तब तक बैठी थी, जब तक चन्द्रमा की किरणें उसके मुख पर नहीं पड़ीं।

शाहजादी जहाँआरा तपस्विनी हो गयी है। उसके हृदय में वह स्वाभाविक तेज अब नहीं है, किन्तु एक स्वर्गीय तेज से वह कान्तिमयी थी। उसकी उदारता पहले से भी बढ़ गयी। दीन और दुखी के साथ उसकी ऐसी सहानुभूति थी कि लोग 'मूर्तिमती करुणा' मानते थे। उसकी इस चाल से पाषाण-हृदय औरंगजेब भी विचलित हुआ। उसकी स्वतन्त्रता जो छीन ली गयी थी, उसे फिर मिली। पर अब स्वतन्त्रता का उपभोग करने के लिए अवकाश ही कहाँ था? पिता की सेवा और

दुखियों के प्रति सहानुभूति करने से उसे समय ही नहीं था। जिसकी सेवा के लिए सैकड़ों दासियाँ हाथ बाँधकर खड़ी रहती थीं, वह स्वयं दासी की तरह अपने पिता की सेवा करती हुई अपना जीवन व्यतीत करने लगी। वृद्ध शाहजहाँ के इंगित करने पर उसे उठाकर बैठाती और सहारा देकर कभी-कभी यमुना के तट तक उसे ले जाती और उसका मनोरंजन करती हुई छाया-सी बनी रहती।

वृद्ध शाहजहाँ ने इहलोक की लीला पूरी की। अब जहाँआरा को संसार में कोई काम नहीं है। केवल इधर-उधर उसी महल में घूमना भी अच्छा नहीं मालूम होता। उसकी पूर्व स्मृति और भी उसे सताने लगी। धीरे-धीरे वह बहुत क्षीण हो गयी। बीमार पड़ी। पर, दवा कभी न पी। धीरे-धीरे उसकी बीमारी बहुत बढ़ी और उसकी दशा बहुत खराब हो गयी, तब औरंगजेब ने सुना। अब उससे भी सह्य न हो सका। वह जहाँआरा को देखने के लिये गया।

एक पुराने पलँग पर, जीर्ण बिछौने पर, जहाँआरा पड़ी थी और केवल एक धीमी साँस चल रही थी। औरंगजेब ने देखा कि वह जहाँआरा है, जिसके लिये भारतवर्ष की कोई वस्तु अलभ्य नहीं थी, जिसके बीमार पड़ने पर शाहजहाँ भी व्यग्र हो जाता था और सैकड़ों हकीम उसे आरोग्य करने के लिये प्रस्तुत रहते थे। वह इस तरह एक कोने में पड़ी है!

पाषाण भी पिघला, औरंगजेब की आँखें आँसू से भर आयीं और वह घुटने के बल बैठ गया। समीप मुँह ले जाकर बोला-बहिन, कुछ हमारे लिये हुक्म है?

जहाँआरा ने अपनी आँखें खोल दीं और एक पुरजा उसके हाथ में दिया, जिसे झुककर औरंगजेब ने लिया। फिर पूछा-बहिन, क्या तुम हमें माफ करोगी?

जहाँआरा ने खुली हुई आँखों को आकाश की ओर उठा दिया। उस समय उनमें से एक स्वर्गीय ज्योति निकल रही थी और वह वैसे ही देखती रह गयी। औरंगजेब उठा और उसने आँसू पोंछते हुए पुरजे को पढ़ा। उसमें लिखा था।

बगैर सब्जः न पोशद कसे मजार मरा।
कि कब्रपोश गरीबाँ हमीं गयाह बसस्त।।

36

चित्रवाले पत्थर

मैं 'संगमहाल' का कर्मचारी था। उन दिनों मुझे विन्ध्य शैल-माला के एक उजाड़ स्थान में सरकारी काम से जाना पड़ा। भयानक वन-खण्ड के बीच, पहाड़ी से हटकर एक छोटी-सी डाक बँगलिया थी। मैं उसी में ठहरा था। वहीं की एक पहाड़ी में एक प्रकार का रंगीन पत्थर निकला था। मैं उनकी जाँच करने और तब तक पत्थर की कटाई बन्द करने के लिए वहाँ गया था। उस झाड़-खण्ड में छोटी-सी सन्दूक की तरह मनुष्य-जीवन की रक्षा के लिए बनी हुई बँगलिया मुझे विलक्षण मालूम हुईय क्योंकि वहाँ पर प्रति की निर्जन शून्यता, पथरीली चट्टानों से टकराती हुई हवा के झोंके के दीर्घ-निरूश्वास, उस रात्रि में मुझे सोने न देते थे। मैं छोटी-सी खिडकी से सिर निकालकर जब कभी उस सृष्टि के खँडहर को देखने लगता, तो भय और उद्वेग मेरे मन पर इतना बोझ डालते कि मैं कहानियों में पढ़ी हुई अतिरंजित घटनाओं की सम्भावना से ठीक संकुचित होकर भीतर अपने तकिये पर पड़ा रहता था। अन्तरिक्ष के गह्वर में न-जाने कितनी ही आश्चर्य-जनक लीलाएँ करके मानवी आत्माओं ने अपना निवास बना लिया है। मैं कभी-कभी आवेश में सोचता कि भत्ते के लोभ से मैं ही क्यों यहाँ चला आया? क्या वैसी ही कोई अद्भुत घटना होनेवाली है? मैं फिर जब अपने साथी नौकर की ओर देखता, तो मुझे साहस हो जाता और क्षण-भर के लिए स्वस्थ होकर नींद को बुलाने लगताय किन्तु कहाँ, वह तो सपना हो रही थी।

रात कट गयी। मुझे कुछ झपकी आने लगी। किसी ने बाहर से खटखटाया और मैं घबरा उठा। खिडकधे खुली हुई थी। पूरब की पहाड़ी के ऊपर

आकाश में लाली फैल रही थी। मैं निडर होकर बोला-"कौन है? इधर खिड़की के पास आओ।"

जो व्यक्ति मेरे पास आया, उसे देखकर मैं दंग रह गया। कभी वह सुन्दर रहा होगाय किन्तु आज तो उसके अंग-अंग से, मुँह की एक-एक रेखा से उदासीनता और कुरूपता टपक रही थी। आँखें गड्ढे में जलते हुए अंगारे की तरह धक्-धक् कर रही थीं। उसने कहा-"मुझे कुछ खिलाओ।"

मैंने मन-ही-मन सोचा कि यह आपत्ति कहाँ से आयी! वह भी रात बीत जाने पर! मैंने कहा-"भले आदमी! तुमको इतने सबेरे भूख लग गयी?"

उसकी दाढ़ी और मूँछों के भीतर छिपी हुई दाँतों की पँक्ति रगड़ उठी। वह हँसी थी या थी किसी कोने की मर्मान्तक पीड़ा की अभिव्यक्ति, कह नहीं सकता। वह कहने लगा-"व्यवहार-कुशल मनुष्य, संसार के भाग्य से उसकी रक्षा के लिए, बहुत थोड़े-से उत्पन्न होते हैं। वे भूखे पर संदेह करते हैं। एक पैसा देने के साथ नौकर से कह देते हैं, देखो इसे चना दिला देना। वह समझते हैं, एक पैसे की मलाई से पेट न भरेगा। तुम ऐसे ही व्यवहार-कुशल मनुष्य हो। जानते हो कि भूखे को कब भूख लगनी चाहिए। जब तुम्हारी मनुष्यता स्वाँग बनाती है, तो अपने पशु पर देवता की खाल चढ़ा देती है, और स्वयं दूर खड़ी हो जाती है।" मैंने सोचा कि यह दार्शनिक भिखमंगा है। और कहा-"अच्छा, बाहर बैठो।"

बहुत शीघ्रता करने पर भी नौकर के उठने और उसके लिए भोजन बनाने में घण्टों लग गये। जब मैं नहा-धोकर पूजा-पाठ से निवृत्त होकर लौटा, तो वह मनुष्य एकान्त मन से अपने खाने पर जुटा हुआ था। अब मैं उसकी प्रतीक्षा करने लगा। वह भोजन समाप्त करके जब मेरे पास आया, तो मैंने पूछा-"तुम यहाँ क्या कर रहे थे?" उसने स्थिर दृष्टि से एक बार मेरी ओर देखकर कहा-"बस, इतना ही पूछिएगा या और भी कुछ?" मुझे हँसी आ गयी। मैंने कहा-"मुझे अभी दो घण्टे का अवसर है। तुम जो कुछ कहना चाहो, कहो।"

वह कहने लगा-

"मेरे जीवन में उस दिन अनुभूतिमयी सरसता का संचार हुआ, मेरी छाती में कुसुमाकर की वनस्थली अंकुरित, पल्लवित, कुसुमित होकर सौरभ का प्रसार करने लगी। ब्याह के निमन्त्रण में मैंने देखा उसे, जिसे देखने के लिए ही मेरा जन्म हुआ था। वह थी मंगला की यौवनमयी ऊषा। सारा संसार उन कपोलों की अरुणिमा की गुलाबी छटा के नीचे मधुर विश्राम करने लगा। वह मादकता विलक्षण थी। मंगला के अंग-कुसुम से मकरन्द छलका पड़ता था। मेरी धवल आँखे उसे देखकर ही गुलाबी होने लगीं।

ब्याह की भीड़भाड़ में इस ओर ध्यान देने की किसको आवश्यकता थी, किन्तु हम दोनों को भी दूसरी ओर देखने का अवकाश नहीं था। सामना हुआ और एक घूँट। आँखे चढ़ जाती थीं। अधर मुस्कराकर खिल जाते और हृदय-पिण्ड पारद के समान, वसन्त-कालीन चल-दल-किसलय की तरह काँप उठता।

देखते-ही-देखते उत्सव समाप्त हो गया। सब लोग अपने-अपने घर चलने की तैयारी करने लगेय परन्तु मेरा पैर तो उठता ही न था। मैं अपनी गठरी जितनी ही बाँधता, वह खुल जाती। मालूम होता था कि कुछ छूट गया है। मंगला ने कहा-"मुरली, तुम भी जाते हो?"

"जाऊँगा ही-तो भी तुम जैसा कहो।"

"अच्छा, तो फिर कितने दिनों में आओगे?"

"यह तो भाग्य जाने!"

"अच्छी बात है"-वह जाड़े की रात के समान ठण्डे स्वर में बोली। मेरे मन को ठेस लगी। मैंने भी सोचा कि फिर यहाँ क्यों ठहरूँ? चल देने का निश्चय किया। फिर भी रात तो बितानी ही पड़ी। जाते हुए अतिथि को थोड़ा और ठहरने के लिए कहने से कोई भी चतुर गृहस्थ नही चूकता। मंगला की माँ ने कहा और मैं रात भर ठहर गयाय पर जागकर रात बीती। मंगला ने चलने के समय कहा-"अच्छा तो-" इसके बाद नमस्कार के लिए दोनों सुन्दर हाथ जुड़ गये। चिढकर मन-ही-मन मैंने कहा-यही अच्छा है, तो बुरा ही क्या है? मैं चल पड़ा। कहाँ-घर नहीं! कहीं और!-मेरी कोई खोज लेनेवाला न था।

मैं चला जा रहा था। कहाँ जाने के लिए, यह न बताऊँगा। वहाँ पहुँचने पर संध्या हो गयी। चारों ओर वनस्थली साँय-साँय करने लगी। थका भी था, रात को पाला पड़ने की सम्भावना थी। किस छाया में बैठता? सोच-विचारकर मैं सूखी झलासियों से झोपड़ी बनाने लगा। लतरों को काटकर उस पर छाजन हुई। रात का बहुत-सा अंश बीत चुका था। परिश्रम की तुलना में विश्राम कहाँ मिला! प्रभात होने पर आगे बढने की इच्छा न हुई। झोपड़ी की अधूरी रचना ने मुझे रोक लिया। जंगल तो था ही। लकड़ियों की कमी न थी। पास ही नाले की मिट्टी भी चिकनी थी। आगे बढकघ्र नदी-तट से मुझे नाला ही अच्छा लगा। दूसरे दिन से झोपड़ी उजाड़कर अच्छी-सी कोठरी बनाने की धुन लगी। अहेर से पेट भरता और घर बनाता। कुछ ही दिनों में वह बन गया। जब घर बन चुका, तो मेरा मन उचटने लगा। घर की ममता और उसके प्रति छिपा हुआ अविश्वास दोनों का युद्ध मन में हुआ। मैं जाने की बात सोचता, फिर ममता कहती कि विश्राम करो। अपना परिश्रम था, छोड़ न

सका। इसका और भी कारण था। समीप ही सफेद चट्टानों पर जलधारा के लहरीले प्रवाह में कितना संगीत था! चाँदनी में वह कितना सुन्दर हो जाता है! जैसे इस पृथ्वी का छाया-पथ। मेरी उस झोपड़ी से उसका सब रूप दिखाई पड़ता था न! मैं उसे देखकर सन्तोष का जीवन बिताने लगा। वह मेरे जीवन के सब रहस्यों की प्रतिमा थी। कभी उसे मैं आँसू की धारा समझता, जिसे निराश प्रेमी अपने आराध्य की कठोर छाती पर व्यर्थ ढुलकाता हो। कभी उसे अपने जीवन की तरह निर्मम संसार की कठोरता पर छटपटाते हुए देखता। दूसरे का दुःख देखकर मनुष्य को सन्तोष होता ही है। मैं भी वहीं पड़ा जीवन बिताने लगा।

कभी सोचता कि मैं क्यों पागल हो गया! उस स्त्री के सौन्दर्य ने क्यों अपना प्रभाव मेरे हृदय पर जमा लिया? विधवा मंगला, वह गरल है या अमृत? अमृत है, तो उसमें इतनी ज्वाला क्यों है, ज्वाला है तो मैं जल क्यों नहीं गया? यौवन का विनोद! सौन्दर्य की भ्रान्ति! वह क्या है? मेरा यही स्वाध्याय हो गया।

शरद की पूर्णिमा में बहुत-से लोग उस सुन्दर दृश्य को देखने के लिए दूर-दूर से आते। युवती और युवकों के रहस्यालाप करते हुए जोड़े, मित्रों की मण्डलियाँ, परिवारों का दल, उनके आनन्द-कोलाहल को मैं उदास होकर देखता। डाह होती, जलन होती। तृष्णा जग जाती। मैं उस रमणीय दृश्य का उपभोग न करके पलकों को दबा लेता। कानों को बन्द कर लेताय क्यों? मंगला नहीं। और क्या एक दिन के लिए, एक क्षण के लिए मैं उस सुख का अधिकारी नहीं! विधाता का अभिशाप! मैं सोचता-अच्छा, दूसरों के ही साथ कभी वह शरद-पूर्णिमा के दृश्य को देखने के लिए क्यों नहीं आयी? क्या वह जानती है कि मैं यहीं हूँ? मैंने भी पूर्णिमा के दिन वहाँ जाना छोड़ दिया। और लोग जब वहाँ जाते, मैं न जाता। मैं रूठता था। यह मूर्खता थी मेरी! वहाँ किससे मान करता था मैं? उस दिन मैं नदी की ओर न जाने क्यों आकृष्ट हुआ।

मेरी नींद खुल गयी थी। चाँदनी रात का सबेरा था। अभी चन्द्रमा में फीका प्रकाश था। मैं वनस्थली की रहस्यमयी छाया को देखता हुआ नाले के किनारे-किनारे चलने लगा। नदी के संगम पर पहुँचकर सहसा एक जगह रुक गया। देखा कि वहाँ पर एक स्त्री और पुरुष शिला पर सो रहे है। वहाँ तक तो घूमने वाले आते नहीं। मुझे कुतूहल हुआ। मैं वहीं स्नान करने के बहाने रुक गया। आलोक की किरणों से आँखे खुल गयीं। स्त्री ने गर्दन घुमाकर धारा की ओर देखा। मै सन्न रह गया। उसकी धोती साधारण और मैली थी। सिराहने एक छोटी-सी पोटली थी। पुरुष अभी सो रहा था। मेरी-उसकी आँखे मिल गयीं। मैंने तो पहचान लिया कि वह मंगला थी।

और उसने-नहीं, उसे भ्रान्ति बनी रही। वह सिमटकर बैठ गयी। और मैं उसे जानकर भी अनजान बनते हुए देखकर मन-ही-मन कुढ़ गया। मैं धीरे-धीरे ऊपर चढने लगा।

"सुनिए तो!" मैंने घूमकर देखा कि मंगला पुकार रही है। वह पुरुष भी उठ बैठा है। मैं वहीं खड़ा रह गया। कुछ बोलने पर भी मैं प्रश्न की प्रतीक्षा में यथास्थित रह गया। मंगला ने कहा-श्महाशय, कहीं रहने की जगह मिलेगी?"

"महाशय!" ऐं! तो सचमुच मंगला ने मुझे नहीं पहचाना क्या? चलो अच्छा हुआ, मेरा चित्र भी बदल गया था। एकान्तवास करते हुए और कठोर जीवन बिताते हुए जो रेखाएँ बन गयी थीं, वह मेरे मनोनुकूल ही हुई। मन में क्रोध उमड़ रहा था, गला भर्राने लगा था। मैंने कहा-"जंगलों में क्या आप कोई धर्मशाला खोज रही हैं?" वह कठोर व्यंग था। मंगला ने घायल होकर कहा-"नहीं, कोई गुफा-कोई झोपड़ी महाशय, धर्मशाला खोजने के लिए जंगल में क्यों आती?"

पुरुष कुछ कठोरता से सजग हो रहा था, किन्तु मैंने उसकी ओर न देखते हुए कहा-"झोपड़ी तो मेरी है। यदि विश्राम करना हो तो वहीं थोड़ी देर के लिए जगह मिल जायगी।"

"थोड़ी देर के लिए सही। मंगला, उठो? क्या सोच रही हो? देखो, रात भर यहाँ पड़े-पड़े मेरी सब नसें अकड़ गयी हैं।" पुरुष ने कहा। मैंने देखा कि वह कोई सुखी परिवार के प्यार में पला हुआ युवक है। परन्तु उसका रंग-रूप नष्ट हो गया है। कष्टों के कारण उसमें एक कटुता आ गयी है। मैंने कहा-"तो फिर चलो, भाई!"

दोनों मेरे पीछे-पीछे चलकर झोपड़ी में पहुँचे।

मंगला मुझे पहचान सकी कि नहीं, कह नहीं सकता। कितने बरस बीत गये। चार-पाँच दिनों की देखा-देखी। सम्भवतरू मेरा चित्र उसकी आँखों में उतरते-उतरते किसी और छवि ने अपना आसन जमा लिया होय किन्तु मैं कैसे भूल सकता था! घर पर और कोई था ही नहीं। जीवन जब किसी स्नेह-छाया की खोज में आगे बढ़ा, तो मंगला का हरा-भरा यौवन और सौन्दर्य दिखाई पड़ा। वहीं रम गया। मैं भावना के अतिवाद में पड़कर निराश व्यक्ति-सा विरागी बन गया था, उसी के लिए। यह मेरी भूल होय पर मैं तो उसे स्वीकार कर चुका था।

हाँ, तो वह बाल-विधवा मंगला ही थी। और पुरुष! वह कौन है? यही मैं सोचता हुआ झोपड़ी के बाहर साखू की छाया में बैठा हुआ था। झोपड़ी में दोनों विश्राम कर रहे थे। उन लोगों ने नहा-धोकर कुछ जल पीकर सोना आरम्भ किया। सोने की होड़ लग रही थी। वे इतने थके थे कि दिन-भर उठने का नाम नहीं लिया। मैं दूसरे दिन का धरा हुआ नमक लगा मांस का टुकड़ा निकालकर आग पर सेंकने

की तैयारी में लगा क्योंकि अब दिन ढल रहा था। मैं अपने तीर से आज एक पक्षी मार सका था। सोचा कि ये लोग भी कुछ माँग बैठें तब क्या दूँगा? मन में तो रोष की मात्रा कुछ न थी, फिर भी वह मंगला थी न!

कभी जो भूले-भटके पथिक उधर से आ निकलते, उनसे नमक और आटा मिल जाता था। मेरी झोपड़ी में रात बिताने का किराया देकर लोग जाते। मुझे भी लालच लगा था! अच्छा, जाने दीजिए। वहाँ उस दिन जो कुछ बचा था, वह सब लेकर बैठा मैं भोजन बनाने।

मैं अपने पर झुँझलाता भी था और उन लोगों के लिए भोजन भी बनाता जाता था। विरोध के सहस्र फणों की छाया में न जाने दुलार कब से सो रहा था! वह जग पड़ा।

जब सूर्य उन धवल शिलाओं पर बहती हुई जल-धारा को लाल बनाने लगा था, तब उन लोगों की आँखे खुलीं। मंगला ने मेरी सुलगायी हुई आग की शिखा को देखकर कहा-"आप क्या बना रहे हैं, भोजन! तो क्या यहाँ पास में कुछ मिल सकेगा?" मैंने सिर हिलाकर 'नहीं' कहा। न जाने क्यों! पुरुष अभी अँगड़ाई ले रहा था। उसने कहा-"तब क्या होगा, मंगला?" मंगला हताश होकर बोली-"क्या करूँ?" मैंने कहा-"इसी में जो कुछ अँटे-बँटे, वह खा-पीकर आज आप लोग विश्राम कीजिए न!"

पुरुष निकल आया। उसने सिकी हुई बाटियाँ और मांस के टुकड़ों को देखकर कहा-"तब और चाहिए क्या? मैं तो आपको धन्यवाद ही दूँगा।" मंगला जैसे व्यथित होकर अपने साथी को देखने लगीय उसकी यह बात उसे अच्छी न लगीय किन्तु अब वह द्विविधा में पड़ गयी। वह चुपचाप खड़ी रही। पुरुष ने झिड़ककर कहा-"तो आओ मंगला! मेरा अंग-अंग टूट रहा है। देखो तो बोतली में आज भर के लिए तो बची है?"

जलती हुई आग के धुँधले प्रकाश में वन-भोज का प्रसंग छिड़ा। सभी बातों पर मुझसे पूछा गयाय पर शराब के लिए नहीं। मंगला को भी थोड़ी-सी मिली। मैं आश्चर्य से देख रहा था ... मंगला का वह प्रगल्भ आचरण और पुरुष का निश्चिन्त शासन। दासी की तरह वह प्रत्येक बात मान लेने के लिए प्रस्तुत थी! और मैं तो जैसे किसी अद्भ्धुत स्थिति में अपनेपन को भूल चुका था। क्रोध, क्षोभ और डाह सब जैसे मित्र बनने लगे थे। मन में एक विनीत प्यार नहींय आज्ञाकारिता-सी जग गयी थी।

पुरुष ने डटकर भोजन किया। तब एक बार मेरी ओर देखकर डकार ली। वही मानो मेरे लिए धन्यवाद था। मैं कुढ़ता हुआ भी वहीं साखू के नीचे आसन लगाने की बात सोचने लगा और पुरुष के साथ मंगला गहरी अँधियारी होने के पहले ही झोपड़ी में चली गयी। मैं बुझती हुई आग को सुलगाने लगा। मन-ही-मन सोच रहा था, 'कल ही इन लोगों को यहाँ से चले जाना चाहिए। नहीं तो-श्फिर नींद आ चली। रजनी की निस्तब्धता, टकराती हुई लहरों का कलनाद, विस्मृति में गीत की तरह कानों में गूँजने लगा।

दूसरे दिन मुझमें कोई कटुता का नाम नहीं-झिड़कने का साहस नहीं। आज्ञाकारी दास के समान मैं सविनय उनके सामने खड़ा हुआ।

"महाशय! कई मील तो जाना पड़ेगा, परन्तु थोड़ा-सा कष्ट कीजिए न। कुछ सामान खरीद लाइए आज-" मंगला को अधिक कहने का अवसर न देकर मैं उसके हाथ से रुपया लेकर चल पड़ा। मुझे नौकर बनने में सुख प्रतीत हुआ और लीजिए, मै उसी दिन से उनके आज्ञाकारी भृत्य की तरह अहेर कर लाता। मछली मारता। एक नाव पर जाकर दूर बाजार से आवश्यक सामग्री खरीद लाता। हाँ, उस पुरुष को मदिरा नित्य चाहिए। मैं उसका भी प्रबन्ध करता और यह सब प्रसन्नता के साथ। मनुष्य को जीवन में कुछ-न-कुछ काम करना चाहिए। वह मुझे मिल गया था। मैंने देखते-देखते एक छोटा-सा छप्पर अलग डाल दिया। प्याज-मेवा, जंगली शहद और फल-फूल सब जुटाता रहता। यह मेरा परिवर्तन निर्लिप्त भाव से मेरी आत्मा ने ग्रहण कर लिया। मंगला की उपासना थी।

कई महीने बीत गये, किन्तु छविनाथ-यही उस पुरुष का नाम था-को भोजन करके, मदिरा पिये पड़े रहने के अतिरिक्त कोई काम नहीं। मंगला की गाँठ खाली हो चली। जो दस-बीस रुपये थे वह सब खर्च हो गये, परन्तु छविनाथ की आनन्द निद्रा टूटी नहीं। वह निरंकुश, स्वच्छ पान-भोजन में सन्तुष्ट व्यक्ति था। मंगला इधर कई दिनों से घबरायी हुई दीखती थी, परन्तु मैं चुपचाप अपनी उपासना में निरत था। एक सुन्दर चाँदनी रात थी। सरदी पड़ने लगी थी। वनस्थली सन्न-सन्न कर रही थी। मैं अपने छप्पर के नीचे दूर से आने वाली नदी का कलनाद सुन रहा था। मंगला सामने आकर खड़ी हो गयी। मैं चौंक उठा। उसने कहा-"मुरली!"

मै चुप रहा।

"बोलते क्यों नहीं?"

मैं फिर भी चुप रहा।

"ओह! तुम समझते हो कि मैं तुम्हे नहीं पहचानती। यह तुम्हारे बायें गाल पर जो दाढ़ी के पास चोट है, वह तुमको पहचानने से मुझे वंचित कर ले, ऐसा नहीं हो सकता। तुम मुरली हो! हो न! बोलो।"

"हाँ।" मुझसे कहते ही बना।

"अच्छा तो सुनो, मैं इस पशु से ऊब गयी हूँ। और अब मेरे पास कुछ नहीं बचा। जो कुछ लेकर मैं घर से चली थी, वह सब खर्च हो गया।"

"तब?"-मैंने विरक्त होकर कहा।

"यही कि मुझे यहाँ से ले चलो। वह जितनी शराब थी, सब पीकर आज बेसुध-सा है। मैं तुमको इतने दिनों तक भी पहचान कर क्यों नहीं बोली, जानते हो?"

"नहीं।"

"तुम्हारी परीक्षा ले रही थी। मुझे विश्वास हो गया कि तुम मेरे सच्चे चाहने वाले हो।"

"इसकी भी परीक्षा कर ली थी तुमने?" मैंने व्यंग से कहा।

"उसे भूल जाओ। वह सब बड़ी दुःखद कथा है। मैं किस तरह घरवालों की सहायता से इसके साथ भागने के लिए बाध्य हुई, उसे सुनकर क्या करोगे? चलो, मैं अभी चलना चाहती हूँ। स्त्री-जीवन की भूख कब जग जाती है, इसको कोई नहीं जानताय जान लेने पर तो उसको बहाली देना असम्भव है। उसी क्षण को पकडना पुरुषार्थ है।"

भयानक स्त्री! मेरा सिर चकराने लगा। मैंने कहा-"आज तो मेरे पैरों में पीड़ा है। मैं उठ नहीं सकता।" उसने मेरा पैर पकड़कर कहा-"कहाँ दुखता है, लाओ मैं दाब दूँ।" मेरे शरीर में बिजली-सी दौड़ गयी। पैर खींचकर कहा-"नहीं-नहीं, तुम जाओय सो रहो, कल देखा जायगा।"

"तुम डरते हो न?"-यह कहकर उसने कमर में से छुरा निकाल लिया। मैंने कहा-"यह क्या?"

"अभी झगड़ा छुड़ाये देती हूँ।" यह कहकर झोपड़ी की ओर चली। मैंने लपककर उसका हाथ पकड़ लिया और कहा-"आज ठहरो, मुझे सोच लेने दो।"

"सोच लो"-कहकर छुरा कमर में रख, वह झोपड़ी में चली गयी। मैं हवाई हिंडोले पर चक्कर खाने लगा। स्त्री! यह स्त्री है? यही मंगला है, मेरे प्यार की अमूल्य निधि! मैं कैसा मूर्ख था! मेरी आँखों में नींद नहीं। सवेरा होने के पहले ही जब दोनों सो रहे थे, मैं अपने पथ पर दूर भागा जा रहा था।

कई बरस के बाद, जब मेरा मन उस भावना को भुला चुका था, तो धुली हुई शिला के समान स्वच्छ हो गया। मैं उसी पथ से लौटा। नाले के पास नदी की धारा के समीप खड़ा होकर देखने लगा। वह अभी उसी तरह शिला-शय्या पर छटपटा रही थी। हाँ, कुछ व्याकुलता बढ़-सी गयी थी। वहाँ बहुत-से पत्थर के छोटे-छोटे टुकड़े लुढकते हुए दिखाई पड़े, जो घिसकर अनेक आति धारण कर चुके थे। स्रोत से कुछ ऐसा परिवर्तन हुआ होगा। उनमें रंगीन चित्रों की छाया दिखाई पड़ी। मैंने कुछ बटोरकर उनकी विचित्रता देखी, कुछ पास भी रख लिये। फिर ऊपर चला। अकस्मात् वहीं पर जा पहुँचा, जहाँ पर मेरी झोपड़ी थी। उसकी सब कडियाँ बिखर गयी थीं। एक लकड़ी के टुकड़े पर लोहे की नोक से लिखा था-

"देवता छाया बना देते हैं। मनुष्य उसमें रहता है। और मुझ-सी राक्षसी उसमें आश्रय पाकर भी उसे उजाड़कर ही फेंकती है।"

क्या यह मंगला का लिखा हुआ है? क्षण-भर के लिए सब बातें स्मरण हो आयीं। मैं नाले में उतरने लगा। वहीं पर यह पत्थर मिला।

"देखते हैं न बाबूजी!"-इतना कहकर मुरली ने एक बड़ा-सा और कुछ छोटे-छोटे पत्थर सामने रख दिये। वह फिर कहने लगा-"इसे घिसकर और भी साफ किये जाने पर वही चित्र दिखाई दे रहा है। एक स्त्री की धुँधली आति राक्षसी-सी! यह देखिए, छुरा है हाथ में, और वह साखू का पेड़ है, और यह हूँ मैं। थोड़ा-सा ही मेरे शरीर का भाग इसमें आ सका है। यह मेरी जीवनी का आंशिक चित्र है। मनुष्य का हृदय न जाने किस सामग्री से बना है! वह जन्म-जन्मान्तर की बात स्मरण कर सकता है, और एक क्षण में सब भूल सकता है। किन्तु जड़ पत्थर-उस पर तो जो रेखा बन गयी, सो बन गयी। वह कोई क्षण होता होगा, जिसमें अन्तरिक्ष-निवासी कोई नक्षत्र अपनी अन्तर्भेदिनी दृष्टि से देखता होगा और अपने अदृश्य करों से शून्य में से रंग आहरण करके वह चित्र बना देता है। इसे जितना घिसिए, रेखाएँ साफ होकर निकलेंगी। मैं भूल गया था। इसने मुझे स्मरण करा दिया। अब मैं इसे आपको देकर वह बात एक बार ही भूल जाना चाहता हूँ। छोटे पत्थरों से तो आप बटन इत्यादि बनाइए पर यह बड़ा पत्थर आपकी चाँदी की पानवाली डिबिया पर ठीक बैठ जायगा। यह मेरी भेंट है। इसे आप लेकर मेरे मन का बोझ हलका कर दीजिए।"

मैं कहानी सुनने में तल्लीन हो रहा था और वह मुरली धीरे से मेरी आँखों के सामने से खिसक गया। मेरे सामने उसके दिये हुए चित्रवाले पत्थर बिखरे पड़े रह गये।

उस दिन जितने लोग आये, मैंने उन्हें उन पत्थरों को दिखलाया और पूछा कि यह कहाँ मिलते हैं? किसी ने कुछ ठीक-ठीक नहीं बतलाया। मैं कुछ काम न कर सका। मन उचट गया था। तीसरे पहर कुछ दूर घूमकर जब लौट आया, तो देखा कि एक स्त्री मेरी बँगलिया के पास खड़ी है। उसका अस्त-व्यस्त भाव, उन्मत्त-सी तीव्र आँखें देखकर मुझे डर लगा। मैंने कहा-"क्या है?" उसने कुछ माँगने के लिए हाथ फैला दिया। मैंने कहा-"भूखी हो क्या? भीतर आओ।" वह भयाकुल और सशंक दृष्टि से मुझे देखती लौट पड़ी। मैंने कहा-"लेती जाओ।" किन्तु वह कब सुननेवाली थी!

चित्रवाला बड़ा पत्थर सामने दिखाई पड़ा। मुझे तुरन्त ही स्त्री की आकृति का ध्यान हुआ, किन्तु जब तक उसे खोजने के लिए नौकर जाय, वह पहाड़ियों की संध्या की उदास छाया में छिप गयी थी।

37

सलीम

पश्चिमोत्तर सीमाप्रान्त में एक छोटी-सी नदी के किनारे, पहाड़ियों से घिरे हुए उस छोटे-से गाँव पर, संध्या अपनी धुँधली चादर डाल चुकी थी। प्रेमकुमारी वासुदेव के निमित्त पीपल के नीचे दीपदान करने पहुँची। आर्य-संस्कृति में अश्वत्थ की वह मर्यादा अनार्य-धर्म के प्रचार के बाद भी उस प्रान्त में बची थी, जिसमें अश्वत्थ चौत्य-वृक्ष या वासुदेव का आवास समझकर पूजित होता था। मन्दिरों के अभाव में तो बोधि-वृक्ष ही देवता की उपासना का स्थान था। उसी के पास लेखराम की बहुत पुरानी परचून की दूकान और उसी से सटा हुआ छोटा-सा घर था। बूढ़ा लेखराम एक दिन जब 'रामा राम जै जै रामा' कहता हुआ इस संसार से चला गया, तब से वह दूकान बन्द थी। उसका पुत्र नन्दराम सरदार सन्तसिंह के साथ घोड़ों के व्यापार के लिए यारकन्द गया था। अभी उसके आने में विलम्ब था। गाँव में दस घरों की बस्ती थी, जिसमें दो-चार खत्रियों के और एक घर पण्डित लेखराम मिसर का था। वहाँ के पठान भी शान्तिपूर्ण व्यवसायी थे। इसीलिए वजीरियों के आक्रमण से वह गाँव सदा सशङ्क रहता था। गुलमुहम्मद खाँ-सत्तर वर्ष का बूढ़ा-उस गाँव का मुखिया-प्रायः अपनी चारपाई पर अपनी चौपाल में पड़ा हुआ काले-नीले पत्थरों की चिकनी मनियों की माला अपनी लम्बी-लम्बी उँगलियों में फिराता हुआ दिखाई देता। कुछ लोग अपने-अपने ऊँट लेकर बनिज-व्यापार के लिए पास की मण्डियों में गये थे। लड़के बन्दूकें लिये पहाड़ियों के भीतर शिकार के लिए चले गये थे।

प्रेमकुमारी दीप-दान और खीर की थाली वासुदेव को चढ़ाकर अभी नमस्कार कर रही थी कि नदी के उतार में अपनी पतली-दुबली काया में लडखघ्ड़ाता हुआ,

एक थका हुआ मनुष्य उसी पीपल के पास आकर बैठ गया। उसने आश्चर्य से प्रेमकुमारी को देखा। उसके मुँह से निकल पड़ा-"काफिर...!"

बन्दूक कन्धे पर रक्खे और हाथ में एक मरा हुआ पक्षी लटकाये वह दौड़ता चला आ रहा था। पत्थरों की नुकीली चट्टानें उसके पैर को छूती ही न थीं। मुँह से सीटी बज रही थी। वह था गुलमुहम्मद का सोलह बरस का लडका अमीर खाँ! उसने आते ही कहा-"प्रेमकुमारी, तू थाली उठाकर भागी क्यों जा रही है? मुझे तो आज खीर खिलाने के तूने कह रक्खा था।"

"हाँ भाई अमीर! मैं अभी और ठहरतीय पर क्या करूँ, यह देख न, कौन आ गया है! इसीलिए मैं घर जा रही थी।"

अमीर ने आगन्तुक को देखा। उसे न जाने क्यों क्रोध आ गया। उसने कड़े स्वर से पूछा-"तू कौन है?"

"एक मुसलमान"-उत्तर मिला।

अमीर ने उसकी ओर से मुँह फिराकर कहा-"मालूम होता है कि तू भी भूखा है। चल, तुझे बाबा से कहकर कुछ खाने को दिलवा दूँगा। हाँ, इस खीर में से तो तुझे नहीं मिल सकता। चल न वहीं, जहाँ आग जलती दिखाई दे रही है।" फिर उसने प्रेमकुमारी से कहा-"तू मुझे क्यों नहीं देती? वह सब आ जायँगे, तब तेरी खीर मुझे थोड़ी ही सी मिलेगी।"

सीटियों के शब्द से वायु-मण्डल गूँजने लगा था। नटखट अमीर का हृदय चंचल हो उठा। उसने ठुनककर कहा-"तू मेरे हाथ पर ही देती जा और मैं खाता जाऊँ।"

प्रेमकुमारी हँस पड़ी। उसने खीर दी। अमीर ने उसे मुँह से लगाया ही था कि नवागुन्तक मुसलमान चिल्ला उठा। अमीर ने उसकी ओर अबकी बार बड़े क्रोध से देखा। शिकारी लड़के पास आ गये थे। वे सब-के-सब अमीर की तरह लम्बी-चौड़ी हड्डियों वाले स्वस्थ, गोरे और स्फूर्ति से भरे हुए थे। अमीर खीर मुँह में डालते हुए न जाने क्या कह उठा और लड़के आगन्तुक को घेरकर खड़े हो गये। उससे कुछ पूछने लगे। उधर अमीर ने अपना हाथ बढ़ाकर खीर माँगने का संकेत किया। प्रेमकुमारी हँसती जाती थी और उसे खीर देती जाती थी। तब भी अमीर उसे तरेरते हुए अपनी आँखों में और भी देने को कह रहा था। उसकी आँखों में से अनुनय, विनय, हठ, स्नेह सभी तो माँग रहे थे, फिर प्रेमकुमारी सबके लिए एक-एक ग्रास क्यों न देती? नटखट अमीर एक आँख से लडकघें को, दूसरी आँख से प्रेमकुमारी को उलझाये हुए खीर गटकता जाता था। उधर वह नवागन्तुक मुसलमान अपनी

टूटी-फूटी पश्तो में लड़के से 'काफिर' का प्रसाद खाने की अमीर की धृष्टता का विरोध कर रहा था। वे आश्चर्य से उसकी बातें सुन रहे थे। एक ने चिल्लाकर कहा-"अरे देखो, अमीर तो सब खीर खा गया।"

फिर सब लड़के घूमकर अब प्रेमकुमारी को घेर कर खड़े हो गये। वह सबके उजले-उजले हाथों पर खीर देने लगी। आगन्तुक ने फिर चिल्लाकर कहा-क्या तुम सब मुसलमान हो?"

लडकधें ने एक स्वर से कहा-"हाँ, पठान।"

"और उस काफिर की दी हुई....?"

"यह मेरी पड़ोसिन है!"-एक ने कहा।

"यह मेरी बहन है।" दूसरे ने कहा।

"नन्दराम बन्दूक बहुत अच्छी चलाता है।"-तीसरे ने कहा।

"ये लोग कभी झूठ नहीं बोलते"-चौथे ने कहा।

"हमारे गाँव के लिए इन लोगों ने कई लड़ाइयाँ की है।" -पाँचवें ने कहा।

"हम लोगों को घोड़े पर चढ़ाना नन्दराम ने सिखलाया है। वह बहुत अच्छा सवार है।"-छठे ने कहा।

"और नन्दराम ही तो हम लोगों को गुड़ खिलाता है।"-सातवें ने कहा।

"तुम चोर हो।"-यह कहकर लडकधें ने अपने-अपने हाथ की खीर खा डाली और प्रेमकुमारी हँस पड़ी। संध्या उस पीपल की घनी छाया में पुंजीभूत हो रही थी। पक्षियों का कोलाहल शान्त होने लगा था। प्रेमकुमारी ने सब लडकधें से घर चलने के लिए कहा, अमीर ने भी नवागन्तुक से कहा-"तुझे भूख लगी हो, तो हम लोगों के साथ चल।" किन्तु वह तो अपने हृदय के विष से छटपटा रहा था। जिसके लिए वह हिजरत करके भारत से चला आया था, उस धर्म का मुसलमान-देश में भी यह अपमान! वह उदास मुँह से उसी अन्धकार में कट्टर दुर्दान्त वजीरियों के गाँवों की ओर चल पड़ा।

नन्दराम पूरा साढ़े छरू फुट का बलिष्ठ युवक था। उसके मस्तक में केसर का टीका न लगा रहे, तो कुलाह और सलवार में वह सोलहों आने पठान ही जँचता। छोटी-छोटी भूरी मूँछें खड़ी रहती थीं। उसके हाथ में कोड़ा रहना आवश्यक था। उसके मुख पर संसार की प्रसन्न आकांक्षा हँसी बनकर खेला करती। प्रेमकुमारी उसके हृदय की प्रशान्त नीलिमा में उज्ज्वल बृहस्पति ग्रह की तरह झलमलाया करती थी। आज वह बड़ी प्रसन्नता में अपने घर की ओर लौट रहा था। सन्तसिंह के घोड़े अच्छे दामों में बिके थे। उसे पुरस्कार भी अच्छा मिला था। वह स्वयं अच्छा घुड़सवार था। उसने

अपना घोड़ा भी अधिक मूल्य पाकर बेच दिया था। रुपये पास में थे। वह एक ऊँचे ऊँट पर बैठा हुआ चला आ रहा था। उसके साथी लोग बीच की मण्डी में रुक गये थे। किन्तु काम हो जाने पर, उसे तो प्रेमकुमारी को देखने की धुन सवार थी। ऊपर सूर्य की किरणें झलमला रही थीं। बीहड़ पहाड़ी पथ था। कोसों तक कोई गाँव नहीं था। उस निर्जनता में वह प्रसन्न होकर गाता आ रहा था।

"वह पथिक कैसे रुकेगा, जिसके घर के किवाड़ खुले हैं और जिसकी प्रेममयी युवती स्त्री अपनी काली आँखों से पति की प्रतीक्षा कर रही है।"

"बादल बरसते हैं, बरसने दो। आँधी उसके पथ में बाधा डालती है। वह उड़ जायगी। धूप पसीना बहाकर उसे शीतल कर लेगा, वह तो घर की ओर आ रहा है। उन कोमल भुज-लताओं का स्निग्ध आलिंगन और निर्मल दुलार प्यासे को निर्झर और बर्फीली रातों की गर्मी है।"

"पथिक! तू चल-चल, देख, तेरी प्रियतमा की सहज नशीली आँखे तेरी प्रतीक्षा में जागती हुई अधिक लाल हो गयी हैं। उनमें आँसू की बूँद न आने पावे।"

पहाड़ी प्रान्त को कम्पित करता हुआ बन्दूक का शब्द प्रतिध्वनित हुआ। नन्दराम का सिर घूम पड़ा। गोली सर्र से कान के पास से निकल गयी। एक बार उसके मुँह से निकल पड़ा-"वजीरी!" वह झुक गया। गोलियाँ चल चुकी थीं। सब खाली गयीं। नन्दराम ने सिर उठाकर देखा, पश्चिम की पहाड़ी में झाड़ों के भीतर दो-तीन सिर दिखायी पड़े। बन्दूक साधकर उसने गोली चला दी।

दोनों तरफ से गोलियाँ चलीं। नन्दराम की जाँघ को छीलती हुई एक गोली निकल गयी। और सब बेकार रहीं। उधर दो वजीरियों की मृत्यु हुई। तीसरा कुछ भयभीत होकर भाग चला। तब नन्दराम ने कहा-"नन्दराम को नहीं पहचानता था? ले, तू भी कुछ लेता जा।" उस वजीरी के भी पैर में गोली लगी। वह बैठ गया। और नन्दराम अपने ऊँट पर घर की ओर चला।

सलीम नन्दराम के गाँव से धर्मोन्माद के नशे में चूर इन्हीं सहधर्मियों में आकर मिल गया था। उसके भाग्य से नन्दराम की गोली उसे नहीं लगी। वह झाड़ियों में छिप गया था। घायल वजीरी ने उससे कहा-"तू परदेशी भूखा बनकर इसके साथ जाकर घर देख आ। इसी नाले से उतर जा। वह तुझे आगे मिल जायगा।" सलीम उधर ही चला।

नन्दराम अब निश्चिन्त होकर धीरे-धीरे घर की ओर बढ़ रहा था। सहसा उसे कराहने का शब्द सुन पड़ा। उसने ऊँट रोककर सलीम से पूछा-"क्या है भाई? तू कौन है?"

सलीम ने कहा-"भूखा परदेशी हूँ। चल भी नहीं सकता। एक रोटी और दो घूँट पानी!"

नन्दराम ने ऊँट बैठाकर उसे अच्छी तरह देखते हुए फिर पूछा-"तुम यहाँ कैसे आ गये?"

"मैं हिन्दुस्तान से हिजरत करके चला आया हूँ।"

"अहो! भले आदमी, ऐसी बातों से भी कोई अपना घर छोड़ देता है? अच्छा, आओ, मेरे ऊँट पर बैठ जाओ।"

सलीम बैठ गया। दिन ढलने लगा था। नन्दराम के ऊँट के गले के बड़े-बड़े घुँघरू उस निस्तब्ध शान्ति में सजीवता उत्पन्न करते हुए बज रहे थे। उल्लास से भरा हुआ नन्दराम उसी की ताल पर कुछ गुनगुनाता जा रहा था। उधर सलीम कुढकर मन-ही-मन भुनभुनाता जा रहा था, परन्तु ऊँट चुपचाप अपना पथ अतिक्रमण कर रहा था। धीरे-धीरे बढनेवाले अन्धकार में वह अपनी गति से चल रहा था।

सलीम सोचता था-श्न हुआ पास में एक छुरा, नहीं तो यहीं अपने साथियों का बदला चुका लेता!' फिर वह अपनी मूर्खता पर झुंझलाकर विचारने लगा-श्पागल सलीम! तू उसके घर का पता लगाने आया है न।' इसी उधेड़बुन में कभी वह अपने को पक्का धार्मिक, कभी सत्य में विश्वास करनेवाला, कभी शरण देनेवाले सहधर्मियों का पक्षपाती बन रहा था। सहसा ऊँट रुका और घर का किवाड़ खुल पड़ा। भीतर से जलते हुए दीपक के प्रकाश के साथ एक सुन्दर मुख दिखायी पड़ा। नन्दराम ऊँट बैठाकर उतर पड़ा। उसने उल्लास से कहा-"प्रेमो!" प्रेमकुमारी का गला भर आया था। बिना बोले ही उसने लपककर नन्दराम के दोनों हाथ पकड़ लिये।

सलीम ने आश्चर्य से प्रेमा को देखकर चीत्कार करना चाहा, पर वह सहसा रुक गया। उधर प्यार से प्रेमा के कन्धों को हिलाते हुए नन्दराम ने उसका चौंकना देख लिया।

नन्दराम ने कहा-"प्रेमा! हम दोनों के लिए रोटियाँ चाहिए! यह एक भूखा परदेशी है। हाँ, पहले थोड़ा-सा पानी और एक कपड़ा तो देना।"

प्रेमा ने चकित होकर पूछा-"क्यों?"

"यों ही कुछ चमड़ा छिल गया है। उसे बाँध लूँ?"

"अरे, तो क्या कहीं लड़ाई भी हुई है?"

"हाँ, तीन-चार वजीरी मिल गये थे।"

"और यह?"-कहकर प्रेमा ने सलीम को देखा। सलीम भय और क्रोध से सूख रहा था! घृणा से उसका मुख विवर्ण हो रहा था।

"एक हिन्दू है।" नन्दराम ने कहा।

"नहीं, मुसलमान हूँ।"

"ओहो, हिन्दुस्तानी भाई! हम लोग हिन्दुस्तान के रहने वालों को हिन्दू ही सा देखते हैं। तुम बुरा न मानना।"-कहते हुए नन्दराम ने उसका हाथ पकड़ लिया। वह झुंझला उठा और प्रेमकुमारी हँस पड़ी। आज की हँसी कुछ दूसरी थी। उसकी हँसी में हृदय की प्रसन्नता साकार थी। एक दिन और प्रेमा का मुसकाना सलीम ने देखा था, तब जैसे उसमें स्नेह था। आज थी उसमें मादकता, नन्दराम के ऊपर अनुराग की वर्षा! वह और भी जल उठा। उसने कहा-"काफिर, क्या यहाँ कोई मुसलमान नहीं है?"

"है तो, पर आज तो तुमको मेरे ही यहाँ रहना होगा।" दृढ़ता से नन्दराम ने कहा।

सलीम सोच रहा था, घर देखकर लौट आने की बात! परन्तु यह प्रेमा! ओह, कितनी सुन्दर! कितना प्यार-भरा हृदय! इतना सुख! काफिर के पास यह विभूति! तो वह क्यों न यहीं रहे? अपने भाग्य की परीक्षा कर देखे!

सलीम वहीं खा-पीकर एक कोठरी में सो रहा और सपने देखने लगा-उसके हाथ में रक्त से भरा हुआ छुरा है। नन्दराम मरा पड़ा है। वजीरियों का सरदार उसके ऊपर प्रसन्न है। लूट में पकड़ी हुई प्रेमा उसे मिल रही है। वजीरियों का बदला लेने में उसने पूरी सहायता की है। सलीम ने प्रेमा का हाथ पकडना चाहा। साथ ही प्रेमा का भरपूर थप्पड़ उसके गाल पर पड़ा। उसने तिलमिला कर आँखें खोल दी। सूर्य की किरणें उसकी आँखों में घुसने लगीं।

बाहर अमीर चिलम भर रहा था। उसने कहा-"नन्द भाई, तूने मेरे लिए पोस्तीन लाने के लिए कहा था। वह कहाँ है?" वह उछल रहा था। उसका ऊधमी शरीर प्रसन्नता से नाच रहा था।

नन्दराम मुलायम बालों वाली चमड़े की सदरी-जिस पर रेशमी सुनहरा काम था-लिये हुए बाहर निकला। अमीर को पहना कर उसके गालों पर चपत जड़ते हुए कहा-"नटखट, ले, तू अभी छोटा ही रहा। मैंने तो समझा था कि तीन महीनों में तू बहुत बढ़ गया होगा।"

वह पोस्तीन पहनकर उछलता हुआ प्रेमा के पास चला गया। उसका नाचना देखकर वह खिलखिला पड़ी। गुलमुहम्मद भी आ गया था। उसने पूछा-"नन्दराम, तू अच्छी तरह रहा?"

"हाँ जी! यहीं आते हुए कुछ वजीरियों से सामना हो गया। दो को तो ठिकाने लगा दिया। थोड़ी-सी चोट मेरे पैर में भी आ गयी।"

"वजीरी!"-कहकर बूढ़ा एक बार चिन्ता में पड़ गया। तब तक नन्दराम ने उसके सामने रुपये की थैली उलट दी। बूढ़ा अपने घोड़े का दाम सहेजने लगा।

प्रेमा ने कहा-"बाबा! तुमने कुछ और भी कहा था। वह तो नहीं आया!"

बूढ़ा त्योरी बदलकर नन्दराम को देखने लगा। नन्दराम ने कहा-"मुझे घर में अस्तबल के लिए एक दालान बनाना है। इसलिए बालियाँ नहीं ला सका।"

"नहीं नन्दराम! तुझको पेशावर फिर से जाना होगा। प्रेमा के लिए बालियाँ बनवा ला! तू अपनी बात रखता है।"

"अच्छा चाचा! अबकी बार जाऊँगा, तो....ले ही आऊँगा।"

हिजरती सलीम आश्चर्य से उनकी बातें सुन रहा था। सलीम जैसे पागल होने लगा था। मनुष्यता का एक पक्ष वह भी है, जहाँ वर्ण, धर्म और देश को भूलकर मनुष्य, मनुष्य के लिए प्यार करता है। उसके भीतर की कोमल भावना, शायरों की प्रेम-कल्पना, चुटकी लेने लगी! वह प्रेम को 'काफिर' कहता था। आज उसने चपाती खाते हुए मन-ही-मन कहा-"बुते-काफिर!"

सलीम घुमक्कड़ी-जीवन की लालसाओं से सन्तप्त, व्यक्तिगत आवश्यकताओं से असन्तुष्ट युक्तप्रान्त का मुसलमान था। कुछ-न-कुछ करते रहने का उसका स्वभाव था। जब वह चारों ओर से असफल हो रहा था, तभी तुर्की की सहानुभूति में हिजरत का आन्दोलन खड़ा हुआ था। सलीम भी उसी में जुट पड़ा। मुसलमानी देशों का आतिथ्य कड़वा होने का अनुभव उसे अफगानिस्तान में हुआ। वह भटकता हुआ नन्दराम के घर पहुँचा था।

मुस्लिम उत्कर्ष का उबाल जब ठण्डा हो चला, तब उसके मन में एक स्वार्थपूर्ण कोमल कल्पना का उदय हुआ। वह सूफी कवियों-सा सौन्दर्योपासक बन गया। नन्दराम के घर का काम करता हुआ वह जीवन बिताने लगा। उसमें भी 'बुते-काफिर' को उसने अपनी संसार-यात्रा का चरम लक्ष्य बना लिया।

प्रेमा उससे साधारणतः हँसती-बोलती और काम के लिए कहती। सलीम उसके लिए खिलौना था। दो मन दो विरुद्ध दिशाओं में चलकर भी नियति से बाध्य थे, एकत्र रहने के लिए।

अमीर ने एक दिन नन्दराम से कहा-"उस पाजी सलीम को अपने यहाँ से भगा दो क्योंकि उसके ऊपर सन्देह करने का पूरा कारण है।"

नन्दराम ने हँसकर कहा-"भाई अमीर! वह परदेश में बिना सहारे आया है। उसके ऊपर सबको दया करनी चाहिए।"

अमीर के निष्कपट हृदय में यह बात न जँची। वह रूठ गया। तब भी नन्दराम ने सलीम को अपने यहाँ रहने दिया।

सलीम अब कभी-कभी दूर-दूर घूमने के लिए भी चला जाता। उसके हृदय में सौन्दर्य के कारण जो स्निग्धता आ गयी थी, वह लालसा में परिणत होने लगी। प्रतिक्रिया आरम्भ हुई। एक दिन उसे लँगड़ा वजीरी मिला। सलीम की उससे कुछ बातें हुई। वह फिर से कट्टर मुसलमान हो उठा। धर्म की प्रेरणा से नहीं, लालसा की ज्वाला से!

वह रात बड़ी भयानक थी। कुछ बूँदें पड़ रही थीं। सलीम अभी सशंक होकर जाग रहा था। उसकी आँखें भविष्य का दृश्य देख रही थीं। घोड़ों के पद-शब्द धीरे-धीरे उस निर्जनता को भेदकर समीप आ रहे थे। सलीम ने किवाड़ खोलकर बाहर झाँका। अँधेरी उसके कलुष-सी फैल रही थी। वह ठठाकर हँस पड़ा।

भीतर नन्दराम और प्रेमा का स्नेहालाप बन्द हो चुका था। दोनों तन्द्रालस हो रहे थे। सहसा गोलियों की कड़कड़ाहट सुन पड़ी। सारे गाँव में आतंक फैल गया।

"वजीरी! वजीरी!"

उन दस घरों में जो भी कोई अस्त्र चला सकता था, बाहर निकल पड़ा। अस्सी वजीरियों का दल चारों ओर से गाँव को घेरे में करके भीषण गोलियों की बौछार कर रहा था।

अमीर और नन्दराम बगल में खड़े होकर गोली चला रहे थे। कारतूसों की परतल्ली उनके कन्धों पर थी। नन्दराम और अमीर दोनों के निशाने अचूक थे। अमीर ने देखा कि सलीम पागलों-सा घर में घुसा जा रहा है। वह भी भरी गोली चलाकर उसके पीछे नन्दराम के घर में घुसा। बीसों वजीरी मारे जा चुके थे। गाँववाले भी घायल और मृतक हो रहे थे। उधर नन्दराम की मार से वजीरियों ने मोंचा छोड़ दिया था। सब भागने की धुन में थे। सहसा घर में से चिल्लाहट सुनाई पड़ी।

नन्दराम भीतर चला गया। उसने देखाय प्रेमा के बाल खुले हैं। उसके हाथ में रक्त से रंजित एक छुरा है। एक वजीरी वहीं घायल पड़ा है। और अमीर सलीम की छाती पर चढ़ा हुआ कमर से छुरा निकाल रहा है। नन्दराम ने कहा-"यह क्या है, अमीर?"

"चुप रहो भाई! इस पाजी को पहले....।"

"ठहरो अमीर! यह हम लोगों का शरणागत है।"-कहते हुए नन्दराम ने उसका छुरा छीन लियाय किन्तु दुर्दान्त युवक पठान कटकटा कर बोला-

"इस सूअर के हाथ! नहीं नन्दराम! तुम हट जाओ, नहीं तो मैं तुमको ही गोली मार दूँगा। मेरी बहन, पड़ोसिन का हाथ पकड़ कर खींच रहा था। इसके हाथ...."

नन्दराम आश्चर्य से देख रहा था। अमीर ने सलीम की कलाई ककड़ी की तरह तोड़ ही दी। सलीम चिल्लाकर मूर्छित हो गया। प्रेमा ने अमीर को पकड़कर खींच लिया। उसका रणचण्डी-वेश शिथिल हो गया था। सहज नारी-सुलभ दया का आविर्भाव हो रहा था। नन्दराम और अमीर बाहर आये।

वजीरी चले गये।

एक दिन टूटे हाथ को सिर से लगाकर जब प्रेमा को सलाम करते हुए सलीम उस गाँव से विदा हो रहा था, तब प्रेमा को न जाने क्यों उस अभागे पर ममता हो आयी। उसने कहा-"सलीम, तुम्हारे घर पर कोई और नहीं है, तो वहाँ जाकर क्या करोगे? यहीं पड़े रहो।"

सलीम रो रहा था। वह अब भी हिन्दुस्तान जाने के लिए इच्छुक नहीं था, परन्तु अमीर ने कड़ककर कहा-"प्रेमा! इसे जाने दे! इस गाँव में ऐसे पाजियों का काम नहीं।"

सलीम पेशावर में बहुत दिनों तक भीख माँगकर खाता और जीता रहा। उसके 'बुते-काफिर' वाले गीत को लोग बड़े चाव से सुनते थे।

38

सालवती

सदानीरा अपनी गम्भीर गति से, उस घने साल के जंगल से कतरा कर चली जा रही है। सालों की श्यामल छाया उसके जल को और भी नीला बना रही है। परन्तु वह इस छायादान को अपनी छोटी-छोटी वीचियों से मुस्कुरा कर टाल देती है। उसे तो ज्योत्सना से खेलना है। चैत की मतवाली चाँदनी परिमल से लदी थी। उसके वैभव की यह उदारता थी कि उसकी कुछ किरणों को जंगल के किनारे की फूस की झोपड़ी पर भी बिखरना पड़ा।

उसी झोपड़ी के बाहर नदी के जल को पैर से छूती हुई एक युवती चुपचाप बैठी आकाश के दूरवर्ती नक्षत्रों को देख रही थी। उसके पास ही सत्तू का पिंड रक्खा था। भीतर के दुर्बल कण्ठ से किसी ने पुकारा-"बेटी!"

परन्तु युवती तो आज एक अद्‌भुत गौरव-नारी-जीवन की सार्थकता देखकर आयी है! पुष्करिणी के भीतर से कुछ मिट्टी, रात में ढोकर बाहर फेंकने का पारिश्रमिक चुकाने के लिए, रत्नाभरणों से लदी हुई एक महालक्ष्मी बैठी थी। उसने पारिश्रमिक देते हुए पूछा-"बहन! तुम कहाँ रहती हो? कल फिर आना।" उन शब्दों में कितना स्नेह था। वह महत्व! ...क्या इन नक्षत्रों से भी दूर की वस्तु नहीं? विशेषतः उसके लिए .... वह तल्लीन थी। भीतर से फिर पुकार हुई।

"बेटी! .... सालवती! .... रात को नहा मत! सुनती नहीं! .... बेटी!"

"पिताजी!" सालवती की तन्द्रा टूटी। वह उठ खड़ी हुई। उसने देखा कि वृद्ध छड़ी टेकता हुआ झोपड़ी के बाहर आ रहा है। वृद्ध ने सालवती की पीठ पर हाथ

रखकर उसके बालों को टटोला! वे रूखे थे। वृद्ध ने सन्तोष की साँस लेकर कहा-"अच्छा है बेटी! तूने स्नान नहीं किया न! मैं तनिक सो गया था। आज तू कहाँ चली गयी थी? अरे, रात तो प्रहर से अधिक बीत चुकी। बेटा! तूने आज कुछ भोजन नहीं बनाया?"

"पिताजी! आज मैं नगर की ओर चली गयी थी। वहाँ पुष्करिणी बन रही है। उसी को देखने।"

"तभी तो बेटी! तुझे विलम्ब हो गया। अच्छा, तो बना ले कुछ। मुझे भी भूख लगी है। ज्वर तो अब नहीं है। थोड़ा-सा मूँग का सूप ... हाँ रे! मूँग तो नहीं है! अरे, यह क्या है रे?"

"पिताजी! मैंने पुष्करिणी में से कुछ मिट्टी निकाली है। उसी का यह पारिश्रमिक है। मैं मूँग लेने ही तो गयी थी, परन्तु पुष्करिणी देखने की धुन में उसे लेना भूल गयी।"

"भूल गयी न बेटी! अच्छा हुआ, पर तूने यह क्या किया! वज्जियों के कुल में किसी बालिका ने आज तक .... अरे ..... यह तो लज्जापिंड है! बेटी! इसे मैं न खा सकूँगा। किसी कुलपुत्र के लिए इससे बढकर अपमान की और कोई वस्तु नहीं। इसे फोड़ तो!"

सालवती ने उसे पटककर तोड़ दिया। पिंड टूटते ही वैशाली की मुद्रा से अंकित एक स्वर्ण-खण्ड उसमें से निकल पड़ा। सालवती का मुँह खिल उठाय किन्तु वृद्ध ने कहा-"बेटी! इसे सदानीरा में फेंक दे।' सालवती विषाद से भरी उस स्वर्ण-खण्ड को हाथ में लिये खड़ी रही। वृद्ध ने कहा-"पागल लडकधि! आज उपवास न करना होगा। तेरे मिट्टी ढोने का उचित पारिश्रमिक केवल यह सत्तू है। वह स्वर्ण का चमकीला टुकड़ा नहीं।"

"पिताजी! फिर आप?"

"मैं ....? आज रात को भी ज्वर का लंघन समझूँगा! जा, यह सत्तू खाकर सदानीरा का जल पीकर सो रह!"

"पिताजी! मैं भी आज की रात बिना खाये बिता सकती हूँय परन्तु मेरा एक सन्देह ...."

"पहले उसको फेंक दे, तब मुझसे कुछ पूछ!"

सालवती ने उसे फेंक दिया। तब एक निरूश्वास छोड़कर बुड्ढे ने कहना आरम्भ किया

"आर्यों का वह दल, जो माधव के साथ ज्ञान की अग्नि मुँह में रखकर सदानीरा के इस पार पहले-पहल आया, विचारों की स्वतन्त्रता का समर्थक था। कर्मकाण्डियों की महत्ता और उनकी पाखण्डप्रियता का विरोधी वह दल, सब प्रकार की मानसिक या नैतिक पराधीनता का कट्टर शत्रु था।

"जीवन पर उसने नये ढंग से विचार करना आरम्भ किया। धर्म का ढोंग उसके लिए कुछ अर्थ नहीं रखता था। वह आर्यों का दल दार्शनिक था। उसने मनुष्यों की स्वतन्त्रता का मूल्य चारों ओर से आँकना चाहा। और आज गंगा के उत्तरी तट पर विदेह, वज्जि, लिच्छवि और मल्लों का जो गणतन्त्र अपनी ख्याति से सर्वोन्नत है वह उन्ही पूर्वजों की कीर्तिलेखा है।

"मैं भी उन्ही का कुलपुत्र हूँ। मैंने भी तीर्थंकरों के मुख से आत्मवाद-अनात्मवाद के व्याख्यान सुने हैं। संघो के शास्त्रार्थ कराये हैं। उनको चातुर्मास कराया है। मैं भी दार्शनिकों में प्रसिद्ध था। बेटी! तू उसी धवलयश की दुहिता होकर किसी की दया पर अपना जीवन-निर्वाह करे, यह मैं नहीं सहन कर सकता।

"बेटी, गणराज्य में जिन लोगों के पास प्रभूत धन है, उन लोगों ने निर्धन कुलीनों के निर्वाह के लिए यह गुप्तदान की प्रथा चलायी है कि अँधेरे में किसी से थोड़ा काम कराकर उसे कुछ स्वर्ण दे देना। क्या यह अनुग्रह नहीं हैं बेटी?"

"है तो पिताजी!"

"फिर यह कृतज्ञता और दया का भार तू उठावेगी! वही हम लोगों की सन्तान जिन्होंने देवता और स्वर्ग का भी तिरस्कार किया था, मनुष्य की पूर्णता और समता का मंगलघोष किया था, उसी की सन्तान अनुग्रह का आश्रय ले?"

"नहीं पिता जी! मैं अनुग्रह न चाहूँगी।"

"तू मेरी प्यारी बेटी है। जानती है बेटी! मैंने दार्शनिकवादों में सर्वस्व उड़ाकर अपना कौन-सा सिद्धान्त स्थिर किया है!"

"नहीं पिता जी!"

"आर्थिक पराधीनता ही संसार में दुःख का कारण है। मनुष्य को उससे मुक्ति पानी चाहिएय मेरा इसलिए उपास्य है स्वर्ण।"

"किन्तु आपका देवता कहाँ है?"

वृद्ध ठठाकर हँस पड़ा। उसने कहा-"मेरा उपास्य मेरी झोपड़ी में है। इस सदानीरा में है। और है मेरे परिश्रम में!"

सालवती चकित होकर देखने लगी।

वृद्ध ने कहा-"चौंक मत बेटी! मैं हिरण्यगर्भ का उपासक हूँ। देख, सदानीरा की शिलाओं मे स्वर्ण की प्रचुर मात्रा है।"

"तो क्या पिता जी! तुमने इसलिए इन काले पत्थरों से झोपड़ी भर रक्खी है?"-सालवती ने उत्साह से कहा।

वृद्ध ने सिर हिलाते हुए फिर अपनी झोपड़ी में प्रवेश किया। और सालवती! उसने घूमकर लज्जापिण्ड को देखा भी नहीं। वह दरिद्रता का प्रसाद यों ही बिखरा पड़ा रहा। सालवती की आँखों के सामने चन्द्रमा सुनहला होकर सदानीरा की जल-धारा को स्वर्णमयी बनाने लगा। साल के एकान्त कानन से मर-मर की ध्वनि उठती थी। सदानीरा की लहरें पुलिन से टकराकर गम्भीर कलनाद का सृजन कर रही थीं, किन्तु वह लावण्यमयी युवती अचेतन अवस्था में चुपचाप बैठी हुई वज्जियों की-विदेहों की अद्‌भुत स्वतन्त्रता पर विचार कर रही थी। उसने झुँझलाकर कहा-"ठीक! मैं अनुग्रह नहीं चाहती। अनुग्रह लेने से मनुष्य कृतज्ञ होता है। कृतज्ञता परतन्त्र बनाती है।"

लज्जापिण्ड से मछलियों की उदरपूर्ति कराकर वह भूखी ही जाकर सो रही।

दूसरे दिन से वृद्ध शिला-खण्डों से स्वर्ण निकालता और सालवती उसे बेचकर आवश्यकता की पूर्ति करती। उसके साल-कानन में चहल-पहल रहती। अतिथि, आजीवक और अभ्यागत आते, आदर-सत्कार पाते, परन्तु यह कोई न जान सका कि यह सब होता कहाँ से है। वैशाली में धूम मच गयी। कुतूहल से कुलपुत्र चर्त्चल हुए! परन्तु एक दिन धवलयश अपनी गरिमा में हँसता हुआ संसार से उठ गया।

सालवती अकेली रह गयी। उसे तो स्वर्ण का उद्‌गम मालूम था। वह अपनी जीवनचर्या में स्वतन्त्र बनी रही। उसका रूप और यौवन मानसिक स्वतन्त्रता के साथ सदानीरा की धारा की तरह वेग-पूर्ण था।

वसन्त की मंजरियों से पराग बरसने लगा। किसलय के कर-पल्लव से युवकों को आमन्त्रण मिला। वैशाली के स्वतन्त्र नागरिक आमोद-प्रमोद के लिए उन्मत्त हो उठे। अशोक के लाल स्तवकों में मधुपों का मादक गुंजार नगर-प्रान्त को संगीतमय बना रहा था। तब कलशों में आसव लिये दासों के वृन्द, वसन्त-कुसुमालंकृत युवतियों के दल, कुलपुत्रों के साथ वसन्तोत्सव के लिए, वनों उपवनों में फैल गये।

कुछ मनचले उस दूरवर्ती साल-कानन में भी पहुँचे। सदानीरा के तट पर साल की निर्जन छाया में उनकी गोष्ठी जमी। इस दल में अन्य लोगों की अपेक्षा एक विशेषता थी, कि इनके साथ कोई स्त्री न थी।

दासों ने आसन बिछा दिये। खाने-पीने की सामग्री रख दी गयी। ये लोग सम्भ्रान्त कुलपुत्र थे। कुछ गम्भीर विचारक-से वे युवक देव-गन्धर्व की तरह रूपवान् थे। लम्बी-चौड़ी हड्डियों वाले व्यायाम से सुन्दर शरीर पर दो-एक आभूषण और काशी के बने हुए बहुमूल्य उत्तरीय, रत्न-जटित कटिबन्ध में पाणी। लच्छेदार बालों के ऊपर सुनहरे पतले पटबन्ध और वसन्तोत्सव के प्रधान चिह्न-स्वरूप दूर्वा और मधूक-पुष्पों की सुरचित मालिका। उनके मांसल भुजदण्ड, कुछ-कुछ आसव-पान से अरुणनेत्र, ताम्बूलरंजित सुन्दर अधर, उस काल के भारतीय शारीरिक सौन्दर्य के आदर्श प्रतिनिधि थे।

वे बोलने के पहले थोड़ा मुस्कराते, फिर मधुर शब्दों में अपने भावों को अभिव्यक्त करते थे। गिनती में वे आठ थे। उनके रथ दूर खड़े थे। दासों ने आवश्यक वस्तु सजाकर रथों के समीप आश्रय लिया। कुलपुत्रों का पान, भोजन और विनोद चला।

एक ने कहा-"भद्र! अभिनन्द! अपनी वीणा सुनाओ।"

दूसरों ने भी इस प्रस्ताव का अनुमोदन किया। अभिनन्द के संकेत पर दास ने उसकी वीणा सामने लाकर रख दी। अभिनन्द बजाने लगा। सब आनन्द-मग्न होकर सुनने लगे।

अभिनन्द ने एक विश्राम लिया। लोगों ने 'साधु-साधु' कहकर उसे अभिनन्दित किया। सहसा अश्वों के पद-शब्द सुनाई पड़े।

सिन्धुदेश के दो धवल अश्वों पर, जिनके स्वर्णालंकार चमक रहे थे, चामर हिल रहे थे, पैरों में झाँझें मधुर शब्द कर रही थीं, दो उच्च पदाधिकारी माननीय व्यक्तियों ने वहाँ पहुँचकर उस गोष्ठी के लोगों को चंचल कर दिया।

उनके साथ के अन्य अश्वारोही रथों के समीप ही खड़े रहेय किन्तु वे दोनों गोष्ठी के समीप आ गये।

कुलपुत्रों ने एक को पहचाना। वह था उपराजा अभय कुमार। उन लोगों ने उठकर स्वागत और नमस्कार किया।

उपराजा ने अश्व पर से ही पूछा-"कुलपुत्रों की शुभकामना करते हुए मैं पूछ सकता हूँ कि क्या कुलपुत्रों की प्रसन्नता इसी में है, कि वे लोग अन्य नागरिकों से अलग अपने वसन्तोत्सव का आनन्द आप ही लें?"

"उपराजा के हम लोग कृतज्ञ है। हम लोगों की गोष्ठी को वे प्रसन्नता से सुशोभित कर सकते हैं। हम लोग अनुगृहीत होंगे।"

"किन्तु मेरे साथ एक माननीय अतिथि हैं। पहले इनका परिचय करा दूँ?"

"बड़ी कृपा होगी।"

"ये हैं मगधराज के महामन्त्री! वैशाली का वसन्तोत्सव देखने आये हैं।"

कुलपुत्रों ने मन में सोचा-महामन्त्री चतुर हैं। रथ पर न चढकर अश्व की वल्गा उसने अपने हाथ में रक्खी है। विनय के साथ कुलपुत्रों ने दोनो अतिथियों को घोड़ों से उतरने में सहायता दी। दासों ने दोनों अश्वों को रथ के समीप पहुँचाया और वैशाली के उपराजा तथा मगध के महामन्त्री कुलपुत्रों के अतिथि हुए।

महामन्त्री गूढ़ राजनीतिज्ञ था। वह किसी विशेष सिद्धि के लिए वैशाली आया था। वह संस्थागार के राजकों की मनोवृत्ति का गम्भीर अध्ययन कर रहा था। उनकी एक-एक बातों, आचरणों और विनयों को वह तीव्र दृष्टि से देखता। उसने पूछा-"कुलपुत्रों से मैं एक बात पूछूँ, यदि वे मुझे प्रसन्नता से ऐसी आज्ञा दें?"

अभिनन्द ने कहा-"अपने माननीय अतिथि को यदि हम लोग प्रसन्न कर सकें, तो अनुगृहीत होंगे।"

"वैशाली के 7707 राजकों में आप लोग भी हैं। फिर आपके उत्सव में वैराग्य क्यों? अन्य नागरिकों से आप लोगों का उत्सव विभिन्न क्यों है? आपकी गोष्ठी में ललनाएँ नहीं! वह उल्लास नहीं, परिहास नहीं, आनन्द-उमंग नहीं। सबसे दूर अलग, संगीत आपानक से शून्य आपकी गोष्ठी विलक्षण है।"

अभयकुमार ने सोचा, कि कुलपुत्र इस प्रश्न को अपमान न समझ लें। कहीं कड़वा उत्तर न दे दें। उसने कहा-"महामन्त्री! यह जानकर प्रसन्न होंगे, कि वैशाली गणतन्त्र के कुलपुत्र अपनी विशेषताओं और व्यक्तित्व को सदैव स्वतन्त्र रखते हैं।"

अभिनन्द ने कहा-"और भी एक बात है। हम लोग आठ स्वतन्त्र तीर्थंकरों के अनुयायी हैं और परस्पर मित्र हैं। हम लोगों ने साधारण नागरिकों से असमान उत्सव मनाने का निश्चय किया था। मैं तो तीर्थंकर पूरण कश्यप के सिद्धान्त अक्रियवाद को मानता हूँ। यज्ञ आदि कर्मों में न पुण्य है, न पाप। मनुष्य को इन पचड़ों में न पडना चाहिए।"

दूसरे ने कहा-"आर्य, मेरा नाम सुभद्र है। मैं यह मानता हूँ, कि मृत्यु के साथ ही सब झगड़ों का अन्त हो जाता है।"

तीसरे ने कहा-"मेरा नाम वसन्तक है। मैं संजय वेलठिपुत्त का अनुयायी हूँ। जीवन में हम उन्हीं बातों को जानते हैं, जिनका प्रत्यक्ष सम्बन्ध हमारे सम्वेदनों से है। हम किसी अनुभवातीत वस्तु को नहीं जान सकते।"

चौथे ने कहा-"मेरा नाम मणिकण्ठ है। मैं तीर्थंकर प्रबुध कात्यायन का अनुगत हूँ। मैं समझता हूँ कि मनुष्य कोई सुनिश्चित वस्तु को ग्रहण नहीं कर सकता। कोई सिद्धान्त स्थिर नहीं कर सकता।"

पाँचवें ने कहा-"मैं आनन्द हूँ, आर्य! तीर्थंकर मस्करी गोशाल के नियतिवाद में मेरा पूर्ण विश्वास है। मनुष्य में कर्म करने की स्वतन्त्रता नहीं। उसके लिए जो कुछ होना है वह होकर ही रहेगा। वह अपनी ही गति से गन्तव्य स्थान तक पहुँच जायगा।"

छठे ने कहा-"मै तीर्थंकर नाथ-पुत्र का अन्तेवासी हूँ। मैं कहता हूँ, कि वस्तु है भी, नहीं भी है। दोनों हो सकती है।"

सातवें ने कहा-"मैं तीर्थंकर गौतम का अनुयायी सुमङ्गल हूँ, किसी वास्तविक सत्ता में विश्वास ही नहीं करता। आत्मन् जैसा कोई पदार्थ ही नहीं है।"

आठवें ने किंचित् मुस्कुराकर कहा-"आर्य! मैं मैत्रायण विदेहों के सुनिश्चित आत्मवाद को मानने वाला हूँ। ये जितनी भावनाएँ हैं, सबका उद्गम आत्मन् ही है।"

अभिनन्द ने कहा-"तब हम लोगों की विलक्षणता पर महामन्त्री को आश्चर्य होना स्वाभाविक है।"

अभयकुमार कुछ प्रकृतिस्थ हो रहा था। उसने देखा कि महामन्त्री बड़े कुतूहल और मनोनिवेश से कुलपुत्रों का परिचय सुन रहा है। महामन्त्री ने कुछ व्यंग्य से कहा-"आश्चर्य है! माननीय कुलपुत्रों ने अपने विभिन्न विचारों का परिचय देकर मुझे तो चकित कर दिया है। तब आप लोगों का कोई एक मन्तव्य नहीं हो सकता!"

"क्यों नहींय वज्जियों का एक तो स्थिर सिद्धान्त है ही। अर्थात् हम लोग वज्जिसंघ के सदस्य हैं। राष्ट्रनीति में हम लोगों का मतभेद तीव्र नहीं होता।" कुलपुत्रों को चुप देखकर किसी ने साल के अन्तराल से सुकोमल कण्ठ से यह कहा और नदी की ओर चली गयी।

उन लोगों की आँखें उधर उस कहनेवाले को खोज रहीं थी कि सामने से कलश लिये हुए सालवती सदानीरा का जल भरने के लिए आती दिखलाई पड़ी।

मगध के महामन्त्री को उस रूप-लावण्यमयी युवती का यह उत्तर थप्पड़-सा लगा। उसने कहा-"अद्भुत!"

प्रसन्नता से महामन्त्री की विमूढ़ता का आनन्द लेते हुए अभयकुमार ने कहा-"आश्चर्य कैसा आर्य्य?"

"ऐसा सौन्दर्य तो मगध में मैंने कोई देखा ही नहीं। वज्जियों का संघ सब विभूतियों से सम्पन्न है। अम्बापाली, जिसके रूप पर हम लोगों को गर्व है, इस लावण्य के सामने तुच्छ है। और इसकी वाक्पटुता भी ....!"

"किन्तु मैंने सुना है कि अम्बापाली वेश्या है। और यह तो?" इतना कहकर अभयकुमार रुक-सा गया।

महामन्त्री ने गम्भीरता से कहा-"तब यह भी कोई कुलवधू होगी! मुझे क्षमा कीजिए।"

"यह तो पूछने से मालूम होगा!"

क्षण भर के लिए सब चुप हो गये थे। सालवती अपना पूर्ण घट लेकर करारे पर चढ़ रही थी। अभिनन्द ने कहा-"कल्याणी! हमलोग आपका परिचय पाने के लिए उत्सुक हैं!"

"स्वर्गीय कुलपुत्र आर्य धवलयश की दुहिता सालवती के परिचय में कोई विचित्रता नहीं है!" सालवती ने गम्भीरता से कहा-वह दुर्बल कटि पर पूर्ण कलश लिए कुछ रुक-सी गयी थी।

मैत्रायण ने कहा-"धन्य है कुलपुत्रों का वंश! आज हमलोगों का प्रतिनिधि बनकर जो उचित उत्तर आपने मगध के माननीय महामन्त्री को दिया है, वह कुलीनता के अनुरूप ही है। हमलोगों का साधुवाद ग्रहण कीजिए!"

"क्या कहूँ आर्य्य! मैं उतनी सम्पन्न नहीं हूँ कि आप जैसे माननीय अतिथियों का स्वागत-सत्कार कर सकूँ। फिर भी जल-फल-फूल से मैं दरिद्र भी नहीं। मेरे साल-कानन में आने के लिए मैं आप लोगों का हार्दिक स्वागत करती हूँ। जो आज्ञा हो मैं सेवा करूँ।"

"शुभे, हम लोगों को किसी वस्तु की आवश्यकता नहीं। हम लोग आपकी उदारता के लिए कृतज्ञ हैं।" अभिनन्द ने कहा।

"किन्तु मैं एक प्रार्थना करूँगा।" महामन्त्री ने सविनय कहा।

"आज्ञा दीजिए।"

"यदि आप अन्यथा न समझें।"

"कहिए भी।"

"अभिनन्द के हाथ में वीणा है। एक सुन्दर आलाप की पूर्ति कैसे होगी?" धृष्ट महामन्त्री ने कहा।

"मुझे तो संगीत की वैसी शिक्षा नहीं मिली जिससे आप प्रसन्न होंगे। फिर भी कलश रखकर आती हूँ।" निस्संकोच भाव से कहकर सालवती चली गयी। सब चकित थे।

वेत से बुनी हुई डाली में थोड़े-से फल लिये हुए सालवती आयी। और आसन के एक भाग में वह बैठ गयी। कुलपुत्रों ने फल चखे और थोड़ी मात्रा में आसव भी। अभिनन्द ने वीणा उठा ली। अभयकुमार प्यासी आँखों से उस सौन्दर्य को देख रहा था। सालवती ने अपने गोत्र की छाप से अंकित अपने पिता से सीखा हुआ पद मधुर स्वर से गाना आरम्भ किया। श्रोता मुग्ध थे। उस संगीत का विषय था-जंगल, उसमें विचरने की प्राकृतिक स्वतन्त्रता। वह अकृत्रिम संगीत किसी डाल पर बैठी हुई कोकिल के गान से भी विलक्षण था। सब मुग्ध थे। संगीत समाप्त हुआ, किन्तु उसका स्वर मण्डल अभी उस प्रदेश को

अपनी माया से आच्छन्न किये था। सालवती उठ खड़ी हुई। अभयकुमार ने एक क्षण में अपने गले से मुक्ता की एकावली निकाल कर अंजलि में ले ली और कहा-"देवि, यह उपहार है।" सालवती ने गम्भीर भाव से सिर झुकाकर कहा-"बड़ी कृपा है। किन्तु मैं किसी के अनुग्रह का दान नहीं ग्रहण करती।" और वह चली भी गयी।

सब लोगों ने आश्चर्य से एक-दूसरे को देखा।

अभयकुमार को उस रात्रि में निद्रा नहीं आयी। वह सालवती का चित्र अपनी पुतलियों पर बनाता रहा। प्रणय का जीवन अपने छोटे-छोटे क्षणों में भी बहुत दीर्घजीवी होता है। रात किसी तरह कटी। अभयकुमार वास्तव में कुमार था और था वैशाली का उपराजा। नगर के उत्सव का प्रबन्ध उसी के हाथ में था। दूसरा प्रभात अपनी तृष्णा में लाल हो रहा था। अभय के हृदय में निदारुण अपमान भी चुभ रहा था, और चुभ रहा था उन दार्शनिक कुलपुत्रों का सव्यंग्य परिहास, जो सालवती के अनुग्रह न लेने पर उसकी स्वतन्त्रता की विजय समझकर और भी तीव्र हो उठा था।

कुलपुत्रों की गोष्ठी उसी साल-कानन में जमी रही। अभी उन लोगों ने स्नान आदि से निवृत्त होकर भोजन भी नहीं किया था कि दूर से तूर्यनाद सुनाई पड़ा। साथ में एक राजपुरुष उच्च कण्ठ से पुकारता था-

"आज अनंग-पूजा के लिए वज्जियों के संघ में से सबसे सुन्दरी कुमारी चुनी जायगी। जिसको चुनाव में आना हो, संस्थागार में एक प्रहर के भीतर आ जाय।"

अभिनन्द उछल पड़ा। उसने कहा-"मैत्रायण! सालवती को लिवा ले चलना चाहिए। ऐसा न हो कि वैशाली के सबसे उत्तम सौन्दर्य का अपमान हो जाय।"

"किन्तु वह अभिमानिनी चलेगी?"

"यही तो विकट प्रश्न है।"

"हम सब चलकर प्रार्थना करें।"

"तो चलो।"

सब अपना दुकूल सँभालते हुए सालवती की झोपड़ी की ओर चल पड़े। सालवती अपना नियमित भोज्य चावल बना रही थी। उसके पास थोड़ा दूध ओर फल रक्खा था। उसने इन लोगों को आते देखकर सहज प्रसन्नता से मुस्कराकर कहा-"स्वागत! माननीय कुलपुत्रों को आतिथ्य ग्रहण करने के लिए मैं निमन्त्रित करती हूँ।" उसने एक शुभ्र कम्बल बिछा दिया।

युवकों ने बैठते हुए कहा-

"किन्तु हम लोग भी एक निमन्त्रण देने आये हैं।"

सालवती कुछ सोचने लगी।

"हम लोगों की प्रार्थना अनुचित न होगी।" आनन्द ने कहा।

"कहिए।"

"वैशाली के नागरिकों ने एक नया निर्णय लिया है-कि इस बार वसन्तोत्सव की अनंगपूजा वज्जिराष्ट्र की सर्वश्रेष्ठ सुन्दरी के हाथों से करायी जाय। इसके लिए संस्थागार में चुनाव होगा।"

"तो इसमें क्या मैं परिवर्तन कर सकती हूँ?" सालवती ने सरलता से पूछा।

"नहीं शुभे! आपको भी इसमें भाग लेना होगा। हम लोग आपको संस्थागार में ले चलेंगे, और पूर्ण विश्वास है कि हम लोगों का पक्ष विजयी होगा।"

"किन्तु क्या आप लोगों का यह मुझ पर अनुग्रह न होगा, जिसे मैं कदापि न ग्रहण करूँगी।"

"नहीं भद्रे! यदि मेरे प्रस्ताव को बहुमत मिला, तो क्या हम लोगों की विजय न होगी, और तब क्या हमीं लोग आपके अनुगृहीत न होंगे?"

सालवती कुछ चुप-सी हो गयी।

मैत्रायण ने फिर कहा-"विचारों की स्वतन्त्रता इसी में है कि वे स्पष्ट रूप से प्रचारित किये जायँ, न कि वे सत्य होते हुए भी दबा दिये जायँ।"

सालवती इस सम्मान से अपने हृदय को अछूता न रख सकी। स्त्री के लिए उसके सौन्दर्य की प्रशंसा! कितनी बड़ी विजय है। उसने व्रीड़ा से कहा-"तो क्या मुझे चलना ही होगा?"

"यह हम लोगों के लिए अत्यन्त प्रिय-सन्देश है। आनन्द, तुम रथों को यहीं ले आओ, और मैं समझता हूँ कि सौन्दर्य-लक्ष्मी तुम्हारे रथ पर ही चलेंगी। तुम होगे उस रथ के सारथि।"

आनन्द सुनते ही उछल पड़ा। उसने कहा-"एक बात और भी ..."

सालवती ने प्रश्न करनेवाली आँखों से देखा!

आनन्द ने कहा-"सौन्दर्य का प्रसाधन!"

"मुझे कुछ नहीं चाहिए। मैं यों ही चलूँगी। ओर कुलपुत्रों के निर्णय की मैं भी परीक्षा करूँगी। कहीं वे भ्रम में तो नहीं है।"

थोड़ा जलपान करके सब लोग प्रस्तुत हो गये। तब सालवती ने कहा-"आप लोग चलें, मैं अभी आती हूँ।"

□□□